Les Éditions du Boréal
4447, rue Saint-Denis
Montréal (Québec) H2J 2L2
www.editionsboreal.qc.ca

ANNABELLE

ŒUVRES DE MARIE LABERGE

ROMANS

Aux Éditions du Boréal

Juillet, 1989 (collection « Boréal compact », 1993)

Quelques Adieux, 1992 (collection « Boréal compact », 1997)

Le Poids des ombres, 1994 (collection « Boréal compact », 1999)

Annabelle, 1996 (collection « Boréal compact », 2001)

La Cérémonie des anges, 1998 (collection « Boréal compact », 2004)

Gabrielle. Le Goût du bonheur I, 2000 ; Paris, Anne Carrière, 2003

Adélaïde. Le Goût du bonheur II, 2001 ; Paris, Anne Carrière, 2003

Florent. Le Goût du bonheur III, 2001 ; Paris, Anne Carrière, 2003

THÉÂTRE

C'était avant la guerre à l'Anse-à-Gilles, VLB éditeur, 1981 ; Les Éditions du Boréal, 1995

Ils étaient venus pour…, VLB éditeur, 1981 ; Les Éditions du Boréal, 1997

Avec l'hiver qui s'en vient, VLB éditeur, 1982

Jocelyne Trudelle trouvée morte dans ses larmes, VLB éditeur, 1983 ; Les Éditions du Boréal, 1992

Deux Tangos pour toute une vie, VLB éditeur, 1985 ; Les Éditions du Boréal, 1993

L'Homme gris suivi de *Éva et Évelyne,* VLB éditeur, 1986 ; Les Éditions du Boréal, 1995

Le Night Cap Bar, VLB éditeur, 1987 ; Les Éditions du Boréal, 1997

Oublier, VLB éditeur, 1987 ; Les Éditions du Boréal, 1993

Aurélie, ma sœur, VLB éditeur, 1988 ; Les Éditions du Boréal, 1992

Le Banc, VLB éditeur, 1989 ; Les Éditions du Boréal, 1994

Le Faucon, Les Éditions du Boréal, 1991

Pierre ou la Consolation, Les Éditions du Boréal, 1992

Charlotte, ma sœur, Les Éditions du Boréal, 2005

Marie Laberge

ANNABELLE

roman

Boréal

Les Éditions du Boréal remercient le Conseil des Arts du Canada
ainsi que le ministère du Patrimoine canadien et la SODEC
pour leur soutien financier.

Les Éditions du Boréal bénéficient également du Programme
de crédit d'impôt pour l'édition de livres du gouvernement du Québec.

Photo de la couverture : Claude Batho, *Les Yeux fermés*, 1976.

Dépôt légal : 2e trimestre 2001
Bibliothèque nationale du Québec

Diffusion au Canada : Dimedia

Données de catalogage avant publication (Canada)

Laberge, Marie

Annabelle

2e éd.

Éd. originale : 1996.

ISBN 2-7646-0076-3

I. Titre.

PS9573.A168A76   2001   C843'.54   C2001-940535-9
PS9573.A168A76   2001
PQ3919.2.L32A76   2001

À François et à André Lachance,
à Annick Charbonneau
et à Catherine Laberge
qui, à eux quatre, incarnent
toutes les promesses
du mot espoir.

N'y a-t-il donc pas de place pour moi
à la surface de la terre?

FRANZ SCHUBERT,
la veille de sa mort, à 31 ans.

CHAPITRE I

L e camion reculait. Il faisait un son de réveille-matin
électronique, en moins urgent. Le conducteur en était
à sa quatrième tentative pour loger la boîte exactement en
face du perron. Il portait une casquette rouge.

Assise devant la bay-window, le dos confortablement
calé contre le dossier de la causeuse, à l'abri de tous les
regards, Annabelle observait le camion et les efforts de son
conducteur. Pour la millième fois, les roues de derrière
grimpaient la bordure du trottoir et la boîte du camion
accrochait presque la clôture qui séparait le minuscule
carré de verdure du perron. De son point de vue, Annabelle aurait soutenu qu'il n'y avait aucun gain visible par
rapport à la dernière tentative. Malgré les fenêtres closes
du salon, elle entendit la porte claquer quand l'homme à
la casquette rouge sortit constater l'état des choses.

Le souffle coupé, Annabelle s'était redressée ; du coup,
elle avait cessé d'entendre sa mère jacasser au téléphone,
comme si la beauté du gars réussissait à mettre en veilleuse
le monde entier.

Elle avait à peine aperçu son visage qu'il s'était dé-
tourné pour vérifier la distance qui séparait la boîte des
marches. De dos, ses épaules et ses hanches suffisaient amplement à occuper l'attention d'Annabelle. La qualité de
ses mouvements, sa façon d'ondoyer au lieu de marcher,
cette souplesse féline la stupéfiaient. La figure collée à la

vitre qui réagissait sottement en s'embuant, elle fixait ces hanches, ces jambes longues qui disparaissaient derrière le camion. Puis, très vite, il avait réapparu et s'était précipité dans la cabine pour couper le moteur.

Elle allait enfin pouvoir l'examiner à son goût quand trois personnes, surgies de nulle part, s'étaient placées devant lui pour s'agiter, discuter et finalement l'accompagner derrière le camion.

En changeant de fenêtre, elle pouvait voir que la porte de la maison d'en face était maintenant grande ouverte et que tout ce monde s'activait à vider le contenu du camion. La casquette rouge passait et repassait, masquée par les objets.

Bon ! sa mère chuchotait ! Ce qui signifiait qu'elle parlait d'elle à présent. Annabelle saisit son manteau et sortit en vitesse.

Elle se força à prendre un air désinvolte pour traverser la rue et marcher d'un bon pas, comme si quelque chose d'urgent l'appelait. La distance était courte, elle avait fort peu de temps pour voir tout ce qu'elle désirait. Malheureusement, à cet instant, deux filles sortaient une commode, et le gars qui surgissait pour commenter plus que pour aider était un brun sans intérêt. Obligée de s'éloigner à un rythme constant pour conserver son alibi de fille occupée, Annabelle ne pouvait même pas se vanter de l'avoir aperçu. Une voix grave la fit ralentir. Bon, il riait maintenant ! En fait, tout le monde riait. Incapable de résister, elle se retourna : les filles avaient posé la commode par terre et, appuyées dessus, elles se tordaient de rire. Lui, il tentait de finir sa phrase en s'acharnant par-dessus une des filles, l'incluant dans la charge à transporter, soulevant et la fille et la commode. Elle entendit un : « Julien ! » aussi épeuré qu'excité, suivi d'une réponse brève et rieuse de sa part.

Annabelle reprit sa route pour faire semblant d'aller quelque part, même si personne ne la regardait. La voix troublante la bouleversait. Une voix tellement basse qu'on aurait dit qu'elle s'adressait au bas du dos, au bas des choses, une voix d'acteur pour les scènes osées. Jamais Annabelle n'aurait pu croire qu'on puisse être aussi suggestif juste avec la vibration de la voix.

Elle s'éloignait sans se retourner, certaine d'être rouge vif : elle avait entendu dire que les hommes à la voix grave étaient très performants et très actifs sexuellement. Elle ne pourrait jamais lui adresser la parole sans y penser.

* * *

— T'aurais pu dire que tu sortais : il n'y a plus de lait.

— T'étais au téléphone.

— Je ne parlais pas avec le Japon !

Annabelle se dirige vers sa chambre : rien au monde ne l'épuise comme ces discussions avec sa mère.

— Annabelle !

— Quoi ?

Elle se retient pour ne pas ajouter un « encore », mais elle ne se retourne quand même pas, pour bien signifier qu'elle aussi a une vie privée et que sa mère la dérange.

« Le lait… il va falloir te le demander à genoux ? »

Elle voudrait hurler : oui ! Elle soupire profondément, remet son manteau. Elle ne peut même pas claquer la porte : sa mère la poursuit : « Annabelle ! Prends de l'argent, voyons ! Veux-tu me dire, toi… »

Ça y est ! sa mère est sur le perron ! En deux secondes, elle embrasse ce qui se passe dans le voisinage :

— Ah ben ! As-tu vu ça, Annabelle, il y a quelqu'un qui déménage en face. Sais-tu c'est qui ? Tu penses qu'ils ont vendu ? Pourvu qu'il soit moins pire que Faguy…

— Me le donnes-tu, l'argent ?

Les yeux avides qui fixent sans aucune gêne les allées et venues des gens d'en face la mettent tellement mal à l'aise qu'elle attendrait sous les marches. Elle a l'impression que sa mère hurle ses commentaires, qu'on peut les entendre du bout de la rue.

« Avais-tu vu ça, toi ? Je te dis que déménager le 1er décembre, c'est pas pratique. Ils peuvent se compter chanceux de ne pas avoir eu une tempête. C'est quand même bizarre, tu ne trouves pas ? Il faut être fou pour déménager en décembre au Québec… »

Ne pas répondre, faire semblant que c'est une inconnue, la gardienne, regarder ailleurs constitue la défense suprême d'Annabelle. Mais quand sa mère lui tend enfin l'argent en murmurant : « My God ! As-tu vu le grand blond, toi ? J'espère que c'est lui le nouveau voisin… je lui emprunterais bien une tasse de sucre », Annabelle arrache le billet plus qu'elle ne le prend et dévale les escaliers. Sa mère vocifère : « Annabelle Pelchat ! Annabelle ! »

Si elle s'imagine en plus qu'elle va se retourner !

* * *

C'est le 8 décembre que la tempête est arrivée. Une bordée qui a blanchi la ville d'un coup : comme si l'Immaculée-Conception exigeait un tribut de pureté. Occupée à dégager l'entrée, Annabelle n'a pas entendu la porte d'en face s'ouvrir ou se fermer. C'est la voix dans son dos, cette voix qui en plus s'adresse à elle, qui lui fait un effet de tremblement de terre : « Voulez-vous un coup de main ? »

Elle a failli s'effondrer sur la pelle, se casser les dents

sur le manche : il lui dit « vous », comme à une femme ! Elle devrait se retourner, faire face et regarder la couleur de ses yeux au moins. Elle n'arrive qu'à balbutier misérablement, les yeux fixés sur sa pelle : « Non. Non merci. »

Elle s'obstine à nettoyer la marche. Il reste là. Ça n'a pas l'air de le déranger qu'elle ne le regarde pas et il continue, comme s'ils se connaissaient : « C'est vrai que ça fait du bien de prendre l'air. Surtout que, chez nous, ça sent la peinture. »

Elle soulève énergiquement sa pelle, pivote pour se débarrasser de sa charge et se retrouve presque en train de la déverser sur la tête du bébé qui dort dans son traîneau. C'est le genre de chose qu'il fallait pour l'obliger à lever les yeux : verts, ils sont verts. Et c'est châtains plus que blonds que sont ses cheveux. Et ses dents sont tellement belles qu'elle sait que jamais elle n'acceptera de sourire pour lui permettre de constater que ses parents ont beaucoup investi en traitements d'orthodontie. Il parle encore avec sa voix de chanteur d'opéra : « C'est Léo. On peut difficilement en avoir une bonne idée avec la suce et le foulard, mais c'est un grand garçon de quinze mois. »

Elle baisse les yeux sur le traîneau pour reprendre son souffle : « Allô Léo ! » Elle se tuerait à coups de pelle ! Allô Léo !

« Je m'appelle Julien. »

Il a retiré son gant pour lui tendre la main. Elle s'empêtre dans sa mitaine de ski, finit par toucher le bout de ses doigts, la pelle tombe sous le choc. Encore un peu, elle assommait Léo. Il se penche plus vite qu'elle, ramasse la pelle. Elle ne comprend pas comment les gens font pour ne jamais rougir et agir avec aisance. En tout et pour tout, elle a réussi à murmurer un « Ah ! S'cusez… ». Elle a tellement chaud qu'elle est certaine qu'il continue de lui parler dans le seul but de lui éviter la crise cardiaque : « On vient d'emménager en face. Ça fait une semaine que je sable, que je peinture… On devrait être bon pour arriver à Noël avec un appartement à peu près installé. »

Elle ne peut pas s'empêcher de le contempler. Il remet son gant, saisit la poignée du traîneau, ses cils sont plus longs que ceux du bébé. Le traîneau pivote. Léo n'a pas bronché. La suce heurte avec régularité le petit nez, le retroussant à chaque secousse de son énergique tétée. « C'est quoi votre nom ? »

Parce qu'il la vouvoie, parce qu'il ne la prend pas automatiquement pour une enfant, elle sourit, lèvres closes sur ses broches, et murmure :

— Anna.

— Anna ? C'est joli.

Il s'éloigne de quelques pas, elle n'arrive pas à se remettre à l'ouvrage. Il lui lance avant de continuer sa route : « Ça vous va bien. »

Étourdie de bonheur, elle termine sa tâche à une vitesse folle. Elle n'était quand même pas pour lui avouer qu'elle avait un prénom qui sonnait bébelle !

* * *

« … Au cas où ça te passerait par l'esprit, j'ai également une vie et je pourrais avoir des projets personnels, moi aussi… non, pas pour cette fin de semaine, mais ça ne fait rien… Ce n'est pas une raison, Luc, tu fais toujours ça, tu me mets devant le fait accompli, il n'y a jamais de discussion possible, tu ne tiens jamais compte de moi, de mes activités… Non, je te ferai remarquer que tu l'as ramenée samedi, cette fois-là… Qu'est-ce que tu veux que ça me fasse, à moi ? Ça ne change rien au fait que tu ne tiens pas tes engagements. Je ne peux jamais me fier sur toi. Pas étonnant que je n'aie pas de projets : je n'ose pas en faire, je suis certaine que tu vas me les annuler parce que tu as un supposé impondérable. Comment est-ce qu'elle s'appelle aujourd'hui, l'impondérable ? Sophie ?… Ah oui ? Et qui va aller la reconduire à l'école le vendredi matin ? Au cas où tu l'aurais oublié, il y a de l'école le vendredi, même si son père a envie de faire des miracles, le système scolaire, lui, n'en fera pas pour lui ! Tu sais comment tu aimes traverser le pont à cette heure-là !… Collaborer, mon cher, ça se fait à deux !… C'est ça ! De toute façon, je n'ai pas le choix, je pense… Je comprends très bien, mais ce n'est pas certain que ta fille ait ma patience, par exemple, ce n'est pas sûr qu'elle trouve ça drôle… Pardon ?… Je te remercie infiniment, Luc, de me donner l'occasion de démontrer ma grandeur d'âme. La prochaine fois, parce que, bien sûr, il va y en avoir une, tu t'organiseras tout seul pour expliquer ça à ta fille ! Comme ça, tu seras certain que je ne manipule pas l'information à mon avantage… »

En augmentant le volume de la télé, Annabelle réussirait peut-être à s'accorder un sursis. À moins que sa mère n'appelle immédiatement Monique pour lui raconter la dernière de Luc ?

Depuis que son père les a divorcées, sa mère et elle, c'est le genre de téléphone qui se passe le mercredi. En fait, le mercredi est une bien mauvaise journée : une semaine sur deux, il y a le test de maths de madame Paquet à l'école et une semaine sur deux, sans avoir tout de même la précision mathématique de son prof, son père se désiste de ses obligations paternelles d'une façon ou d'une autre : ou il vient la chercher le samedi au lieu du vendredi, ou alors c'est le retour qui est précipité. Le résultat étant toujours le même : sa mère ne décolère pas pendant deux jours.

« Annabelle ! »

Ça y est ! L'heure de l'annonce vient de sonner ! Du pas du condamné à mort, Annabelle se traîne dans la cuisine. Sa mère recouvre soigneusement le téléphone de sa main, elle a l'air très excitée : « As-tu fait accroire à quelqu'un que tu t'appelais Anna ? »

Le cœur fou, elle tend la main. Sa mère trouve la réponse un peu courte :

— Vas-tu me répondre ?

— Oui, oui. Donne !

Elle saisit l'appareil presque de force : « Oui ? »

Sa mère l'observe ; encore un peu, Christianne courrait écouter sur l'autre ligne ! C'est lui… Elle tourne le dos à sa mère pour au moins savourer sa voix sans témoin. Elle ne sait dire que oui, elle sent sa mère dans son dos qui cherche à comprendre. « Un instant. »

À son tour, elle recouvre l'appareil de la main, fait face à sa mère : « Quel jour papa peut pas ? »

Suffoquée, Christianne ouvre la bouche sans rien dire : elle ne pensait certainement pas expédier si légèrement une effraction si juteuse ! « Quel jour ? »

Annabelle trépigne puis change soudainement d'attitude, revient à son interlocuteur : « C'est d'accord. Sept heures. » Et elle raccroche.

Souveraine, elle passe devant sa mère pour regagner le salon. « Annabelle ! Veux-tu me dire… »

La commande à distance lui est arrachée des mains, la télé éteinte sur-le-champ :

— Annabelle…

— Quoi ?

— Arrête de faire l'innocente ! C'est quoi, ça ?

Elle se lève, se dirige vers sa chambre. « Rien. »

Bien sûr, Christianne la suit, l'observe, attend une ou

des explications. Devant le silence de sa fille, elle ajoute d'un petit ton amer :

— Au cas où ça t'intéresse encore, c'est vendredi que ton père ne peut pas.

— O.K.

Elle triture son cahier, fait semblant d'ouvrir ses livres : si sa mère peut s'en aller, qu'elle savoure son plaisir !

— Si je comprends bien, ça te convient.

— Oui, oui.

— On peut savoir ce que tu fais vendredi soir, à sept heures ? Ou peut-être que ça ne nous regarde pas ?

Annabelle soupire, s'absorbe dans son livre.

— Annabelle, où tu vas, vendredi soir ?

— Garder.

* * *

La maison sent la peinture fraîche. C'est beau : une sorte d'élégance austère parce que les murs sont encore nus, les planchers brillants de vernis frais, sans tapis, les meubles confortables et peu nombreux.

Elle le suit et essaie d'écouter ce qu'il dit : il porte des jeans mais avec une chemise de soie lourde et un blouson de daim qui doit valoir une fortune. Elle donnerait cher pour y toucher. Elle peut sentir l'odeur de la peau à distance. Il bavarde, lui montre tout, semble très à l'aise, comme s'ils se connaissaient depuis longtemps. Elle se demande quel âge il a.

— Ah oui ! Catherine veut savoir si vous fumez.

— Catherine ?

— Ma femme. Elle m'a dit que quand elle gardait, elle aimait qu'on lui laisse des cigarettes…

— Non, je ne fume pas.

— Bon. Une chance, moi non plus : j'en n'aurais pas eu à vous offrir ! Quoi d'autre ?...

Il tourne sur lui-même, comme s'il avait laissé une liste quelque part. Elle l'observe en souriant, elle en oublie presque ses broches :

— Inquiétez-vous pas, ça va bien aller.

— Un vrai père-poule !

— Vous ne le laissez pas souvent ?

— Non. Est-ce qu'on peut se dire « tu » ?

— O.K.

— Je te laisse le numéro de téléphone du restaurant : on n'y sera pas avant onze heures, par exemple. Avant, ce sera plus difficile de nous rejoindre, mais il ne peut pas arriver grand-chose. S'il se réveille...

— ... il y a un biberon dans la porte du frigo.

Il rit, désarmé. Elle continue pour le plaisir d'essayer le tutoiement : « Inquiète-toi pas. »

Il ramasse ses clés, son écharpe :

— C'est le trac. C'est la première de Catherine, ce soir. Je pense que ça m'énerve encore plus qu'elle.

— La première de quoi ?

— De sa pièce. Au théâtre... elle est actrice.

— Ah oui ?

Elle est déçue : jamais elle ne pourra égaler le magnétisme ou la beauté d'une actrice. Jamais elle ne pourra être intéressante pour un homme pareil, marié à une comédienne qui a des premières qui lui donnent le trac. La preuve : il s'en va sans même la regarder. Ou plutôt non, il la regarde maintenant : « Empêche-moi d'aller réveiller Léo en l'embrassant. »

Elle écarte les deux bras, bloque la route : « Défense absolue d'entrer ! »

Il rit : est-ce qu'il le fait exprès de lui montrer ses

dents comme ça ? Elle a l'impression d'être une chenille devant lui. Elle se sent littéralement transparente. « À tantôt. Bonne soirée ! »

La porte est déjà fermée. Elle laisse tomber ses bras, découragée de sa piètre performance et murmure pour elle-même : « Toi aussi, Julien. »

* * *

Pendant le deuxième film, elle s'est endormie. Mais dès qu'elle entend la clé tourner dans la serrure, elle se réveille. Deux heures et quart : sa mère va la tuer ! Elle éteint la télé, retape le coussin, vérifie que ses yeux ne sont pas collés. Il est déjà là, inquiet : « Tu ne dormais pas ? On arrive tard, je m'excuse. C'est toujours pareil, les premières : y a tellement de monde, ça en finit plus au restaurant. Ah ! Catherine, je te présente Anna ; Anna, c'est Catherine, la mère de Léo, ma femme. »

Qu'elle est belle, la maudite ! Un teint pâle, des yeux bleus, elle est blonde et sexy : tout ce qu'elle n'aura jamais. Catherine dépose la brassée de fleurs mal enveloppées qu'elle tenait négligemment, bâille bruyamment, tend son sac à Julien : « Bonsoir, Anna. Tu t'occupes de tout, O.K. ? Je suis brûlée, je me couche. »

Elle vient pour sortir, se retourne :

— Excuse-moi, mais je me meurs de fatigue.

— C'est correct. Bonne nuit.

— 'nuit !

Sur la première marche de l'escalier, elle fait un autre arrêt pour murmurer à Julien : « Quinze ans, t'as dit ? »

Julien consulte Annabelle du regard. Elle hoche la tête, intimidée, pour signifier que ce n'est pas le cas. Il hausse les épaules : « Pas loin… »

Catherine monte lourdement : « Ouais… pas loin. »
Julien lui tend son salaire en riant :

— Une chance que je n'ai pas dit dix-sept ! J'aurais
pu, je ne connais rien là-dedans, moi, l'âge.

— C'est pas grave.

— Ça a bien été ? Il ne s'est pas réveillé ?

— J'aurais bien voulu… mais non !

— Tu te reprendras. Bonne nuit !

— C'était bon, la pièce ?

— La pièce non, mais elle, oui.

Si un jour un homme l'aimait, c'est comme ça qu'elle
voudrait être aimée. Il lui tend son manteau, la touche en
l'aidant à l'enfiler. Elle se sent gauche parce que c'est la
première fois qu'un homme fait ces gestes-là pour elle. Elle
se déteste de n'avoir aucun savoir-faire : comment on
prend l'argent, comment on le fourre dans ses poches sans
le regarder, comment on enfile son manteau sans rougir,
comment on plante ses yeux dans les siens pour dire
bonne nuit.

— C'est quoi ton âge, Anna ?

— Quatorze.

— C'est ce que je disais : pas loin.

Il ne ferme sa porte qu'une fois qu'elle a traversé la
rue et ouvert la sienne.

* * *

C'est mal parti : en se levant tard, Annabelle a reçu
l'avalanche de reproches au déjeuner. Des matins comme
ceux-là, elle comprend fort bien Luc d'avoir divorcé. Elle
ne l'aurait pas avoué facilement mais, depuis le divorce, sa
mère avait pris un ton, une sorte de rythme effréné dans le
blâme qui rendait la conversation impossible. Dire quelque

chose à sa mère, même quelque chose d'anodin, de l'ordre de l'information, passait pour des aveux. Comme si, secrètement, Annabelle avait commis une erreur monstrueuse qu'elle aurait à payer longtemps avant de recouvrer la confiance de Christianne. Et ce matin plus que tout autre.

Il y a une tension terrible dans l'air. Quand Christianne se tait, entre deux salves, les bruits domestiques continuent à hurler pour elle. Le grille-pain éjecte sauvagement les rôties, le couteau bataille pour étendre le beurre, l'assiette est bruyamment déposée devant Annabelle qui n'en demandait pas tant. Sa mère continue à monologuer violemment. Annabelle qui, la veille, avait cru à la fin des hostilités concernant ses activités de baby-sitter se dit que, précisément, le fait que sa mère se soit endormie sans pouvoir l'attendre de pied ferme avait probablement excité son esprit vindicatif. Peut-être que, finalement, ça aurait été moins pire d'essuyer les reproches la nuit passée…

« … ces gens-là s'en foutent ! Et je suppose que tu n'as pas fixé de limites non plus ! Excellent ! Si tu penses que ton père va être d'accord, détrompe-toi. Et si tu penses que tu peux t'en tirer à bon compte, détrompe-toi aussi ! Ce n'est pas vrai qu'à treize ans, ma fille va travailler, ce n'est pas vrai qu'on va faire partie des parents irresponsables qui envoient leurs enfants au charbon à douze ans ! Déjà que tu as rejoint les statistiques des enfants de familles monoparentales, on n'empirera certainement pas les choses. Et si tu as besoin de plus d'argent de poche, tu as un père et il va payer. Au cas où il l'oublierait, il est également supposé te verser une allocation hebdomadaire. Est-ce que ça aussi, il l'oublie une fois sur deux ? »

Annabelle repousse son assiette et se dirige vers la salle de bains : là au moins, sa mère peut difficilement la suivre. Le volume monte, par contre, et elle n'évite pas la prévisible suite : « J'apprécierais beaucoup que tu cesses de protéger ton père : il le fait très bien lui-même et tu peux être certaine qu'on ne l'exploite pas. Au contraire, c'est lui qui nous exploite, c'est lui qui nous oblige à nous humilier, à quémander ce qui devrait être offert, c'est sa façon de nous contrôler à distance. Eh bien, il va s'apercevoir que ça ne marche pas toujours et qu'il ne peut pas nous mentir à la semaine longue. »

C'est reparti : tous les reproches d'ordre conjugal vont y passer pour finir avec le pire : Marlène. Marlène qui a pris le divorce sur son dos. Marlène la mauvaise qui n'a même pas partagé la vie de Luc, qui a été « abandonnée » elle aussi par son monstre de père deux mois après le divorce ! Si Christianne savait le nombre de Marlène que son père a consommées depuis, elle serait affolée de laisser sa fille aller dans le lieu de perdition qu'est l'appartement de Luc.

Elle finit de boucler son sac quand la sonnette retentit. Elle veut battre sa mère de vitesse, mais Christianne court déjà dans l'entrée, ajustant soigneusement sa chemise dans ses jeans, nettoyant les coins de sa bouche, là où le rouge à lèvres risque de couler : les gestes de sa mère trahissent tant de sentiments équivoques qu'Annabelle s'immobilise et la regarde fixer son image dans le miroir. Nouveau coup de sonnette, Annabelle va ouvrir.

« Salut, ma puce ! Es-tu prête ? Je suis mal stationné. »

Elle se précipite sur son manteau. Christianne s'appuie nonchalamment sur la console de l'entrée :

— Pas le temps de prendre un café ?

— Non. Stationnement…

— Ta fille s'est trouvé un emploi.

— Quoi ?

Annabelle prend son sac : « Je vais t'expliquer. Viens ! »

Elle n'a pas besoin de le lui dire deux fois, il entend à peine Christianne ajouter : « Demande-lui donc de t'expliquer ça, oui. On va bien voir si elle trouve des arguments plus convaincants avec toi. »

* * *

La voiture sent la même chose que son père. C'est plus fort qu'elle, une fois assise dans la BMW, elle a l'impression d'être chez son père, beaucoup plus que dans son appartement ultramoderne et un peu froid. Le coup d'œil sur la ville est bien, mais c'est quand même un appartement qui fait célibataire. Dans la voiture, tout est chaleureux, confortable. Si le téléphone ne sonnait pas tout le temps, elle arriverait même à imaginer pouvoir parler à son père. Quel dommage qu'il refuse de se procurer un répondeur d'auto ! « C'est vrai, l'emploi ? »

Elle hausse les épaules : « Elle fait des drames… »

D'habitude, c'est la phrase magique pour la complicité : c'est le genre d'arguments que son père comprend très bien.

— Mais ?…

— Mais rien ! J'ai été garder un bébé en face de chez nous.

— Ah bon !

Soulagé, Luc a l'air de trouver que ce sont des drames pour rien, effectivement. Il embraye, à la fois avec la voiture et avec la série de questions rituelles qui ne reçoivent que de rituelles réponses.

— Comment ça marche à l'école ?

— Bien.

— Pas de problèmes ? T'apprends ce que tu as à apprendre ?

— Oui, oui.

— As-tu des devoirs en fin de semaine ?

— Toi ?

Il rit, la regarde avec ses yeux de charmeur : ça y est, il y a une fille qui les attend à l'appartement ! Annabelle se tait. Elle compte les arbres de Noël qu'ils croisent. L'étonnant, c'est qu'au lieu de placer un disque pour encombrer leur silence, son père lui parle doucement : « Anna… »

Il sait bien comment elle aime quand il l'appelle comme ça. C'est le nom d'adulte, celui qui la rend plus belle, en tout cas plus vieille, plus digne de confiance. Il continue avec la même bouleversante douceur : « Ça te dérange s'il y a quelqu'un ? »

Elle hausse les épaules : qu'est-ce qu'elle peut dire ? Elle sait ce qu'il veut entendre, elle sait ce que sa mère dirait, mais elle a envie qu'il l'apprécie, qu'il ne la trouve pas chiante : « Ben non… tu fais ta vie. »

Encore deux coins de rue en silence. Une lumière qui vire au rouge. Son père l'observe intensément, elle le sent mais ne veut pas se tourner vers lui. Elle n'a pas envie d'une « vraie » conversation, ce serait trop compliqué. Elle ne sait pas comment lui dire les choses, surtout quand son père essaie de comprendre : ça la déroute trop, elle en balbutie. Il tapote sa joue : « Toi ?… Pas de petit ami ? »

S'il faut qu'il s'y mette, lui aussi !

— Ben non !

— Même pas un kik ?

— Papa !…

Pour une fois, le téléphone qui bourdonne ne la dérange pas. Luc prend un ton presque cassant : mauvais signe… Il argumente maintenant, déjà excédé. Annabelle connaît la musique : c'est un engagement qu'on essaie de différer ou d'annuler, ce qui signifie que son père va passer l'après-midi au téléphone… et qu'elle est aussi bien d'apprécier la compagnie de la petite amie. Luc est un agent d'artistes qui, malgré de nombreuses difficultés, a juré d'exercer son métier selon ses convictions et non seulement selon la coutume. Il choisit ses poulains concertistes et s'en occupe totalement, ce qui veut dire qu'il ne délègue à aucun autre agent ou compagnie de disques le soin de l'artiste. Ce qui veut dire également qu'il les materne à l'occasion et qu'il gère des tournées internationales.

« Shit ! J'avais besoin de ça, d'abord ! Y veulent m'annuler la tournée de Lydia ! »

Lydia Scaletti, une des meilleures recrues de Luc, une concertiste qui ne cesse de monter. Finie la conduite préventive : Luc accélère, l'air soucieux. Il tourne le bouton de la radio : on dirait que la musique l'aide à réfléchir. En entrant dans le stationnement souterrain, les ondes se brouillent. Luc éteint : « Il y a Éric qui donne une soirée, tu veux venir avec nous ? »

Éric était le meilleur ami de ses parents qui est finalement resté le meilleur ami de son père et son associé. Ses soirées sont toujours très longues, tout le monde boit beaucoup, rit beaucoup et elle est toujours la seule de son âge :

— Je peux louer un film à la place ?

— Deux, si tu veux !

* * *

Le parfum de la fille est insupportable ! Épicé, lourd : Annabelle ferait une crise d'asthme si elle le pouvait. Elle a envie de se pincer le nez. Elle n'arrive pas à croire qu'on puisse embrasser, embrasser pour vrai, une femme qui sent l'insecticide ! Annouck, qu'elle s'appelle. Elle fait beaucoup d'efforts pour être gentille. Beaucoup trop. Annabelle a l'impression d'avoir dix ans. Encore un peu et Annouck lui offrirait de faire ses devoirs avec elle ! Luc, qui depuis les présentations s'est absorbé au téléphone pour tenter de sauver la tournée sur la côte ouest, n'aide pas particulièrement. Rien qu'à le voir marcher dans l'appartement, fouiller dans ses papiers en argumentant, Annabelle sait que rien de bon n'a l'air de poindre. Et quand Annouck s'est pendue à son cou, la seule fois où il s'est assis pour discuter tout en tournant les pages d'un énorme agenda, elle a compris qu'elle n'aurait pas à supporter l'odeur très longtemps.

Finalement, quand Luc annonce qu'il appelle Éric, l'avocat plus que l'ami, Annabelle décide d'aller au club vidéo sans attendre. Son père lui tend l'argent, l'oreille toujours vissée au téléphone : « Ça ne te fait rien, mon ange ? »

Elle sourit : mon ange, d'habitude, est réservé aux femmes qui traversent l'appartement, pas à sa fille ! De deux choses l'une : soit son père est très contrarié, soit elle va enfin être promue de la puce à l'ange.

À son retour, l'appartement est étrangement calme : Luc a dû aller annoncer à Lydia Scaletti que la tournée risquait de ne pas se faire. Elle s'approche du piano qui trône près de la plus vaste fenêtre. Un piano magnifique, un Steinway de Hambourg sept pieds, dont la laque noire reflète la lumière. Le rêve de son père. Elle feuillette les partitions qui traînent : Chopin, Debussy, Ravel, Mozart… où est passé Schubert, « leur » Schubert ?

Jamais plus Annabelle n'a été capable de toucher au clavier. Peu avant que ses parents divorcent, le piano l'a abandonnée. Finies les longues heures de gammes et d'arpèges, finies les leçons avec les plus grands profs qui exigent sans cesse plus de rythme, plus de finesse, plus de souplesse, plus de précision, finis les interminables exercices, l'apprentissage des pièces, les passages impossibles qui résistent… finis les quatre mains, les yeux de son père qui guettent le haussement de sourcils invitant à accélérer ou indiquant une entrée, finie l'époque où Luc perdait du temps à improviser avec elle, mettant même le répondeur pour « avoir la paix ».

Annabelle a dit non. Ou plutôt, elle n'a rien dit, elle s'est contentée de paralyser, les doigts rigides. Luc se mettait en colère chaque fois qu'on effleurait le sujet. Christianne, elle, avait trouvé terriblement pénibles ces cours et ces heures passées à attendre sa fille qui jouait. Ce qui avait été extraordinaire, quand la famille avait encore une certaine harmonie, était devenu, à mesure que la tension conjugale augmentait, une entreprise laborieuse et contraignante pour Christianne. Quand la musique avait déserté sa fille, Christianne avait triomphé. Elle l'avait toujours dit : un enfant n'est pas un esclave que l'on pousse au-delà de ses limites, même s'il a un don prodigieux.

Elle ne savait plus jouer. La musique se refusait. Seules les notes venaient, sans aucune fluidité. Comme si la littérature était soudain devenue du calcul : une addition de mots liés par des prépositions et des conjonctions. Un amas dépourvu de sens. Un tas de notes supposées produire de la musique. La magie s'était enfuie. Son père aussi. Les partitions les plus faciles se révélaient ardues, indéchiffrables. Le piano était comme un ennemi qui demande à être caressé et ne donnera rien en retour. Tout son corps s'était figé devant l'instrument et la musique avait fait de même.

Les mains moites, elle soulève le couvercle du clavier. Elle a peur et elle ne sait pas pourquoi. Elle a peur comme si elle pouvait encore perdre la musique. Comme si la peur n'avait pas déjà fait tout le mal possible. Les mains de son père. Les longues, fines, merveilleuses mains de Luc. Toute petite, il l'assoyait sur lui et il la faisait jouer. À quatre ans, elle avait répété toute seule un passage de mémoire. Émerveillé, Luc l'avait fait danser dans le salon, bouleversé d'avoir engendré une pianiste, une vraie, celle qui ferait la carrière que lui n'avait pu faire. Une carrière dont il s'occuperait méticuleusement, passionnément. Beaucoup mieux que tout ce qu'il faisait pour les autres artistes. Il lui ferait rencontrer les plus grands. Ils partiraient ensemble en tournée et le soir, après les grands concerts à Wigmore Hall, à Pleyel ou à Carnegie Hall, ils boiraient du champagne jusqu'à l'aube.

Cela ferait bientôt un an qu'elle paralysait devant le piano, incapable de faire bouger ses doigts souplement, épuisée à seulement se tenir assise sur le banc. Un an avec ce nœud dans la gorge à la seule vue d'un piano.

Elle place ses mains pour un accord de *si* bémol, sans frapper les touches. Ses mains sont longues, comme celles de Luc, mais elles ont l'air étrangères sur l'ivoire blanc. Une tension insoutenable s'installe, lui soulève le cœur. Elle ferme le couvercle, une petite buée se forme là où ses doigts touchaient le bois, petite signature de la peur. Elle se demande si Luc joue encore, lui.

Un murmure étouffé provient de la chambre. Un murmure qui s'amplifie en gémissements saccadés. Bon ! non seulement elle pue, mais elle crie ! Quelle merde, cette fille ! Elle se jure de ne jamais émettre un seul son, elle. Et elle claque la porte.

* * *

Le dernier enregistrement de Lydia l'accueille à son retour : une sorte de pot-pourri des classiques de Noël. Le genre de compromis commercial qu'Annabelle juge très sévèrement. Lydia est avant tout une concertiste et son père lui fait enregistrer des petites musiques de circonstance ! Luc a l'air de meilleure humeur. Aucune trace de la fille.

— Ta mère a appelé.

— Pourquoi ?

— M'emmerder, je pense.

Il tape quelque chose sur son ordinateur. Concentré, il fait la lippe quand ça refuse d'aller aussi vite qu'il le désire. Il est beau : la barbe un peu forte, le nez très droit, des yeux sombres qui brûlent. Son front se dégarnit peu à peu et il en éprouve beaucoup d'inquiétude, elle le sait juste à l'observer quand il passe devant un miroir : avant il se tâtait le menton, maintenant il se passe la main dans les cheveux et dégage son front pour vérifier si, effectivement, il manque quelque chose. C'est furtif, un coup d'œil inquiet, mais c'est immanquable.

Il est tellement absorbé qu'il en oublie sa présence. Elle enlève le disque de Lydia, en met un autre.

— Hé ! Ça se demande !

— Je peux ?

— Gêne-toi pas, ma chère… On vient de le sortir pour le temps des fêtes.

Pour faire la passe, oui ! Son père peut bien tenir de grands discours sur l'intégrité de l'artiste !

— T'aimes pas ça ?

— C'est deb !

— Quoi ?

— Rien.

Elle tripote les papiers qui traînent sur la table : un poster de Lydia, assise au piano. Elle est plutôt belle, un peu Joconde à son goût, mais belle quand même. La prise de vue trop classique lui retire son côté rebelle et sa détermination, elle accentue son aspect sage. Elle pensait que Luc couchait avec elle, que c'était pour ça principalement qu'il avait quitté Christianne. Elle a dû se tromper.

Luc s'est remis à taper frénétiquement. Les manches de son sweat-shirt sont remontées jusqu'au coude, elle a envie de le toucher tout à coup, ou bien qu'il la prenne dans ses bras. Elle se place derrière lui, regarde le texte défiler sur l'écran. Il sent le parfum de la fille : elle n'a même pas à se pencher, l'odeur est là, collée sur lui :

— La fille est partie ?

— Annouck, son nom. Dans le bain.

Évidemment ! Tout l'écœure, maintenant : l'idée de toucher son père, l'idée de toutes ces filles qui passent ici aussi vite que le texte sur l'écran de l'ordinateur, l'idée d'être elle-même une fille ! Dégoûtant !

« Elle est bien, non ? »

Il ne la regarde même pas ! Ses yeux restent braqués sur son travail. En tout cas, elle n'a pas à s'en faire, la semaine prochaine elle va être liquidée, la puante, elle va prendre le bord. Elle peut le prédire à la façon désinvolte que Luc a de lui demander son avis, ou alors, c'est que son avis compte moins qu'avant : « Elle pue ! » Elle regagne sa chambre où là, au moins, le lourd parfum n'a pas pénétré.

* * *

On frappe doucement à la porte. Luc doit se sentir coupable pour y aller avec tant de délicatesse : « Entrez. » C'est le visage de Lydia qui apparaît, une Lydia rajeunie, aux cheveux coupés court.

« Lydia ! » Annabelle s'élance, l'embrasse, touche ses cheveux :

— Tu les as coupés ? C'est mieux. C'est super beau !

Ça fait longtemps qu'on s'est pas vues. Qu'est-ce que tu fais ici?

— Luc m'a laissé deux messages genre : c'est pas essentiel, mais si je pouvais passer te voir… un samedi! J'ai trouvé ça bizarre et je suis venue.

— Es-tu déçue? C'était quoi, la tournée?

— Vancouver et Victoria, du 27 décembre au 8 janvier. As-tu une idée que ça ne me fait pas trop mal au cœur? Vancouver dans une chambre d'hôtel toute seule le 31 au soir, ça me tentait c'est effrayant.

— Pourquoi t'avais dit oui?

— J'avais dit non. Tu connais Luc…

— Pourquoi ça marche pas?

— La providence des filles qui ne savent pas dire non assez fort : une grève du personnel technique dans toutes les salles de concert du British-Columbia! Luc est en train de concocter une petite poursuite pour bris de contrat avec Éric. Ils ont conclu que j'ai perdu cinquante mille dollars à cause d'eux. Ma cote monte d'heure en heure.

— N'empêche que ça marche : tu travailles fort.

— Oui. Même que j'ai perdu mon tchum pendant ma tournée au Japon.

— C'est quoi le rapport?

— Je pense qu'il a trouvé que ça lui coûtait trop cher d'interurbains.

— C'est la tournée de septembre que papa a faite avec toi?

— C'est ça. Pas reposant de voyager avec lui : j'ai fait trois fois plus d'entrevues.

— Mais au moins tu ne t'es pas retrouvée toute seule dans une chambre d'hôtel à Tōkyō!

— C'est encore drôle… Toi, comment tu vas? Tu changes en tout cas, t'embellis.

— Ben non : je grandis, j'ai des boutons et je rougis : l'ado-type !

— Ça va faire : où ça, les boutons ? Et je te ferai remarquer que je rougis encore et que je vais avoir vingt-sept ans. T'en as pour combien de temps avec tes appareils dentaires ?

— On est supposé les enlever après ma fête, en avril ou mai.

— Tu vas être irrésistible ! Et le piano ?

Annabelle hoche la tête. Elle n'a pas envie de s'expliquer là-dessus, surtout pas à Lydia.

— Et ta mère ? Je ne l'ai pas revue depuis… depuis…

— Depuis le divorce ! Ça va faire un an en janvier.

— Déjà ? Ça passe vite.

— Ça dépend pour qui.

— Ah oui ? C'est dur ?

— Maman est de mauvaise humeur depuis que papa est parti. Genre enragée. En tout cas, ils n'ont pas l'air d'avoir réglé ça.

— Elle n'a pas de petit ami ?

— Maman ? Jamais ! Elle est fâchée contre tous les hommes de la terre, je pense.

— Et toutes les femmes…

— Tu dis ça parce qu'elle est jalouse ? Par chance qu'elle ne sait pas ce qui se passe ici…

— Elle ne sait rien ?

— Je pense pas. Elle invente des histoires, mais elle sait rien parce qu'elle ne demande rien.

— Tu crois qu'elle l'attend encore ?

— Papa ? Ah… je n'avais pas pensé à ça, mais ça se peut.

— Et toi, t'attends quoi pour être en amour ?

Annabelle hausse les épaules, gênée. Elle est sûre qu'elle rougit. Elle regarde par la fenêtre. Lydia insiste :

— C'est qui ? Quel âge il a ? Il est comment ?

— Y a personne !

— Annabelle, franchement ! Si tu veux mentir, va falloir que tu te forces un peu plus. Je ne le dirai pas, juré.

— Je te dis qu'y a rien !

— Ni à ton père, ni à ta mère, ni à Éric. Juré !

— R-I-E-N, rien !

— O.K., je vais deviner : il est dans ta classe.

— Penses-tu ! Des bébés !

— En secondaire III, alors ?

— Franchement… tu perds ton temps, y a personne.

— Pourquoi t'as rougi, d'abord ?

— Parce que je suis niaiseuse !

— Non, non, il y a quelque chose…

— Arrête, Lydia ! Parle-moi des tiens.

— T'essayes de faire diversion, je te vois aller.

— Y a rien, je te dis.

— Ah : un gars que t'aimes et qui ne le sait pas. C'est ça ? Ou un qui t'aime follement et que toi tu ne veux pas ?

— J'avais oublié comment t'étais collante.

— Disons que toi, tu l'aimes, et que lui ne le sait pas.

— Toi ? Vas-tu te marier ? Avoir des enfants ?

— Tu crois à ça, toi, le mariage ?

— Pas tellement, mais aux enfants, j'y crois.

— Forcément ! Vas-tu venir garder les miens si jamais j'en ai ?

— Ma mère veut pas. Elle dit que je suis trop jeune et que mon père a assez d'argent pour me faire vivre.

— C'est vrai ? Elle refuse ?

— J'y vais pareil.

— Qu'est-ce qu'elle dit ?

— Elle crie.

— Ma pauvre puce, j'ai l'impression que ça te coûte cher, ce divorce-là.

La tendresse de Lydia est si rassurante, ses bras si accueillants qu'Annabelle est à deux doigts de se mettre à pleurer sans même savoir pourquoi. Elle se laisse bercer un peu, le temps que sa gorge se décoince. Lydia caresse ses cheveux doucement.

— C'est quoi ton parfum, Lydia ?

— Eau d'Hadrien.

— Tu sens ça depuis que je te connais.

— C'est vrai ! J'en ai essayé beaucoup, mais j'y reviens toujours, à celui-là.

— Les hommes ne remarquent pas ça, le parfum ?

— Oh oui, certainement qu'ils le remarquent !

— Pas Luc.

— Tu penses ? Il m'a déjà dit qu'il aimait le mien.

— Ah oui ? Ben d'abord, il a changé.

On frappe à la porte. C'est Luc qui se risque : « Annabelle ? Qu'est-ce que tu aimes mieux faire venir pour souper ? Du chinois ou de l'italien ? »

Lydia n'en revient pas :

— Tu n'as pas honte, Luc Pelchat ? Tu as ta fille deux jours par semaine et tu lui fais venir du chinois ? Franchement !

— Elle aime ça. Annabelle, dis-lui.

— Je comprends ! Si c'est ça ou du macaroni. Pourquoi tu ne la nourris pas convenablement, c'est trop compliqué pour toi ?

— Écoute, Lydia, je pensais qu'elle viendrait avec nous chez Éric.

— Éric ! Comme si ça pouvait l'amuser de regarder Éric se soûler ! Il n'y aura personne de son âge là-bas.

— Elle ne vient pas, non plus ! Qu'est-ce qui te prend, toi ?

— Il me prend que je te trouve assez ordinaire en père de fin de semaine.

Annabelle essaie d'intervenir :

— C'est pas grave, Lydia. J'aime ça, le chinois.

— Et tu le défends ! Tu peux te compter chanceux, toi. Toutes les femmes sont à tes pieds, même ta fille. Ça ne te coûte même pas d'efforts : elles se précipitent pour t'excuser.

— Pour être franc, Lydia, je ne vois pas en quoi ça te regarde.

— Ça ne me regarde pas du tout, tu as raison. Mais ça fait sept ans que tu es mon agent et je n'ai jamais mangé de pizza avec toi. En tournée, quand tu te payes une soirée de congé, tu t'arranges pour que quelqu'un me tienne compagnie. Tu traites ta fille comme une artiste de deuxième ordre qui ne vaut pas l'investissement. Je te trouve épouvantable. Viens, Annabelle, on sort ensemble. On va au restaurant du Ritz. Tu nous prendras quand on reviendra, Luc.

Stupéfait, Luc les regarde sortir. Il n'essaie même pas de les arrêter : Lydia est certainement fâchée à cause de la tournée annulée et elle a sauté sur ce prétexte pour lui faire une scène et Annabelle… il ne sait pas, elle avait l'air plutôt ravie. Après ce qu'elle a dit d'Annouck… Finalement, il ne comprend rien aux adolescentes. Et peut-être qu'il ne comprend rien aux femmes, non plus.

Annouck est prête, infiniment élégante dans une robe rouge feu :

— Lydia est partie ?

— Avec Annabelle, oui.

Elle s'approche, l'œil allumé : « Alors, on est seuls ? Il n'y a pas à dire, elle n'est pas collante, ta fille. »

Elle l'enlace. Quelque chose l'agace souverainement dans sa façon de sous-entendre que sa fille pourrait être de trop. Il se dégage un peu sèchement : « C'est quoi, ton parfum ? »

* * *

Encore un samedi raté ! Presque chaque fois que Luc part avec sa fille, Christianne a besoin de la journée pour s'y faire. C'est toujours le même scénario : la première phase consiste à récriminer, empiler les reproches, aller même jusqu'à les formuler à voix haute, et la seconde consiste à résister à l'envie de saisir le téléphone pour se soulager en abîmant Luc de bêtises. C'est plus fort qu'elle : toutes ses journées, toute sa vie tourne autour de Luc et d'Annabelle. Comme si elle n'avait d'existence qu'à travers eux. Combien de fois s'est-elle dit d'abandonner, de cesser de se livrer à toute cette comptabilité, d'arrêter de faire des listes mentales de tous les manquements et erreurs de Luc ? Elle va devenir une femme insupportable, une harpie, une mégère. Annabelle va finir par demander de demeurer avec son père. Dieu merci, il a un travail qui l'oblige à voyager, qui l'empêche de rentrer chez lui à heures fixes, Dieu merci, elle pourra toujours arguer qu'il n'a aucun souci domestique et qu'il ne sait même pas changer une couche. Bon, d'accord, pour la couche c'est un peu hors de propos, mais ça illustre la carence.

Illustrer la carence ! Elle sourit, vaincue, et elle referme doucement le lave-vaisselle. Voilà ce qu'elle fait depuis un an : elle illustre la carence. Celle de tout le monde, sauf la sienne. Surtout la sienne. Prendre soin d'accuser avant d'être accusée. Petite tactique de défense très ancienne et toujours efficace.

Christianne arpente la maison vide ; elle ramasse distraitement les vêtements que sa fille sème toujours sur son passage. Sa chambre est d'ailleurs un fourbi incroyable. Elle ferme la porte sans faire de l'ordre : cela, Annabelle ne le lui pardonnerait pas. Christianne connaît les limites de tolérance de sa fille qui sont, elle est prête à le reconnaître, plutôt larges. Mais il ne faut toucher ni à ses vêtements ni à sa chambre. Elle peut dire ce qu'elle veut, sur le ton qu'elle veut, exiger plus d'ordre, mais Annabelle condamnera toute tentative factuelle.

Sa chambre à elle, au contraire, est un joyau d'ordre. Et d'ennui. Son lit est tellement impeccable qu'on dirait que personne n'y couche. Christianne sait qu'elle est sur une mauvaise pente, mais c'est comme un vice : elle ouvre le tiroir de la table de nuit et sort l'enveloppe. Luc s'étale sur le couvre-lit dans un éventail de couleurs et de sourires. Elle touche ses tempes, là où ça palpite habituellement, là où elle l'embrassait après le plaisir, Luc…

Elle voudrait tellement le mépriser, le haïr, le trouver imbécile. Rien. Rien de tout cela ne vient, un trou, seulement le vide infini de la vie sans lui. Sans rire avec lui. Sans ses extravagances, ses folies. Elle ne sait pas aller trop loin avec panache, lui ne vit qu'en reculant les limites. Elle a l'impression désagréable d'être un gendarme qui ne cesse de rappeler les règlements qu'on risque d'enfreindre. Lui est un hors-la-loi dans l'âme, il ne sait que transgresser, que cueillir son plaisir là où il se trouve. Un irresponsable, c'est vrai, mais quand même soucieux de son bonheur. Un séducteur, un sensuel qui ne se refuse aucune sensation. Peu importent les engagements pris auparavant. Et elle ne pense pas qu'aux femmes. Elle pense aux amis qui le retiennent parce que la conversation est soudain agréable, au piano où il peut passer des heures parce que l'inspiration vient, même à un bon livre qu'il ne peut lâcher : toute forme de plaisir immédiat prend le pas sur ses obligations. Et s'il était à l'heure à un rendez-vous, c'est parce qu'il aimait son métier et non par conscience professionnelle. Il n'a pas de conscience. Aucune forme d'auto-analyse, de remise en question ne s'avérait possible avec lui : un égoïste, centré sur lui-même et ses plaisirs, un jouisseur au service de ses extases. Si Luc Pelchat tenait compte de vous, c'est que vous figuriez au tableau des plaisirs. Et le jour où vous étiez déclassé… ce jour-là, inutile d'essayer de vous amender : il y a des plaisirs, semble-t-il, qui ne ressuscitent pas de leurs cendres.

Pour la millième fois, Christianne cherche la raison. La vraie, la solide, la valable. Celle qui expliquerait un tel gâchis, celle qui justifierait une telle solitude. Depuis bientôt un an, elle creuse son passé comme un chien fouille le sol pour trouver un vieil os. Mais il n'y a rien. Rien qui fasse : voilà l'objet du litige, voilà ce qui cloche. Aucun os. Des débris d'os, poussières de culpabilité, un ennui distillé lentement, au fil des jours, petits morceaux de raisons qui, même en s'additionnant, ne fournissent pas de vraie cause. Ne reste que cette peur vissée au fond d'elle-même que, quoi qu'elle fasse, quel que soit le contrôle qu'elle tente d'exercer, rien n'y fera, elle est incompétente et inapte. Elle porte le ver, elle contamine. Elle est la cause. Elle a l'impression que c'est elle qui a forcé Luc à la quitter, que ce sont ses demandes, ses règlements, ses scènes qui ont épuisé sa vie conjugale. Pourquoi a-t-elle cessé de supporter peu à peu ce qui était auparavant passé sous silence ? Elle ne sait pas. Ce qui auparavant la faisait rire, ce qui la séduisait tant, son inconstance, son sens du temps et des priorités plutôt fantaisiste, tout cela est devenu détestable. Elle a prétendu que c'était pour Annabelle. Elle l'a cru. Mais peut-être s'est-elle rigidifiée avec le temps… peut-être a-t-elle cherché à avoir raison techniquement, théoriquement, puisqu'elle sentait qu'elle perdait du terrain ailleurs. Que tous ses efforts étaient et resteraient vains.

Depuis longtemps, elle a l'impression qu'elle ne sait plus aimer avec insouciance, sans compter des points. Peu à peu tout est devenu dangereux, elle se surveillait sans cesse pour se placer à l'abri d'éventuels reproches. Mais Luc ne la blâmait jamais, elle sait cela. C'est elle qui a toujours été la spécialiste du reproche mérité, prouvé, de l'irréprochable reproche.

Elle ramasse les photos doucement : voilà, il est parti et c'était supposé être ce qu'elle désirait. Il ne pouvait plus faire son bonheur, il devenait trop dangereux parce que trop frivole, trop négligent avec sa fille, trop nonchalant avec elle. Et plus il l'était, plus elle devenait lourde, agressive. Plus elle l'aimait et plus elle se détestait. Comme si la seule présence de Luc mettait en relief son manque de désinvolture à elle. Elle avait cru en finir avec ce rapport de force suicidaire en divorçant, elle avait cru qu'elle agissait pour elle-même, se libérant d'un carcan qui l'obligeait à performer au-delà de ses limites, à contrôler ce qu'elle ne désirait pas contrôler : c'était faux. Depuis presque un an, elle s'est acérée, elle a gagné en défiance et en agressivité. La précision de ses reproches, même leur justesse n'excusent pas son manque d'humour. Elle est devenue invivable et, même parti, Luc gagne au change. Il gagne toujours parce qu'elle l'aime encore. Et le seul reproche impardonnable qu'elle peut formuler est qu'il ne l'aimait plus. Mais elle non plus, elle ne s'aimait plus. Et depuis plus longtemps que lui.

Christianne va à la fenêtre : qu'est-ce qu'ils font ? Ont-ils beaucoup de choses à se dire ? Annabelle parle-t-elle avec lui ? Ou est-elle la petite muette qu'elle est ici ? Va-t-il la faire rire, l'emmener au restaurant, la séduire comme les autres, comme si ce n'était pas différent, comme si ce n'était pas sa fille ? Elle s'inquiète, se ronge. Elle laisse la jalousie forer son trou. S'il allait trop loin, Annabelle le lui dirait ou pas ? Elle penche pour le non. Elle est convaincue de la solidité de l'alliance père-fille, certaine de leur complicité. Déjà, bébé, Annabelle cessait de pleurer quand Luc la prenait. Elle mangeait même des épinards avec lui. Il faut dire qu'elle-même ne s'abaissait pas à imiter Popeye !

Annabelle ne dit rien des fins de semaine passées avec son père. Là encore, il faut tout deviner. Elle part toujours heureuse en tout cas. Elle revient en répondant « bien » à toutes ses questions… et elle s'enferme pour ne plus les entendre. Dans le fond, si quelque chose clochait, Annabelle le dirait : elle est comme son père, elle ne supporte pas l'inconfort. Ce n'est pas la reine de la communication, mais elle sait très bien faire comprendre qu'on l'énerve. Pourvu que son père ne lui impose pas ses aventures ! Pourvu qu'il ne la mette pas en contact avec des insignifiantes vulgaires. Des Marlène !… Marlène ou Mylène, Christianne ne sait même plus. Cette petite sotte, cette imbécile au corps d'adolescente qui appelait toutes les demi-heures pour parler à Luc, qui venait sonner à leur porte. Et Luc qui ne niait même pas. Attachée de presse, mon œil ! Rien qu'à voir ses fesses moulées dans les jeans, elle savait qu'elle épluchait fort peu les journaux et que les seuls appels qu'elle faisait n'étaient pas pour planifier des interviews. Quand elle songe que son mariage s'est brisé sur une pareille idiote. Même pas la décence de se cacher ! La lippe gourmande, le commentaire macho : « J'avoue qu'elle a fait une belle entrevue quand je l'ai engagée. Très bonne performance. » Luc ne lui avait rien épargné. Annabelle avait défendu son père. Une fois, elle avait même dit que Luc avait couché avec la fille *après* leur séparation, par acquit de conscience presque. Ç'aurait bien été la seule fois où il aurait fait preuve de conscience.

Elle est jalouse, jalouse comme une teigne. Jalouse et hargneuse. Fielleuse. Elle sait sans avoir à le tâter que le pli sur son front s'est creusé, qu'elle gagne en amertume ce qu'elle perd en jeunesse et que ce n'est pas un troc obligé. Elle a trente-sept ans et elle peut refaire sa vie, elle n'est pas tenue de payer parce que son mariage est un échec. Elle voudrait savoir en quoi, d'ailleurs. Elle voudrait bien pouvoir discuter une fois, une seule vraie fois avec Luc, sincèrement, en mettant cartes sur table, discuter et vider le sac de la culpabilité. Une fois pour toutes. Sans animosité, pas pour se décharger de ses responsabilités, mais honnêtement, franchement, afin d'en finir avec les suppositions et nommer ce qui doit l'être pour enterrer la hache de guerre et cesser l'entreprise de démolition personnelle dans laquelle elle se perd. Elle va l'appeler. Ils devraient manger ensemble un de ces soirs et en discuter. Elle va le lui proposer gentiment. Sans menace, en avouant qu'elle en a besoin pour faire le point. En le lui demandant pour elle-même, parce qu'elle veut faire la paix. Et refaire sa vie. Et cesser de se trouver hideuse. Et cesser de voir en tout homme la répétition de son mariage, le jugement final, l'illustration de ses impuissances. Mais ça, elle ne le lui dira pas.

Pendant qu'il lui reste un petit courage, elle l'appelle. Quand elle entend la voix de cette femme, quand elle comprend qu'ils ne sont pas encore là mais que cette fille les attend, elle raccroche, furieuse.

Elle passe une bonne partie de l'après-midi à rappeler

et à trouver la ligne occupée. Jusqu'à ce qu'enfin elle puisse dire à Luc ce qu'elle pense de ses qualités paternelles et de son sens des responsabilités. Jusqu'à ce qu'elle lui rappelle sèchement leur convention en ce qui concerne les femmes en présence de sa fille.

Puis, épuisée, à bout, elle s'assoit dans le sofa et sanglote le reste de l'après-midi.

* * *

En se levant le dimanche matin, Annabelle trouve son père seul, installé confortablement dans la causeuse, les journaux de fin de semaine éparpillés autour de lui, sa vieille robe de chambre bleu roi sur le dos.

— Elle est partie ?

— Elle n'est pas revenue.

Annabelle se fait une petite place dans un coin, l'observe prendre une gorgée de café dans sa grosse tasse Mickey Mouse qu'elle lui a offerte quand elle avait huit ans : « Tu l'as jamais cassée ? »

Il a un œil furtif qui va de la tasse à sa fille : « Je ne casse jamais avec ce que j'aime. »

Le téléphone se met à sonner. Luc, sans bouger, gronde « NON », à chaque sonnerie. Il finit par aboyer comme un chien enragé, jusqu'à ce que la sonnerie cesse et qu'Annabelle soit morte de rire. « On l'a eu ! » Il se lève paresseusement, enclenche le répondeur :

— C'est dimanche, non ?

— C'est supposé.

Il revient, pose ses mains solides sur les épaules d'Annabelle, appuie un peu, la secoue tendrement : « Qu'est-ce que tu dirais d'un brunch, suivi d'un film, suivi d'un tour de librairie, suivi d'un bec ? »

Elle adore quand il est comme ça. D'habitude c'est pour se faire pardonner quelque chose, mais aujourd'hui c'est gratis. Elle est déjà debout : « Et tu mets la veste que t'as achetée avec moi l'autre fois. Et pas les bottes brunes ! Mets les noires en suède. Et peigne-toi pas trop. »

Il frotte son menton contre sa joue : « Ma barbe, est-ce que je la fais ? »

* * *

— La fin était deb, mais il est tellement beau !
— Qui ça ?
— Ben : Harrison Ford !
— Je pensais que c'était David Bowie ton style.
— J'ai changé.

Il essaie de ne pas avoir l'air moqueur. Elle en est à son deuxième morceau de gâteau et l'appétit n'a pas l'air de diminuer. Elle lui tend une bouchée qu'il refuse : « Ta mère va me tuer : deux portions de gâteau à cinq heures. »

Elle hausse les épaules : « Pas obligé de lui dire. »

Tiens, l'appétit semble s'évanouir… l'allusion à sa mère ou l'excès de sucre, il n'a pas envie d'approfondir. Il devrait, mais il n'en a pas envie. Ils ont passé un dimanche parfait, pourquoi le gâcher avec une « conversation » comme c'est indiqué dans tous les livres d'éducation ? Il y a des jours où c'est tellement simple et facile de fréquenter son petit mystère de fille. Intéressant aussi, parce qu'elle change, comme elle dit :

— Tu finis quand ?
— Le 22 décembre.
— Une semaine au soleil pour Noël, ça te tenterait ?
— Quoi ? Où ?
— Je ne sais pas, moi, il doit bien rester deux billets

d'avion pour une île quelconque où Noël ne ressemble pas à Noël.

Le plaisir dans les yeux d'Annabelle, l'excitation et cette façon qu'elle a de prendre sa main, de la secouer comme pour applaudir :

— Toute une semaine ? Juste nous deux ?

— Je vais essayer… mais je ne peux pas jurer de ne pas succomber : les filles bronzées, moi…

— Même celles qui ont l'air du lait écrémé, tu les regardes !

— Tu penses ?

— Tu peux pas t'en empêcher, c'est chronique.

— C'est ta mère qui dit ça ?

— Non : c'est Lydia, hier. Elle t'a traité de chronique avec les femmes.

Il sourit et a l'air ailleurs. L'air d'un matou qui va s'amuser. Elle voudrait qu'il reparle du Sud, elle regrette son allusion à Lydia, au travail. Même son allusion aux femmes si c'est pour le faire s'éloigner d'elle. Elle veut qu'il la regarde avec ses yeux foncés qui creusent loin et qui rient. Elle s'essaie à l'humour. D'habitude, ça marche :

— O.K., tu peux toutes les séduire, du moment que j'ai ma chambre, je m'en fiche.

— Franchement, tu me prends pour un vieux satyre ?

— C'est quoi ?

— Une sorte de débauché… Un gars qui baise dans la chambre où sa fille dort.

Elle se demande s'il s'en souvient ou si c'est un hasard. Même elle, elle n'est plus sûre que ce soit vraiment arrivé. Elle a dit ça comme ça, pour parler… Jamais elle n'avait évoqué cet événement avec lui ou avec quiconque. Ce n'est que maintenant que le souvenir ressurgit. C'était au tout début du divorce, avant le grand appartement, du temps où Éric prêtait son loft les fins de semaine parce que Luc n'avait rien trouvé et qu'il préférait transiter par tous les appartements de ses connaissances avant de s'installer pour de bon. L'appartement d'Éric était une grande pièce avec un coin chambre, un autre pour le salon, le bureau, la cuisine : tout dans le même espace sans cloison. Son père avait cuisiné pour elle et une fille, une violoniste qu'il allait peut-être représenter. Un « souper d'affaires » comme il disait. Elle s'était endormie sur le sofa. Quand elle s'était réveillée, on l'avait installée avec un oreiller et une couette. Un peu plus tard, en ouvrant les yeux, elle avait vu juste en face dans le coin chambre les cheveux roux de la fille luire sur l'oreiller à la clarté des chandelles et, juste au-dessus de cette profusion cuivrée, le visage concentré de son père qui, en relevant la tête, avait croisé son regard. Il y avait eu un bref instant où tout s'était arrêté, où, saisi, il avait seulement figé sur place, puis doucement, très lentement, il avait mis un doigt sur ses lèvres pour lui faire signe de se taire. Quand il était revenu près d'elle pour ajuster sa couverture, elle avait fait semblant de dormir. Ce qui la troublait encore, c'était ce regard, cette expression sur le visage de Luc au moment où il avait levé les yeux, comme s'il était très présent mais aussi absent. Elle savait très bien que c'était cela, la sexualité, un frémissement dans la belle bouche et une façon de respirer qui pince les narines. Ce regard. Et puis non, ce n'était pas que ça… c'était une sorte de confusion très précise… attirant et répugnant en même temps.

— … Bon, je note : deux chambres avec vue sur la mer, ça te convient ?

— Tu penses qu'on peut ?

— On va voir ; c'est dur mais faisable.

— Et maman ?

Le silence est plein des commentaires qu'ils nourrissent chacun à leur façon. Impuissant à résoudre un tel problème, Luc soupire en hochant la tête. Tout à coup, il se demande comment Annabelle réussit à négocier presque tous les jours avec une Christianne qui rechigne sur tout. Il espère seulement qu'elle est plus souple avec sa fille qu'avec son ex. Il en doute un peu, mais il espère néanmoins : « Laisse-moi m'en occuper. »

C'est certainement la plus belle proposition qu'Annabelle ait entendue depuis longtemps.

* * *

Elle n'a rien dit. Que pouvait-elle dire ? Terrassée, Christianne avait repoussé son assiette encore pleine, avait englouti le reste de son verre et elle s'était contentée de fixer un point au-delà de son interlocuteur, quelque part au fond du restaurant. Leur premier repas ensemble depuis onze mois ! Leur première sortie. Elle portait même un veston neuf qu'elle gardait pour « la » fois où elle se déciderait à tenter de séduire quelqu'un. C'était ça, la belle soirée.

Trahie sur toute la ligne, elle ne peut même pas l'accuser de ne pas se soucier de sa fille. Elle ne peut que l'accuser de ce qui était prévisible : c'est d'elle qu'il ne se soucie pas. Qu'elle passe son premier Noël toute seule, ou pire dans sa famille sans sa fille, qu'elle soit en congé à tourner dans la maison en quête d'une tâche qui la distrairait, cela lui importe peu. Pourquoi devrait-il penser à ça ?

« … Christianne ? »

Et en plus, il faut qu'elle dise quelque chose, qu'elle commente :

— Tu lui en as parlé ?

— Un peu, oui…

Un peu… et sa fille n'a rien dit. Elle a eu peur de lui en parler. Peur qu'elle se sente rejetée. Coupable de prendre son plaisir. Annabelle n'a rien dit parce qu'elle ne veut pas la blesser et que, même si elle ne le demande jamais, elle n'en exige pas moins une totale loyauté de la part de sa fille. Tout ce qu'elle ne voulait pas faire, tout ce qu'elle s'était juré de ne jamais faire ! C'est comme si elle atteignait le fin fond de l'échec. Sa petite fille ne peut plus lui parler de rien, ni de ses plaisirs, ni de ses espoirs, ni a fortiori de ses peines parce que sa propre mère ne sait pas l'écouter sans se mesurer à elle. Quand elle la tenait dans ses bras, petit bébé naissant, petit fardeau chaud contre ses seins, elle lui promettait le bonheur, elle lui jurait qu'elle aurait une vie remplie de douceurs et de plaisirs. Mais sa fille n'avait rien dit. Elle ne parlait jamais. Elle n'osait plus. Lui parlait-elle, à lui ? Lui avouait-elle ses secrets à ce père insuffisant, si souvent absent mais qui a tant de charme et des idées de génie pour les vacances ? Christianne entend encore comment sa mère l'avait prévenue : qu'est-ce que tu vas faire dans la vie de tous les jours avec un homme qui n'a que le sens des vacances ? Oui, maman, tu avais raison comme toujours, mais quel intérêt ? Je suis là tous les jours dans la vie d'Annabelle et elle se méfie de moi. Le chantage à la peine, maman, tu connais ?

— Elle te parle, à toi ?

— Pardon ?

Il est décontenancé, Luc. Il se tenait prêt à argumenter, à faire valoir le bien-fondé d'une semaine au soleil, le besoin qu'il avait de se rapprocher d'Anna à cause de ses absences prolongées de l'automne, il était paré à avouer tous ses manques passés (il en avait une belle liste à son actif), à promettre une constance qu'il était loin de ressentir, mais rien ne le préparait à une Christianne silencieuse, presque frappée de catalepsie. Il la trouve vieille et triste. Et il se sent cruel parce c'est vrai, elle a vieilli et elle est triste.

— Parler de quoi ?

— D'elle, de sa vie, de ce qu'elle pense…

Il fait non.

— Je peux te demander de t'arranger pour qu'elle soit avec moi au jour de l'an ?

— Bien sûr.

— Alors, c'est entendu.

— Tu devrais en profiter pour prendre un congé, partir toi aussi… tu as l'air fatiguée.

Elle sourit, prend son sac à main et de façon très désinvolte, presque sans se forcer, elle murmure : « Oui, je sais, j'ai eu un coup dur dernièrement. »

Il s'intéresse, poli :

— Ah oui ?

— Oui, un divorce.

L'éclair de moquerie haineuse qui traverse son regard le cloue sur place.

* * *

Julien la hante. À l'école, quand le cours l'ennuie, elle s'échappe vers lui, le retrouve mentalement dans toutes sortes d'endroits. Elle s'invente des rendez-vous, des effleurements, des secrets chuchotés de sa voix grave… elle n'en est pas encore à rêver de faire l'amour avec lui, mais tout ce qui en fait le tour, tout ce qui s'y rattache est exploré méthodiquement. Julien prend plus de réalité que le voyage dans le Sud, que les cours, que n'importe quoi. Elle se sent amoureuse et désespérée. Elle voudrait cesser de trembler quand elle lui parle. La veille, elle a sonné chez lui. Elle venait de voir Catherine partir et elle en a profité.

Elle avait préparé son excuse : l'avertir qu'elle ne pourrait pas garder parce qu'elle partait en vacances. Il est venu ouvrir avec le plat de purée de Léo dans les mains : « Entre… on est dans la cuisine. C'est l'heure du concert. »

Léo hurlait, en effet, presque debout dans la chaise haute. Elle a tenté de le calmer pendant que Julien finissait de préparer son repas. Dès la première bouchée, un silence parfait a régné.

— Ôte ton manteau, Anna. Regarde-le, on dirait qu'il n'a pas mangé de la semaine !

— Je ne veux pas déranger.

— Je suis content de te voir. Veux-tu manger avec moi ? Catherine vient de partir pour le théâtre. C'est un peu la raison de la crise du monsieur.

Deux bouchées goulues suivent : « Comme tu vois, ça ne l'empêche pas de se nourrir. »

Elle est debout près du bébé, son manteau sur le bras, incapable de trouver une réponse intelligente. En plus, il la regarde :

— Alors ? C'est oui ?

— Non. Je ne peux pas. Ma mère…

— Une autre fois. Assieds-toi quand même.

— Je suis juste venue te dire que je pars pour le Sud à Noël… je veux dire que je ne pourrai pas garder.

— Où ça ?

— Les îles Vierges.

— Chanceuse… je ne suis jamais allé dans ce coin-là.

Il tend un biscuit à Léo qui se met en devoir de l'émietter et de le répandre copieusement sur la tablette de sa chaise haute. Annabelle fixe le bébé, ce qui lui permet de cesser de rougir : « Regarde… je voulais juste te souhaiter un joyeux Noël. » Il se lève, rince le plat :

— Tu pars quand?

— Après après-demain.

Julien sourit : en cet instant, Anna a vraiment quatorze ans. Il la regarde mettre son manteau précipitamment :

— Ben… bonnes vacances, Anna. Prends du soleil pour tout l'hiver.

— Tu fais quoi? Je veux dire… vous faites quoi, vous autres?

Il prend Léo qui, à l'étape finale de son nettoyage, envoie valser toutes les miettes par terre :

— On va faire un arbre pour monsieur avec des boules incassables. Et puis… je devrais être bon pour voir Catherine toute une journée.

— Elle travaille beaucoup?

— Pas mal, oui. M'entends-tu? Le discours des femmes au foyer : je ne le vois jamais, mon mari travaille trop!

— T'as pas d'ouvrage?

— Je viens de finir une traduction de cinq cents pages. Il n'y a rien pour me faire recommencer avant le 3 janvier!

— Bon… bonnes vacances, d'abord!

Léo s'agite dans les bras de Julien, il veut descendre attraper ce qui reste de biscuit sur le plancher. Elle s'approche et embrasse presque la manche de Julien tellement le bébé gigote. Gênée, elle se précipite vers la sortie.

— Anna?

— Quoi?

— Et moi?

Il s'approche, il se penche, l'embrasse sur chaque joue, elle veut mourir tellement c'est doux, tellement il sent bon, tellement tout.

« Profites-en bien. »

Rendue sur le perron, elle s'aperçoit qu'elle a oublié ses gants sur la table de la cuisine.

C'est une somnambule qui rentre dans la maison d'en face.

* * *

Le premier matin, une brume opaque recouvrait tout le paysage et elle ne pouvait même pas dire où ils étaient. Luc prétendait que cela servait de tampon pour leur éviter un décalage trop brutal. C'était le blanc de la brume après celui de la neige : comme ça, les touristes énervés se trouvaient à l'abri de l'insolation pour la première journée. Luc était dans une forme splendide : il riait, jacassait, faisait le pitre. Elle l'observait en se demandant comment il réussissait à être si drôle sans jamais être ridicule. Elle était certaine que si elle s'y essayait, il aurait seulement honte d'elle parce qu'elle serait grotesque.

Ils ont loué des bicyclettes, des palmes et un snorkel, ils sont allés écouter un groupe de jazz jusqu'à trois heures du matin, il lui a acheté deux maillots super, au moins cinq t-shirts (dont un pour Christianne, mais cela, elle ne le lui a pas dit !) et des trucs pour rien, pour le plaisir. Elle a bu du champagne et il a même eu l'air content du cadeau de Noël qu'elle lui a offert : un chandail de coton qu'elle a mis quatre heures à choisir, rendant le commis complètement fou. La couleur était parfaite : son père était époustouflant là-dedans.

Ça, pour être beau, il l'était. Une fille à son école lui avait dit qu'elle serait gênée d'avoir un père aussi beau, que toutes les femmes devaient être après lui, d'autant plus que, souvent, il avait sa photo dans le journal en compagnie des artistes qu'il représentait. Elle avait haussé les épaules, comme si tout cela était infime à côté des vraies complications que représente la vie avec un important agent d'artistes.

Elle était fière de lui, fière qu'il soit brillant et charmeur, fière de ses fossettes et fière qu'il ne la renie pas. Au début du divorce, elle était certaine qu'il en profiterait pour s'éloigner d'elle, pour la mettre à sa place. Et c'était bien ce qui était arrivé : il travaillait comme un fou, faisait la navette entre trois tournées, mettait sur pied un tour du monde ou presque pour Lydia et s'associait avec une autre personne pour « agrandir son écurie ». Elle ne l'avait plus vu. Déjà, à cause de l'abandon du piano, leur façon à eux de communiquer avait pris fin. Le divorce les avait seulement éloignés un peu plus.

Jamais plus il n'a joué devant elle. Pour la punir peut-être. Ou peut-être a-t-il abandonné le piano lui aussi, laissant cela aux « pros » comme il disait de ses artistes. Elle n'osait même pas le lui demander.

La veille de leur départ, ils marchent sur la plage, revenant de l'autre extrémité de l'île. Ils sont épuisés, ils ont pris trop de soleil et, malgré sa casquette, les tempes battantes, elle craint le coup de soleil meurtrier. La marche qui, le matin, leur a semblé sublime est devenue un martyre. « Tu es fatiguée ? Tu veux faire le reste sur mes épaules ? »

Elle rit de lui : elle n'est plus un bébé ! De quoi elle aurait l'air, juchée sur ses épaules ? Ils se sont assis, pour souffler. Le couchant tamise l'éclairage peu à peu, l'enrobant de doré. Les oiseaux piquent dans les vagues et en ressortent avec des poissons qui brillent d'un dernier éclat avant d'être engloutis.

« T'entends ? Les vagues font un $^4/_4$ ce soir : le temps va changer. »

Elle n'aurait jamais parlé du rythme de l'océan. Elle n'a pas pensé que, pour lui aussi, tout se découpe en rythmes et en musique.

Le crépuscule gagne sur le jour. La maison d'été qu'il avait louée à Cape Cod, quelques années auparavant, lui revient en mémoire. Une magnifique maison blanche, au salon immense qui donnait sur la terrasse et sur la mer. Avant d'y entrer, il lui avait fermé les yeux et l'avait guidée jusqu'au salon où la surprise l'attendait : deux pianos, deux excellents pianos se faisaient face dans l'espace. On ne voyait que cela : les deux pianos, la terrasse et, au-delà, le bleu cobalt de l'océan. Tous les jours, tous les jours de ces trois semaines inoubliables, ils avaient joué ensemble, les yeux dans les yeux avec la mer au loin qui leur servait de métronome. Et quand le tempo variait, c'est que le temps allait changer.

Cette fois-là, à Cape Cod, sa mère avait boudé trois jours. À cause des pianos, de cette « extravagance » de millionnaire et probablement aussi à cause de leur complicité. Peut-être que le divorce avait commencé là, avec Schubert et Mozart et la mer, quand Luc et elle prenaient un tel plaisir à jouer ensemble.

Avec le recul, la maison de Cape Cod lui semble un conte de fées qui n'a jamais existé. Comme la musique. Comme leur famille.

Elle appuie la tête contre l'épaule de son père et, bien à l'abri dans son cou qui sent la crème solaire presque cuite, elle murmure : « Ça te déçoit beaucoup que je ne devienne pas une pianiste ? » Il laisse couler le sable qu'il tenait, respire à fond, comme pour mieux réfléchir. Après un long temps, il finit par dire :

— Oui. Oui, ça me déçoit. Mais ça me déçoit de moi, pas de toi. Christianne me reproche de t'avoir trop poussée, d'avoir abîmé ton plaisir, gâché ton don… je ne sais pas, mais si c'est vrai, je m'en veux encore plus.

— C'est pas toi.

— Non ?

Il prend son visage, l'oblige à le regarder bien en face : elle est mal à l'aise, elle regrette déjà d'avoir abordé le sujet. Mais il persiste, lui qui d'habitude déteste les conversations graves : « C'est quoi ? »

Elle hoche la tête, elle veut lui échapper, il se contente de la fixer avec ses yeux doux qui ne condamnent pas. Elle sait bien que c'était la chose la plus importante au monde, que c'était son rêve sacré. Pour elle aussi. Elle aussi voudrait retrouver le salon de Cape Cod quand la musique était légère et qu'elle coulait au bout de ses doigts sans effort. Quand la musique la soulevait, quand sa vie avait un sens. « Papa… papa, je voudrais, mais je ne peux plus… je m'excuse, j'ai essayé, je te jure, mais ça ne marche plus, ça ne vient plus. C'est… c'est parti. La musique est partie. »

Bon, elle va pleurer, sa lèvre tremble, sa gorge est aussi serrée que quand elle s'assoyait devant le piano, accablée d'impuissance. Il la serre dans ses bras, la berce en murmurant ses mots doux à lui, ses mots qui la font pleurer pour de bon, qui la feraient se précipiter sur un piano s'il s'en trouvait un sur la plage.

* * *

« Luc ! Luc… dors-tu ? Peux-tu m'ouvrir, s'il te plaît ? »

Elle est brûlante. Deux heures du matin, il ne sait même pas s'il devrait appeler un médecin ou non. Il la ramène dans son lit, apporte de l'eau, de l'aspirine. Elle claque des dents. Il éteint la climatisation et remplace les compresses. « Mal au cœur. » Il l'aide à aller aux toilettes et sourit quand même : elle n'est pas bavarde, sa fille. La phrase a tendance à s'abréger davantage quand elle est malade. Elle revient, presque translucide tellement elle est pâle. « Ça va un peu mieux ? »

Elle hoche la tête, se recouche, cherche la compresse. Elle frissonne tellement que le lit vibre. « Tu veux que j'appelle un médecin ? » Elle refuse et il ne sait plus quoi faire. Christianne saurait, bien sûr. Il se sent tellement nul.

— Tu veux qu'on appelle ta mère ?

— Es-tu fou ?

— Vas-tu pouvoir dormir ?

— Reste.

Elle saisit sa main, la place sur son front brûlant : « Reste. »

Il s'installe confortablement auprès d'elle et lui caresse le front. Peu à peu, les tremblements diminuent. Elle ferme les yeux, puis les ouvre brusquement :

— Si je m'endors, tu ne pars pas ?

— Je vais te réveiller pour te dire que je pars.

Elle sourit, referme les yeux. Sa respiration se calme, il a l'impression que la fièvre tombe un peu. Il continue sa caresse. Son bras gauche est engourdi, il n'ose pas changer de position de peur de la réveiller. Elle gémit un peu dans son sommeil. Annabelle… sa petite fille moite de fièvre, son bébé. Jamais il n'aurait cru que quelqu'un puisse être si important dans sa vie. Ni si pesant. Il se souvient encore du jour où on la lui a déposée dans les bras : tout le monde le fixait comme s'il aurait dû se comporter en miraculé ; Christianne, sa belle-mère, l'infirmière, toutes, les yeux aux aguets, le sourire entendu. Elle était petite, chiffonnée et elle grimaçait en sortant disgracieusement la langue. Rien pour émouvoir son cœur de père. Puis elle s'était mise à hurler. Il pouvait la tenir dans une seule main, à bout de bras, même si Christianne criait de peur. Elle pesait tout juste six livres. Six livres de responsabilités bien tassées. Six livres d'angoisse, de craintes. Six livres qui pesaient plus lourd que toute sa vie, qui sonnaient fêlé comme une erreur, six livres gigotantes qui le terrorisaient. Tout ce qui lui venait à l'esprit quand il pensait à sa fille était l'incompétence. Il n'avait pas la manière ni la confiance. Il ne savait pas quoi ou comment faire avec elle. Elle l'intimidait. Il n'arrivait pas à la séduire, à la faire rire. Elle le fixait, sérieuse comme un pape, et il avait beau faire le clown, c'est à peine si un coin de sa bouche se soulevait. Un seul. Son impassible juge en chef, qu'il l'appelait. Rien qu'à la regarder, le transept des responsabilités qui traverse le dos se crispait : il aurait voulu fuir à toutes jambes. D'ailleurs, le soir où on lui avait présenté sa fille, quand il avait quitté l'hôpital, il s'était précipité chez une amie et avait trompé Christianne pour la première fois depuis leur mariage. Petit réflexe du fil à la patte : quand on tirait pour le ramener, il attrapait la première femme et s'enfouissait dans la sexualité allègre de l'adultère. Et la première à avoir déclenché le mécanisme était Annabelle. Luc l'inconstant, l'irresponsable, le menteur s'avouait franchement, à cette petite heure de la nuit où sa fille s'endormait enfin, que l'amour le rendait infidèle. L'amour l'étouffait. Pour ne pas suffoquer, il allait respirer dans des bras inconnus qui n'exigeaient presque rien de lui. Et même quand ces femmes exigeaient plus, il ne s'en souciait pas, il ne les entendait pas. Elles ne lui étaient pas grand-chose, leurs exigences ne lui pesaient jamais. Il se souvient d'une femme qui l'avait traité de cruel parce qu'il se fichait de ce qu'elle deviendrait après leur liaison. Il l'avait regardée sans comprendre : n'était-ce pas clair ? N'était-ce pas une simple histoire de corps, une aventure sexuelle affolante, délirante, soit, mais pas une trappe amoureuse, pas un piège du cœur. Lui demandait-il de se soucier de ce que lui deviendrait après? Pourquoi agir légèrement si elle n'avait pas l'esprit à la légèreté? Pourquoi faire du sexe un traquenard à sentiments? Était-ce féminin cette disposition d'esprit qui finit par marchander chèrement ce qui, au début, était offert gracieusement? À quel titre devait-il montrer tant de gratitude? De toute façon, aimer n'était pas être reconnaissant, même pour le plus excessif des plaisirs. Autant il était certain d'être attiré par les femmes, autant il doutait de jamais pouvoir les aimer. Il supposait que l'amour envahissait le corps, tout comme le plaisir, qu'il irradiait, qu'il n'était pas nécessaire de le creuser, de le forcer, de le construire. Chaque fois qu'il avait cru aimer une femme, un malaise l'avait saisi, quelque chose qui ressemblait à un acharnement constant, à un petit rappel aigu d'une flopée de devoirs et de dettes qui envahissait la relation, et le seul plaisir qui demeurait était l'austère contentement d'avoir tenu ses engagements. Les gens heureux d'être amoureux le sidéraient. Pourquoi courir mettre sa tête sous le couperet de la guillotine? C'était surfait, cette idée de l'amour. Probablement inventé par un esprit chagrin en quête d'une explication à son manque de plaisir. Peut-être était-il infirme, comme le lui avait hurlé Christianne, un handicapé du cœur. Peut-être ne savait-il pas parler de ses émotions, mais il les considérait comme irrecevables pour les cœurs dits normaux. Il savait qu'il serait jugé sévèrement pour ses insuffisances émotionnelles. Et puis cette mode de l'homme aux émotions cachées le dégoûtait passablement. Comme si on venait de découvrir un tiroir secret. Encore un moyen de rendre les hommes intéressants et en quête d'un « support émotif » pour se mettre au monde une millième fois. Peut-être avait-il le cœur sec, mais il n'utilisait pas les femmes pour s'accomplir ou se légitimer. Il leur offrait de partager un plaisir. Sexuel et limité, il est vrai, mais partagé du fond du corps si ce n'est du cœur. Et bizarrement, il ne se sentait monstrueux que devant les femmes qui l'aimaient tant et qui le remettaient en question si durement. Il n'était pas certain d'avoir jamais aimé. Sauf peut-être, à son corps et à son cœur défendants, ce petit six livres bien tassées d'exigences qui en faisait maintenant presque cent. Et celle-là ne l'accablait pas de ses reproches. Elle le regardait avec ses yeux désolés et, pour la première fois de sa vie, il avait l'impression d'être devenu à son tour une de ces femmes qui exigeaient l'impossible sous prétexte d'amour. On dit : je t'aime, ma puce, et la voilà qui s'empare de la musique et bûche toute son enfance pour ensuite abandonner, épuisée, défaite, certaine d'être indigne parce qu'incapable d'aller plus loin. Lui a-t-il demandé cela ? Même sans le savoir, sans le vouloir, peu importent ses maudites justifications, a-t-il fait cela ? L'a-t-il accablée à son tour d'un fil à la patte ? À quatre ans ? Qu'a-t-il fait à son petit six livres si lourds ? Il lui a fait porter le poids de ses rêves déçus et c'était beaucoup, beaucoup plus que ce qu'un enfant peut porter. Même lui ne l'a jamais fait pour personne. Ce n'est pas cela, aimer. *Et si je t'aime, prends garde à toi,* voilà qui est probablement plus juste. Prends garde à moi, Anna ma belle, prends garde à celui qui ne sait pas aimer et qui se défait de cet encombrant fardeau dans tes bras de petite fille si obligeante. Sauve-toi, mon ange, sauve-toi de celui qui a peur avant d'avoir peur toi aussi. Préserve-toi de moi. Fuis celui qui ne sait pas de quelle fibre est tissé son cœur.

Elle dort mieux maintenant, plus profondément. Il

pourrait partir, retourner dans sa chambre. Mais il se contente de déplacer doucement son corps engourdi. Il allume la radio, très faiblement : le *Quatuor à cordes en ré majeur* de Borodine et sa mélopée triste, insistante. Il contemple sa petite fille endormie qui n'a plus besoin de lui pour cette nuit et demeure quand même là à veiller son sommeil parce que, pour une fois, de façon poignante, il en a besoin.

* * *

Dans l'avion, l'atmosphère est lugubre. Rien qu'à voir Annabelle éplucher consciencieusement le trou stratégique au genou de ses jeans, Luc sait que le retour lui pèse. Elle va mieux et son hâle dissimule ce qui lui reste de pâleur. Dieu merci, parce que Christianne l'aurait fusillé s'il avait ramené Annabelle malade : « Ça va ? Tu es sûre que tu ne veux pas que je demande un cachet à l'hôtesse ? »

Elle soupire, excédée :

— J'ai pas mal au cœur ! Je trouve ça plate de revenir.

— Une semaine, c'est juste assez pour savoir ce qu'on regrette. Mais au moins on n'a pas un teint de lait écrémé !

Ce regard qu'elle lui lance ! Il y reconnaît une suspicion très féminine. Elle en abandonne même son entreprise d'élargissement de la brèche de ses jeans : « Alors ? »

Il joue le jeu, pour le plaisir de la faire parler :

— Quoi ?

— Tu t'es tenu tranquille, on dirait.

— Mm…

— Ben, réponds !

— C'est quoi, la question ?

— Fais pas semblant… ta chambre, en as-tu profité ?

— Oui, oui, elle était très bien.

— Tu m'énerves quand tu fais ça.

— Tu veux savoir si je t'ai trompée?

— Laisse faire, O.K.?

— Pour être franc, si tu n'avais pas été malade, je suppose que j'aurais profité un peu mieux de ma chambre…

— J'ai été malade juste la dernière nuit!

— Ça m'avait pris sept jours pour la séduire.

— Pas vrai?

— Elle a trouvé mon lit un peu grand, mais très confortable…

Le sourire satisfait a un petit parfum de possessivité qu'il reconnaît. En ce moment, Annabelle ressemble beaucoup à sa mère.

En traversant les portes automatiques, Christianne est la première personne qu'ils aperçoivent. Elle se précipite sur Annabelle, l'étreint, la couvre de baisers. Luc observe la gêne de sa fille d'être ainsi appréciée devant des gens. Il avait oublié combien être adolescent signifie être fragile à l'opinion de tout le monde. Il tente de faire diversion pour soulager Annabelle : « Bonjour quand même, Christianne. »

Elle ne voulait pas le regarder, elle ne voulait pas le voir bronzé en plein mois de décembre, le sourire encore plus éclatant. Elle lui tend une joue contrainte :

— Bonjour, toi. Tu en as profité, on dirait?

— Je n'étais pas allé m'immoler sur l'autel du sacrifice.

— Dis-moi pas que tu n'avais pas apporté de travail, je ne te croirai pas.

— Anna : confirme, s'il te plaît.

— Rien.

— Ah bon! C'est nouveau.

Elle ramasse hâtivement les sacs de sa fille. Il a déjà

réussi à lui gâcher sa journée : « Tu as ta voiture au stationnement, je pense ? »

Il sourit : incroyable comme elle devient revêche ! Il pense méchamment qu'elle devrait se trouver un bon amant. C'est plus fort que lui, il n'arrive pas à croire qu'une telle disposition à l'agressivité ne se calmerait pas sous l'effet apaisant d'une belle nuit athlétique et il est bien placé pour savoir que son ex a des dispositions pour ce genre d'olympiades : « Oui, ma chère, je te remercie pour l'offre, mais ma voiture est au stationnement. »

Insensible à l'ironie, elle regarde sa fille : « Tu viens, Annabelle ? Maman nous attend pour souper. »

Luc grimace pour sa fille : il a presque envie de briser leur convention et d'avouer qu'elle a été malade pour lui éviter la corvée. Mais Annabelle se dirige vers lui avec un air de brave. Elle le serre très fort, pousse son nez dans son cou. Il est soudain bouleversé et la prend dans ses bras, jalousement :

— Ma puce…

— Merci. Merci pour tout.

Il voudrait lui dire quelque chose, juste pour qu'elle reste encore un peu dans ses bras, qu'elle ne le quitte pas tout de suite : « Merci à toi. Tu es une voyageuse "A one" ! »

Ses yeux brillent tellement, on dirait qu'elle va pleurer : « Tu vas me manquer, Anna. »

Elle chuchote un tout petit « toi aussi » et part sans se retourner.

En entrant chez lui, il ouvre le piano et joue en entier la *Fantaisie pour piano à quatre mains en fa mineur* de Schubert, *leur* fantaisie. La partie manquante creuse un trou terrible dans la mélodie.

* * *

ANNABELLE

L'ennui, avec sa grand-mère, c'est qu'il faut manger. Refuser une portion équivaut à l'insulter. Comme c'est Noël et que grand-maman tient à faire moderne, c'est du jambon à l'érable qu'elle pose sur la table familiale. Tout le monde est là : les trois filles et le père. Annabelle constate que, cette année, tout le monde a l'air célibataire ou monoparental. Sa grand-mère lui tend une assiette largement garnie : « On a retardé notre Noël, cette année, Annabelle. On ne voulait pas célébrer en ton absence ! » Ce qui, bien sûr, oblige Annabelle à manger toute son assiette. Déjà que sa mère l'a forcée à mettre une jupe et des bas collants ! D'habitude, Christianne est plus tolérante mais, cette fois, c'est avec autorité et sur un ton sans réplique qu'elle a expliqué à sa fille que, pour sa grand-mère, ce serait un blasphème de célébrer Noël en jeans troués, même si le genou qui en émergeait était bronzé.

Tout le monde la questionne. À les entendre, elle n'en dit jamais assez, ne donne pas de détails et semble n'avoir rien à raconter.

« Ton père, qui est si amusant, a bien dû trouver quelque chose pour te distraire. » Pourquoi entend-elle un blâme sous-entendu ou quelque chose de défavorable dissimulé dans le commentaire ? Elle se traite de paranoïaque et finit par lancer, excédée : « Mon dieu, je ne suis plus un bébé ! Il n'est pas obligé de m'amuser. »

Elle n'a pas envie de leur raconter. Ni la bicyclette, ni la plongée, ni les marches, ni le jazz et le champagne. Elle veut tout garder pour elle, précieusement. Ils vont les abîmer, les commenter, les juger si elle leur livre ses souvenirs.

Elle se sent ingrate et mécontente : c'est trop rapide aussi tout ce monde qui exige sa part de phrases, de sourires, de nouvelles drôles et intéressantes. Ils lui donnent l'impression d'avoir à jouer un rôle dont elle n'a pas appris le texte. Elle n'a rien d'intéressant à dire et les nouvelles ne sont pas bonnes : toutes ses notes ont baissé, son bulletin est arrivé pendant son absence. Une chance, d'ailleurs, parce que s'il était arrivé avant, le voyage aurait été compromis.

Elle déballe ses cadeaux en forçant un peu la note gaie pour camoufler sa déception d'être si peu gentille et aimable, d'être si peu celle qu'ils attendent. La seule surprise vient de son grand-père : il lui a offert un disque alors que tout le monde s'en est abstenu, croyant sans doute qu'en abandonnant le piano, elle reniait la musique. Il y a d'ailleurs un silence embarrassé qui s'installe pesamment sur l'assemblée. Ravie, elle l'embrasse affectueusement : « Ta grand-mère n'était pas d'accord, mais je me suis dit que si moi je m'ennuie tellement de quand tu jouais, ça devait bien te manquer de temps en temps. Et puis… tu l'écouteras dans dix ans si tu préfères. Tu l'auras, un point, c'est tout. »

Il serre sa main un peu trop fort. Sa tête a un petit hochement involontaire. Elle touche les cheveux blancs, l'embrasse sur la tempe, là où une grosse veine boursoufle la peau fine : « C'est un beau cadeau, grand-papa. Merci. » Il tapote son épaule parce qu'il est ému. Sa grand-mère ajoute, avec son inimitable ton pisse-vinaigre : « Il est même allé seul, sans demander l'avis ni l'aide de personne. Il aurait pu se perdre, évidemment, ou tomber. Enfin, il a fait comme il a voulu, comme d'habitude. »

Christianne est furieuse. Elle avait demandé qu'on n'aborde plus la question du piano. Un embargo de deux ans, ce n'était pas si difficile à respecter avec un enfant qu'on avait traité en esclave de la musique pendant huit ans. Mais non. Encore une fois, on l'ignore, on passe par-dessus son avis, on ne tient pas compte de ses problèmes. Est-ce qu'ils savent seulement combien c'est difficile de négocier avec une fille de treize ans qui veut tout abandonner sans s'expliquer ? Sans parler de Luc qui ne l'aide pas du tout, ne la consulte pas, ne se soucie pas plus qu'eux de son avis. Elle se demande comment arriver à se faire respecter par les gens et elle envisage avec terreur le jour pas très lointain où sa fille va à son tour la remettre à sa place et faire à sa tête. Cette façon qu'ils ont tous de lui signifier qu'elle n'est rien !

Vraiment, sa semaine de solitude n'a rien arrangé. Plus elle réfléchit, plus elle s'enfonce. Elle ramasse rageusement les emballages, les cartes, fourre les cadeaux dans un sac et déclare qu'elles doivent partir, qu'Annabelle est fatiguée du voyage et que, de toute façon, ils se revoient tous pour le dîner du premier de l'an. Elle se reproche sévèrement de prendre sa fille comme prétexte et, le sourire contraint, elle embrasse sa mère qui, raide et muette de rage, serre les lèvres de façon très éloquente.

Dans l'auto, pour faire exprès, Annabelle brise son habituel silence :

— Je ne vois pas pourquoi tu prends la peine de me faire changer de vêtements si c'est pour insulter grand-maman en partant avant la fin. Grand-papa était tout triste.

— Est-ce que j'ai le droit d'être fatiguée, moi ? Est-ce que j'ai le droit de les trouver pesants ? Ou est-ce qu'il n'y a que leurs humeurs qui comptent ?

— Bien sûr que non… mais tu as dit que c'était moi qui étais fatiguée.

Le soupir tendu de sa mère n'annonce rien de bon : « C'est vrai. J'ai pensé qu'après ta semaine de vacances, tu pouvais peut-être m'offrir ça : une bonne raison pour partir. Si c'est trop te demander, je m'excuse, à l'avenir, j'assumerai mes décisions. »

Annabelle connaît beaucoup trop ce ton-là pour répliquer quoi que ce soit. La seule tactique est le silence.

En rentrant, Christianne met le répondeur hors service d'un doigt brutal. Aucun appel. Comme elle se repliait stratégiquement vers sa chambre, Annabelle l'entend lancer : « À part ça, ton père aurait pu m'acheter un souvenir. Une coquille, je ne sais pas, un cendrier marqué *Souvenir des îles Vierges*, juste quelque chose pour m'empêcher de penser que je ne veux plus rien dire dans sa vie ! »

Malgré l'appel sous-entendu, Annabelle ferme doucement la porte de sa chambre. Quand elle est comme ça, sa mère la dépasse. Elle sait bien que, quoi que Luc ait acheté, cela n'aurait jamais été suffisant. C'est Luc qu'elle veut, son mari, sa vie conjugale d'avant. Pas un cendrier marqué *îles Vierges* ! En écoutant le disque de son grand-père, Annabelle imagine le vol plané qu'aurait décrit le cendrier s'il avait été offert. Au moins, ça la fait sourire.

* * *

Les négociations vont bon train. Christianne a de l'énergie pour deux. Enfoncée dans le fauteuil, la télécommande tendue, Annabelle voit sa partie de Nintendo solitaire fortement compromise par une discussion détestable. Sa mère a décidé de lui trouver une amie pour qu'elle ne s'ennuie pas au party de fin d'année où elles sont invitées :

— Juliette Pouliot ?

— Maman… j'étais en deuxième année, je ne l'ai pas revue depuis qu'on a déménagé. Arrête, O.K. ?

— Monique emmène Stéphanie, elle…

— Bon, c'est correct : Stéphanie est là, elle est de mon âge.

— Essaye pas, Annabelle : tu ne l'aimes pas. Ce n'est pas parce qu'on est amies, sa mère et moi…

Annabelle soupire : à quoi ça sert de discuter avec sa mère ?

— Je vais appeler papa pour voir ce qu'il fait.

— Non.

Un coup d'œil suffit pour constater que cette agréable solution n'est absolument pas envisageable.

— De toute façon, peut-être que je vais garder…

— Tu ne travailleras pas le dernier soir de l'année, certain. Tu vas venir t'amuser avec moi.

— Mais ça ne m'amuse pas.

— On va te trouver quelqu'un. Il y a peut-être un garçon que tu aimerais inviter ?

Ça y est ! Elle délire. Annabelle éteint la télé et va à la cuisine. Christianne la suit, bien sûr. Elle prend ce petit ton faussement humoristique qui n'est que pitoyable pour lui annoncer le scoop de l'année : « Ou alors, on s'accompagne mutuellement, qu'est-ce que tu en penses ? »

Elle n'en pense rien, fouille dans le frigo, sort le gâteau au chocolat trop riche. Christianne tourne le fer dans la plaie : « Tu veux de la crème glacée dessus ? »

Avec un verre de crème, peut-être ? se dit Annabelle ; vraiment sa mère n'en manque pas une aujourd'hui : « Non. » Elle sent qu'elle va le lui lancer en pleine face si elle lui offre autre chose. Sa mère s'installe en face d'elle :

— Tu comprends, je ne pourrai pas m'amuser si je sais que tu t'ennuies.

— Vas-y toute seule, c'est pas compliqué, ça ?

— Mais qu'est-ce que tu vas faire ici, toi ?

— Rien, maman. Je ne vais rien faire et je vais adorer ça, O.K. ? Je ne veux pas aller chez Suzie Bernier, ça me tente pas.

— Bon, c'est clair. Je vais l'appeler et lui dire que je n'y vais pas. Ce n'est pas plus compliqué que ça.

Annabelle lance sa fourchette dans l'assiette, se lève sans un mot, s'habille et sort. Christianne, confuse, ramasse le gâteau en maugréant : « Évidemment, c'est de ma faute ! Évidemment, je n'ai pas le tour ! »

Elle finit le gâteau de sa fille, miette par miette en racontant à Monique ses difficultés familiales et l'agressivité de son adolescente.

* * *

Rien qu'à voir le visage contrarié de Catherine, Annabelle sait qu'elle dérange. Elle se tuerait, mais maintenant qu'elle a sonné, elle doit foncer :

— Je voulais vous offrir de promener Léo.

— Il dort.

Elle a l'air d'une humeur massacrante. Mais elle est quand même belle.

— Ah bon. Une autre fois, alors…

— C'est ça.

— Heu…

Enfin ! Julien se pointe derrière elle, il sourit :

— Tiens, une étrangère qui revient du Sud !

— Salut, Julien. Écoutez… je ne veux pas vous déranger mais si vous avez besoin d'une gardienne ce soir, je suis libre et… et ça m'arrangerait en fait.

Elle a l'impression de les surprendre en pleine scène de ménage. Ils se regardent presque stupéfaits à l'idée qu'ils pourraient sortir fêter la nouvelle année. Catherine, sans un mot, se détourne et la laisse en compagnie de Julien qui suit sa femme des yeux, inquiet :

— Je te rappelle, O.K. ?

— Pas de problème.

Annabelle a tenu bon et elle a gagné : Christianne ira à sa réception et elle ira garder chez Julien. Tout le monde est épuisé et furieux.

* * *

L'atmosphère est si lourde quand Annabelle arrive chez Julien qu'elle se demande s'il existe un endroit au monde où l'harmonie règne.

Il est dix heures, Julien est encore en robe de chambre et Catherine est déjà partie : presque le rêve ! Elle s'assoit au salon pendant qu'il se prépare.

— J'ai failli t'appeler pour te dire de laisser faire. Je n'ai absolument pas envie d'aller célébrer quoi que ce soit.

— Ah non ?

— Non.

Il revient en ajustant sa chemise dans son jean : elle rougit à l'idée de voir seulement l'élastique de son caleçon.

— Tu ne fêtes pas, toi ? Tu n'as pas de party ?

— Ma mère voulait me traîner au sien comme quand j'avais dix ans.

— Je vois : aussi excitant que le party de Catherine.

Il s'éclipse, la laissant méditer sur cette dernière phrase lourde de sens quant à l'état de leur couple. Étrangement, cela l'inquiète ; elle a beau désirer Julien, rêver qu'il la trouve intéressante et séduisante, elle n'a aucun plaisir à le voir éprouver des difficultés avec Catherine. C'est même une sorte de panique que cela provoque chez elle.

Le manteau sur le dos, il lui crie : « Écoute, j'ai mis de la bouffe sur la table de la cuisine. Gêne-toi pas, c'est un spécial nouvel an. » Et la porte claque.

Elle se rend à la cuisine : des petits fours, toutes sortes de biscuits fins et même une demi-bouteille de vin avec le tire-bouchon. Son sourire se fige quand elle lit sur le bloc-notes qu'il y a un numéro de téléphone différent pour chacun d'eux.

Le *Bye-Bye* vient de finir quand elle entend la porte d'entrée s'ouvrir. Inquiète, elle se lève. Julien esquisse une grimace déçue :

— J'aurai essayé, au moins.

— C'était plate ?

— Mortel.

Il entre, s'installe dans le fauteuil en face d'elle : « Tu veux finir d'écouter ton émission ? »

Mais elle a déjà éteint. Il n'a pas l'air d'avoir envie d'être seul. Il ne fait aucun geste pour la payer. Elle prend son manteau, se dandine un peu : « Ben… bonne année, quand même ! »

Surpris, il la regarde. Il se lève d'un coup, confus : « Excuse-moi ! Bonne année, Anna ! »

Il la prend par les épaules, embrasse une joue, l'autre : elle retrouve l'odeur de son eau de toilette qu'elle va respirer dans la salle de bains chaque fois qu'il s'en va. Elle ferme les yeux sur son plaisir. Il passe un doigt sur le contour de son menton : « Qu'est-ce qu'il faut te souhaiter ? Un amoureux ? »

Elle hausse les épaules, gênée : « Toi ? Qu'est-ce que tu voudrais ? »

Un silence lourd et ses yeux tristes pour toute réponse. Elle voudrait bien trouver quelque chose à dire pour le consoler, mais elle n'est forte ni avec les phrases ni avec les consolations. « Fais pas cette tête-là, Anna, ce n'est pas si grave. T'as bu le vin ? »

Elle fait non en se demandant quel air elle pouvait bien avoir pour qu'il dise cela. « On prend un verre ensemble pour faire passer l'année ? »

Le rêve ! Assise avec lui, elle l'écoute parler de son travail, des dernières trouvailles de Léo, d'une chanson de Van Morrison qu'il trouve super et qu'il lui fait écouter. Elle ne sait plus quelle heure il est quand le téléphone sonne. Elle craint un peu que ce ne soit le zèle maternel de Christianne qui mette fin à sa belle soirée.

Mais Julien ne revient pas.

Ça s'éternise, on dirait. Pourtant, elle n'entend plus rien, aucun son.

Elle s'aventure jusque dans le corridor, s'arrête à la porte du bureau : assis dans son fauteuil, la figure dans les mains, Julien sanglote. Il pleure sans la voir, les épaules secouées, en émettant un petit son sourd et accablé.

Ce n'est pas parce qu'elle sait quoi dire qu'elle s'avance et le prend dans ses bras où il continue de sangloter.

* * *

Deux faits inusités l'accueillent à la maison : sa mère n'est pas rentrée et le répondeur clignote. En appuyant sur « play », elle se dit qu'il y a peut-être une relation de cause à effet. Elle entend d'abord un formidable bruit de fond : musique et voix qui hurlent avec celle de Luc qui prédomine : « Anna, ma belle, bonne année, mon ange. Je te souhaite l'amour comme tu le veux, avec qui tu le veux, et cetera. Je te souhaite du plaisir et des amis. Je te souhaite un père plus drôle et plus souvent près de toi. Ça, finalement, c'est à moi que je le souhaite parce que… parce que je pense que c'est dur de se passer de toi : oui, j'ai bu un petit peu, oui, je t'embrasse et toi aussi, Christianne, bonne année ! Je te souhaite… (un bon moment où le party prend le dessus)… je te dirai ça une autre fois… » (Elle entend une voix de femme crier : « Bonne année, Annabelle !, je t'embrasse. » et son père conclut : « C'est Lydia qui est venue me hurler dans les oreilles. Bye ! »

Comme c'est un style de souhaits que sa mère risque de ne pas apprécier, Annabelle efface le message et décide d'en transmettre l'esprit.

Mais le lendemain matin, assis dans la cuisine avec sa mère, un grand sec sirote son café. Gracieuse, presque roucoulante, Christianne fait les présentations. Jean-Marc qu'il s'appelle. Pas très beau : trop maigre, trop grand. Il l'observe et pose des questions : les deux attitudes qu'elle préfère. Pour échapper à leurs yeux implorant une sorte de collaboration, elle retourne dans son lit. Pour se venger, elle décide de réveiller Luc. Elle n'est pas sûre de réussir, il répond tout de suite :

— Je te dérange pas, j'espère…

— Non, mais je ne me lèverai pas si tu me permets.

— Quelle couleur, les cheveux de la fille ?

— Ah… qu'est-ce qui te ferait plaisir ?

— N'importe quoi sauf roux.

— Tu as sauté l'année en grande, Anna ?

— Non, j'ai gardé.

Elle ne peut quand même pas lui dire qu'elle a gardé un bébé et son père !

— J'espère que tu as gagné une fortune.

— Une sorte, oui.

— Tu fais quoi, aujourd'hui ?

— Grand-maman…

— Très excitant. J'avais oublié que les fêtes étaient

toutes organisées. C'est fou comme c'est le genre d'habitude qu'on perd vite. Mon père t'a laissé un cadeau ici.

— C'est quoi ?

— Ça ressemble à une enveloppe… Tu veux venir faire un tour ? Lydia est là.

— Ah oui ?

— Ne pense pas de mal de ton père, Anna. Lydia s'est… disons qu'elle a trébuché dans le champagne cette nuit et qu'elle avait besoin de support moral et physique. J'ai, bien sûr, assumé le support moral.

— Tu l'as bordée et tu es allé te coucher ?

— Incroyable, non ? Elle est même dans *ton* lit.

— Tu me surprends.

— Je travaille avec elle. Never screw the crew ! Excuse-moi, ta mère me trouverait vulgaire.

— C'est même pas vrai !

— Merci.

— Non… le bout en anglais.

Il rit. Elle adore le faire rigoler. Elle se sent spirituelle et très douée quand elle le fait rire : « Moi, je trouve que ça serait ton genre, Lydia. »

Un silence suivi d'un bref soupir :

— Peut-être, mais c'est une trop bonne pianiste pour que je passe à l'action.

— C'est quoi, le rapport ?

— C'est compliqué. Il est trop de bonne heure pour ça. L'année est trop jeune pour ce genre d'introspection. Et puis à part ça qu'est-ce qui te prend ? Tu veux que je me range ?

— Non.

— Ça serait bien, les week-ends à trois avec souper le dimanche chez belle-maman.

— Laisse faire.

— Ta mère est là ? Passe-la-moi, je vais lui souhaiter la bonne année, j'ai peur de l'avoir oubliée cette nuit. J'étais légèrement confus…

— T'as juste à l'appeler toi-même.

— Très aimable de ta part.

— C'est pas ça, mais elle est occupée.

— Ah…

— Bon, je te laisse. Bonne année, papa !

Quelle rapporteuse ! Elle a failli lui dire. Elle se dégoûte elle-même. Elle préférerait n'importe quoi plutôt que cette impression d'avoir voulu se venger de sa mère qui ose faire ce qu'Annabelle pardonne si facilement à son père. Chaque fois, c'est pareil : quand sa mère a un ami, elle devient méchante, le regarde sans complaisance et le trouve stupide.

Finalement, depuis presque un an, elle ne se sentait à sa place nulle part. Comme si personne n'avait plus vraiment d'importance. Ni personne ni rien. Elle qui avait passé les huit dernières années affolée, à travailler sans arrêt cinq à neuf heures par jour, elle se retrouvait désœuvrée et abandonnée. Dans sa vie, il n'y avait eu que le piano d'important. Elle se retrouvait seule. Personne n'avait besoin d'elle ou de ses efforts. Une insignifiante sans aucune utilité. Sauf si Julien avait encore de la peine… mais là évidemment, elle ne sera jamais autre chose que la petite voisine si gentille, la gardienne serviable. Elle s'examine dans le miroir : une sorte de plaque rose-rouge décore le haut de sa joue ; en plus elle va être menstruée ! Elle se déteste, trouve sa vie plate et sans but, décide de faire le ménage de sa chambre, se recouche et s'endort en se rappelant l'odeur des cheveux de Julien.

CHAPITRE II

Dans sa classe, il y a deux factions : celle de Judith St-Pierre, composée de tous les snobs qui ont quelque chose à prouver et celle de Dave Gingras qui s'applique surtout à écœurer la bande à Judith. Annabelle ne fait partie d'aucune bande. Il y a deux ou trois individus comme elle qui n'éprouvent aucun instinct grégaire et qui ne se préoccupent apparemment pas des autres. Mais, au fond, Annabelle se sent stupide d'être aussi isolée. Avant, elle faisait partie d'un groupe sélect : ceux qui se vouent à un art, les prodiges, les apprentis virtuoses. Il y avait une sorte de respect implicite dans le regard des autres, une distance mais aussi une considération. Avant, elle faisait partie de ceux qui ont quelque chose à faire de leur vie, une sorte de mission artistique qui lui volait tout son temps et tous ses loisirs, mais qui lui apportait une satisfaction intérieure et un statut particulier.

Personne dans sa classe, jamais, ne lui a fait de remarque, mais elle se considère elle-même comme déclassée, pratiquement déchue.

Elle a perdu presque tout son bronzage, mais quelqu'un l'a quand même complimentée sur son teint. Ce qui a provoqué Judith St-Pierre qui s'est mise à gueuler contre le temps pourri qu'elle a eu en Floride. C'est toujours pareil : dès qu'on parle à Annabelle, quelqu'un d'autre vient faire l'important et se met à discuter.

Annabelle regagne sa place. Près d'elle, il y a un

nouveau qui vient s'asseoir. Il y a surtout son compagnon qui provoque tout un émoi : un labrador blond sur lequel tout le monde se précipite pour se faire immédiatement interdire d'y toucher. Madame Juneau réclame le silence. Pendant qu'elle fait ses vœux de bonne année, Annabelle observe son voisin. Il ne regarde personne et son visage ne reste presque jamais immobile, comme s'il se livrait à une argumentation intérieure. Annabelle essaie de ne pas le fixer, mais c'est plus fort qu'elle, son regard revient sur cet étrange compagnon. Peut-être qu'il est tellement gêné que ça lui donne des tics !

Madame Juneau enchaîne et présente le nouveau. Il s'appelle Étienne et il est aveugle. Les handicapés sensoriels font désormais partie des classes d'intégration et elle leur demande d'être assez aimables pour accueillir Étienne chaleureusement.

Ensuite, madame Juneau invite Étienne à expliquer lui-même pourquoi on ne doit pas toucher son chien. Il se lève et présente Mon-Œil. Sa voix est ferme, étonnamment posée en comparaison de son visage. Il leur dit que ce n'est pas un toutou de compagnie, mais un allié qui travaille pour lui. Il doit pouvoir lui faire confiance. Il est censé être incorruptible, mais Étienne assure préférer ne pas vouloir tester son chien avec tous les restants de lunch des élèves, qui exerceraient, à coup sûr, un sérieux attrait sur la gourmandise de Mon-Œil.

« Si mon chien s'arrête, c'est pour me dire qu'il y a un obstacle, pas un trognon de pomme qui le tente. S'il mange le trognon de pomme et que je m'en aperçois, il faut que je le ramène à l'ordre et c'est toujours dur de le punir. Alors… essayez de le considérer comme un chien au travail qui a un boss ben exigeant. »

Il se rassoit, tout timide.

À la première pause, Annabelle les voit tous se précipiter pour parler au nouveau. Ça dure environ une semaine puis, comme toujours, chacun revient à son groupe, à ses préoccupations, à sa vie. Étienne est resté seul et n'a adhéré à aucun des deux clans qui ont fait leur maraudage à tour de rôle. Annabelle, quant à elle, n'a jamais parlé à Étienne. Elle l'a entendu s'exprimer comme tout le monde en classe et elle en a entendu parler par les autres, mais il l'intimide : elle ne sait pas quoi faire devant lui, elle ne sait pas s'il faut faire semblant de rien ou parler franchement.

Elle fouillait dans sa case quand elle l'a entendu, juste derrière elle : « Tu t'appelles Annabelle ? »

« Manche de pelle, oui ! » qu'elle pense, en se retournant. Pourquoi il la fixe comme s'il la voyait ?

— Oui.

— Tu es dans ma classe. Tu es assise à côté de moi et tu ne parles jamais.

Ce n'est même pas une question. Son visage est incroyablement mobile : comme s'il devait articuler plus qu'un autre ou comme s'il avait plus de muscles que nécessaire. Il tend la main, juste un peu trop à gauche : « Moi, c'est Étienne. »

Elle n'est pas habituée à serrer la main : ça fait très formel, très officiel, mais elle comprend qu'il n'a pas le choix. Sa main est très belle : une main d'homme, pas une main d'adolescent, soignée, aux ongles propres et bien limés, une main qui la touche vraiment et serre sans écraser la sienne. C'est la première fois qu'elle voit une main si belle et qui n'est pas celle d'un pianiste.

— Salut, Étienne.

— On n'habite pas loin.

Elle l'avait remarqué : il descend de l'autobus scolaire un arrêt avant le sien. Ce qu'elle ne comprend pas, c'est que lui sache où elle descend. Encore une fois, il enchaîne avec une de ses phrases qui n'ont pas l'air d'attendre de réponse : « Cherche pas : c'est Mon-Œil qui me l'a dit. »

Il a l'air absolument ravi. Il a un sourire d'enfant qui change toute l'expression de son visage. Comme si, cette fois, il avait juste ce qu'il faut de muscles. Il la regarde, elle n'arrive pas à sentir cela autrement. Puis, brusquement : « Tu es pianiste ? »

Là, c'est une vraie question. La réponse fuse, plus sèchement qu'elle ne le désirait : « Non. » Elle claque la porte de sa case et le plante là.

* * *

Christianne a envoyé promener son amant au bout de deux jours. Ce qui lui permet maintenant de décréter « les hommes » au lieu de « ton père » ; mais Annabelle trouve que le discours « Jean-Marc » ressemble en tous points à celui qui traitait de son père : les mêmes manques, les mêmes reproches, les mêmes déceptions. Monique lui semble un ange de patience : elle écoute et commente les longues analyses pseudo-psychologiques de son amie sans faiblir.

À table toutes les trois, elles n'ont pas encore fini leur assiette que Christianne a déjà attaqué Luc :

— Depuis le voyage dans le Sud, il n'a pas réussi à se libérer pour une seule fin de semaine complète. Ça me facilite la vie, ça, tu penses ? C'est à croire qu'il se sent muni d'un passe-droit parce qu'il l'a emmenée en voyage. Et c'est pas plus drôle pour toi, Annabelle…

— Ah maman, arrête !

— Quoi ? Qu'est-ce que j'ai dit de mal ? Tu n'es pas pour le défendre ? Si au moins il avait la décence d'appeler d'avance. Qu'il ne vienne pas me faire accroire que les tournées qu'il organise sont toutes improvisées ! Ou alors, qu'il change de métier. C'est toujours pareil avec lui : les femmes le mènent par le bout du nez et il invente n'importe quoi pour se plier à leurs caprices. Pour les choses essentielles comme sa fille, par exemple, ou son arrangement avec moi, on peut repasser ! Si j'étais toute seule à en souffrir, je ne dirais rien. Je ne dis rien quand le chèque arrive avec deux mois de retard : je n'ai jamais rouspété pour l'argent et je paye plus souvent qu'à mon tour. Mais qu'il nous désorganise à cause de ses petits rendez-vous sordides, ça non ! Et j'espère qu'il tient parole sur une chose, Annabelle : pas de fille chez lui quand tu es là.

— Jean-Marc venait bien ici !

— C'est loin d'être la même chose et tu le sais très bien. De toute façon, il n'est plus question qu'il vienne. Encore un qui voulait me plier dans sa case-horaire. Encore un qui dort quand on parle ! Mais lui, je ne lui ai pas envoyé dire…

Annabelle regarde Monique : il y a des jours où sa mère est tellement détestable qu'elle souhaiterait être adoptée ou déménager en face. Elle repousse son assiette, regarde sa montre :

— Je vais aller travailler en haut.

— Ah oui, ça me rappelle qu'il y a une réunion de parents à l'école demain. On m'a demandé de rencontrer ton professeur de français. Qu'est-ce que je suis supposée lui dire, Annabelle ? Que tes parents ont divorcé il y a un an et que tes résultats scolaires illustrent le traumatisme ?

Furieuse, Annabelle fixe sa mère en silence. Celle-ci est trop emportée pour remarquer quoi que ce soit :

— Ai-je besoin de spécifier que ton père ne peut pas venir ? Qu'est-ce qu'on va faire avec ton problème scolaire,

Annabelle ? Trouve au moins une réponse. Qu'est-ce que je leur dis à tes profs, demain ?

— Que t'es jalouse pour crever !

Elle ne prend même pas la peine de constater l'effet dévastateur de sa phrase.

* * *

Ils l'ont envoyée rencontrer la psychologue de l'école ! Humiliée, elle est restée assise dans son bureau pendant une heure à l'écouter lui demander d'expliquer la nature de ses blocages. Ses notes baissent, elle réussit de moins en moins quoiqu'elle ait plus de temps à consacrer à ses études, elle s'isole, ne parle à personne — qu'est-ce qui se passe ?

Annabelle n'a qu'une réponse, toujours la même : « Vous avez peut-être des problèmes avec ça, pas moi. »

C'est plus que du doute qu'elle voit dans l'œil de la psy, mais elle s'en fiche. Tout ce qu'elle veut, c'est que l'heure passe et qu'elle sorte de là. Elle la regarde essayer de lui glisser des réponses : sa mère n'a peut-être pas la patience nécessaire, le divorce semble la rendre instable, ruiner son estime de soi, son père a l'air absent souvent, lui manque-t-il ? Le voit-elle suffisamment ? Éprouve-t-elle le désir de changer la règle, de déménager chez lui, peut-être ? Qu'est-ce qui la rendrait plus à l'aise, plus heureuse ? Sortir d'ici, pense Annabelle sans le formuler. Sortir d'ici, grandir, déménager toute seule ou avec Julien. Avoir la paix.

La dame est en train de lui dire qu'elle la sent agressive dans son silence. Encore une chance qu'elle se taise, pense Annabelle, sinon elle verrait c'est quoi de l'agressivité ! Finalement, elle lui propose des tests pour tenter de cerner le problème. Annabelle se demande si elle a le droit de dire non. Elle reste de glace pour mesurer la marge de manœuvre qu'elle possède. Est-ce qu'on va la renvoyer si elle refuse de « cerner le problème » ?

« Regarde, je te laisse réfléchir à tout ça et on se revoit disons… dans quinze jours, d'accord ? On pourra fixer un rendez-vous avec l'orienteur à ce moment-là. J'ai l'impression que si tu savais avec quoi remplacer la musique dans l'avenir, ça t'aiderait beaucoup. »

Elle se lève, se précipite vers la sortie avant que cette femme trop sucrée ne la touche pour « avoir un contact personnel ».

Ce soir-là, c'est son père qui appelle. En personne ! « Les participes passés ont de la misère à rentrer ? »

Très drôle ! Elle ne dit rien, ne rit même pas.

— Annabelle ?

— Quoi ?

— T'es en maudit ?

— Non, pourquoi ?

— Je ne sais pas. Ta mère dit que tu es fâchée.

— C'est elle.

— Oui, ça, je sais. Attends-moi une minute, j'ai une autre ligne.

Toujours le même scénario ! Au bout de deux minutes, elle raccroche. Il rappellera s'il en a le temps quand le problème sera réglé ou s'il se souvient que c'est avec elle qu'il parlait. Quand ça sonne, elle répond comme si elle n'avait pas raccroché :

— Encore quelqu'un qui annule ?

— Non, la gloire plutôt : l'orchestre symphonique de Boston veut Antoine le même soir que Los Angeles. Tu choisirais quoi, toi ?

— Le premier qui l'a demandé.

— C'est Boston. Mais Los Angeles… je pourrais jumeler ça avec San Francisco…

— Aimes-tu mieux me rappeler ?

— Je te ferai remarquer que je te rappelle présentement.

— Ouais.

— Anna… écoute, ma puce… je pense qu'on a un problème…

Elle ne dit rien, ne l'aide pas, tendue. Il continue sur sa pénible lancée :

— Écoute, penses-tu que ça serait une bonne idée qu'on voie quelqu'un, toi et moi ? Je veux dire, quelqu'un comme un psy…

— C'est ton idée, ça ? Tu en as besoin ?

— Euh…

— Non.

— Non ? Tu es sûre ?

— Certaine.

— Qu'est-ce qu'on fait, alors ?

— En fin de semaine ? Tu es là ?

— Anna, ma belle, je suis pris samedi toute la journée. Je reviens dimanche seulement.

— Vendredi soir ?

— Je suis là… Merde ! Attends-moi ce coup-là ! Anna ?

— Oui, oui…

Il revient vite, en effet : « Tu es là ? »

Elle rit pour la première fois :

— Je t'ai eu, tantôt ?

— Je me suis trouvé niaiseux.

— Tu sais, il y a un truc pour bloquer les appels quand on veut avoir la paix : je te le montrerai vendredi.

— Mais…

— Maman le sait que tu pars samedi ?

— Pas encore.

— Dis-le pas. On fait comme si tu étais là. Je veux aller chez toi quand même.

— Mais, Anna, je ne peux pas te laisser toute seule à l'appartement. Ta mère me tuerait. Ça ne doit même pas être légal.

— J'ai treize ans et trois quarts, je garde le bébé d'en face, je peux rester toute seule une journée, voyons !

Un silence embarrassé.

— Dis oui…

— Pourquoi je dirais oui ?

— Pour me faire plaisir, parce que ça fait trois semaines que je ne suis pas sortie d'ici.

— À une condition.

Un soupir à fendre l'âme attend la condition.

« Qu'on essaie de se parler dimanche. La vérité vraie, pas des politesses. »

On entend une ligne qui sonne. Annabelle rit : « O.K., mais tu mettras le répondeur. »

Le jeudi sur son lit, elle trouve une enveloppe molletonnée accompagnée d'une note de Christianne : *Ton père t'a envoyé ça par messager à mon bureau.*

Elle sort deux vidéos et un message désolé, archi-archi-désolé… et un engagement formel pour l'autre fin de semaine.

Elle prend le téléphone et laisse sur son répondeur un « Je te crois pas », plutôt sec.

* * *

Malgré l'accueil frais qu'elle lui oppose, Étienne ne se décourage pas et persiste à fréquenter Annabelle comme si elle avait montré le moindre enthousiasme. À la pause, elle s'est assise près des cases, presque sous l'escalier, là où personne ne passe. Elle respire son poignet : la veille, elle l'a aspergé de l'eau de toilette de Julien et toute la matinée, en posant son front dans sa main, elle a pu profiter de l'odeur et rêver tout le long du cours en faisant semblant de s'appliquer.

« C'est là que tu te caches ? »

Bon ! Voilà l'engeance ! Comment fait-il pour la retrouver s'il est vraiment aveugle ?

« Je te dérange ? »

Elle ne répond même pas : il va peut-être penser qu'il n'y a personne.

— As-tu trouvé quelqu'un pour le travail d'équipe ?

— Non.

— Tu pourrais te mettre avec moi.

— Je pourrais… mais je ne suis pas bonne en français.

— Je suis bon, moi.

— Tu vas perdre des points.

Il n'a pas l'air de trouver ça grave ou même dérangeant. Ça, au moins, c'est nouveau pour elle :

— As-tu un sujet ?

— La corde.

— Quoi ?

Vraiment, lui, il est spécial ! La corde ! Madame Juneau a demandé d'explorer les différentes variations, utilisations et illustrations d'un mot, de fouiller son sens et ses sous-sens. Annabelle doute un peu :

— On ne fera pas dix pages sur la corde.

— Peut-être plus…

— T'es zélé.

Mon-Œil s'est installé à ses pieds. C'est plus fort qu'elle, elle tend la main et arrête son mouvement au-dessus de la tête du chien qui lève un œil inquiet vers Étienne. Instinctivement, Étienne caresse la tête du chien.

Elle avait pensé faire le travail toute seule, en prétextant s'y être prise trop tard pour s'associer à quiconque, mais elle n'avait pas trouvé de mot clé assez riche pour remplir dix pages d'illustrations et de variantes du concept. On dirait qu'Étienne lit dans ses pensées : « On pourrait commencer par un pendu : un dessin écœurant pour donner un choc en partant. On appellerait ça "La corde pour se pendre" ! »

Ça la fait rire… elle voit déjà la tête de madame Juneau : « O.K. »

Étienne est si vibrant de plaisir que Mon-Œil se trémousse, sûr qu'il y a un mouvement dans l'air. La cloche sonne la fin de la pause. Annabelle se lève :

— Comment tu as fait pour me trouver si tu ne vois pas ?

— Ton odeur…

— Quoi ? Je sens si fort que ça ?

— Aujourd'hui, c'était facile, tu sens le parfum. D'habitude, c'est plus subtil.

Elle s'arracherait la bouche plutôt que de demander c'est quoi son odeur plus subtile.

« Annabelle ! »

Elle était déjà trois pas en avant. Elle se retourne, l'attend. Il lui tend un papier :

— Mon numéro de téléphone pour le travail.

— Merci.

— Le tien ?

— J'ai pas de papier.

— Pas grave, dis-le, je vais m'en souvenir.

Elle est certaine que c'est vrai en plus.

* * *

Catherine est partie. Elle aime un autre homme que Julien. Un acteur. Ça faisait trois mois que ça durait. Elle restait pour Léo. Elle et Julien ont déménagé ensemble, mais c'était plutôt une dernière tentative de sauvetage du couple. C'est parce qu'il n'y avait rien de certain qu'elle n'avait pas défait toutes les boîtes en haut, dans la pièce du fond.

Annabelle écoute Julien lui raconter tout cela dans les détails. Léo s'est endormi contre lui. Il caresse distraitement les cheveux bouclés du bébé : les cheveux blond cendré de Catherine. Il a une voix brisée, encore plus basse que d'habitude :

— Je le savais, je l'avais vu venir mais je n'y croyais pas. Je ne voulais pas y croire.

— Léo ?

— Il reste avec moi. Le gars a déjà deux enfants qui viennent les fins de semaine. Léo va y aller de temps en temps.

Elle ferme les yeux : c'est atroce la sensation que ça fait, comme quand on coule. Elle ne comprend pas pourquoi elle trouve tout cela si déchirant : « Pourquoi tu ne te bats pas ? Pour la garder… »

Il sourit tristement, ne dit rien. C'est la première fois qu'elle lui en veut : « Faut que j'y aille. »

Il se lève en prenant garde de ne pas réveiller Léo : « Je voulais te remercier pour le premier de l'an… »

Elle est gênée tout à coup, incapable de le regarder en face. Il continue : « Tu sais, Anna, tu es une vraie amie pour moi. »

C'est le soir des émotions contraires. Ça lui fait un plaisir énorme, comme elle n'en a pas eu depuis longtemps. Et en même temps, elle ne sait pas, elle se sent bizarre, comme apeurée : qu'est-ce qu'elle peut faire, elle, pour soulager la peine d'un homme à qui elle pense tout le temps ? La peine d'un homme qui a perdu sa femme et qui le regrette ? La peine d'un homme de vingt-sept ans…

Il l'embrasse doucement sur la joue : « Merci. »

Elle fait le tour du bloc pour décompresser. Elle ne comprend rien : elle devrait être heureuse, excitée, contente qu'il soit consolé par sa présence. Elle est tellement inquiète que ça lui tord les boyaux. Comme si la fin du monde allait arriver. Comme si la belle place qui lui était soudainement faite était inespérée et peut-être trop grande.

Pour la première fois, elle se demande si elle apprécierait tant que ça que Julien l'aime pour de bon. Comme une femme. Avec du désir et tout. Pour éviter de creuser la question, elle s'attarde sur l'idée qu'au moins ce n'est pas de sa faute si le couple se sépare, qu'elle ne les connaissait même pas quand Catherine est tombée amoureuse de l'acteur. Qui pouvait être mieux que Julien ? Elle s'arrête brusquement : devant elle, presque au coin de la rue, Étienne attend patiemment que son chien finisse d'arroser la clôture. Mon-Œil prend son temps. Elle est trop loin pour percevoir ce qu'Étienne lui dit. C'est étrange : vu de loin, Étienne a l'air de quelqu'un de rigide qui s'oriente grâce aux ondes. Quand il se tourne, c'est avec son corps entier, presque d'un seul bloc… ça lui donne une sorte de dignité, un air austère, à part des autres. Elle ferme les yeux un instant, essaie de s'orienter dans le noir : sans repère visuel, elle hésite tout de suite, où finit le trottoir, à quelle distance du croisement de la rue est-elle ?

« Salut. »

Elle ouvre les yeux : quelle idiote elle est ! Le chien l'a sentie, évidemment ! Il pousse de petits gémissements de plaisir en respirant ses cuisses. C'est fou, ça la gêne : Mon-Œil est trop impudique pour son goût. Elle le fait reculer en faisant mine de passer son chemin.

— Tu te promenais ?

— Comme tu vois.

Elle aurait aimé trouver mieux, mais maintenant que c'est dit…

« On peut faire un bout avec toi ? »

Elle se contente de marcher. Ils ne disent rien. Annabelle se demande pourquoi le silence ne l'énerve pas, ne l'intimide pas non plus. Elle met cela sur le compte du chien. Étienne s'arrête soudain :

— Bonsoir.

— Tu es rendu ?

— Oui. C'est là que je reste.

— Comment tu le sais ? Viens pas me dire que tu sens la maison ?

Ça le fait rire. Ça lui donne l'air tellement normal, ça lui retire toute sa raideur :

— Quand la clôture du voisin finit, ça renvoie un son particulier. À part de ça, à quoi tu penses que ça sert un chien guide ?

— Ben oui…

Plus débile que ça, ça ne doit pas se pouvoir ! Il touche légèrement son bras : « Bonne nuit. »

Elle le regarde monter l'escalier, entrer la clé dans la serrure sans une seule hésitation. Il se retourne, lui fait un signe et ferme la porte.

Même avec ses yeux, elle ne trouve pas le trou de la serrure si vite !

* * *

— Je me suis disputé avec Lydia.

— Ah…

Elle n'est pas sûre d'avoir envie d'entendre ça. Pour

une fois que Luc et elle se voient, pour une fois qu'ils mangent ensemble dans un restaurant de son choix à elle, il va falloir se taper un autre récit de gens pas contents.

« À ton sujet, d'ailleurs. »

C'est pire ! Elle qui avait réussi à contourner les sujets chauds de l'école, de sa mère et de la thérapeute qui battait encore la semelle en attendant qu'elle lui fasse signe ! Elle va se payer maintenant la responsabilité d'une chicane. Pour une fois, Luc ne continue pas sur son élan : il attend et il a l'air de suivre sur son visage ce qu'elle pense.

« Qu'est-ce qui t'ennuie là-dedans ? »

Surprise, elle ouvre la bouche : elle ne s'attendait pas à ça. Elle s'agite, repousse ostensiblement son assiette. Elle voudrait s'en aller. Luc n'a pas l'air de vouloir comprendre :

— Anna, je n'ai pas dit que c'était de ta faute, j'ai dit que c'était à ton sujet.

— C'est quoi la différence ?

Il sourit : « À mon point de vue, elle est assez importante : dans un cas, tu es responsable, dans l'autre, c'est moi qui le suis. »

Elle ne comprend plus :

— On s'en va ?

— Je te ferai remarquer que tu as pris du dessert.

— Je n'en veux plus. Je n'ai plus faim.

— Si je te promets de ne plus en parler, est-ce que l'appétit te revient ?

— Arrête, O.K. ?

— Anna… (Il prend son stylo, repousse son assiette, sépare le napperon de deux lignes pour faire quatre carrés égaux et il lui tend son stylo). Tu as encore quatre périodes avec moi, samedi matin et après-midi et dimanche pareil. Choisis.

Elle croise les bras, s'appuie au dossier de sa chaise :
« C'est une idée de Lydia ? Ou de la thérapeute ? »

Il dépose doucement le stylo et le fait pivoter sur le
napperon. On dirait qu'il s'adresse à lui-même : « Qu'est-
ce que tu préfères, Anna ? Que je fasse semblant que tout
va très bien, que j'ai une fille heureuse, épanouie, détendue ? Qu'on ne parle de rien, qu'on évite soigneusement
tout ce qui accroche, que j'aie l'air de m'en ficher ou, pire,
de m'enfuir ? Me le pardonnerais-tu de faire ça, de te laisser
te débrouiller avec tes problèmes comme si ça ne me
regardait pas ? Comme si ça ne changeait rien pour moi ?
Pourrais-tu me pardonner ça ? »

Butée, elle fixe le stylo et se tait.

« Ça se joue à deux ces petits jeux-là, ma belle. »

Elle hausse les épaules pour bien lui montrer qu'elle
ne comprend pas et qu'elle s'en fiche. Le serveur arrive fort
à propos. Luc demande la suite, comme si elle n'avait rien
dit au sujet du départ. Il se tait et la regarde se consumer
d'impatience en agitant lentement son café. Le Tartuffo
fond peu à peu devant elle.

— Anna, tu veux savoir où j'étais la fin de semaine
passée ? Pourquoi je n'ai pas pu te prendre avec moi ?

— Non.

— Je te comprends. Mais je vais te le dire quand
même. J'étais à Seattle. Antoine de Bellefeuille jouait là-
bas. Il a paniqué parce qu'il s'est fait descendre par un critique. Il ne voulait plus jouer. Il s'était enfermé dans sa
chambre d'hôtel et refusait de répondre au téléphone.

Il l'observe, elle se sent obligée de parler :

— C'est pas grave, je savais que c'était important.

— Attends. Ça, c'est la première partie. Veux-tu
savoir maintenant pourquoi Lydia m'a engueulé ?

Elle le regarde sans rien dire, elle a peur, c'est tout.

« Lydia, quand elle a su que j'avais fait l'aller-retour Montréal-Seattle pour calmer les angoisses d'Antoine, Lydia m'a sauté dessus en me demandant ce que j'avais fait pour toi le jour où tu n'as plus voulu jouer. Elle m'a demandé de lui donner les arguments que j'avais utilisés pour te dissuader de faire une chose pareille. Elle m'a demandé combien de rendez-vous j'avais ratés pour sauver ta carrière. Elle m'a demandé pourquoi tu n'avais pas eu l'idée de me payer douze pour cent pour être certaine d'avoir un père qui se soucie de tes états d'âme. Elle… elle m'a dit pire que ça, je ne peux pas tout te répéter mais c'était… c'était terrible, Anna, parce que c'était vrai. »

Elle ne veut pas pleurer. Elle ne veut pas céder. Pourquoi fait-il cela et en plein restaurant, en plus ? Qu'est-ce qu'il veut lui extorquer maintenant, qu'est-ce qu'elle est supposée dire ou faire ?

Il reprend le stylo : « Je sais que j'ai encore l'air de te demander de l'aide, Anna, mais on dirait bien qu'il n'y a que toi dans cette famille qui saches négocier avec la culpabilité des autres. Je ne veux pas que tu signes un contrat, je veux qu'on parle, c'est tout. Je veux essayer d'être un père. »

Il lui tend le stylo. Elle déteste tout cela. Elle a l'impression d'être tombée dans un piège construit derrière son dos. Elle déteste la contrition de Luc, elle préfère son inconscience. Et elle ne veut pas parler du piano. Elle ne veut pas parler. S'il était un vrai père, il comprendrait au moins ça.

Elle saisit le stylo et trace un énorme X sur toute la surface du napperon. Puis elle se lève et attend Luc près de l'entrée du restaurant.

* * *

Comble de malchance, Luc n'avait aucun rendez-vous cette fin de semaine. Même pas une femme à inviter à dîner. Ils étaient tous les deux face à face. Mais il n'a pas recommencé le coup du restaurant. Il était là, lisait le journal, écrivait une lettre ou deux, regardait la télé avec elle. Il lui a même fait des crêpes flambées, sa spécialité. Ils sont allés au cinéma, il lui a acheté les jeans qu'elle voulait, mais elle craignait toujours qu'il ne veuille parler. Auparavant, c'était si commode : le seul endroit sûr pour ne pas se livrer à l'introspection, c'était chez son père. Et voilà qu'il s'y mettait lui aussi ! Il ne lui restait pas beaucoup d'endroits pour être bien. Même chez Julien, maintenant que Catherine était partie, il y avait une sorte de tristesse qui planait. Et Léo n'appréciait pas du tout le nouveau statut familial : il pleurait pour rien, contestait vigoureusement tout ce qu'il pouvait, même les jouets garantis à vie étaient amochés. Et puis, Léo ne dormait plus paisiblement : il faisait des cauchemars et il fallait le bercer très longtemps avant qu'il ne se rendorme. Annabelle était fascinée de voir à quel point un bébé de dix-sept mois pouvait percevoir les choses. Elle voyait Léo rechigner et elle l'entendait presque refuser la séparation de ses parents, les contredire, leur demander pardon et les supplier de ne pas l'abandonner. Quand elle le berçait, elle se demandait à quel point les sentiments de désespoir qu'elle lui prêtait si généreusement n'étaient pas les siens.

Elle devenait infiniment patiente avec lui, lui expliquait longuement les choses, le caressait, l'embrassait, faisait le pitre pour l'entendre rire. Et ça marchait : Léo était fou d'elle.

Il neigeait encore. Elle avait l'impression qu'il neigeait

tous les jours maintenant. Luc conduisait lentement, comme pour l'exaspérer. Mais il était songeur. Elle le connaissait assez pour savoir que son apparente bonne humeur était fêlée. Il avait le même air que quand une femme était sortie de sa vie.

« Ta mère a rompu avec Jean-Marc ? »

Ça y est ! Tout le monde peut lire dans ses pensées, on dirait :

— Ça fait deux semaines.

— Ça n'a pas duré longtemps. Tu l'aimais ?

— Ordinaire…

— Elle prend ça comment, ta mère ?

— C'est elle qui l'a mis à la porte.

— Tiens !

Ils sont arrivés. Pour une fois, Annabelle n'est pas fâchée de le quitter. Il la retient :

— Je sais que tu as hâte de te sauver, mais je veux te dire que j'ai mis les photos des îles Vierges dans ton sac… avec une lettre.

— Ah.

— Je savais que ça te ferait plaisir, mais pas à ce point-là.

Elle éclate de rire, l'embrasse et murmure : « Je la lirai même pas ! »

Elle allait fermer la portière :

— Hé !

— Quoi encore ?

— Juste pour te voir la face !

Lui, là…

* * *

ANNA, MA BELLE.

TU DORS. IL EST DEUX HEURES DU MATIN ET J'AI ÉTÉ TE

VOLER QUELQUES INSTANTS. COMBIEN DE FOIS, DANS MA VIE, T'AI-JE REGARDÉE DORMIR ? MON HEURE D'ADORATION, DISAIT TA JALOUSE DE MÈRE. J'AI TOUJOURS AIMÉ TE RECOUVRIR LA NUIT, T'ÉCOUTER RESPIRER DOUCEMENT, TOTALEMENT ABANDONNÉE.

QUAND TU ÉTAIS PETITE, ON AVAIT UN JEU : QUAND TU N'AIMAIS PAS QUELQUE CHOSE, TU FAISAIS UN DRÔLE DE « POU-TI ! », COMME SI QUELQUE CHOSE EXPLOSAIT. C'ÉTAIT DIT AVEC UNE CERTAINE BONNE HUMEUR, MA FOI. IL FALLAIT ÊTRE FUTÉ POUR SAVOIR QUE CE N'ÉTAIT PAS UNE EXPRESSION DE PLAISIR MAIS DE REFUS. JE NE ME SOUVIENS PLUS D'OÙ ÇA VENAIT, MAIS CHRISTIANNE IGNORAIT CE CODE. QUAND JE T'ENTENDAIS FAIRE ÇA, JE M'ARRANGEAIS POUR TE METTRE À L'ABRI. SAUF, BIEN SÛR, EN CE QUI CONCERNE LES ÉPINARDS ET LES NAVETS. AUJOURD'HUI, J'AIMERAIS BIEN QUE TU FASSES ENCORE CE SON. ÇA ME PERMETTRAIT DE M'ENLIGNER. MAIS JE SUPPOSE QUE TU NE VOIS PAS L'INTÉRÊT DE PASSER TES JOURNÉES À FAIRE DES « POU-TI ! ».

QUAND JE T'AI PARLÉ HIER SOIR AU RESTAURANT, J'AI EU PEUR. PEUR D'AVOUER DES CHOSES QUE JE PAYERAIS CHER ENSUITE. ENFIN, DES CHOSES QUE TU SERAIS EN DROIT DE ME FAIRE PAYER. (COMME TU VOIS, J'AI UNE IDÉE ASSEZ MERCANTILE DU PARDON !) ET PUIS, J'AI EU PEUR DE TE PERDRE, QU'IL SOIT TROP TARD, QUE JE FASSE PARTIE DES CHOSES SUR LESQUELLES TU FERAIS « POU-TI ! » SI TU N'ÉTAIS PAS SI BIEN ÉLEVÉE. ET EN T'ÉCRIVANT MAINTENANT, JE ME RENDS COMPTE QUE TOI AUSSI, TU AS EU PEUR. JE NE M'EN APERÇOIS QUE MAINTENANT. POURQUOI AVOIR PEUR ? JE NE COMPRENDS PAS. TU N'AS RIEN À TE REPROCHER, CE SERAIT PLUTÔT MOI. DEMANDE À TA MÈRE, SI TU NE ME CROIS PAS (NON !). BON, PAS DE FARCE PLATE, TU AS EU PEUR. IL VA ME FALLOIR CREUSER ÇA. TU N'ES PAS OBLIGÉE DE M'AIDER, ANNA, TU AS PROBABLEMENT PLUS QUE TON COMPTE DE MON INCOMPÉTENCE PATERNELLE ET JE TE COMPRENDRAIS

DE ME LAISSER COURIR TOUT SEUL LA DISTANCE QUI NOUS SÉPARE.

JE VEUX SEULEMENT TE DIRE CECI : DANS TOUTE CETTE MERDE, DANS TOUS CES SILENCES, J'AIMERAIS, EN FAIT JE TE SUPPLIE, DE NE PAS TE FAIRE DU MAL, DE NE PAS T'ACHARNER SUR TOI, DE NE PAS T'ABÎMER.

JE M'EXPLIQUE MAL, MAIS JE NE VOIS PAS POURQUOI TU PAYERAIS POUR NOS ERREURS. POURQUOI TA MÈRE ET MOI ON S'EN TIRERAIT PLUTÔT BIEN ET QUE TOI TU PÂTIRAIS. CE N'EST PAS JUSTE. ET LÀ, JE DIS NON. TU AS LE DROIT DE NE PLUS ME PARLER, DE NE PLUS ME VOIR, DE NE PLUS M'AIMER, DE ME DÉTESTER, DE ME RENIER, DE ME BATTRE (OUI, JE VAIS ME DÉFENDRE.), MAIS JE T'EN PRIE, NE TE PUNIS PAS.

EST-CE QU'ON PEUT SE RATTRAPER TOUS LES DEUX ? JE NE SAIS PAS. MAIS IL ME SEMBLE QUE CE SERAIT MOINS DUR SI TU NE SOUFFRAIS PAS. JE SAIS, JE N'AI PAS LE CONTRÔLE LÀ-DESSUS, J'EN AI SUR LES ACTES QUE J'AI POSÉS, SUR LES DÉCISIONS QUE J'AI PRISES ET SUR LA FAÇON DONT JE LES AI PRISES, MAIS JE N'EN AI PAS SUR *TA* FAÇON DE PRENDRE TOUT ÇA. ET ÇA, C'EST ASSEZ JUSTE.

IL Y A DES FAITS QU'ON NE PEUT PAS CHANGER. IL Y A DES CHOSES QUI SONT FIGÉES, FINIES. ET MÊME SI C'EST TRISTE, CHOQUANT, INJUSTE, RÉVOLTANT, CE QUE TU VOUDRAS, C'EST AINSI. ET IL Y A DES CHOSES QU'ON PEUT ENCORE CHANGER AVANT QU'ELLES NE DEVIENNENT TRISTES, CHOQUANTES, INJUSTES ET RÉVOLTANTES. JE NE DIS PAS QUE ÇA NE PREND PAS UN PEU (BEAUCOUP) DE COURAGE… JE DIS QU'IL Y A DES GENS POUR QUI ÇA VAUT LA PEINE D'ESSAYER. JE N'AI JAMAIS RÉUSSI À GARDER UNE FEMME DANS MA VIE. PARCE QUE JE NE LE VEUX PAS, DIXIT TA MÈRE. ELLE A PEUT-ÊTRE RAISON POUR PLUSIEURS FEMMES, MAIS ELLE AURAIT TORT POUR TOI.

LE FAIT INCHANGEABLE : CETTE FAMILLE EST CASSÉE POUR TOUJOURS. JE N'AURAI PAS LA LÂCHETÉ DE METTRE UN « PEUT-

ÊTRE » SUR LE COUPLE QUE NOUS AVONS FORMÉ, TA MÈRE ET MOI, POUR TE PERMETTRE DE NOUS RÊVER RÉUNIS. JE L'AI FAIT, JE SAIS. AVEC ELLE ET AVEC TOI, AU DÉBUT.

LE FAIT CHANGEABLE : TOI ET MOI. NOUS DEUX. ET LÀ, C'EST *SI TU VEUX*.

SI ON DOIT EN PASSER PAR UN INVENTAIRE COMPLET DE MES FAUTES ET MANQUEMENTS, ON LE FERA. SI ON DOIT DRESSER UNE LISTE DE TESTS ET DE PROMESSES À TENIR POUR PROUVER MA BONNE FOI, ON LE FERA. SI ON DOIT S'ENGUEULER, SE HAÏR, SE REJETER, ON LE FERA. MAIS ON NE MOURRA PAS AVANT NOTRE HEURE. JE REFUSE DE T'ABANDONNER, NE M'ABANDONNE PAS.

JE NE TE DIS PAS QUE JE VAIS CHANGER, C'EST UNE ILLUSION QUE J'ENTRETIENS DE MOINS EN MOINS SUR MOI-MÊME ET SUR LES AUTRES, JE TE PROPOSE QU'ON S'AVOUE MUTUELLEMENT CE QU'ON AIMERAIT ET CE QU'ON PEUT S'OFFRIR. ET SI, DANS LE BILAN, IL Y A DES SUJETS QUE TU NE DÉSIRES PAS ABORDER, ÇA SE DIT ET, MIEUX, ÇA SE RESPECTE.

JE T'OFFRE UN NOUVEAU CONTRAT, ANNA MA BELLE, UN CONTRAT OÙ TU DÉCIDES DES CLAUSES AVEC MOI. ET SI TU NE VEUX PLUS RIEN SAVOIR, JE T'AVERTIS QUE JE RESTE EN LIGNE ET QUE TU AURAS AFFAIRE À TOUTE UNE ENTREPRISE DE SÉDUCTION.

PENSES-Y ET DIS-MOI (OU ÉCRIS-MOI SI TU AIMES MIEUX) CE QUI TE SEMBLE POSSIBLE POUR NOUS DEUX.

JE N'ÉCRIS PAS JE T'AIME PARCE QUE J'AI L'IMPRESSION QUE CE SERAIT TROP FACILE ET QUE, DEPUIS QUELQUE TEMPS, TU TE MÉFIES DE CES MOTS-LÀ.

LUC

P.-S. : ... NON, LAISSE FAIRE !

Elle adore le post-scriptum et ne sait pas quoi penser du reste. Après avoir recommencé trois fois la même figure de géométrie, elle abandonne ses devoirs et va s'installer devant la télé. Mais même là, l'esprit galope. Elle renonce et enfile ses bottes et son manteau. Sa mère la surprend juste comme elle sortait :

— Annabelle, il est dix heures et quart, ce n'est pas une heure pour sortir.

— Mal au cœur...

Et elle claque la porte avant de devoir s'expliquer. Il neigeotte et le temps est plus doux. Elle marche directement vers la maison d'Étienne. Ce n'est qu'en le voyant au bout de la rue qu'elle se demande si ce n'est pas une sorte de télépathie forcée.

Elle se dit qu'elle aime beaucoup Mon-Œil et ses horaires immuables.

— As-tu fait ta partie du travail ? Ça fait cinq jours que j'ai fini la mienne.

— Aye, demain c'est géométrie, pas français !

Bon ! Elle a encore l'impression qu'il la regarde !

— Ben quoi ?

— Rien... Tu es le genre dernière minute, si je comprends bien.

— Je t'avais averti : tu vas perdre des points avec moi.

— On verra. Qu'est-ce que t'as fait en fin de semaine ?

— Rien.

— Rien de rien ? Tu t'es assise et tu n'as rien fait du tout ?

— Franchement ! Rien, ça veut dire rien d'intéressant.

— Raconte.

Elle s'arrête de marcher tellement elle est surprise.

— Pourquoi ça te fâche ?

— Comment tu le sais ? Tu ne me vois pas la face !

— Tu ne respires pas pareil. Tu respires comme pendant le cours de maths quand on fait un exercice difficile.

Elle est soufflée. Le sourire qu'il a quand il se retourne vers elle — « Envoye, marche, tu vas geler sur le trottoir » — est le sourire d'un gars qui sait qu'elle est soufflée. Elle obéit machinalement, le rejoint en silence. Il répète :

— Raconte.

— Mon père a décidé de sauver mon année scolaire. Il m'a emmenée au restaurant et il a essayé de me psychanalyser.

— Il est psychiatre ?

— Non, agent.

— Agent d'assurances ?

— Non, d'artistes. De musiciens. Il s'occupe de leur carrière.

Étienne a l'air de réfléchir à tout ça. Elle aussi, en fait. Finalement, elle murmure, presque gênée : « Il m'a écrit une lettre. » Ils continuent leur route en silence. Puis Étienne s'arrête pile devant chez lui, forçant encore une fois l'admiration d'Annabelle. Il touche son bras pour la saluer et chuchote :

— Elle devait être belle, la lettre…

— Pourquoi tu dis ça ? Tu le sais pas.

— Parce que ça te donne envie de pleurer. Tu peux dire bonsoir à Mon-Œil.

Il se retourne juste avant d'entrer : « Demain soir, après le souper, à sept heures, on finit le travail. Je t'appelle », et sans lui laisser le temps de réclamer un délai, il ferme la porte.

* * *

Le lendemain, Julien appelle pour qu'elle aille garder :

elle négocie la présence d'un ami pour finir un travail en espérant quand même que l'embarras de se rendre dans un nouvel endroit va décourager Étienne. Au contraire, c'est le genre d'aventure qui a l'air de l'exciter. C'est avec Christianne que ça se corse :

— Quand tes résultats scolaires se seront améliorés, tu pourras aller garder sur semaine. Pas avant. C'est le temps que quelqu'un fasse preuve d'un peu d'autorité avec toi. En attendant, si tu veux, tu pourras garder les fins de semaine.

— Très brillant ! Au cas où tu ne le saurais pas, je suis à Saint-Lambert, les fins de semaine, chez mon père.

— Pour les fois où tu y vas, ça te laisse amplement de loisirs pour aller garder.

— Ce n'est pas du loisir, garder. Ce n'est pas comme aller au cinéma.

— Raison de plus : à ton âge, tu devrais t'amuser dans tes temps libres.

— Je fais mes devoirs chez Julien.

— Tu les feras ici.

— Pas ce soir. J'ai dit oui et je vais y aller.

— Annabelle, ne commence pas à faire ta tête de cochon : j'ai dit non.

— Tu as fait le règlement une fois que j'avais accepté, c'est pas juste. De quoi je vais avoir l'air, moi ? Julien compte sur moi.

— Veux-tu que je l'appelle pour lui expliquer ?

— Non !

Elle va dans sa chambre pour tenter de mettre au point une stratégie. Quand Christianne est comme ça, il n'y a rien à faire. Elle est tellement sûre d'avoir raison et d'être dans son droit qu'il n'y a rien pour l'ébranler. Surtout pas l'attaque.

Annabelle se calme et décide d'essayer de la prendre autrement. Elle la rejoint dans la cuisine : « Regarde, maman, je sais bien que ce n'est pas terrible à l'école, mais j'essaie d'améliorer mes notes. Je travaille, je te jure. Je comprends pourquoi tu ne veux pas que je garde, mais tu ne m'avais pas avertie. Alors… pour ce soir, parce que je ne le savais pas et pour pouvoir l'expliquer à Julien, j'irais garder. Mais après… je suis d'accord, on attend le prochain bulletin. »

Sa mère semble apprécier le ton calme et la reddition implicite à son autorité. Elle acquiesce, convaincue des qualités pédagogiques de son nouveau règlement. Elle prend la peine de tout réexpliquer à Annabelle qui sourit sans rien dire et garde pour elle-même le commentaire insolent qui lui vient. En quittant la maison, elle se demande comment elle va pouvoir s'arranger pour aller garder la prochaine fois. Elle se dit également qu'il ne faudrait pas qu'elle obtienne de meilleures notes si elle veut dissuader Christianne d'avoir recours à de telles méthodes.

Julien est beau à couper le souffle, habillé comme elle aime, « tchecké-sans-en-avoir-l'air ». Annabelle se moque un peu de sa super-forme :

— Un rendez-vous important…

— Certainement, madame.

— Tu vas la séduire ?

— J'espère bien.

— Alors, je vais pouvoir la voir quand tu vas rentrer : je t'avertis, je suis sévère. Si elle n'est pas assez bien pour toi, je vais te le dire.

— C'est Catherine.

Son sourire tombe du coup : quelle idée, il va encore avoir de la peine. Il n'a pas encore compris que ça ne sert

à rien, qu'elle l'exploite, qu'elle veut juste être un peu ado-
rée, que ça n'a rien à voir avec lui, qu'il ne l'intéresse que
parce qu'il l'aime ? Quelle tarte, cet homme !

— Annabelle, tu ne réponds pas ?

— À quoi ?

— Je t'ai demandé quel kik venait travailler avec toi ?

— Franchement ! C'est pas un kik !

— Non ? Pourquoi ?

— Parce que.

Elle va s'occuper de Léo qui chigne. Son enthousiasme est tombé. Elle le regarde partir et elle lui en veut
de céder aussi facilement à Catherine. Pas de danger qu'il
lui dise non !

Elle vient de coucher Léo quand Étienne sonne.
C'est étrange de le voir dans un nouvel environnement,
on dirait que ça exige toute sa concentration. Ses mains
sont extrêmement précises : il repère, vérifie tout avant de
faire un pas, comme s'il enregistrait d'où il part avant
d'avancer. Mon-Œil a l'air très utile dans ces circonstances : elle allait se précipiter sur un jouet qui traînait
quand le chien a calmement indiqué l'obstacle qu'Étienne
a évité.

Une fois installée à la table de la salle à manger, elle
avoue qu'elle n'a pas encore fait sa part. Le sourire qu'il a
est celui de quelqu'un qui s'en doutait. Il n'a même pas
l'air de lui en vouloir ! Il lui montre ce qu'il a fait et c'est
tellement brillant et tellement inspirant qu'ils n'ont plus
qu'à délirer sur le sujet pendant une heure pour que les
idées fusent et que le travail s'organise. Léo qui se réveille
les oblige à prendre une pause. Il est encore terrorisé par
un cauchemar : il hurle de terreur et même Annabelle n'arrive pas à le calmer. Mon-Œil a l'air très inquiet, le museau
en l'air, les oreilles aux aguets.

Mais ni la suce ni le biberon n'apaisent Léo. Il faut qu'elle arpente le salon en lui tapotant le dos : c'est la seule manière. Elle lui parle doucement, le cajole et marche sans arrêt. Étienne est demeuré immobile. Elle l'observe de profil : il se tient très droit, un peu aux aguets, comme Mon-Œil et, parce qu'il écoute tout, sa concentration l'empêche d'être agité de tics. C'est drôle : ou son visage est très mobile ou alors il est parfaitement fixe. Mais Annabelle ne se souvient plus de l'avoir vraiment vu agité de tics dernièrement. Peut-être qu'il s'habitue à elle et à l'école. Son nez est très fin, très droit et de profil, sa lèvre inférieure est pleine et gonflée. Est-ce parce qu'il est aveugle qu'il a l'air plus vieux ?

— T'as quel âge, Étienne ?

— Quinze.

Il agite les feuilles devant lui : il est gêné. Elle s'approche pour vérifier, oui, il a l'air honteux, aussi incroyable que ça paraisse.

— Comment t'as fait pour apprendre si vite ?

— Apprendre quoi ?

— Ben… à te débrouiller ! Moi, je serais encore en train d'essayer d'attacher mes lacets de souliers toute seule et tu es en secondaire II.

— Je devrais être en secondaire IV.

— Attends l'année prochaine : je vais encore être en II et toi en III. Ça va te faire du bien à l'ego.

— Tu ne couleras pas… à moins que tu te mettes à foxer les cours.

— Tu connais pas ma mère ! De toute façon, ils sont tous là à me surveiller, je ne pourrais rien faire sans qu'ils s'énervent.

Léo émet un son annonciateur de panique. Annabelle se tait, refait un tour de salon, revient vers Étienne : « Peux-tu le tenir une seconde ? Je vais remettre le lait dans le micro-ondes. D'habitude, ça marche. »

Et sans attendre sa réponse, elle lui met le bébé dans les bras. Léo se tend immédiatement, prêt à hurler. Étienne se lève, fait quelques pas presque sur place et il se met à fredonner tout bas. Le bébé calé sur son bras gauche, sa main droite caresse la tête ronde, les oreilles, les joues, le nez, la bouche. Annabelle revient et observe comment il regarde le bébé. Finalement, Étienne tourne la tête vers elle : « Il est tellement petit et chaud… »

Sa voix se casse, il est au bord des larmes. Il cache son visage dans le cou du bébé, le respire. Elle reste plantée là, le biberon dans les mains, surprise de voir quelqu'un avouer si simplement qu'il est bouleversé. « Veux-tu lui donner son lait ? »

Étienne fait oui. Elle lui tend son bras, le dirige fermement vers le salon, lui indique le fauteuil : il se laisse conduire, concentré sur le bébé. Elle lui donne la bouteille. Une main cherche la bouche et, sans une hésitation, l'autre dirige le biberon. Même si elle ne veut pas épier, Annabelle est fascinée : il y a une telle présence dans les gestes d'Étienne, une telle netteté. Et maintenant, en le voyant agir avec Léo, elle peut littéralement voir la tendresse couler comme le lait. Mon-Œil ne perd pas un instant de vue la petite chose qui bouge dans les bras de son maître.

Léo s'endort. Dès qu'il cesse de téter, Étienne écarte le biberon. Ses longs doigts essuient la goutte qui perlait au coin de la bouche entrouverte du bébé. Il sourit. Annabelle chuchote : « Tu penses que je peux le monter dans son lit ? » Étienne fait non et serre un peu Léo contre lui. Ses bras sont tellement enveloppants, ils ont l'air tellement sûrs qu'Annabelle s'approche. Elle s'appuie contre le bras du fauteuil pour profiter de la chaleur et du calme. Puis Étienne lui tend le bébé qu'elle prend précautionneusement : un instant ils sont si près que leurs joues s'effleurent, leurs bras se touchent. Il y a un bref moment d'immobilité, comme si la proximité les freinait, puis elle s'éloigne avec son fardeau. Une étrange confusion flotte entre eux et elle n'est pas fâchée d'avoir à recoucher Léo.

Elle retrouve Étienne en train de travailler. Il écrit avec application sur son micro-ordinateur. C'est un instrument spécial avec, en plus du clavier et de l'écran habituels, une plage tactile où s'inscrit en braille ce qui figure à l'écran. Dès qu'il l'entend arriver, il s'arrête :

— C'est quoi, tu penses, la première corde ?

— Ben… le fil ?

— Non : le cordon ombilical. La corde qui te nourrit.

— Ouais : celle qui te retient à la mère.

Il sourit : « Je pense qu'on va avoir A ! » Annabelle lit sur l'écran de l'ordinateur ce qu'Étienne vient d'ajouter.

Elle pose sa main sur la sienne : « Je pense que ce ne sera pas grâce à moi. »

Il la bouscule un peu pour jouer. Elle résiste. En riant, ils font un semblant de partie de bras de fer qu'Annabelle perd aussitôt.

* * *

C'est un Julien complètement défait qui revient. Elle aurait pu le lui dire avant qu'il parte. À quoi il rêvait ? Dans quel monde il vit ?

« Mais qu'est-ce que j'attendais ? »

Au moins, il se pose la question, c'est déjà ça, pense Annabelle en ramassant ses feuilles.

— Elle va tourner un film cet été : huit semaines aux îles de Mingan.

— C'est où ?

— Loin ! Il n'y a que là qu'on puisse obtenir une lumière pareille, ça a l'air. Juin et juillet. C'était pour m'annoncer la bonne nouvelle qu'elle m'a invité à souper. C'est gentil, trouves-tu ?

— Et Léo ?

— Léo n'ira pas se faire garder aux îles de Mingan pendant que sa mère va tourner ! C'est le rôle principal. Très prenant, un rôle principal. Ça exige toute la concentration du monde.

Il est furieux. Il se sert un verre, marche de long en large dans le salon. Annabelle hésite, ses livres dans les bras, debout dans le milieu de la place : « Tu… tu ne pouvais pas dire non ? »

Ça le stoppe immédiatement : « Sa carrière ! Tu n'y penses pas ? La chance de sa vie. Le réalisateur qu'elle rêvait de travailler avec… bon, un anglicisme maintenant ! Elle me fait faire des anglicismes ! C'est pas mêlant, je pourrais la tuer. »

Annabelle décide de battre en retraite. Elle prend son manteau, mais Julien continue sur sa lancée : « Si au moins elle avait l'air coupable, je ne sais pas moi, mal à l'aise. Mais non ! Elle est radieuse, elle se porte à merveille, elle est excitée, elle ne tient plus en place. Son grand acteur de tchum va venir tourner un mois et, l'autre mois, il emmène ses enfants là-bas pour des vacances. Pense pas que c'est pas fin ! Tout s'arrange à merveille. Surtout que je fais un métier tellement pratique pour garder Léo. Il n'a pas besoin de mère, on dirait. Avec un père comme moi, c'est sûr qu'un enfant peut se passer de mère. »

L'enfant en question hurle maintenant. Annabelle se précipite et reste dans la chambre pour le consoler. Elle a l'impression que les ondes de Julien ne sont pas tellement bienfaisantes. Calmé, celui-ci vient la rejoindre et prend Léo :

— Excuse-moi, je ne sais pas ce qui m'a pris.

— Tu étais fâché.

— Oui, mais ce n'est pas une raison pour engueuler ceux qui sont fins.

— C'est pas grave.

— Pour moi, oui. Il est venu, ton ami ? Vous avez travaillé ?

— Oui. J'ai fini… Léo a encore fait un cauchemar.

— Qu'est-ce qu'on peut faire, tu penses ? À part arrêter de hurler, bien sûr.

— Je pense qu'il n'y a rien à faire. Léo a de la peine, c'est tout. Il a une peine d'amour.

— À dix-sept mois ? Il ne peut pas savoir ce qui se passe, voyons !

Elle le regarde en silence et constate qu'il croit ce qu'il dit. Elle se détourne : « Ma mère ne veut plus que je garde la semaine, mais je vais trouver un truc. Je t'appellerai. Bonne nuit. »

Elle part sans l'embrasser et sans même le regretter.

* * *

Luc,

Ta lettre m'a fait de quoi mais je ne sais pas quoi te dire. Ce que j'aimerais le plus, c'est qu'on n'en parle pas. De ce temps-là, tout le monde veut savoir ce que je pense et moi je ne le sais même pas. Ça fait débile, mais c'est comme ça, O.K. ?

J'espère que tu vas être d'accord.

Anna la pas belle

P.-s. : J'ai <u>adoré</u> ton P.-s.

Ça lui a coûté un dollar pour faxer sa magnifique lettre à son père. Elle n'est pas très fière de ce qu'elle a pondu, mais il fallait qu'elle lui écrive : elle n'arrivait pas à s'empêcher de le voir attendre sa réponse. Elle en avait écrit une tonne : celles qu'elle pensait qu'il avait envie de recevoir. Mais c'étaient des choses qu'elle ne voulait pas lui dire. Elle les déchirait à mesure. Plus elle écrivait, plus elle angoissait. Elle ne pensait qu'à ça. Elle se levait la nuit parce qu'une bonne phrase lui venait. La difficulté, c'était qu'elle ne voulait pas lui faire de peine mais qu'elle ne pouvait pas, honnêtement, lui dire que tout était correct non plus. Rien n'était correct, mais elle n'avait pas envie qu'il pense que c'était sa faute. Ça devenait tellement compliqué qu'elle restait des heures le stylo en l'air, à regarder le mur et à chercher quoi dire. Au moins sa lettre était sincère ! Courte, mais sincère.

À sept heures pile ce vendredi, Christianne n'a même pas à répondre à la porte : Annabelle attend son père sur le perron. Il fait moins vingt, mais c'est mieux que d'entendre l'éternel couplet désolant de sa mère.

Une fois qu'elle est assise dans l'auto, son père lui tend une enveloppe. Elle la tient comme si c'était une bombe, sans rien dire. Luc ne démarre pas, il attend. Il finit par rire : « Anna, j'ai pas montré à l'enveloppe à s'ouvrir toute seule. »

Sur la feuille, une face bougonne, pas contente avec une grimace tordante et une grosse bulle dans laquelle il a écrit : « O.K. » Soulagée, elle se jette à son cou et le serre à l'étouffer.

Aux premiers feux de circulation, il lui demande :

— Mac Do, Burger King ou Shed Café ?

— Shed Café, qu'est-ce que tu penses ? J'ai plus dix ans.

Il soupire en embrayant : « Je vais encore avoir l'air d'un vieux qui fait le jeune ! »

Lui, vieux ? Jamais ! Même Judith St-Pierre était arrivée à l'école avec une photo de *La Presse* et elle avait montré son père qui posait avec Lydia : « C'est lui, ton père ? » Quand elle avait confirmé, Annabelle avait vu l'éclair d'admiration passer dans l'œil de Judith :

— J'y ferais pas mal.

— Pauvre toi, il ne te verrait même pas. Il ne descend pas en dessous de vingt ans !

Judith n'avait même pas ramassé la coupure de journal sur son pupitre avant de partir. Annabelle entendait Étienne rigoler doucement à côté :

— Pourquoi tu ris ? Es-tu dans la gang de Dave, toi ?

— Non, je suis dans l'autre.

— Celle de Judith ?

Il avait hoché la tête en la pointant du doigt : « La gang des pas-de-gang. »

C'est l'enfer au Shed Café : ils ont dû attendre quarante minutes avant d'avoir une table. Mais au moins, il y a de l'ambiance et assez de bruit pour éviter les conversations profondes. La serveuse a l'air en pâmoison devant son père. Annabelle la regarde s'éloigner :

— C'est le fun que tu sois beau.

— Moi, ça ? Anna, franchement !

— T'as pas remarqué comment elle te fixait ? Pas de farce, tu dois bien te trouver beau. Tu pognes, c'est effrayant. Quand tu veux une fille, t'as juste à lever le petit doigt.

— Tu penses ?

— Essaye pas : avec combien de filles t'es allé depuis que tu n'es plus avec maman ?

Il s'absorbe dans la contemplation des convives, l'air

pas du tout concerné par la question. Puis il revient à elle :
« Bof… pas plus que vingt. »

Elle est scandalisée.

— Fais-tu attention, au moins ?

— Anna ! Tu ne vas pas me faire un sermon sur le safe-sex ? Moi qui pensais aborder le sujet sous peu avec toi. Je ne savais pas comment m'y prendre.

— Laisse faire.

— Pour répondre à ta question : oui, je fais attention et, pour finir mon discours, les condoms sont dans ma table de nuit et tu peux en prendre tant que tu veux : c'est ma tournée et je ne les compte pas.

La serveuse le fait pratiquement taire en disposant les assiettes devant eux. Elle effleure légèrement Luc avec sa poitrine. Anna trouve l'approche très drôle. Elle dévore. Luc est d'excellente humeur : « Avec qui tu sortirais, toi, ici ? »

Le doigt en l'air pour le faire patienter, elle fait le tour du restaurant des yeux, en mastiquant avec application… « Pas terrible… Peut-être le brun, là, au comptoir. »

Luc s'étire :

— Lui ? Tu le trouves beau ?

— Beau, non. Mais intéressant.

— Ah oui ? T'aimes mieux intéressant que beau ?

— S'il faut choisir… mais j'aime mieux les deux. Toi ?

— Moi, même très beaux, ils ne me disent rien.

— Niaiseux ! Les filles…

— Je vais te dire une chose qui ne se dit pas de nos jours parce que c'est supposé être macho : oui, il faut qu'une fille soit jolie. Sincèrement, il faut qu'elle m'attire, qu'elle m'allume avec quelque chose à elle, quelque chose de spécial.

— Comme qui, ici ? La blonde là-bas ?

— Non. Elle, elle est plastique si tu veux, mais ça ne m'attire pas. Par contre la petite brune sexy en biais en arrière de toi… celle-là…

Il fait sa lippe gourmande. Elle prend le temps de contempler la fille, regarde Luc :

— Qu'est-ce qu'elle a de si terrible ?

— Elle a le goût. Ça paraît.

— Le goût ?

— Anna, fais-moi pas accroire…

— Tu veux dire de baiser ? Et pas la blonde ? Comment tu le sais ?

— Ça se sent, c'est tout. Et ça fait toute la différence. Je suis allé avec des femmes que tu ne trouverais même pas belles. Mais moi, oui.

— Es-tu déjà allé avec des plus vieilles que toi ?

— Bien sûr… ta mère !

— Franchement ! Je veux dire vraiment plus vieille.

— Quoi ? Deux ans, c'est deux ans.

— Je parle de dix, quinze ans.

Il sourit en retrouvant une sorte de souvenir et se tait, rêveur.

« Alors ? » Les yeux brillants, tendue vers lui, elle attend.

— Tu es bien curieuse ? Ta mère ne serait pas d'accord.

— Elle n'est pas là, ma mère. Dis-le.

— C'était quoi, la question ?

— Fais pas semblant…

— Elle avait exactement le double de mon âge et c'est la première femme avec qui j'ai fait l'amour. Voilà.

— C'était quel âge ?

— Moi, quinze, elle, trente.

— C'était qui ?

Il hésite entre la pudique décence qu'il se laisse inconsciemment imposer par Christianne et le plaisir de l'évocation. Anna trépigne en répétant sa question.

« C'était mon prof de piano. Ma répétitrice, en fait, pas mon vrai prof. Mes parents payaient quelqu'un pour surveiller mes exercices. Elle avait un cou très long et un chignon que j'ai rêvé de défaire pendant un an. Elle tournait les pages de la partition et, chaque fois qu'elle se penchait, son odeur m'arrivait. C'était très subtil et très troublant. Des petits passages difficiles, les tournes de pages. »

Il se tait, mais, devant l'attention soutenue de sa fille, il ne résiste pas :

— Il ne serait jamais rien arrivé si elle n'avait pas laissé tomber ses bagues derrière le piano. Elle les enlevait toujours, je ne sais pas pourquoi, peut-être qu'elle jouait sans bijou. Mais puisqu'elle ne jouait pas… enfin, elle les enlevait et les plaçait à côté du métronome. Puis, elle s'assoyait et commençait la répétition. Ce jour-là, elle portait un chemisier blanc à jabot. C'était la grosse mode en 73 : des manches qui finissaient dans une vague de tissu moussu, comme le jabot. Quand elle a retiré sa main, après avoir ajusté le métronome, la manche a accroché les bagues qui ont roulé par terre en dessous du piano. Dans le temps de le dire, j'étais à quatre pattes à terre, super-galant et elle est venue me rejoindre pour chercher ses bagues. C'est comme ça que ça s'est passé.

— Quoi ? En dessous du piano ?

— Non… un peu. Son chignon s'est défait, j'ai saisi la bague perlée en même temps qu'elle, nos mains en se touchant ont comme provoqué un choc électrique. Du coup, elle a fermé les yeux. Je la revois, la tête inclinée, le visage face au sol à essayer de ne pas se troubler et ses cheveux qui bouclaient jusqu'au plancher… Parce qu'elle ne me regardait pas, parce que ses yeux se sont fermés au lieu de me fixer, j'ai mis la main sur son cou et il a ployé… je n'ai pas d'autre mot : son cou s'est incliné davantage, son front s'est posé sur le sol vernis et j'ai embrassé sa nuque là où c'était chaud et parfumé. Elle était comme à bout de souffle, elle n'a rien dit… et délicatement, j'ai pris son menton, j'ai tourné son visage vers le mien et je l'ai embrassée avant qu'elle n'ouvre les yeux.

Après un long silence, Annabelle ne peut s'empêcher de demander :

— C'était comment ?

— Doux. Infiniment doux. Je n'ai jamais rencontré autant de douceur de toute ma vie.

— Elle s'appelait comment ?

— Geneviève… Geneviève Lalande.

— Tu l'aimais ?

— Bien sûr…

— Ça s'est fini comment ?

— Ma mère nous a surpris.

— Ayoye !

— Et encore : elle n'a pas tout vu. J'étais en train d'embrasser ses seins. J'avais seulement ouvert sa blouse. À chaque répétition, c'était pareil, je sautais dessus comme un affamé. Un jour, ma mère est entrée sans frapper, elle a fait une scène et ça a été fini. Geneviève est partie en pleurant pendant que ma mère la traitait de putain et menaçait de la dénoncer pour détournement de mineur.

— Tu ne l'as jamais revue ?

— Je me suis tenu tranquille, qu'est-ce que tu penses ? J'avais peur qu'elle ne se fasse arrêter. Un mois après, je l'ai appelée : elle m'a dit qu'elle ne voulait plus me voir. Je lui ai demandé pourquoi et elle m'a dit qu'elle ne m'aimait plus. Elle l'a dit avec la même douceur que quand elle m'a embrassé la première fois. J'ai compris qu'elle pensait exactement le contraire et ça m'a fait beaucoup de bien. Je ne l'ai pas rappelée.

— Tu as eu de la peine ?

— Une peine d'amour terrible. J'ai affolé mes parents. Je ne mangeais plus, je n'étudiais plus, je pleurais tout le temps...

— C'est revenu comment ?

— Une autre, qu'est-ce que tu penses ?

— Une autre femme ?

— Une fille de ma classe... ça a duré deux ans. Ma mère l'aimait beaucoup, celle-là.

— Je comprends : une fille de ton âge !

Elle se demande ce qu'il dirait, lui, si elle embrassait Julien. Ou si seulement elle lui disait qu'elle voulait faire l'amour avec un homme qui était son aîné de quatorze ans. Elle se demande si ce serait doux. Aussi doux que ce que Luc disait.

* * *

La réponse de son père à sa lettre, Annabelle l'a épinglée sur la porte de sa garde-robe, en face de son lit, juste à côté du poster de Richard Séguin. Christianne a bien essayé d'en connaître l'auteur, mais Annabelle a défendu sa vie privée.

C'était de plus en plus difficile de la garder privée, d'ailleurs. Sa mère avait tendance à s'inquiéter davantage, maintenant que Luc ne rappelait jamais pour annuler une fin de semaine de garde. Le dimanche s'avérait plutôt pénible pour Annabelle qui ne tenait absolument pas à raconter ce qu'ils avaient fait. Mais moins elle en disait et plus sa mère avait l'allusion lourde. Elle attaquait de plus en plus souvent Luc. Annabelle ne répliquait pas mais, intérieurement, elle enrageait. Christianne avait une façon d'être malheureuse qui n'attirait pas la sympathie. Même Monique, pourtant patiente, l'avait envoyée promener. La pénitence avait duré une longue et pénible semaine où Annabelle avait enduré d'amères tirades.

— Tu devais être au courant, toi, que Julien est redevenu célibataire. Pourquoi tu ne me l'as pas dit ?

— Pourquoi je l'aurais dit ? Ça ne nous regarde pas.

Mais, bien sûr, la logique de Christianne est différente. Une nouvelle croustillante, ça se partage. Et c'est ce qu'elle fait le soir même avec Monique, venue souper pour fêter leur réconciliation. Une demi-heure de spéculation sur les comment, les pourquoi, la faute à qui, la peine de qui, la consolation, la récréation. Dégoûtée, Annabelle s'enfuit dans sa chambre. Pourquoi la sexualité de sa mère l'écœure-t-elle et lui semble-t-elle obscène alors que celle de Luc lui plaît ?

Elle tripote son cahier de français et dessine une araignée monstre dans la marge. Ils ont eu « A » pour leur travail sur la corde.

Étienne était tellement content qu'elle lui a offert un jus au Lux pour célébrer. Il est drôle... dans un lieu public, sa tête n'arrête pas de bouger pour suivre toutes les conversations. Il s'imprègne des ambiances beaucoup mieux qu'elle. Depuis qu'elle le connaît, elle arrive mieux à définir ce qui lui déplaît dans les atmosphères, ce qui l'agresse, ce qui l'indiffère. Auparavant, elle subissait tout cela sans le savoir, en croyant que c'était chez elle que ça n'allait pas. Maintenant, elle sait au moins que si ça ne fonctionne pas, si ce n'est pas agréable, elle n'est pas automatiquement fautive. Mon-Œil s'est tenu tranquille sous la table. Étienne veut toujours qu'elle décrive tout en détail, qu'elle confirme ce qu'il perçoit. Quand elle se tait, il dit toujours : « Comment tu veux que je voie si tu ne dis rien ? »

Mais au moins, il lui demande de décrire l'extérieur, les faits, les choses et les gens, pas ce qu'elle pense ou ce qu'elle sent.

On frappe à la porte. Juste à la délicatesse du coup, elle sait qu'elle va essuyer l'attitude coupable et désolée de Christianne, en plus des bonnes raisons qu'elle a d'être si désagréable. Sa mère s'assoit, parle longuement de sa solitude, des fantasmes stupides qu'elle a nourris pour le beau blond d'en face, de sa tendance à associer Annabelle à ses efforts pour vaincre son isolement, de sa crainte de voir sa fille devenir comme elle : incapable de communiquer, de dire de ce qu'elle ressent. Le supplice ne cesse pas. Monique est sans doute partie puisque Christianne s'incruste et n'a pas l'air pressée de la laisser. Puis, finalement, le silence s'installe. Annabelle relève la tête et constate que sa mère attend une réponse : « Excuse-moi, j'étais distraite. »

Les yeux bruns qui se remplissent d'eau, la lèvre qui tremble, toutes ces choses qu'elle ne peut pas supporter et qu'elle ne sait pas consoler. Elle prend sa mère dans ses bras, la berce en s'excusant elle ne sait même pas de quoi, la calme en promettant d'être plus patiente…

« Ce n'est pas patiente que je veux que tu sois, c'est plus ouverte, plus communicative. »

Du coup, Annabelle se ferme : elle connaît très bien le prix de l'ouverture. Elle n'a pas envie de « partager » ses petits secrets avec sa mère. Ni ses grands d'ailleurs.

« Tu as de la peine ? Tu as de la misère à accepter le divorce, c'est ça ? Si tu savais comme je te comprends… »

La main caressante, lourde de Christianne qui retient

son bras, le triture, enferme sa main. Les efforts héroïques de sa mère qui coûtent si cher en compréhension. Annabelle voudrait hurler qu'on ne la touche pas, qu'on ne l'envahisse pas, qu'elle n'a aucune peine et qu'elle n'a aucun désir d'être comprise. Elle abandonne sa main à sa mère en s'enfuyant mentalement puisqu'elle ne peut pas la retirer sans se faire bombarder de douloureuses questions. C'est son nouveau truc : amputer la main et laisser le reste du corps s'éloigner, se concentrer sur ailleurs, autre chose et si possible, quelque chose de doux. Aujourd'hui, la chose qui lui vient, c'est Mon-Œil et la chaleur de sa fourrure, sa truffe humide tout près de sa cheville à l'école.

Mon-Œil l'aide à ne pas paniquer. Christianne lâche enfin sa proie. Annabelle retourne à sa table pour se prémunir contre une éventuelle reprise de l'assaut affectif. Mais Christianne semble apaisée : sa fille et elle se comprennent tellement. La main sur la poignée de la porte, elle va enfin partir, la laisser tranquille quand elle lance : « J'ai pensé organiser une réception pour ta fête. Tu pourrais me faire une liste de tes invités ? »

Livide, Annabelle se retourne :

— Mais… le 3 avril, c'est un samedi !

— Oui.

Christianne a l'air de ne pas savoir ce que cela signifie. Elle attend la suite qui ne vient pas. Elle conclut, puisqu'il semble s'agir de cela : « On peut inviter ton père, si ça te fait plaisir. S'il accepte de venir seul, moi, ça ne me dérange pas. »

Annabelle gratte l'araignée sur son cahier sans rien dire. Sa mère s'approche d'elle : « Ça te ferait plaisir, une fête ? Moi, je le fais pour toi, si ça te fait plaisir. »

Danger. Sa mère est tout près. Annabelle sait qu'elle devrait se taire, attendre. Que si elle dit quelque chose, ça n'ira pas, le fragile équilibre va basculer. Voilà la main qui s'abat pesamment sur son épaule, incitation menaçante à l'obéissance. Accablée, Annabelle murmure :

— Il faut que je finisse mon devoir… Pour demain.

— Oui, oui, on en reparlera demain. Si tu veux, fais-moi une liste de cadeaux aussi.

Enfin, sa mère est sortie. Annabelle se précipite sur son lit, en proie à l'angoisse. Pas encore une fête comme quand elle avait sept ans ! Elle n'a même pas *une* amie ! Elle ne sait pas ce qui est le plus ardu : faire une fausse liste d'amis ou avouer qu'elle ne veut plus jamais de fête de sa vie.

* * *

Elle s'était endormie en plein cours de morale. C'est Étienne qui l'avait réveillée avec son pied. Comment savait-il qu'elle dormait, est-ce qu'elle ronfle en plus ?

— C'est le seul temps où tu respires calmement.

— Écoutes-tu tout le monde de même ?

— Si je veux avoir une idée de ce qu'ils sont…

— Ça doit être fatigant.

— Pas plus que de les regarder.

Maintenant, elle descend au même arrêt que lui et elle l'accompagne. Ça fait plus d'un mois qu'ils mangent ensemble le midi : au début, ça s'est fait imperceptiblement, comme par hasard. Puis les hasards se sont trouvés plus volontairement organisés. « Qu'est-ce que tu fais pour "histoire" ? »

Elle hausse les épaules, elle s'en fout pas mal du travail en histoire !

— Qu'est-ce que tu as ?

— Rien.

— Pourquoi tu marches si vite, d'abord ?

Elle ralentit, elle le trouve vraiment patient : « Qu'est-ce que tu as fait en fin de semaine ? »

Étienne est ravi :

— Enfin ! Je pensais que tu ne le demanderais jamais ! J'ai été au cinéma. As-tu vu ça, toi, *Un cœur en hiver* ?

— Tu es allé au cinéma ?

— Ben oui.

— Mais tu vois rien !

— Pis ? Ça ne m'empêche pas d'apprécier. Je suis aveugle, pas imbécile.

— Je le sais, mais…

— Mais la prochaine fois, tu te fermeras les yeux, tu verras bien.

Il accélère le pas à son tour, s'arrête devant chez lui, tend la main : « À demain. »

Elle le retient : « Étienne, je t'en prie, fâche-toi pas contre moi ! J'ai été tarte mais je ne le ferai plus. J'ai pas pensé avant de parler. Étienne… »

Elle ne sait pas pourquoi c'est si important tout à coup qu'il ne la boude pas, qu'il ne soit pas fâché. Il ne dit rien, elle se méprend :

— Étienne, pas toi, O.K. ?

— Pas moi, quoi ?

— Trouve-moi pas plate toi aussi.

Un silence. Elle n'a pas encore laissé sa main. Il la serre légèrement :

— Qu'est-ce que tu as ?

— Rien… des niaiseries.

— Ça t'énerve, toi, des niaiseries.

— Ma mère veut m'organiser un party de fête

comme quand j'avais dix ans et je ne sais pas comment lui dire que ça m'écœure parce qu'elle est toute contente de le faire et que rien ne la rend jamais contente d'habitude.

— T'appelles ça une niaiserie ?

Elle rit. Elle est tellement soulagée de l'avoir dit qu'elle ne peut pas s'empêcher de rire. Étienne a l'air inquiet :

— Aye… capote pas. C'est quand ?

— Le 3 avril.

— T'as deux semaines. Tu peux t'organiser.

— C'est ma mère qui va m'organiser. Tu ne la connais pas. Comme par hasard, c'est un samedi, un jour à mon père.

— Mais c'est ta fête ! Pourquoi tu ne fais pas ce que tu veux ?

— Parce que c'est ma mère avant ma fête.

— Ouais…

Ils font du sur-place en évaluant l'ampleur des dégâts. Annabelle soupire, à bout d'arguments :

— En tout cas… c'était quoi, ton film ?

— Ben : une histoire d'amour compliquée, évidemment.

— J'aimerais ça aller au cinéma avec toi une fois.

— Pour ta fête ? Dis à ta mère que tu es occupée. Je t'invite.

Impulsivement, elle l'embrasse. Il est tellement touchant quand il se dandine comme ça : « Ça ne marchera pas, mais c'est fin pareil. À demain ! »

Elle s'éloigne en vitesse, presque légère. Étienne n'entre chez lui qu'une fois que le son des pas d'Annabelle a été absorbé par la neige.

* * *

« Est-ce que je peux briser notre convention pour… disons vingt minutes ? »

Elle est si bien dans la BM, après les remous de la maison, les humeurs, les agitations de Christianne. Ici, ça sent le cuir et l'homme distingué qui se parfume légèrement, il fait chaud et la musique est bonne… pourquoi Luc veut-il absolument parler ? C'est contagieux ou quoi ? Elle regarde dehors en soupirant :

— Pourquoi ?

— Parce que j'ai un problème et que je ne peux pas le régler sans toi.

— Ça m'étonnerait !

— Tu permets ?

Il retire le disque compact, range la voiture au bord du trottoir : elle angoisse déjà.

« Ta mère m'a appelé. »

Elle sait bien qu'il l'observe, elle n'a pas envie de le regarder, c'est tout. Surtout que son cœur bat *vivace*.

« Elle m'a demandé de te faire l'honneur de ma présence *célibataire* à ton anniversaire. Une fête monstre, y paraît. »

Le silence s'installe… elle ne dit rien. Elle a vu sa mère s'exciter toute la semaine, lui réclamer ses listes chaque jour. Et chaque jour, elle s'est vue trouver une raison pour s'offrir un délai avant de saccager cet enthousiasme si rare.

Luc reprend avec beaucoup de douceur : « Anna… j'aurais pu dire seulement non à ta mère et respecter notre contrat. Mais… »

Il soupire, se tait.

Elle le regarde : comme il a l'air mal à l'aise, comme il cherche dans son visage le plus petit indice. À cet instant, il atteint la concentration d'Étienne. Elle tente de l'aider avec ses faibles moyens : « Mais ?… »

Il plonge :

— Mais je ne suis pas bon juge des relations que tu as avec Christianne et je ne sais pas quoi faire. Elle m'a parlé comme… comme si elle était la seule à savoir ce qui te ferait vraiment plaisir, comme si tu lui disais tout ce que tu sentais et que c'était très dur pour toi de me voir… je veux dire de me savoir avec d'autres femmes. Des choses que tu lui laisses entendre, parce qu'elle dit que vous vous parlez beaucoup. Alors, j'ai pensé à ce que je t'ai raconté l'autre soir, à mon aventure de mes quinze ans et je me suis dit que c'était bête de ma part de ne pas savoir ce qu'on dit ou ce qu'on ne dit pas à sa fille. Mais je ne le sais pas, Anna, il faut que tu m'aides. J'ai eu l'air tellement con avec ta mère au téléphone. Je ne savais plus quoi dire. Je me doutais que tu ne lui avais pas raconté ça, je veux dire mon histoire avec Geneviève Lalande…

— J'ai rien dit, voyons !

— C'est ce que je pensais… Et puis… et puis je voudrais que tu comprennes pourquoi je ne serai pas à ton anniversaire. Christianne m'a dit que tu y tenais, que c'était fondamental pour toi d'avoir tes deux parents ensemble, même si on est divorcés et je comprends ça. Mais je ne peux pas. Je pourrais te dire que je travaille, qu'il m'est absolument impossible de me libérer et ça pourrait même être vrai, mais je ne veux plus faire ça. Alors, je prends mon courage à deux mains et, même si je te déçois terriblement, je n'irai pas à ta fête. Je l'ai fait l'an passé, tu te souviens, et c'était un vrai désastre. Jamais je n'ai été aussi mal de ma vie. C'est sûr qu'on venait de se laisser, ta mère et moi, que les circonstances étaient particulièrement pénibles, mais c'était tellement… tellement forcé, tellement faux… je t'avoue que je ne suis pas capable de le faire cette année. C'est ma limite. Je… je suis désolé, Anna.

Un silence impeccable s'ensuit. Elle regarde toujours dehors. Les gens passent et s'en fichent. Elle trouve cela rassurant :

— Je peux te poser une question niaiseuse ?

— Avec plaisir.

— Combien de temps tu as pensé à tout ça ? Combien de temps ça t'a dérangé ?

Elle le fixe maintenant. Il ne comprend pas très bien l'enjeu, mais répond en souriant et très honnêtement :

— Ta mère m'a appelé lundi et on est vendredi. Ça m'a pris ce temps-là.

— Pour une niaiserie pareille ?

— Ce n'est pas une niaiserie, Anna, c'est toi, c'est ta fête, c'est ton sentiment d'être abandonnée ou pas. Ça vaut le dérangement, non ? C'est ma culpabilité aussi. Et, pour être très franc, c'est la difficulté que j'ai à dire ce que je pense à ta mère.

Elle rit maintenant ! « Quoi ? Qu'est-ce que j'ai dit de drôle ? Anna ? »

Elle cesse de rire, détache sa ceinture, va se coller contre lui, malgré le levier de vitesse, malgré tous les obstacles. Il n'en revient pas. Anna la rétive qui ne veut jamais qu'on la touche ! Anna qui l'étreint. Il lui caresse les cheveux sans rien dire, il profite de l'indulgence de l'instant en se disant qu'il comprendra plus tard. Il est tellement soulagé qu'il se met à fredonner un air de Borodine. Ça lui prend un bon moment avant de constater que sa fille pleure. Sans la regarder, sans cesser sa caresse, il murmure : « Tu veux me dire pourquoi ? »

Elle agite la tête : c'est non.

Il la serre un peu plus fort : « O.K., c'est O.K. »

Comme elle pleure, sa fille… comme elle est petite tout à coup sa grande fille de quatorze ans qui joue les dures. Qu'est-ce qu'il a bien pu dire qui a déclenché un tel chagrin ? Comment comprendre ce qui se passe pour elle alors qu'il a tant de peine à distinguer ses propres émotions. Il ne veut pas lui prêter ses sentiments, il veut tenter de saisir les siens à elle. Alors, il attend, devenu patient tout à coup. Il n'est plus pressé. Les pourquoi viendront plus tard.

La première chose qu'il entend est :

— Ferme tes yeux.

— Quoi ?

— Ferme les yeux… Ils sont fermés ?

— Oui, oui.

Elle se dégage : « Ouvre-les pas. »

Il les ouvre, bien sûr : elle est en train d'enlever le mascara qui a coulé avec ses larmes. Il sourit : pas si petite, sa fille. Ce n'est pas la première femme qu'il voit s'extirper du chagrin avec un souci aussi immédiat des traces : « Tu te maquilles, maintenant ? »

Elle soupire :

— Juste du mascara !

— C'est joli, en effet.

La grimace, elle, est exquise.

— Anna…

— Tu avais dit vingt minutes !

— Ce ne sera pas la première fois que je me trompe.

Juste avant de descendre de l'auto, elle se décide :

— Papa… quand tu vas appeler maman pour lui dire que tu ne viens pas…

— Oui ?

— Peux-tu lui dire que moi non plus je ne viendrai pas ?

Il hoche la tête pensivement : « Ça te rendrait service ? »

Elle éclate de rire : « Pas mal, oui ! »

Dans l'ascenseur, il murmure : « Pour clore le dossier, est-ce qu'on peut s'entendre qu'on a affaire à Québec la fin de semaine du 3 avril ? »

Sans un mot, Anna cache son visage dans sa manche, tout près de son épaule : elle grandit, sa fille.

* * *

La dernière fois qu'il s'est senti aussi nerveux, c'est le jour où il lui a envoyé les papiers du divorce. Christianne finit par venir ouvrir, fait mine de s'étonner de ne pas voir Annabelle.

« Elle est au cinéma : comme je t'ai dit, elle ne sait pas que je suis venu te voir. »

Il la trouve fébrile, plus sèche que d'habitude : « Je n'ai pas beaucoup de temps, Monique vient me chercher pour aller patiner dans une heure. »

Là, il la reconnaît : ce matin, au téléphone, elle n'avait rien à faire. Elle a organisé cette sortie dans le seul but de faire pression sur lui. Pour qu'il se sente bousculé ou alors qu'il ne s'imagine pas qu'elle se tourne les pouces et se ronge d'ennui. D'une façon ou d'une autre, c'est peine perdue en ce qui le concerne : il va dire ce qu'il a à dire et ça prendra le temps que ça prendra :

— On peut peut-être s'asseoir quand même ?

— Je t'en prie, je ne pensais pas que tu aurais le temps.

Il trouve que ça commence mal. Tous les signes de la mauvaise foi sont au rendez-vous. Il essaie quand même le plan de match qu'il a minutieusement mis au point avant de partir :

— Comment vas-tu, Christianne ?

— Pardon ?

Elle en perd ses moyens ! Elle s'attendait à tout sauf à ça. Comment elle va ! Comme si ça l'intéressait.

— Je veux savoir si tu vas bien. Si ta vie, depuis le divorce, est moins pénible qu'elle l'était au début. Je te demande comment ça marche pour toi.

— Mon Dieu, quel honneur, Luc ! Je ne pensais pas obtenir tant d'égards de ta part. Qu'est-ce qui me vaut…

— Réponds-moi, je te le dirai ensuite.

— Je vais très bien. Pourquoi tu le demandes ?

— Parce que je trouve Annabelle nerveuse.

— Ah oui ? Pas avec moi. Elle a peut-être un problème avec toi…

Il ne dit rien. Elle a une façon de l'exaspérer qui pulvérise tous les records atteints en ce domaine à ce jour. C'est quasi immédiat et palpable. Son silence semble l'encourager :

— Je ne comprends pas, Luc. Tu m'appelles un samedi matin pour me rencontrer de toute urgence et c'est pour me demander comment je vais…

— Christianne, je trouve qu'Annabelle va mal. Ses professeurs nous ont dit qu'elle…

— *M'ont* dit ! C'est à moi qu'ils ont parlé. Tu n'y étais pas.

— Bon ! Tu veux que je les rencontre moi-même ? Très bien ! Je vais y aller. Je te rappellerai.

Il est debout, excédé. Elle le suit, en proie à la panique : « Bon, d'accord ! Calmons-nous. Si c'est pour parler d'Annabelle… »

Il l'observe : quoi d'autre ? Elle ne s'imaginait quand même pas qu'il voulait reprendre la vie commune ? Une fois assis, ils se regardent en silence. A-t-il aimé cette femme ? Sans doute. Il s'est marié à vingt et un ans, aussi bien dire en pleine enfance. Elle a changé… ou alors il a tellement changé lui-même qu'il ne la reconnaît plus. Il peut à peine croire qu'il a eu une intimité avec elle, qu'ils ont ri, mangé, baisé ensemble. Et qu'ils ont aimé ça. Il ne reconnaît rien de ce qui a jamais pu le séduire. Même son salon lui semble dissonant :

— Qu'est-ce que tu as fait du piano ?

— Je l'ai vendu. Je ne sais pas si tu as remarqué, mais c'est un bibelot encombrant.

Elle a ce petit rire forcé qu'elle adoptait les soirs de réception où elle n'était pas à l'aise : une sorte de hoquet rieur qui ponctue les phrases les moins drôles dans l'espoir de les alléger.

— Et comme Annabelle ne joue plus…

— Dis-moi, Christianne, ça te fait plaisir qu'Annabelle ait abandonné ?

— Plaisir, non. Mais j'ai toujours trouvé que c'était d'une exigence monstrueuse et qu'elle perdait toute son enfance à force de faire des exercices. Pourquoi ? Tu veux qu'elle reprenne ?

— Ce que je veux n'a aucune espèce d'importance. Ce qui importe, c'est ce qu'Anna veut.

— On est d'accord.

— Les profs à l'école, ils ont dit qu'elle manquait de concentration, d'attention…

— De travail aussi. J'ai mis fin au baby-sitting sur semaine et je surveille de très près : elle va améliorer ses notes, garanti ! Tu sais, c'est un passage difficile, le secondaire. Ça prend du temps pour s'adapter.

— C'est quand même sa deuxième année… Qu'est-ce qu'on fait si ça ne s'améliore pas ?

L'éclair de colère dans ses yeux n'a rien de rassurant :

— Qu'est-ce que tu veux dire ?

— Si Anna avait un autre problème que la transition normale au secondaire…

— Oui ?

C'est comme un crissement tellement ses dents sont serrées. Le son est menaçant. Il préfère attaquer puisque, de toute façon, l'ambiance n'est pas à la discussion sereine :

— Je pense qu'on a mal négocié *notre* transition, Christianne. Et je pense que, présentement, c'est notre fille qui paye. On s'en tire très bien individuellement, mais elle…

— Parle pour toi ! Tu peux bien dire qu'on a mal négocié ! Qui a refusé de voir un conseiller conjugal ? Qui a refusé de discuter ? Qui a refusé de faire une transition plus lente ? Qui, Luc Pelchat ?

— Christianne, tu voulais différer le divorce, pas le négocier. Tu voulais consulter pour me garder malgré moi. Utiliser Anna et son bien pour m'obliger à rester. Ce n'est pas ce que j'appelle une transition. C'est de la négation pure et simple. Et Anna en souffre. Il faut admettre les choses comme elles sont : je ne reviendrai pas, je ne serai plus jamais ton mari. Et on a une fille et elle ne va pas bien.

— Avec moi, elle va très bien.

— C'est faux.

— Elle t'a dit qu'elle était malheureuse, peut-être ?

Il soupire, épuisé. Elle enchaîne avec son leitmotiv :

— Si tu te souciais un peu plus d'elle et un peu moins de ton confort, elle serait peut-être plus heureuse. Un enfant, c'est beaucoup de soucis et fort peu de récompenses, si tu ne t'en es pas encore aperçu. Combien de temps tu accordes à ta fille ? Avant, quand tu vivais ici, tu en as fait une esclave du piano et maintenant elle est l'esclave du piano des autres. Et tu as le front de me demander si elle va bien avec moi ?

— Christianne, Anna n'est l'esclave de personne…

Elle ne l'écoute même pas, trop contente de pouvoir lui servir ses monologues intérieurs :

— Tu as le front de venir me faire la leçon alors que tu n'as même pas été capable de t'en occuper décemment la dernière année ? Qui s'est tapé les réunions d'école où les spécialistes viennent te dire que le père absent fait des dégâts psychologiques, que les divorces traumatisent les enfants et que la psy a trouvé notre fille au bord de la dépression ?

— Tu vois bien qu'elle a un problème ! Tu l'admets toi-même.

— Comme c'est moi qui se tape les rapports des spécialistes, laisse-moi donc en juger ! Laisse-moi m'en occuper.

— Je viens ici pour te proposer de le faire ensemble.

— Ensemble ? Même quand on était mariés, ça ne t'intéressait pas. Tu étais très occupé à me tromper et à me conter des menteries. Il n'y a que les cours de piano, les profs de piano qui t'intéressaient. Le maudit piano ! On ne fait pas un enfant pour s'offrir un partenaire dans le pianotage à quatre mains, Luc. C'est plus que ça, un enfant, tu vas t'en apercevoir.

Il s'appuie contre le dossier : tant d'agressivité, tant de colère, de haine retenue. Il faut qu'il soit fou pour ne pas s'en être soucié. Il est dépassé : Christianne continue, se contredit, s'empêtre dans ses reproches infinis jusqu'à ce qu'un silence hargneux règne. Il la voit tenter de reprendre son souffle, de se contrôler, de donner une meilleure image d'elle-même : l'amertume souligne sa bouche d'un trait sévère. La bouche de sa mère… Non, cette femme n'est pas prête à croire à sa bonne volonté et à son souci sincère pour Annabelle. Et même si elle le croyait, elle serait probablement jalouse de voir sa fille réussir là où elle a échoué : s'attacher Luc. Une possessive sauvage qui ne laissera rien aller parce qu'elle a déjà tout perdu.

En sonnant, Monique crée un hors-jeu qui les laisse épuisés. Dieu merci, elle est en avance. Quelques civilités, à peine un peu de contrainte dans le ton : ils finissent par échanger les banalités d'usage. Luc se dirige vers la sortie quand la phrase de Monique le cloue sur place : « De toute façon, on se revoit samedi prochain ! »

Livide, il se retourne et s'adresse à Christianne :

— J'étais venu également pour ça, je m'excuse, je n'ai pas eu le temps d'aborder le sujet : c'est impossible, Christianne. J'avais organisé une fin de semaine à Québec exprès pour l'anniversaire d'Anna. J'ai essayé d'annuler, mais c'était trop tard.

— Tu aurais pu demander à Annabelle ce qu'elle préférait, étant donné que c'est son anniversaire et non pas le tien.

— Je l'ai fait : elle a dit de laisser les choses comme prévu.

— Évidemment, elle ne voulait pas te déranger : pour une fois que tu prévoyais quelque chose, elle se serait sentie coupable de ne pas te dire oui.

Soudain, il a un coup de génie, il voit enfin sa perche. Il sourit, mi-penaud, mi-attristé, un mélange de charme désolé qui a toujours aidé en négociations : « Tu as probablement raison : elle a dû se dire que tu comprendrais mieux que moi. Que tu l'excuserais avec plus d'indulgence. Que toi, tu ne lui en voudrais pas de déranger tes projets. Je n'ai certainement pas été un père exemplaire, mais je vais essayer que ça ne se reproduise plus. Même si tu ne me crois pas, Christianne, je vais essayer. »

Il sort sans attendre de réponse. Jamais, même au retour d'une fugue extraconjugale, jamais il ne s'est senti aussi fourbe. Il en danserait.

* * *

Annabelle a préparé tout son discours. Elle sonne, quand même inquiète. Une femme âgée, enfin, une femme avec des cheveux blancs, lui ouvre. Elle commence son laïus :

— Bonjour, je vais à la même école qu'Étien…

— Annabelle ! Entre ! Granne, fais-la entrer, c'est mon amie.

Granne fait élégamment passer Annabelle. Mon-Œil est venu lui faire ses salutations, la queue frétillante de plaisir. Au salon, installé au milieu de la place, la couette sur les genoux, Étienne tousse comme un déchaîné.

— N'allez pas trop près de lui, je ne voudrais pas que vous l'attrapiez.

— Granne, c'est Annabelle Pelchat. Anna, c'est ma grand-mère.

— J'allais faire un chocolat chaud à Étienne. En voulez-vous ?

— Oui, merci.

« Viens t'asseoir ! », il tape l'espace près de lui. Il est rose de fièvre, tout ébouriffé, le t-shirt immense…

— Tu as l'air d'un bébé-hérisson…

— Bon ! Ôte ton manteau. Viens, tu sens bon, tu sens le dehors. Je me demandais quand t'allais m'appeler…

Elle s'est inquiétée mais elle se ferait marcher dessus plutôt que de l'avouer. L'école lui semble hyper-fade sans Étienne et Mon-Œil. Elle raconte le mauvais coup de

Stéphane Bruneau, comment elle a attrapé un autre 20 sur 60 en maths, ce que le prof d'histoire a pensé des travaux. Tout par le menu parce qu'Étienne n'aime pas les tableaux brossés trop large. Il a l'air très content mais plus il parle, plus il tousse. Finalement, sa grand-mère arrive avec le sirop : « Ouvre ! »

Il tourne la tête, gêné :

— Tantôt, Granne.

— Tu ne t'entends pas tousser. Ouvre, j'ai dit, je vais verser !

— Oh écoute, arrête !

Et il se sauve comme s'il y voyait parfaitement. Mon-Œil court derrière lui. Il claque une porte. Granne reste plantée là, avec son sirop et sa cuillère. Elle sourit :

— Je pense que je n'ai pas le tour devant la visite.

— Voulez-vous que j'essaie ?

Elle lui remet les armes et la laisse frapper à la porte.

Dans sa chambre, il y a un mur entier de disques compacts. Incroyable ! Annabelle s'arrête sur le seuil, contemple les disques : Chopin, Debussy, Katchaturian, Mozart, Ravel, Scriabine… ils sont tous là. Stupéfaite, elle s'approche d'Étienne :

— Mais… C'est à toi, ça ?

— C'est ma chambre.

— Je veux dire…

— Les disques ? Ben oui : si c'est dans ma chambre…

Il attend la réaction : ça lui plaît tellement de la surprendre autant qu'il étouffe une autre quinte de toux.

— Ouvre !

— Non ! Lâche-moi avec ça !

— Il est versé, maintenant. Fais attention, ça va coller partout.

Elle s'approche, la cuillère pleine à ras bords : « Ouvre ! » .

Il résiste, recule contre le mur. Elle s'agenouille sur le lit avec précaution, s'avance menaçante : « Étienne, je t'avertis, si tu bouges, ça renverse. Ouvre ! »

Il avance une main prudente, atterrit sur l'épaule d'Annabelle, il suit le bras jusqu'au poignet qu'il tire doucement vers lui. Il ouvre la bouche et prend son sirop. Annabelle s'écrase sur le lit : « Phftt ! C'est du sport te soigner ! »

Il saisit la cuillère, la met sur la table de nuit, tâtonne pour trouver le bouchon et referme la bouteille sur laquelle sa main s'est heurtée : « Il faut toujours reboucher les bouteilles avec moi, Annabelle. Et remettre les choses à leur place. »

Il l'a dit doucement, mais elle sait qu'elle a agi stupidement, que c'est essentiel pour lui : « Excuse… »

Il lui fait de la place près de lui :

— Tu comprends, Mon-Œil pourrait avaler tout le sirop : c'est tellement bon !

— C'est beau, ta chambre. Ça te ressemble… C'est toi qui as choisi les couleurs ?

— Tout. J'ai choisi tout ce qu'il y a dedans et la place de chaque chose.

Il se lève, fait le tour du mur de disques en nommant les compositeurs. Il revient vers le lit, s'assoit. Il indique une étagère au-dessus de sa tête : « Là, ce sont les interprètes aveugles, jazz et classique mêlés. »

Elle se tait, respectueuse. Puis elle murmure comme si elle parlait d'une chose très intime : « Tu joues ? »

Il fait non :

— Je n'ai pas appris.

— Mais tu joues ?

— Non… toi, tu joues.

— Non, Étienne.

— Tu sais bien que oui.

— J'ai appris, mais je ne joue plus.

Il se place face à elle, prend ses mains, les touche avec douceur. Finalement, il les pose sur le lit comme sur un clavier en laissant les siennes dessus :

— Joue.

— Étienne…

Ses mains se font plus légères sur les siennes : « Montre-moi un peu. Joue. » Elle est au supplice : « Je ne sais plus comment. Je te jure, je ne sais plus. »

Mais il reste là, les mains patientes. Doucement, elle joue le premier thème d'une sonate de Mozart. Ses mains silencieuses dansent sur le couvre-lit, celles d'Étienne les protègent en suivant chaque note, chaque ondoiement. Elle s'arrête après les premières mesures, juste avant la reprise du thème. Ses mains tremblent, tellement elle a eu peur : « Tu as entendu, Étienne ? »

Il fait oui, se lève, met un disque : c'est du Mozart.

* * *

Annabelle ne sait pas combien de temps a passé quand on frappe : « Voulez-vous manger avec nous ? Ça ferait plaisir à Étienne. »

Six heures et demie ! Elle n'a même pas averti sa mère ! Elle court mettre son manteau, revient à la porte de la chambre :

— Merci. Prends ton sirop.

— J'aime mieux quand c'est toi.

Christianne n'a rien dit. Elle s'est contentée de placer stoïquement l'assiette dans le micro-ondes. Pourquoi l'avoir servie comme si elle avait été là, aussi ? Est-ce qu'elle le faisait exprès pour qu'elle se sente mal ? Pourquoi fait-elle cela ? Annabelle aurait préféré qu'elle crie, qu'elle l'engueule, plutôt que de prendre cet air compassé de chagrin gardé pour soi, de mère exemplaire qui endure sans murmurer. Christianne chipote dans son assiette, le regard ailleurs. Si ça ne fait aucune différence pour elle, pourquoi se forcer pour manger en sa compagnie ?

Depuis qu'elle a pris sa décision concernant l'anniversaire, Annabelle se sent injuste, méchante et ingrate : sa mère n'a rien dit, aucun reproche, aucun commentaire désobligeant. Elle s'est contentée de sourire en murmurant : « Tu sais, je connais le charme dévastateur de ton père, j'y ai déjà cédé avant toi. » Il y avait bien une note mesquine, mais Annabelle n'a pas voulu l'entendre. Pourtant, malgré le soulagement, elle a l'impression d'avoir crucifié sa mère. Comme si elle avait divorcé à son tour, aux dépens de Christianne.

Sa mère allume une cigarette : ça aussi, c'est nouveau, ça fait partie des compensations de la solitude. Annabelle déteste manger devant sa mère qui fume. Elle dépose sa fourchette, prend un air affairé en murmurant : « Mes devoirs… » et quitte la cuisine.

Elle examine sa chambre d'un œil neuf : rien ici qu'elle aime vraiment ou qu'elle serait fière de montrer à quelqu'un. Si Étienne pouvait la voir, elle serait gênée : c'est rose et blanc et c'est romantique. Elle a choisi la couette, mais sa mère a acheté une autre housse parce que le choix d'Annabelle jurait avec le reste de la chambre. Elle sort un coin de la couette originale : un vert menthe ligné sur du blanc, un vert presque turquoise avec une ligne plus bleue et une petite zébrure de jaune ocre à l'occasion. Assez pété comme couleurs, elle l'admet, mais punché. Elle extirpe entièrement la couette, écarte la housse : c'est sûr que la masse du lit se démarque plutôt violemment contre la langueur moelleuse et rosée du reste, mais c'est quand même plus près de ce qu'elle aime.

Sa mère frappe et entre. Saisie, Annabelle se sent prise en flagrant délit et rien dans l'œil de Christianne n'indique qu'elle se trompe. Elle lui tend l'appareil : « Téléphone : ton père. Il est en avance s'il veut se décommander, on est seulement mardi. »

Elle ferme la porte avec délicatesse. Annabelle prend la ligne, craintive : s'il fallait qu'il ne puisse plus pour sa fête !

— Salut, ça va ? Écoute, ma puce, je veux te parler de quelque chose, mais tu décides de ce que tu préfères. Lydia donne un concert samedi soir au Grand Théâtre à Québec. J'avais envie de vous inviter toutes les deux à dîner, je dis bien dîner, après le concert. Mais peut-être que tu préférerais un tête-à-tête…

— Toi ?

— Moi, j'ai envie de faire la fête avec toi : on célèbre comme tu veux.

— Tu vas au concert ?

— Non.

Elle évalue le prix de ce cadeau-là en silence.

— Anna ?

— Oui, oui… Je l'aime bien, moi, Lydia…

— Oui…

— Tu veux vraiment que je choisisse ?

— Puisque je t'appelle pour ça. À quatorze ans, on devrait savoir avec qui on veut fêter.

— Elle ne sera pas fâchée que tu n'assistes pas au concert ?

— Elle serait mal placée… après le sermon qu'elle m'a servi en janvier.

— Tu la punis ?

— Hmmm… intéressant comme analyse…

— Tu veux y aller, au concert ?

— Moi, Anna, je te suis : on peut même aller voir *Blanche-Neige* !

— Qu'est-ce qu'elle joue ?

— Chopin, *Concerto n° 1.*

Au seul énoncé du titre, les notes lui reviennent ; elle n'a jamais réécouté Chopin. Elle soupire :

— Si on ne va pas au concert, elle ne sera pas contente au souper.

— Veux-tu la laisser accepter ou refuser toute seule ? Est-ce que, toi, tu aimerais ça ?

— Si elle n'est pas fâchée…

— Anna, pourquoi le serait-elle ? Elle peut comprendre, me semble. Tu ne peux pas passer ta vie à prendre des décisions qui ne fâcheront personne. Et puis Lydia n'est pas comme ça, tu le sais.

— C'est vrai.

— Alors, retour à la case départ, tu ne passes pas par « go », tu ne collectes pas deux cents piastres. On fait quoi ?

— On l'invite. Si elle veut, ça va être super.

— Elle va vouloir : comment pourrait-elle résister à une telle soirée ? 'Nuit, ma puce.

Elle se demande d'où lui vient le malaise, l'agacement de tristesse qui lui reste sur le cœur, comme son souper. Ça lui revient d'un coup : sa mère ! La housse. « Tu ne peux pas passer ta vie à prendre des décisions qui ne fâcheront personne. » Ouais… facile à dire ! Elle est certaine qu'elle passerait sa vie dans le rose déliquescent plutôt que d'aller expliquer à Christianne que sa chambre n'est pas sa chambre. Elle replace la housse en soupirant et essaie, pour la troisième fois, de se concentrer sur la découverte de l'Amérique.

* * *

On aurait dit que Mon-Œil l'attendait. Comme il n'a pas son harnais, il lui fait une vraie fête, se laisse gratter la tête avec délectation et la conduit directement à la chambre d'Étienne qui a changé de t-shirt et qui a l'air de reprendre des couleurs.

— Ta grand-mère, ça ne lui fait rien qu'on reste dans ta chambre ?

— Granne ? Non, pourquoi ?

— Pourquoi tu l'appelles de même ?

— Ça a commencé par Grand-maman, puis Grand-ma, puis Grande et là, c'est rendu Granne. Bientôt, ça va être Grr…

— Elle reste avec tes parents ?

— Non, je reste avec elle… Dis donc, Anna, fumes-tu en cachette ?

— Non, c'est ma mère qui a recommencé. Ça sent, c'est ça ?

Elle sort les devoirs, lui explique ce qui s'est passé à l'école. Comme elle n'arrive plus à expliquer une règle, il saisit sa grammaire en braille et cherche le chapitre ; ses mains, extrêmement agiles, effleurent les pages, lisent la table des matières. Très vite, il trouve et lui explique la règle.

— Ça vaut bien la peine que je vienne : c'est toi qui me l'expliques !

— Tu n'écoutes pas à l'école.

— Tu écoutes, toi ?

— Oui. Je prends des notes sur mon micro et je les imprime en braille après chaque cours. Si je ne comprends pas, je relis mes notes ou je cherche dans ma grammaire.

— Montre.

Elle prend le livre, passe sa main sur la page : criblée

de petits points qui, pour lui, veulent dire quelque chose. Une page boursouflée pour elle et pleine de mots pour ses doigts à lui.

— Est-ce qu'ils font des partitions en braille ?

— Bien sûr…

Il lui retire la grammaire doucement. Il tousse encore et elle a l'impression que c'est pour lui dire quelque chose. Mais il met plutôt un disque. Elle écoute les premières mesures d'un lied de Schubert : piano et clarinette.

— Quand j'étais petite, mon père faisait une drôle d'affaire : il me mettait un bandeau sur les yeux et il me disait de jouer mon exercice au complet. Sans voir. Il disait que je devais voir la musique par en dedans. Ne pas distraire mes sensations avec mes yeux. J'apprenais mes partitions et je les jouais toujours au moins une fois avec le bandeau. C'était très différent… j'avais l'impression d'être entièrement dans mon corps, dans mes mains… de… d'entrer dans la musique presque…

— Ton père est pianiste aussi ?

— Mon père dit qu'il est un mauvais pianiste qui s'occupe des bons pianistes. Qu'au lieu d'être jaloux, il peut être fier d'eux.

— Toi, tu penses qu'il est bon ?

— … Il joue bien.

— Mais pas assez bien ?

— Je ne sais pas, moi. Je ne peux pas juger.

— Oui, tu peux.

— Tu ne le sais pas, Étienne.

— Dis ce que tu penses.

— Il joue pour son plaisir, pour… je ne sais pas, il n'est pas « obligé » de jouer.

— Tu veux dire la vraie nécessité, l'urgence ? Obligé de l'intérieur ?

— Oui. Il peut s'en passer.

— Pas toi ?

— Moi ? Je m'en passe très bien !

— Combien d'heures par jour tu répétais ?

— Quatre… cinq heures, des fois plus.

— *Tous* les jours ?

— Ben oui.

— Pendant combien d'années ?

— Oh ! Étienne, arrête !

— O.K., dernière question : c'est vrai que ton père représente Lydia Scaletti ?

— Oui. Tu l'aimes ?

Il fait des yeux doux, son visage s'éclaire, ravi : « Je la trouve tellement belle ! »

Elle le considère, interdite : comment le saurait-il ?

— Tu ne me crois pas que je la trouve belle ?

— Ben oui.

— Menteuse ! Veux-tu que je te décrive ? Tu es brune, avec des yeux foncés très grands, je veux dire pas ronds, mais grands. Tu as une peau plutôt pâle pour une brune, des sourcils épais, un nez très court, très, très droit, un menton qui fait un petit rond dodu et une bouche… intéressante.

— Intéressante ?

— Je ne sais pas… grande avec des lèvres très dessinées, mais comme t'as des broches…

— Comment tu le sais ?

— Ça s'entend ! Des broches, un dentier, même un partiel, c'est facile à repérer.

— Tu es sûr que je suis comme ça ?

— Oui.

Elle s'approche de lui, son souffle est tout près. Il

recule un peu, tendu ; elle prend sa main, la pose sur son front : « Vérifie. »

Elle ferme les yeux. Les mains d'Étienne sont légères sur son visage, elles le lisent délicatement, sans jamais s'attarder. On dirait qu'il souffle sur elle et que, tout à coup, ses mains la transforment avec grâce. Elle ouvre les yeux : il a l'air extrêmement concentré, presque triste. Il cesse brusquement. Il saisit sa main sans un mot, la met sur son front à lui et pose ses deux mains sur ses yeux pour l'aveugler.

Elle essaie de le découvrir du bout des doigts : il est plus doux qu'elle pensait, même si la barbe pousse par plaques. Sa bouche, au toucher, est ferme, très dessinée : elle sent même la cavité de la fossette prête à se creuser. Ses arcades sourcillières sont très prononcées, ses oreilles petites, son cou très long, presque féminin : une veine bat près de la pomme d'Adam, comme si son pouls s'affolait. Annabelle retire ses mains, il dégage ses yeux.

Schubert emplit le silence de la chambre.

∗ ∗ ∗

Pour oublier son trac, Lydia l'a emmenée magasiner. Elles ont essayé des dizaines de robes. Annabelle n'en porte presque jamais. Mais, cette fois, elle essaie des fourreaux sexy, en lycra, avec des décolletés dans le dos : le genre de chose qu'elle ne regarde même pas, d'habitude.

Dans la cabine, devant le miroir, elle est stupéfaite : elle se croyait grosse, informe, pas séduisante. Elle se découvre plutôt attirante, les seins ronds et hauts dans la petite robe en panne de velours verte qui souligne sa taille, lui fait la fesse rebondie. Lydia siffle en entrant : « Seigneur ! Qu'est-ce que tu attendais ? Faut que Luc voie ça ! »

Elle l'entraîne dans le magasin où Luc, assis confor-

tablement, achève de lire les pages culturelles du journal.
Il lève les yeux… Annabelle éclate de rire :

— C'est fou… on ne dirait jamais que c'est moi !

— Tourne !

Elle s'exécute, gênée.

— Pourquoi tu ne mets jamais de robe ?

— Je trouve que j'ai l'air mémère en robe.

Luc s'approche, ramène un peu le tissu sur l'épaule :

— Ouais… pas mal mémère… Tu la veux ?

— Quand est-ce que tu veux que je mette ça ?

— À ton souper d'anniversaire, par exemple…

Lydia est tout excitée :

— Je l'ai essayée tantôt. Je ne te l'ai pas montrée :
j'avais l'air d'une vieille qui veut faire jeune. C'est une robe
pour une fille de quinze-seize ans, ça.

— Pauvre Lydia ! Déjà trop vieille pour les robes de
teenagers ! Alors, ma puce, ça te tente ? Tu pourrais la mettre ce soir, je ne serais pas gêné de sortir avec toi.

— Non ? J'ai pas l'air d'en faire trop ? De vouloir me
montrer ?

— Quoi ? Tu veux me séduire ? Ton Œdipe n'est pas
réglé ?

— Mon quoi ?

Lydia se moque : « Ça t'apprendra à faire le cultivé,
Luc. Prends-la, Annabelle, tu vas pouvoir faire craquer qui
tu veux avec ça. »

Annabelle se demande ce que dirait Julien en la
voyant arriver avec ça sur le dos. En tout cas, il serait surpris. Elle s'admire en souriant : elle se trouve moins pichou
qu'avant. Pas aussi belle que Catherine, mais pas aussi en
dessous qu'elle s'imaginait. Lydia se penche et chuchote :
« Ça t'a fait penser à quelqu'un ? Il va mourir en te voyant,
juré ! »

— Bon, les filles décidez-vous !

— Quoi ? T'es jaloux ? Tu ne veux pas qu'on ait des secrets ?

— Surtout pas des secrets de gars ! On la prend, Anna ?

— Je pourrais la laisser chez toi ?

— Sûr ! Aucun problème, comme ça je vais pouvoir contrôler tes entreprises de séduction.

Il fait celui qui n'a rien vu mais, en payant, il se demande pourquoi Annabelle ne veut pas que sa mère voie la robe. C'est un détail, pense-t-il, mais c'est le genre de détail qui l'agace. Si, à quatorze ans, elle craint d'être attirante devant sa mère, qu'est-ce que ce sera dans quelques années ?

En rentrant à l'hôtel, Lydia offre à Annabelle une bouteille d'Eau d'Hadrien : « Pour achever ton look de femme fatale. Un parfum de jeune fille pure juste à la base du cou, là où c'est tentant de goûter. Tu vas les rendre fous, je te dis ! »

* * *

Lydia est survoltée : elle leur raconte le concert qui a été magnifique, les quatre rappels. Un public chaleureux, attentif, conquis. Elle n'arrête pas, explique chaque passage en détail. Elle manque de renverser son champagne en expliquant comment elle a exécuté la fin du second mouvement. Annabelle saisit son verre pratiquement au vol : « Bois, Lydia. On se soûle, ce soir. »

Luc lève le sien : « On se soûle au plaisir de tes quatorze ans, Anna. Je bois à ta vie, à tes amours, à tes projets. Je bois à ton bonheur, ma puce. »

Lydia lève sa flûte : « À toi, Annabelle. »

Elle est rouge de confusion, elle leur fait signe de parler plus bas, que les gens aux tables d'à côté écoutent tout ce qu'ils disent. Luc sourit : « Ma chère, il faut que tu t'habitues à fréquenter les vedettes. C'est madame Scaletti qui nous vaut l'attention de nos voisins, pas notre toast. »

Et comme pour confirmer, un monsieur très digne, cheveux blancs et veston sombre, vient présenter son programme à Lydia : « J'étais au concert ce soir et je vous dois, madame, beaucoup de plaisir. Auriez-vous l'amabilité de m'accorder un autographe ? Je sais que je vous dérange... »

Elle s'exécute avec grâce, lui sourit.

Dès qu'il s'est éloigné, Annabelle demande à son père s'il a un programme.

— Mais... je ne suis pas allé au concert !

Lydia fouille dans son sac, lui en tend un :

— Tiens... c'était pour les archives de ton père.

— Peux-tu mettre quelque chose de très fin pour Étienne ?

Même si Luc et Lydia la regardent avec beaucoup d'intérêt et de curiosité, elle se dit que ça vaut la peine, qu'Étienne va sauter de joie.

Le dessert était pratiquement terminé quand la discussion sur les conjoints souhaitables s'est corsée. Luc soutenait qu'un artiste était mieux placé pour partager la vie d'une autre artiste, Lydia défendait le contraire et Annabelle comptait les points.

— Penses-tu vraiment qu'un artiste oublie son ego devant sa femme qui a plus de succès que lui ? Tu rêves, Luc Pelchat ! Ou bien il travaille à sa carrière, ou bien il va jalouser les succès de sa femme en faisant semblant d'applaudir ! Il y aura toujours une forme de compétition, avouée ou non.

— Qu'est-ce qu'un plombier va comprendre dans tes horaires, tes obligations, tes tournées?

Annabelle lève la main :

— Un plombier, franchement papa, t'exagères : je t'enlève un demi-point.

— Bon… disons un ingénieur ou un fonctionnaire.

— Le dernier homme en date était un architecte qui détestait me voir partir et qui me punissait à chaque retour.

Annabelle l'interrompt : « Comment ça? Il te battait? »

Lydia rougit soudain : « Non, non… »

Luc se penche :

— Annabelle a raison, ça nous intéresse : comment il te punissait?

— Mon dieu… il me faisait la gueule, il boudait, je ne sais pas, moi !

Annabelle insiste : « Il boudait combien de temps? »

Lydia saisit sa fourchette, prend une bouchée dont elle n'a même pas envie :

— Je ne sais pas, moi… j'ai dit ça comme ça…

— Moi, je pense que tu as raison, Anna : Lydia ne nous dit pas tout.

— On ne faisait pas l'analyse de Jean, on parlait du meilleur aspirant mari.

— En tout cas, Jean n'avait pas l'air très performant.

— Et ce n'était pas un artiste : tu gagnes un demi-point, donne-le-lui, Anna, et on n'en parle plus.

— Attends, Anna, je vais marquer un but : à Copenhague le mois dernier, ce n'était pas un pianiste, le beau Viking?

— Lars?

— Oui, le grand blond qui t'a fait manquer la visite guidée et les joies du voyage de groupe.

Annabelle, le crayon en l'air, suit le débat passionnément. Lydia ne répond rien, elle se contente de sourire, flattée. Luc insiste :

— Alors ? Lars était un artiste, non ?

— Franchement, ça a duré dix jours.

— Dix jours où on ne t'a pas vue ailleurs qu'au concert.

— J'ai répété… chez lui.

— Premier avantage du conjoint artiste : il avait un piano chez lui. Un demi-point pour moi. Tu n'as pas eu à t'habiller pour sortir répéter.

— Tu n'as pas honte, devant ta fille ?

— Anna, es-tu scandalisée ?

— Pas mal, oui. Il était comment, Lars ?

Lydia lui fait un clin d'œil :

— Pas mal beau, Anna. Trente ans, six pieds trois, des mains très longues…

— Un peu lourdes ! Bon, d'accord, des mains fortes, disons…

— Continue, Lydia, ne t'occupe pas de lui.

— Il enseigne le piano au Conservatoire de Copenhague, il donne des concerts un peu partout en Europe.

— Il ne te va pas à la cheville, Lydia. Il a un problème avec la main droite.

— Ah oui ? Je n'ai pas remarqué.

— Au piano, Lydia ! Peut-être que sa main droite fonctionne très bien ailleurs…

— Je n'ai rien remarqué d'anormal avec sa main droite : ni au piano ni ailleurs.

— Tu étais peut-être subjuguée.

— Même si un homme m'intéresse, je suis en mesure d'apprécier son jeu, tu sais.

— Tu penses ? Serais-tu prête à faire une audition

en aveugle ? Sa blondeur a peut-être influencé ton jugement.

— Toi, papa, l'aurais-tu représenté ?

Elle connaît déjà la réponse, mais elle veut voir comment Luc va déguiser sa jalousie.

— Lars ? Jamais ! Un jeu extérieur, un peu d'esbroufe, pas de soutien en durée, juste assez pour épater. Il a du succès, mais ce n'est pas ce que j'appelle un artiste.

— Ton père est très difficile, Anna. Il va d'ailleurs se retrouver avec fort peu d'artistes. Ses critères sont très élevés.

— Les tiens sont trop bas.

— En quelle matière, Luc ? Parles-tu musique ?

Un silence où les deux se mesurent : Lydia a l'œil brillant de séduction, Luc est presque sombre tellement il est fâché. Il est amoureux ! Il est jaloux, Annabelle le voit faire des efforts pour se moquer de lui-même, se tourner en dérision : « D'hommes, Lydia, en matière d'hommes. Dans le fond, je ne comprends tout simplement pas que tu ne sois pas follement intéressée par ton agent qui, lui, répond aux critères les plus élevés. »

Elle sourit, suave :

— Mon agent travaille pour moi : sa main gauche compte les profits et sa main droite conduit ma carrière.

— Et il n'a que deux mains !

— Voilà !

Annabelle les interrompt : « Agent, papa, ça n'entre pas dans artiste : tu te contredis toi-même. »

Lydia est ravie : « Merci, Anna. »

Luc s'empare de l'addition : « Vous avez gagné, les filles. Mais de toute façon, avec vous deux, la partie était perdue d'avance. »

Ils s'attardent encore un peu. Le restaurant est presque vide. Luc fait tourner son cognac à la lueur des bougies. Lydia semble fascinée par le liquide qui mouille les parois, frôle le bord du verre.

Annabelle soupire :

— À part de ça, à quoi ça sert de se marier ? Je ne vois pas l'intérêt. Qu'est-ce que ça t'a donné, à toi, papa ?

— Une fille.

— Tu pouvais m'avoir sans ça.

— Probablement. Quoique, avec ta grand-mère…

— Ou ma mère… Serais-tu parti avant si tu t'étais écouté ?

Elle doit être un peu soûle, sa fille, pour s'aventurer aussi directement au cœur du problème. Il la regarde en silence. Il ne sait pas. Il ne s'est jamais posé la question : « En fait, tu me demandes si j'ai du courage ? »

Anna fait oui. Lydia a l'air très intéressée par la réponse qui tarde à venir. Il est un peu soûl, lui aussi, il se trouve bien peu digne de ces deux beautés-là qui l'observent : « Non. J'ai très peu de courage. Et, pour être franc, je ne suis pas sûr que beaucoup d'hommes en aient. Ou je le dis peut-être pour me rassurer, pour me sentir moins seul… Mais la question est bonne : quand on est conscient d'une chose, est-on capable d'agir en conséquence ? Réponse, non : mon mariage était fini bien avant que je parte. Réponse, oui : j'ai cessé de vouloir être pianiste dès que j'ai su que je n'en avais pas l'envergure, que je resterais médiocre toute ma vie. Donc, est-ce que j'ai du courage ? Assez pour vivre sans me renier, mais pas assez pour être un héros. »

Il lève son verre et le vide d'un trait : « Est-ce que c'est une réponse, Anna ? »

Elle sourit affectueusement :

— Je t'aime mieux pas héros, comme ça, je ne suis pas obligée d'être une héroïne.

— Tu penses ? Peut-être que c'est justement le contraire : moins les parents ont de courage…

« … plus les enfants doivent en montrer », achève-t-il mentalement. Mais il ne le dit pas. Il se lève, embrasse sa fille, pose une petite boîte devant elle : « Bonne fête, Anna. »

Il aurait voulu avoir un appareil-photo pour conserver le regard de femme fatale qu'elle a eu en voyant le bijou.

* * *

« Dix-huit carats ! De l'or blanc en plus. Il aurait pu t'acheter du sterling, ça aurait fait pareil. Mais non, il faut qu'il impressionne, qu'il en mette plein la vue ! »

Va-t-elle le dire ? Anna guette sa mère, sur ses gardes. Elle sait très bien ce qu'elle pense : Luc l'achète avec des cadeaux hors de prix, hors propos, hors tout. Luc agit toujours mal et toujours pour exalter son propre orgueil. Anna se dit qu'une bonne intention prêtée à Luc de temps en temps, ça ferait du bien. Elle décide de changer de sujet : « Toi ? As-tu eu une belle fin de semaine ? »

Oh… l'œil mauvais ! Elle regrette sa question avant de recevoir la réponse.

— La pompe de la fournaise est tombée en panne. Le technicien n'avait pas la pièce. J'ai gelé toute la fin de semaine. Sinon, c'était bien : deux parties de hockey en deux jours à la télé.

— T'aurais pu aller chez Monique.

— Pour l'embarrasser ? Non. Monique avait sa fille en fin de semaine.

— Son père est parti ?

— Pas du tout. Depuis que Pascal s'est installé à la maison, Stéphanie boude et elle a demandé à aller demeurer chez son père. Elle revient chez Monique les fins de semaine.

— Ah oui ? Je ne savais pas.

— S'il faut en plus que les enfants soient d'accord avec nos choix amoureux, on n'a pas fini de passer des week-ends à regarder le hockey ! Déjà que c'est pas facile à rencontrer.

— Ça te manque ?

— Un homme ? Je ne sais pas. Des fois je me dis que ça règlerait plein de choses et, d'autres fois, je me demande si je serais encore capable d'en endurer un dans mes pattes.

Elle allume une cigarette en murmurant : « Faudrait que j'arrête. » Elle observe sa fille : « Qu'est-ce que tu dirais, toi ? »

Annabelle hausse les épaules.

« Ça ne te ferait rien ? »

Finalement, elle ramasse son sac à dos et lance : « On ne peut pas parler de ça en général, faut voir le gars ! »

Elle redescend presque aussitôt, remet ses bottes. Sa mère panique :

— Tu sors ? À cette heure-là ? Je te rappelle que tu as de l'école, demain.

— Juste un petit tour, prendre un peu d'air, j'étouffe.

Elle claque la porte en imaginant la tête de Christianne qui éteint sa cigarette.

Étienne n'est pas dehors pour la marche de santé de Mon-Œil. Elle hésite devant le perron ; il y a de la lumière, mais il est quand même dix heures. Elle frappe doucement au lieu de sonner.

C'est Granne qui vient ouvrir. Mon-Œil fait une vraie fête à Annabelle. Granne chuchote : « Il dort. Chuuut, Mon-Œil, chut ! » Elle referme la porte : « Bonne fête, Étienne m'a dit que c'était hier. »

Elle l'embrasse sur les deux joues. Annabelle n'en revient pas : tant de simplicité et de chaleur. Elle s'informe de la santé d'Étienne qui avait l'air d'aller mieux quand elle est partie, vendredi. Granne semble inquiète :

— Le médecin est venu. Il fait encore de la fièvre et les poumons ne sont pas clairs. Peut-être que c'est seulement la bronchite qui est tenace, mais peut-être aussi que c'est une pneumonie. On va à l'hôpital pour faire des radios demain.

— C'est grave ?

— Une pneumonie… c'est pas très bon. Il s'en fait pour l'école. Il va être fâché que je ne l'aie pas réveillé pour toi.

— Dites rien… Oh ! mais j'étais venue lui porter ça.

Elle lui tend le programme. Granne le regarde, voit l'autographe :

— C'est elle qui a écrit ?

— Oui, lisez !

Granne va chercher ses lunettes, revient :

— Il va être fou de joie. Comment tu as fait ?

— Je la connais. Il le sait. Vous avez juste à dire que je l'ai glissé dans la boîte aux lettres, que je ne suis pas rentrée.

— Tu penses qu'il va acheter ça ? Tu ne le connais pas. Étienne sait tout le temps tout. C'est totalement inutile de lui mentir. Il va te sentir, voyons. Et puis, ce sera beaucoup mieux si c'est toi qui lis le message.

— Voulez-vous que je sorte Mon-Œil ?

Elle fait deux fois le tour du bloc avec le chien qui gambade sans son harnais et se permet de renifler tout ce qu'il rencontre.

* * *

Julien lui a offert un cadeau : une écharpe en mousseline de soie, archi-légère, d'un violet dense. Elle l'agite doucement, empêche Léo d'en faire son profit. Jamais elle ne s'est sentie aussi femme. Il l'a embrassée tendrement ; elle aurait voulu le retenir, lui donner un vrai baiser, pas de ces petites agaceries d'enfant. Mais elle ne sait pas comment retenir un homme.

Elle a dit à sa mère qu'elle allait chez une fille finir un devoir d'équipe. Elle n'aime pas mentir, mais Christianne ne lui donne pas le choix. Julien a l'air plutôt en forme. Il veut qu'elle lui raconte toute son excursion à Québec, se montre très intéressé par Lydia, veut des détails : est-elle mariée, a-t-elle une douzaine d'amants qui soupirent après elle, est-elle snob ? Annabelle n'est pas loin de penser que Lydia pourrait s'offrir la ville de Montréal en entier en levant le petit doigt :

— Tu la trouves sexy ? Ce serait ton genre, Lydia ?

— Mon genre… c'est une femme très belle qui a beaucoup de talent et ça, c'est séduisant.

— Le talent ou la réussite ?

— Les deux.

— Mais la réussite peut te faire sentir en dessous, non ? Je ne sais pas, moi, inférieur…

— Ça dépend de la vanité. Mais je suppose que quand on aime une femme, on est prêt à aimer sa réussite aussi. En tout cas à l'accepter sans en être jaloux.

— Catherine… étais-tu jaloux d'elle ?

Elle a peur d'être allée trop loin, mais l'occasion était belle. Il se tait, semble réfléchir sérieusement :

— Non. Pas de sa carrière. J'étais jaloux physiquement, parce qu'elle me trompait. Mais sa carrière, sa notoriété, non. Ça ne me dérangeait pas. Ça ne me faisait rien d'être le mari de Catherine Blanche. Remarque qu'il y a beaucoup moins de monde qui me salue maintenant que je ne suis plus avec elle.

— Ça te choque ?

Elle pense à sa mère qui en fait une jaunisse à chaque fois : « On sait bien, pourquoi saluer une administratrice quand son glamour de mari n'est plus là ? Aucun risque qu'elle nous fasse rencontrer des stars, maintenant ! »

— Ce qui me choque, c'est d'accorder de l'importance à des gens qui n'en ont pas.

— Comment tu le sais ?

— S'ils me saluent seulement parce que je suis avec Catherine, c'est signe qu'ils ne sont pas très importants, non ? Ce n'est pas parce que des gens sont connus qu'ils ont nécessairement de la valeur.

— Mon père dit ça aussi. Mais il dit que certains ont tellement de valeur qu'ils compensent pour les autres, les vaniteux.

— Je serais plutôt d'accord avec lui. Allez, on couche Léo avant qu'il ne massacre ton écharpe.

En rentrant, elle trouve sa mère qui fume au salon, dans le noir : « Tu étais en face ? » Elle sursaute :

— Pourquoi tu restes dans le noir, maman ?

— Pour te surveiller. Je t'ai vue sortir d'en face.

— Pourquoi tu le demandes, si tu le sais ?

— Pour voir si tu vas me mentir.

— Il est onze heures, j'ai fait mes devoirs, il n'y a rien de mal là-dedans.

— Sauf que j'ai dit non.

— Je ne suis pas allée pendant deux semaines, non plus. Et je ne gardais pas.

— Comment veux-tu que je te croie maintenant, Annabelle ? Comment veux-tu que j'aie confiance en toi ? Explique-moi ça.

Annabelle se contente de soupirer, au supplice. Elle sait qu'elle a tort, mais comment dire à Christianne qu'elle exagère ?

— De toute façon, que je fasse n'importe quoi, tu n'as pas confiance !

— Ah non ? Tu ne m'as peut-être jamais donné de raison d'avoir confiance.

— C'est ça ! C'est bien ce que je disais : ça ne sert à rien de parler.

— Assieds-toi, Annabelle, et essayons, au moins.

— Il est tard, je suis fatiguée et j'ai de l'école demain.

— Et tu ne veux rien savoir de ta mère ! (Elle se lève, lui fait face.) Annabelle, tu me décourages, je ne sais plus quoi faire de toi.

— Ben laisse faire ! Laisse-moi tranquille !

— Il y a bien assez de ton père qui a démissionné, je vais faire tout ce que je peux pour que tu aies au moins un parent qui soit responsable.

— Tu dis n'importe quoi : papa n'a pas démissionné, papa a divorcé et c'est ça que tu ne prends pas !

— C'est ce que tu penses ou c'est ce que lui pense ?

— Même si c'était moi, tu ne le croirais pas. Il n'y a que Luc Pelchat qui pense au monde !

— Ça, ma chère, je suis payée pour le savoir !

— Ce n'est même pas ça que je veux dire : papa s'occupe très bien de moi.

— Les deux jours-semaine qu'il te voit, peut-être.

— Les autres jours aussi. Il me téléphone, tu le sais très bien.

— En tout cas, tes notes ne s'améliorent pas. S'il était aussi efficace que tu le dis, ça devrait paraître sur ton bulletin.

— Ça n'a rien à voir avec l'école.

— Ce n'est pas ce que les professeurs pensent. Ni la psychologue. Tes échecs sont dus à tes problèmes personnels. Ce n'est certainement pas parce que tu manques d'intelligence.

— Es-tu sûre? Peut-être que je suis débile et qu'on ne le sait pas.

— Annabelle, cesse de dire des imbécillités! C'est sérieux. Ton rendement scolaire est désastreux. Tu es distraite, tu manques d'enthousiasme, tu es asociale, qu'est-ce qu'on va faire de toi?

— Rien! On va me jeter!

Elle claque la porte de sa chambre. Sa mère la poursuit et continue à argumenter derrière la porte : « Annabelle, si tu veux, si tu préfères, tu peux voir un psychologue qui n'est pas à ton école. Si tu as envie d'essayer, on va trouver quelqu'un avec qui tu serais à l'aise, en confiance. Il faut que tu parles à quelqu'un. Il faut que tu dises ce que ça te fait, ce divorce-là. Annabelle… »

Elle ouvre la porte brusquement. Quand sa mère adopte le ton plaintif de sa grand-mère, elle la tuerait. Elle hurle, même si elle essaie de ne pas le faire, et ça lui donne une tonalité aiguë, survoltée : « Laisse-moi tranquille avec tes psy! Laisse-moi tranquille avec votre divorce. Arrête de m'espionner, de vouloir savoir ce que ça me fait. Tu m'écœures avec le divorce. Tu veux tout le temps te faire dire que t'es parfaite. Tu t'en fiches bien de moi! Tout ce que tu veux, c'est savoir ce que papa fait, et avec qui. Tu surveilles tout le temps tout le monde. Tu ne me crois jamais quand je parle, pourquoi je parlerais? Vas-y donc, toi, voir la psy. C'est toi qui as des problèmes. Vas-y donc! Laisse-moi tranquille. »

Cette fois, sa mère ne réplique rien. Annabelle referme la porte brutalement. Elle est tellement furieuse qu'elle en tremble. Elle marche de long en large, sans décolérer. Les arguments ne cessent de lui venir à l'esprit, elle continue mentalement à engueuler sa mère, à souhaiter qu'elle disparaisse. Elle voudrait que demain, au petit déjeuner, elle ne soit pas obligée de regarder sa face de martyre qui va rester patiente même si sa fille est un monstre de cruauté. Elle arrache la housse, met sa couette sur le lit et fait un tas informe et rose qu'elle lance dans le corridor. Si elle avait pu, c'est dans la face de sa mère qu'elle l'aurait lancée!

À une heure du matin, elle est toujours en colère, debout près de la fenêtre à se demander qui elle pourrait bien appeler pour se soulager.

Si Étienne n'était pas malade, elle pourrait lui téléphoner. Son père? Difficile de le déranger sans qu'il fasse pression sur Christianne… et là, c'est elle qui va finir par payer. Elle voudrait bien appeler Julien, sortir par derrière, aller le retrouver et coucher chez lui. Pas avec lui, non. Juste qu'il la prenne dans ses bras sans rien dire, qu'il comprenne et qu'il la laisse se reposer un peu. Juste s'endormir dans son cou en respirant son odeur. Seulement ça, ce serait trop demander? Elle se couche en imaginant ce que Julien ferait, ce qu'il dirait et comme ses gestes seraient doux et tendres pour la consoler.

* * *

— Elle est folle, je te dis! Elle ne veut pas que ça marche, papa et moi. Avant, quand il disait qu'il ne viendrait pas ou bien qu'il ne pourrait pas toute la fin de semaine, ça lui faisait presque plaisir, je ne te mens pas, ça prouvait qu'elle avait raison de dire que c'est un irresponsable qui se fiche de nous. Elle parle tout le temps contre lui, et moi je serais supposée trouver ça drôle? C'est rendu qu'il faut que je fasse attention à ce que je dis parce que si j'ai l'air d'avoir trop de plaisir avec lui, elle va s'arranger pour que je ne puisse plus y aller. Elle est jalouse de moi.

— Elle ne peut pas t'empêcher d'y aller, c'est ton père. Ce n'est pas comme aller garder.

— Fais-toi-z-en pas, elle trouverait un truc, un truc de psy.

Elle n'arrête pas d'arpenter la chambre, bousculant même Mon-Œil qui se déplace, vaincu. Finalement, Étienne n'a pas de pneumonie et son état s'améliore même s'il ne peut pas encore sortir. Au lieu de prendre l'autobus scolaire ce matin, Annabelle est allée directement sonner chez Étienne. Ce qu'il y a de bien avec Granne, c'est qu'elle ne fait aucun commentaire : elle a offert un petit déjeuner et elle les a laissés ensemble. Et ce qu'il y a de bien avec Étienne, c'est qu'il la laisse dire des énormités et que ça ne semble pas le choquer.

— C'est elle qui est folle, c'est elle qui devrait aller voir la psy. Elle voudrait me fouiller, savoir tout ce que je pense pour pouvoir s'en servir après. Ma mère est parfaite là-dedans : tu fais une erreur, juste une, et elle s'en sert pendant vingt ans ! Quand en plus tu la reconnais, là t'es faite pour cent ans ! Si elle savait que je suis venue ici ce matin au lieu d'aller à l'école, elle te ferait venir et elle te questionnerait jusqu'à temps de savoir tout ce que j'ai dit.

— Je ne dirais rien. Elle pourrait me torturer, je ne dirais rien.

— Tu ne connais pas ses tortures : ce n'est pas comme se faire brûler les orteils avec des cigarettes, c'est pire et c'est surtout plus subtil.

— Moi aussi, je peux être subtil.

Annabelle part à rire.

— C'est ma subtilité qui te fait rire?

— Non, je pense à la face qu'elle ferait en te voyant. Elle serait mal… elle ne saurait pas comment faire…

— Parce que je suis aveugle?

— Ben oui! Elle ferait semblant qu'y a rien là, que rien de spécial est arrivé et elle ferait toutes sortes de gaffes parce que ça l'impressionnerait.

— Elle ferait ce que tout le monde fait.

— Elle se trouverait ben bonne, elle serait certaine que tu ne t'en apercevrais pas.

— Tu ne lui as jamais parlé de moi?

— Es-tu fou, toi? Je ferais ça, elle voudrait te rencontrer, faire la mère fine, je ne sais pas… t'impressionner.

— À ton père?

— Ben… quand j'ai demandé l'autographe à Lydia, il avait très envie de savoir les détails… mais il s'est retenu. Je peux te dire que la prochaine fois que je dis Étienne, il ne me demandera pas de qui je parle, il s'en souvient de ton nom. Pourquoi tu demandes ça? Tu aurais voulu que je te présente?

— Non.

— Tu es mon secret, Étienne. Où est-ce que je serais allée ce matin si je ne te connaissais pas?

— À l'école?

— Non.

— Vas-tu y aller demain?

— Je ne sais pas.

— C'est drôle quand même, tu es fâchée contre ta mère et tu ne vas pas à l'école pour te venger.

— C'est pas ça! Tu ne le vois pas ce qu'elle fait : elle appelle le prof pour savoir ce que je dis, si je fais bien ça. Elle m'espionne même à l'école!

— Pourquoi tu ne vas pas rester chez ton père?

Voilà ! Lui l'a posée, la question. Annabelle ne dit rien. Elle fourrage dans le cou de Mon-Œil qui gémit de contentement. Étienne répète sa question. Elle hausse les épaules. Étienne risque une réponse :

— T'as peur qu'il refuse ?

— Il voyage tout le temps pour son travail. Il ne pourrait pas… je ne sais pas. Maman ne voudra pas. Je ne pourrais pas…

— Quoi ?

— Je ne pourrais jamais lui faire ça. Ce serait terrible pour elle… comme, je ne sais pas, comme l'achever.

Étienne se lève, s'assoit près d'elle sur le tapis. Il caresse Mon-Œil en silence. Il rencontre la main d'Annabelle dans le pelage ; il la prend, la pose sur sa joue. Il chuchote :

— Tu veux que je te dise pourquoi je reste avec ma grand-mère ? Parce que c'est la seule qui voulait prendre un enfant aveugle. Je suis né comme ça. Aveugle total. Je n'ai jamais vu, même pas des ombres. Ça a toujours été noir. Quand je suis né, ma mère a fait une dépression et ils m'ont mis dans une pouponnière spéciale. Après, elle a essayé de m'élever. J'étais trop petit pour me souvenir, mais je peux facilement imaginer ce que ça donnait : elle était terrorisée par moi, elle me voyait comme une punition, comme le signe qu'elle était fautive. Ça a l'air que c'est bien dur à prendre, un enfant handicapé. Alors, elle me protégeait. Pas à peu près, là, pas la petite surveillance. Elle ne me laissait jamais tout seul. Jamais. Elle ne me laissait rien toucher. Elle m'a empêché de marcher pour pouvoir me surveiller : à six ans, ma mère me prenait encore dans ses bras et elle me promenait encore en poussette. Elle avait peur : que je me fasse écraser, que je me fasse mal, que je me perde, que je blesse quelqu'un. Elle avait peur de tout ce que je faisais, alors elle essayait que je ne fasse rien. Tout ce que j'ai appris jusqu'à sept ans, je l'ai appris tout seul, dans ma chambre, quand ma mère me couchait et lâchait enfin sa surveillance. Puis, elle est retombée enceinte. La panique. Je n'avais que ça dans les oreilles : s'il faut que l'autre soit infirme lui aussi ! Ma mère me pensait sourd parce que j'étais aveugle. C'est incroyable tout ce qu'elle disait de moi. Et je peux te jurer que ce n'était pas par méchanceté, c'était sa façon à elle de dealer avec un enfant infirme. Puis mon père est parti. Il l'a laissée quand elle était enceinte de quatre mois. De toute façon, c'était fini depuis longtemps, mais elle le menaçait toujours quand il parlait de séparation. Elle l'accusait de vouloir s'éloigner pour ne plus m'avoir dans la face. Comme elle avait raison, il se sentait mal et il restait encore un peu. Mon père pensait que c'était sa faute si j'étais aveugle. Il avait un petit-cousin aveugle ou quelque chose comme ça. En tout cas, la cause officielle, c'était mon père. Je pense qu'il ne m'a jamais regardé sans penser : c'est dans ma famille qu'il y a du monde pas correct, c'est de mon bord, le défaut. Quand il a été question de m'envoyer à l'école, j'étais déjà en retard, *très* en retard. Chez nous, je pouvais à peine marcher, alors en terrain inconnu tu t'imagines : je perdais l'équilibre. Ma mère attendait l'autre bébé, elle pleurait tout le temps parce que mon père était parti et qu'elle avait peur d'accoucher d'Helen Keller. Il y a une travailleuse sociale qui est venue. Elle s'appelait Lorraine Chouinard. Jamais je ne l'oublierai. Elle m'a parlé. À moi. Comme si j'étais une personne intelligente, responsable. Comme si je voyais. Elle me respectait. Jamais je n'avais pensé qu'on pourrait être comme ça avec moi. Tu sais, quand j'étais petit, j'étais insupportable, un délinquant. Je brisais tout, je cassais tout ce qu'on me donnait, je pense que j'aurais démoli le monde entier si j'avais pu. Quand j'ai cassé le crayon et déchiré le papier qu'elle m'avait donnés, Lorraine a dit : « Tu es fâché, Étienne ? Tu es fâché parce que tu ne sais pas écrire ? Tu as l'impression que tu ne peux rien faire ? Viens, je vais te montrer. » C'était comme de la musique, Anna. Elle voulait me montrer. Elle disait que je pouvais apprendre ! Elle m'a dit que plus j'apprendrais, moins je casserais les choses. Elle m'a dit que j'étais différent des autres, pas un fou, pas un déchet, pas un idiot, juste différent. Elle a convaincu ma mère de m'emmener faire des tests, de me placer dans un endroit spécialisé où je rattraperais le temps perdu. J'ai passé les tests et on n'a plus reparlé de rien. Ma sœur est née. Normale. Un bébé qui voyait. Ma mère était tellement heureuse ! Elle ne voulait pas que je l'approche, elle avait peur que je fasse une gaffe, que je la blesse sans savoir. Elle était sûre que je serais très jaloux d'elle, très violent avec elle parce qu'elle était normale. Mais ce n'était pas ça. Je me levais la nuit et j'allais la toucher : elle était chaude et douce, elle sentait bon. Je la prenais et je la berçais. Je l'embrassais. Elle me tirait les cheveux et elle riait. Elle n'avait jamais peur de moi. Elle gazouillait. Sa chambre, c'était comme le bonheur. Une caverne de plaisir. J'entrais là, la nuit, et on aurait dit qu'elle m'attendait. Je lui racontais plein d'histoires, je riais de la faire rire. Un matin, ma mère m'a trouvé endormi au pied du lit. Une semaine après, j'ai été placé dans un foyer spécialisé. Je me suis sauvé. J'ai cassé tout ce que j'ai pu, et, quand j'ai été devant le juge, je lui ai demandé d'appeler Lorraine Chouinard. Je ne sais pas pourquoi elle a accepté, mais elle m'a pris chez elle dans sa famille, le temps qu'on trouve une solution. Ma grand-mère était en Gaspésie. Elle n'était jamais venue à Montréal. Mais là, elle est venue. Elle a eu neuf enfants, dont mon père. Elle a essayé de le rejoindre, de lui parler pour qu'il s'occupe de moi. Mon père l'a envoyée chier. Il venait de se remarier, ils attendaient un enfant. Tu sais ce qu'elle a fait, Granne ? Elle est venue m'attendre à la sortie de l'école, elle m'a emmené au restaurant et elle a dit : « Étienne, ton père est un imbécile. Ce n'est pas de ta faute, mais il va falloir que tu vives avec ça. Ta mère est pas yable mieux. On n'en parle plus. Je suis une vieille femme, j'ai élevé une famille mais, si tu veux, je vais m'installer à Montréal, je vais suivre des cours pour apprendre ce qu'il faut faire pour t'élever et tu vas venir rester avec moi. Mais tu vas travailler par exemple : je n'apprendrai pas le braille pour moi toute seule. Et les histoires de tout casser, c'est fini. Tu vas apprendre à parler et à demander ce que tu veux. Ce n'est pas la fin du monde, être aveugle. Il y a des goélands qui ont le bec amoché et ils sont aussi gros que les autres ! Ils se débrouillent et ils mangent comme les autres. » C'est ce qu'on a fait et je suis en secondaire II à seize ans.

— Quinze !

— Seize.

— Depuis quand ?

— Hier.

— Quoi ? Étienne, pourquoi tu ne l'as pas dit ? Le 5 avril ? Deux jours après ma fête ?

— C'est pas si important. Mais de toute façon, le programme de Lydia Scaletti est arrivé le matin de ma fête.

— T'aurais pu le dire quand même.

— Je l'ai dit.

— Deux jours après !

Elle l'embrasse : « Bonne fête, espèce de... de patate ! »

Il rougit en l'embrassant :

— C'est nouveau, cette odeur-là.

— T'aimes ça ? Je vais te dire un secret : c'est le parfum de Lydia Scaletti. C'est elle qui me l'a offert.

— Montre encore.

Elle lui tend le poignet, il respire doucement :

— C'est mieux que l'autre, celui du gars.

— Quel gars ? De quoi tu parles ?

— Le parfum du gars chez qui je suis allé pour le travail. C'est ce que tu sentais des fois.

Elle est très soulagée qu'il ne puisse pas la voir rougir ! Il sourit :

— Pourquoi tu rougis ? Qu'est-ce que tu faisais avec lui ? Comment tu faisais pour sentir comme lui ?

— Tu ne le sais même pas si je rougis !

— Un : je te sens rougir, tu émets de la chaleur. Deux : sa maison et son bébé sentaient ça. Tu l'embrassais ? Tu… tu l'embrasses ?

— Es-tu fou, toi ? Ça doit être en collant Léo…

— Ah oui… ça doit.

Elle se trouve trop proche de lui tout à coup. Étienne lit trop facilement en elle pour qu'elle risque de se faire découvrir. Elle s'éloigne. Mon-Œil, qui s'était assoupi, se soulève.

— Tu veux que je le sorte ?

— Ça t'arrangerait, hein ?

Elle rit, saisit la laisse. L'enthousiasme de Mon-Œil lui évite de répondre.

Au retour, elle trouve Étienne endormi. Elle fait comme Mon-Œil, elle s'installe sur le tapis et attend qu'il se réveille. Il y a encore un râle dans sa respiration. Il dort profondément. Sa main pend, elle touche presque le sol. Ses mains qui n'ont rien d'incomplet, rien d'adolescent. Ses mains qui sont si belles. Si elle était certaine de ne pas le réveiller, elle poserait sa tête près de la sienne et elle réparerait sa si mauvaise nuit en dormant avec lui. Avec cet homme de seize ans qui lui a fait cadeau de ses secrets et de son courage d'enfance.

Elle s'endort quand même sur le tapis avec Mon-Œil qui lui sert de tendresse et de chaleur.

* * *

Cette fin de semaine-là, Luc lui tend un horaire de tournée de quinze pages : chaque ville, chaque salle de concert, tous les détails. Elle voit défiler les noms de villes : Berlin, Genève, Milan, Rome, Nice, Paris, Londres… et son cœur se serre à mesure qu'elle tourne les pages. Elle ne dit rien, remet le tout dans l'enveloppe.

Luc essaie d'atténuer l'effet de la nouvelle : « J'ai mis les numéros de chaque hôtel, tu peux me rejoindre quand tu veux, à l'heure que tu veux. »

Mais sa fille est bien silencieuse.

— Anna, je sais que je choisis mal mon moment, que tu traverses une période difficile, mais je te jure que je ne peux pas faire autrement. C'est mon travail, ma puce. C'est comme ça que je gagne ma vie. J'ai même envoyé Antoine tout seul une semaine et il finit la tournée sans moi. Ce que tu as là, c'est le déplacement minimal pour clore d'autres ententes et continuer à être un agent d'envergure internationale. J'ai tellement travaillé pour en arriver là.

— Je le sais.

— Qu'est-ce que je peux faire, Anna ? Je ne peux pas t'emmener avec moi, tu es en pleine année scolaire. Quoique, avec les résultats que tu obtiens, ce serait peut-être plus rentable de faire un atelier de géographie.

Elle lui jette un regard plein d'espoir.

— Tu sais bien que ta mère me tuerait.

— C'est pas grave. Je vais survivre, tu sais : c'est seulement trois semaines.

Mais sa voix se brise. Elle se sent tellement seule, tellement abandonnée. Elle voudrait avoir le droit de dire non, d'exiger qu'il reste, qu'il la protège, qu'il la prenne avec lui et empêche les autres de la harceler. Il ne sait donc pas qu'il est son seul allié avec Étienne ? Que, quand il part, elle se retrouve toute seule à lutter et à se battre ?

« J'ai autre chose pour toi, Anna. »

Elle n'en veut pas, de cadeau. Elle ne veut pas d'un ourson pour attendre son père patiemment. Elle ne veut même pas l'attendre. Elle se détourne sur le sofa et se met à sangloter. Humiliée de ne pas arriver à se contrôler, elle sanglote encore plus. Luc est bouleversé. Il essaie de la prendre dans ses bras, mais elle le repousse sans douceur. Il la laisse pleurer sans rien dire, en caressant son pied qu'elle ne lui retire pas.

C'est long avant qu'elle ne se calme. Il lui tend des kleenex mais, cette fois, elle n'a pas de mascara qui la barbouille :

— Tu l'as dit à maman ?

— Pas encore, je pensais le faire ce soir en allant te reconduire.

— Non.

L'idée de revenir à la maison et d'avoir à se taper le long monologue de Christianne triomphante lui gruge tout ce qui lui restait de courage. Les larmes se remettent à couler :

— Pas ce soir.

— O.K., ma puce, pas ce soir.

Un long temps passe en silence. Il pense à ce « non » venu si vite. Il voudrait bien comprendre ce que sa fille craint tant de Christianne. Il a une hypothèse… qui est celle de Lydia, comme d'habitude. Il essaie de sonder de ce côté : « Tu sais, ce que j'avais d'autre, c'est la clé de l'appartement. J'ai pensé qu'à quatorze ans, tu pouvais avoir besoin d'un peu de paix de temps en temps. Quand je ne suis pas là, tu pourrais venir… si tu en as envie. On n'est pas obligés d'en faire une annonce publique. Tu as la clé, tu fais ce que tu veux avec. Disons que c'est une sorte de retraite secrète. »

Elle le regarde avec beaucoup d'espoir :

— Et si tu ne disais rien à maman ?

— Tu veux dire…

Elle fait oui silencieusement. Agir comme s'il était là, qu'elle passe ses fins de semaine chez lui, même s'il n'y est pas. À l'insu de sa mère. Quatorze ans… il sait que c'est fou, irresponsable. Mais il voit bien qu'elle en a besoin. Il préférerait tellement ne pas prendre cette décision. Qu'elle vienne ici sans qu'il soit complice en mentant à Christianne. Il pourrait le payer très cher, il le sait. Il pourrait le payer du prix de sa fille :

— Anna, s'il arrivait quelque chose… je ne sais pas, moi, une crise d'appendicite, un feu dans l'immeuble, je pourrais te perdre si ta mère l'apprenait…

— Penses-tu que je la laisserais faire ça ? Je ne suis pas un objet.

— Non. Mais tu es mineure. La loi peut m'obliger à céder à ta mère.

— Je peux leur dire que je ne veux pas y aller, avec elle.

— Anna… est-ce que c'est ce que tu aimerais ? Venir habiter avec moi ?

Elle fixe le tapis sans rien dire.

— Tu ne veux pas en parler ?

— Ça ne sert à rien.

Elle s'agite, elle va partir dans cinq minutes, il le sent :

— Écoute, même si je ne le disais pas à ta mère, les journaux vont en parler, il va y avoir des retombées dans les media : ce serait pire de devoir se battre juridiquement, non ?

— C'est sûr. C'était fou, oublie ça. On en avait déjà parlé et ça ne peut pas marcher.

— Non, Anna. La tournée, c'est entendu, je le dirai à Christianne… vendredi prochain, non jeudi, la veille de mon départ : ça te donne une semaine ou presque. Ensuite, au sujet de la clé, ça on ne le dit pas. Tu viens quand tu veux mais, à mon retour, je vais essayer de négocier pour que tu puisses venir même les fins de semaine où je n'y suis pas. Que ce soit franc, qu'on soit tous d'accord.

— Ça va être difficile.

— D'être d'accord ? Qu'est-ce qui peut bien te faire penser ça, petite chipie ?

Il lui tend la clé, sa carte d'appel pour que sa mère ne sache pas quand et combien de fois elle l'appelle, il lui promet qu'il faxera à l'appartement. Finalement, il lui tend un numéro de téléphone :

— Ça, c'est Lydia qui me l'a demandé. Elle dit que si tu as besoin d'aller souper au Ritz avec elle, ça lui fera plaisir. Surtout que c'est moi qui vais payer.

— C'est vrai ? Elle t'a dit de me donner son numéro ? Elle n'est pas en tournée ?

— Elle prépare un enregistrement avec Dutoit. En fait, c'est moi qui vais organiser sa prochaine tournée. Je pars travailler pour elle aussi.

— Est-ce qu'elle donne un concert à Montréal, bientôt ?

— Le programme qu'elle va enregistrer, elle le donne en concert avec l'Orchestre dans dix jours.

— Je pourrais avoir des billets ?

Éberlué, il reste muet, puis bredouille :

— Oui... be-bien sûr... combien ?

— Deux. Pendant la fin de semaine si c'est possible.

Il note les dates dans son agenda avec toute la désinvolture dont il est capable : il ne quémandera certainement pas le nom de celui qui accomplit le miracle de la ramener au concert. Mais sa main tremble.

* * *

C'était compliqué : elle voulait porter sa robe, elle a dû se préparer à Saint-Lambert, prendre le métro et revenir chercher Étienne. Il était tellement excité de son cadeau qu'elle n'arrivait pas à le regretter.

Une fois assise dans la salle, le cœur battant, elle est sûre qu'elle va mourir de trac. Elle a beau se répéter qu'elle ne joue pas, qu'on ne lui demande rien, c'est plus fort qu'elle : elle craint tous les malheurs possibles pour Lydia. La salle archi-comble et bourdonnante alliée aux sons discordants de l'orchestre qui s'accorde la ramène dix-huit mois en arrière, quand elle allait au concert presque deux fois par semaine. Étienne se penche vers elle : « Granne a dit que tu étais très élégante, c'est quoi ? »

Elle prend sa main, la pose sur son genou, la remonte jusqu'au velours : il a l'air saisi, Étienne, il ne dit pas un mot, touche un peu plus haut, à la taille et cesse immédiatement :

— C'est plutôt serré, non ?

— Plutôt.

— C'est doux en tout cas....

Les lumières se tamisent, le son sur scène et dans la salle diminue de même. Étienne se penche à nouveau : « Quelle couleur ? »

Elle le repousse : « Chut ! Ça commence. »

À l'entrée du chef d'orchestre qu'on applaudit, elle répond : « Vert foncé. »

Lydia s'assoit au piano.

Au début, presque sur ses gardes, Annabelle n'est pas très émue. La musique n'est pas une si grande perte, se répète-t-elle. Laissons-la aux gens doués qui ont du plaisir à exercer leur don. Mais, au mouvement lent que Lydia exécute avec un admirable legato, tout lui revient : le bonheur d'être assise au piano, d'arracher les notes du fond d'elle-même, de jouer avec tout ce qui l'habite et qu'elle ignore, l'innommable enfin nommé, la violence, l'isolement, la tendresse, la passion, toutes ces émotions si encombrantes qu'elle pouvait faire exploser sous ses doigts, avec son propre corps et un piano. La terrible douceur soutenue du mouvement, cette exécution solide de Lydia qui ne cherche ni à nier ni à rendre jolie ou mièvre toute cette souffrance, la déchirent. Elle voudrait que la musique s'arrête, qu'on ne lui fasse pas avouer cela, cette séparation à laquelle elle a consenti, qu'elle a provoquée. Elle ferme les yeux : elle a l'impression d'avoir cent ans, de savoir tout le poids des malheurs qui accablent une vie, elle se dit que plus rien de bon ou de doux ne peut plus arriver, que le bonheur s'est perdu en cours de route, probablement dans une maison de Cape Cod où deux pianos se faisaient face, où la musique sautait de l'un à l'autre, où elle pouvait courir dans les bras de son père pour recueillir ses compliments, sa joie. Elle a cent ans et un abîme impeccable devant elle, un trou vide de musique, une maison sans piano et elle ne sait plus comment on va vers des bras et comment on agit pour qu'ils s'ouvrent. La musique hurle maintenant en elle : pourquoi faut-il que ce soit si beau pour dire des choses si laides, si impossibles ? Pourquoi savoir jouer si on ne peut plus ? Où sont-ils, ceux qui vous poussent jusqu'à la limite et qui s'enfuient quand ça pète, quand ce n'est plus joli, plus esthétique du tout ? Ceux qui caressent les sculptures tant qu'aucune fissure ne brise l'étale de la surface. Cette perfection qu'elle n'atteindra jamais. Elle veut qu'on lui rende la musique du dedans, pas du dehors, celle où ses mains d'enfant, maintenant immobiles, savaient courir sur le clavier et faire exploser la joie et la peine, savaient faire danser les larmes et gémir les trilles.

Le mouvement s'achève enfin... elle n'en peut plus, elle voudrait partir, se cacher aux toilettes et pleurer jusqu'à n'être plus qu'une petite flaque sur le sol. Pleurer comme ce matin où elle s'est enfuie après avoir claqué le couvercle du piano, le matin où elle s'est brisé les jointures en frappant le mur contre lequel elle sanglotait. Ses mains précieuses, en sang contre les briques rouges que le soleil brûlait, à frapper, frapper contre l'impuissance terrible, contre la musique enfuie qui l'avait trahie. Ses mains qu'elle avait vues devenir roides, mortes sur le clavier. Ses mains terrorisées à l'idée de seulement essayer d'atteindre la musique.

C'est la main d'Étienne qui desserre ses poings fermés sur le velours vert, c'est sa main infiniment autoritaire qui la ramène vers lui, qui la calme, l'apaise, c'est cette main qui sait, qui lui permet enfin de pleurer dans le noir de la salle, dans la fin de l'andante, juste avant que l'orchestre ne prenne le relais du thème.

« Lydia, je te présente Étienne Paradis. Étienne, c'est Lydia Scaletti. Ah oui, et aussi Mon-Œil. »

Lydia prend la main que lui tend Étienne. Si elle est surprise, elle ne le montre pas. La loge est pleine de gens qui s'extasient, la complimentent. Pleine de fleurs aussi. Finalement, Lydia embrasse Étienne :

— Vous permettez ? Anna m'a dit que c'était votre anniversaire. Une chance que vous soyez venus ce soir ! Hier, j'aurais hurlé, j'étais complètement à côté de la plaque. Un désastre.

— Pas ce soir, en tout cas.

Il est tout intimidé, Étienne. Totalement sous le charme. Lydia serre des mains, papote, remercie, commente. Elle se tourne vers eux : « Anna, qu'est-ce que vous faites ? Est-ce que je peux aller manger un morceau avec vous autres ? Je suis trop énervée pour rentrer, il faut que l'adrénaline redescende. »

La soirée est très réussie : Lydia pose des questions sans aucune gêne. Elle veut tout savoir : si Étienne joue, s'il a suivi des cours, ses compositeurs préférés. Ils se découvrent une passion commune pour Scriabine :

— Ton père ne l'aime pas autant que moi. Je pense qu'il manque d'audace.

— Mon père, manquer d'audace ? Ça me surprendrait.

— Musicalement, je veux dire. Tu as vu le bouquet qu'il m'a fait envoyer ? Complètement fou !

Sa mère aurait dit : « Encore une extravagance ! », Anna voit d'ici le pli de la bouche accompagnant le déplaisir. Elle murmure :

— T'as des nouvelles ? Ça marche pour Antoine ?

— Oui, il a finalement vaincu ses angoisses… après un triomphe à Berlin. Tu comprends, Étienne, Antoine est le genre de pianiste qui fait une dépression si *toutes* les critiques ne lui sont pas favorables. Je ne parle pas de se faire descendre en flammes, je parle d'une réserve polie, ou même d'une allusion à une réserve.

— Tu n'es pas mieux, Lydia ! Tu te souviens de la fois à Cincinnati ?

Annabelle relate pour Étienne les réactions de Lydia à la critique. Bien sûr, Lydia se défend âprement et Étienne se trouve pris à départager ses deux compagnes. Elles le poussent un peu, essaient de le forcer à choisir, puis Lydia éclate de rire :

— Franchement, Anna, j'abandonne. Je ne peux pas lutter contre toi. Je suis sûre qu'Étienne a envie de prendre pour toi et que c'est parce qu'il est poli qu'il ne dit rien.

— Pas du tout, je ne suis pas poli, je ne sais pas quoi dire, c'est tout. De l'extérieur, on a tellement l'impression que vous êtes au-dessus de tout ça. Les critiques, je veux dire.

— L'opinion des autres compte toujours, Étienne. Qu'on le veuille ou non.

— Est-ce que vous le voulez ?

— Que ça compte ? Certainement ! Je joue pour les autres, pour leur plaisir, j'espère. Pour mes émotions, c'est vrai, mais les leurs aussi. Toi, Anna ?

— Moi quoi ?

La réticence dans la sécheresse de la question n'arrête pas Lydia :

— Est-ce que les critiques te dérangeaient ?

— J'ai pas eu de critiques.

C'est Étienne qui intervient :

— Celle de Lanaudière, celles des concours de piano où tu as remporté les premiers prix ?

— Comment tu sais ça, toi ?

— Je sais qui je fréquente !

Anna hausse les épaules : « De toute façon, ça fait

longtemps, je ne m'en souviens plus. » Et cela clôt la discussion.

Étienne a tenu à la reconduire jusqu'à la porte. Ils ne disent rien, ils repensent chaque note, chaque mouvement du concert. Devant la maison, ils se tiennent face à face sans bouger. Même Mon-Œil s'assoit, sentant que le silence a l'air de vouloir durer.

Étienne prend le visage d'Annabelle dans ses mains : « Tu es triste ? » Le visage fait non. « Tu es bouleversée ? » Toujours la même réponse. « Tu regrettes ? » Elle a envie qu'il l'embrasse, qu'il approche sa bouche, qu'il la serre violemment. Elle a envie d'être tenue, fort. Elle tend doucement son visage vers le sien. La lumière sur le perron clignote deux fois. Étienne perçoit immédiatement le changement de tension dans le corps d'Annabelle : « Quoi ? Anna, qu'est-ce que tu as vu ? Qu'est-ce qu'il y a ? »

Elle lui saisit le bras et marche d'un pas décidé vers chez lui. C'est même la détermination du mouvement qui intime l'ordre de marcher à Mon-Œil qui doit presque courir pour précéder Étienne.

— Viens. Je t'expliquerai.

— Anna, c'était quoi ? Qui t'as vu ?

— Ma mère a joué avec la lumière du perron pour me dire de rentrer, qu'elle m'attendait.

— T'es pas sérieuse ?

— Elle faisait ça quand j'avais neuf ans. Elle se trouvait très discrète.

Ils entrent chez lui, marchent sur la pointe des pieds jusqu'à sa chambre. Étienne l'empêche de se mettre à arpenter la pièce :

— Hé ! c'est fini. Elle n'est pas ici, elle ne nous a pas suivis.

— Non. Mais je vais la retrouver bientôt, par exemple. Elle va m'attendre.

— On ne faisait rien de mal.

— Tu ne comprends pas : je ne veux pas qu'elle sache ce que je fais.

— Tu veux dire avec moi ?

— Je veux dire tout le temps, je veux dire les choses personnelles, importantes. Je veux dire toi aussi, c'est vrai.

Il enrage : la voilà bouleversée, irritée alors qu'il y était presque, qu'il allait l'embrasser, alors qu'elle allait le faire enfin. Il s'assoit, découragé.

— Tu peux me passer des jeans ?

— Quoi ?

— Des jeans et un t-shirt : je ne veux pas qu'elle me voie de même.

— Mais… t'es partie de chez toi habillée comment ?

Elle rit : « Toute nue en dessous de mon manteau ! Niaiseux… j'ai été chez mon père me changer. »

Il sort des jeans, un t-shirt : « Ils vont être trop grands. »

Elle reste plantée là avec les vêtements dans les bras, sans bouger : « Où je peux aller ? »

Il sourit :

— Tu peux te changer devant moi, tu sais, je ne risque pas de voir.

— C'est fou, mais je ne peux pas. Je suis sûre qu'à ta manière, tu vas voir. Ça me gêne.

Il sort en souriant : « Viens, Mon-Œil, la fille sait tous mes trucs. »

Les jeans sont grands, mais ça peut aller.

— Pourquoi tu l'appelles pas pour lui dire que tu couches chez un ami ?

— Après ce qu'elle a vu ? Aussi bien dire qu'elle va mettre la police après moi.

— J'ai rien dit.

— Bye ! Je te donne des nouvelles.

— Merci pour la soirée…

— Ça a failli bien finir.

— Ça peut encore…

Il se tient contre la porte, mains dans les poches, l'air de s'en ficher un peu. Elle est tellement énervée à l'idée d'affronter sa mère qu'elle ne peut plus accorder d'attention au trouble d'Étienne. Un baiser rapide sur la joue et elle part. Étienne chuchote : « Mon-Œil, viens ! On a raté la fin. »

Mais un craquement annonce Granne. Elle observe son petit-fils :

— C'était bien ?

— Fantastique… On t'a réveillée ?

— Non… c'est la curiosité. Bonne nuit.

— Bonne nuit, Granne.

Elle reste là quand même, songeuse :

— C'est une belle fille, Annabelle…

— Oui.

— Je peux te dire une chose ? Prends ton temps. Laisse-la venir à toi.

— Et si elle ne vient pas ?

— C'est le risque…

— Ouais… mais ça ne sera pas le premier que je prends.

— Non, en effet. Dors, Étienne.

Mais Granne ne parvient plus à s'endormir.

Dans son lit, Étienne enfouit son visage dans la robe verte qui a la texture et l'odeur de la peau. Il s'endort, soûl d'Annabelle.

* * *

« C'était par tact, par délicatesse, pour ne pas avoir l'air de t'espionner, pour t'avertir que tu n'étais pas seule ! »

Celle-là, elle a dû la préparer. Par tact ! Jamais Annabelle ne croira une chose pareille. Le vrai tact, c'était de s'éloigner de la fenêtre, de la laisser tranquille. Comment dire à sa mère qu'elle ment ? Elle se dirige vers sa chambre.

Mais Christianne ne laisse pas tomber comme ça :

— Où tu étais ? Tu sais l'heure qu'il est ? Tu t'en fous que je me ronge d'inquiétude en t'attendant ?

— Tu n'es pas obligée de m'attendre.

— Non, bien sûr, bien sûr. Où tu étais ?

Elle se retourne et lui lance du haut des marches :

— Au concert.

— Trouve mieux que ça, Annabelle. Il est deux heures du matin et de toute façon, tu n'as pas mis les pieds dans une salle de concert depuis un an et demi. C'était qui cet homme-là qui t'accompagnait ?

— Un gars de vingt-cinq ans que j'ai rencontré dans un bar. Il m'a violée puis il est venu me reconduire pour qu'il ne m'arrive rien.

— Si tu te trouves drôle !

La porte de la chambre clôt la discussion, comme d'habitude.

Une fois couchée, tendue comme une barre, Annabelle essaie d'imaginer la bouche de Julien sur ses seins. Mais c'est celle d'Étienne qui s'impose. Sa bouche ferme sur ses seins durs, et ses mains qui tiennent ses reins.

* * *

Quatre fax l'attendent : la veille, il n'y en avait pas un. Elle les examine : une heure, deux heures du matin, trois heures, et, finalement, un dernier à midi, heure de Rome. Elle les étale dans l'ordre :

UNE HEURE — ANNABELLA, MIA CARA. IL EST SEPT HEURES POUR TOI : TU VAS AU CONCERT CE SOIR. JE PENSE À TOI CONTINUELLEMENT. J'AI UN TRAC FOU. LUC.

DEUX HEURES — LES LUMIÈRES S'ÉTEIGNENT. JE TE VOIS BAISSER UN PEU LE FRONT POUR PRENDRE LA MUSIQUE COMME UNE CHÈVRE RÉTIVE ET JE SAIS QUE TU REDOUTES CE QUE TU VAS ENTENDRE.

TROIS HEURES ET QUART-ENTRACTE — C'ÉTAIT COMMENT ? TU AIMES ? LYDIA JOUE POUR TOI, J'EN SUIS SÛR. POUR CETTE ARTISTE MERVEILLEUSE QUE TU TIENS LOIN DU PIANO. JE T'AIME BELLA MIA, MÊME SI JE SUIS LOIN DE TOI, JE T'AIME.

Et le dernier : ALORS ? LUC.

Il est deux heures de l'après-midi, Luc est maintenant au concert. Il commence à faire les cent pas dans les coulisses ou à serrer des mains et à faire le charmeur dans le foyer du théâtre. Elle vérifie l'horaire : encore deux jours à Rome. Au bout de quelques essais, elle expédie un fax dont elle est à peu près satisfaite :

LYDIA A TRÈS BIEN JOUÉ. ON ÉTAIT 2 800 PERSONNES ET ELLE A JOUÉ POUR TOUT LE MONDE, ESPÈCE DE PÈRE PRÉTENTIEUX. J'AI POCHÉ EN MATHS. MAMAN EST TRÈS EN FORME. J'AI HÂTE QUE TU REVIENNES. J'AIME PAS ÇA ÉCRIRE. JE T'EMBRASSE ET C'EST TOUT. P.-S. : ÉTAIS-TU SOÛL À TROIS HEURES DU MATIN? C'ÉTAIT ÉCRIT CROCHE...

Elle rôde un peu dans l'appartement, va dans la chambre de son père. Sa photo d'école avec les broches qui brillent dans le sourire trône sur sa table de nuit. Elle ouvre le tiroir : les condoms sont là, comme il l'avait dit. Elle en ouvre un : ça ne sent pas bon, ça glisse, c'est un peu gélatineux et mouillé. Elle le déroule au complet et trouve ça énorme. Elle déteste son ignorance. Comment avoir l'air expérimentée si elle n'a jamais vu d'homme bandé ? Elle sait toutes les raisons pour lesquelles il faut mettre un condom, elle connaît toutes les maladies possibles, mais elle ne pourrait pas dire de quoi a l'air une érection.

Dans le métro, elle renifle ses doigts qui ont gardé l'odeur si particulière du latex.

* * *

Elle se réveille en sursaut, le corps moite, le cœur fou : trois heures et demie du matin. Elle a encore fait un cauchemar. Elle ne sait plus quoi, elle ne sait que les effets. Elle allume, marche un peu dans sa chambre : peut-être qu'elle devrait en profiter pour finir la compo qu'elle a bâclée hier soir. Mais sa concentration est foutue. L'insomnie ne la rend pas efficace, le temps est définitivement perdu. Elle se souvient de fragments de rêve : des yeux qui la fixent, attendent quelque chose d'elle et la tension qui monte. Elle appelle et rien ne sort de sa bouche, elle veut partir, s'éloigner et son corps est prisonnier, paralysé.

Elle a froid, retourne dans son lit, se fait toute petite. Si elle appelait Luc ? Il est neuf heures et demie du matin, c'est l'heure parfaite pour le joindre. Elle approche le téléphone, le place sous les draps, comme si la seule action d'enfoncer les boutons risquait d'être entendue. Christianne dort à cette heure-là. De toute façon, Luc ne croira jamais que tout va bien, qu'elle tient le coup. Elle raccroche avant d'achever le numéro : Luc est capable de se faire un sang d'encre si elle appelle. Aussi bien le laisser finir sa tournée en paix, il ne reste qu'une semaine à tenir. C'est parce que c'est la nuit que ça semble pire. Demain, tout va se replacer, tout va être envisageable. La nuit, elle le sait, tout est terrifiant, tout a l'air irrémédiable. Il faut dormir, voilà le secret.

Mais le sommeil ne vient pas. Annabelle a beau avoir

recours à ses rêveries les plus osées, à se raconter les histoires les plus secrètes, le sommeil refuse de venir. Elle éteint et demeure dans le noir, en sachant qu'il n'y a rien à faire, que ça va durer encore des heures, jusqu'à l'aube, jusqu'aux premières lueurs qui la délivreront de l'angoisse. Est-ce que c'est la nuit qui angoisse ou est-ce que c'est l'angoisse qui profite du noir pour prendre de l'ampleur? Elle devrait demander à Étienne. Il en sait long, lui, sur la nuit. Elle repense à lui quand il était petit avec sa mère. Elle le revoit buté, caché et immobile à ne toucher à rien, à percevoir la vie sans avoir le droit d'y entrer, à se faufiler dans la chambre de sa sœur, à la toucher, la bercer, s'enivrer de son odeur et parler enfin à quelqu'un avec douceur. Elle ne sait même pas son nom. Elle ne sait même pas si elle lui manque, s'il l'a revue. Elle n'a jamais osé demander si sa mère lui manque. Si, malgré tout, il l'aime. Ils n'ont jamais reparlé de toute cette histoire et elle n'a jamais cessé d'y penser. Elle sait bien que son existence est un enchantement à côté de celle d'Étienne, mais elle le trouve quand même chançeux d'avoir trouvé comment agir sur sa vie.

Elle va se chercher un verre d'eau dans l'espoir qu'un peu d'action va la fatiguer. En passant devant la chambre de Christianne, elle l'entend gémir sourdement. Est-ce que c'est un cauchemar? Parle-t-elle en dormant? Il n'y a personne avec elle, elle en est certaine, elle l'a vue monter. Annabelle reste là, tétanisée, à la porte, sachant qu'elle devrait entrer et offrir de l'aide à sa mère. Peut-être qu'elle pleure… peut-être qu'elle se désespère… Attentive, elle essaie de discerner s'il s'agit de sanglots. Oui, Christianne pleure, elle sanglote dans son lit, toute seule, à quatre heures du matin. Sa mère abandonnée et désespérée qui pleure. Elle frappe doucement : « Maman? Maman, est-ce que ça va? Est-ce que je peux entrer? »

Elle ouvre la porte doucement. Christianne est recroquevillée à gauche du grand lit : tout l'espace qu'occupait habituellement son père est resté intact. C'est cet oreiller sans un pli, cet espace inviolé dans les draps qui l'achèvent. Elle s'approche, touche timidement les cheveux de Christianne : « Maman… il faut que tu dormes, maintenant… arrête de pleurer. »

Mais sa mère pleure encore plus fort, comme si la tendresse empirait son désespoir.

Elle hoquette un « désolée » qui meurt dans un sanglot. Annabelle s'assoit sur le lit, la tire vers elle comme une noyée trop lourde et la berce jusqu'à ce qu'elle se calme en caressant silencieusement son cou et ses épaules.

La contrition qui suit est pire que la peine. Annabelle aurait donné sa nuit pour que sa mère s'endorme sans un mot. Elle ne veut pas savoir. Ni le bonheur passé, ni la dureté du lit, ni la tendresse reniée, ni la passion enfuie. Elle ne veut pas mesurer l'ampleur de la détresse de sa mère, celle de son inquiétude, cette peur que Luc ne s'éloigne définitivement sans plus jamais donner de nouvelles, cette boulimie des bribes de son existence qu'elle fouille dans les journaux et quelquefois dans les rares commentaires d'Annabelle. Ce besoin maladif de lui ou d'une parcelle de lui, de son regard ou de l'ombre de sa voix. L'impossibilité de l'oublier ou de seulement accepter qu'il faille l'oublier et l'obligation constante de garder le lien, de continuer à lui parler, à le voir pour elle, leur fille, pour son bien-être à elle qui passe par le pire des supplices de Christianne : le revoir et constater à chaque fois que cet homme ne se soucie plus que d'Annabelle, qu'il se fout de ce que, elle, elle devient, de ce qu'elle supporte, de ce qu'elle traverse.

— Mais non, il ne s'en fout pas, ça lui fait de la peine, je suis sûre…

— Tu penses ?

Ce regard avide, ces yeux bouffis qui implorent un mensonge, un délai… Annabelle fixe sa mère en silence, la respiration brève, accablée par le chagrin. Elle hésite : « Il ne s'en fout pas… il… il trouve ça triste. »

Alors, un éclair de volonté sauvage traverse le corps de Christianne, comme si elle n'attendait que ces mots pour reprendre le combat. Elle se soulève et secoue Annabelle : « Il faut qu'il me donne une chance, juste une chance de nous réconcilier. C'est impossible qu'il parte comme ça : on n'a même pas eu une seule discussion. C'est stupide, injuste. Je peux m'expliquer, je peux réparer, m'améliorer, j'ai fait plus que ça pour lui. Il y a moyen de s'entendre. On s'aime tellement. Ce n'est pas possible qu'il parte comme ça. Il faut lui dire, Annabelle, il va t'écouter, toi, il va t'entendre. Il faut lui dire que c'est une mauvaise période qu'on a eue, que je vais faire attention, que je vais me calmer, que je vais même le laisser partir en tournée sans poser une seule question sur ses aventures. Juste qu'il revienne. Et j'arrête mes folies. Dis-lui, promets-lui pour moi. Qu'il revienne et il n'y aura pas de questions, pas de commentaires, pas de reproches. Il faut qu'il revienne, Annabelle, parce que je n'en peux plus, je ne peux pas vivre comme ça. J'aime mieux mourir que vivre comme ça ! »

Elle sanglote encore, incapable de parler à travers la violence des larmes. Annabelle berce sa mère et sa terrible détresse et elle chantonne doucement pour la calmer. Quand elle s'endort enfin, Annabelle regarde le jour poindre à l'horizon. Elle se dégage précautionneusement et retourne dans son lit. Mais elle sait bien que, malgré l'aurore qui blanchit le ciel, elle ne s'endormira pas.

* * *

« Annabelle Pelchat, j'aimerais que tu lises ta composition à la classe. »

Sidérée, Annabelle regarde madame Juneau : pourquoi lui faire ce coup-là ? Parce que c'est si mauvais qu'il faut aussi l'humilier pour qu'elle n'oublie pas ses déficiences ? Mais madame Juneau sourit en lui tendant la feuille. Elle commence d'une voix blanche :

La nuit.

La nuit console le jour. Elle le prend dans ses bras et ne pose aucune question. Elle ne vient jamais brutalement. Elle s'annonce, tourne doucement la lumière. Il y a des soirs où la nuit vient si joliment que son entrée ressemble à un lever de rideau à l'opéra quand le décor est magnifique. Ça, c'est quand la nuit tombe au bord de la mer et que les vagues continuent leur cadence. On a envie d'applaudir tellement c'est beau.

Il y a des soirs où la nuit est plus brutale, où elle vient fermer les stores sur une journée grise qui ne ressemblait même pas à un vrai jour.

La nuit n'est pas toujours effrayante : il faut la regarder autrement qu'avec ses yeux, il faut voir à travers, la percer.

On dit que la nuit, les gens meurent plus facilement, on dit que la nuit, tous les chats sont gris, on dit que la nuit, la peur vient plus fort ; mais peut-être que c'est parce qu'on ne se souvient pas que la nuit est une amie, qu'elle nous appartient toujours, qu'on est plus libre la nuit.

Être seule la nuit n'est pas si terrible. Et, comme toujours, on s'aperçoit qu'on aimait la nuit quand on ne l'a plus, quand elle s'est enfuie.

Annabelle lève des yeux désolés vers madame Juneau.

« C'est très bon, Annabelle. Malgré quelques mala-
dresses, je t'ai mis 10 sur 10. Tu peux aller t'asseoir. »

Elle est tellement étonnée que son menton tremble,
que ses yeux s'emplissent d'eau. Madame Juneau s'approche, prend la feuille : « Tu ne savais pas que c'était
bien ? »

Annabelle fait non, incapable de parler.

« Va t'asseoir, Annabelle. Nous allons essayer de
définir ce qui fait qu'une composition est bonne ou non,
quelles sont les… »

Étienne l'accroche au passage et serre sa main très
fort.

* * *

Le printemps est enfin arrivé. La journée a été douce,
comme en été. Étienne et Mon-Œil marchent d'un bon
pas, mais Annabelle n'a aucune envie de rentrer :

— Étienne, ça te tenterait de venir avec moi chez
mon père ?

— Il est revenu ?

— Non. On pourrait manger là. Je te ferais à souper
et on reviendrait après.

— C'est où ?

— Saint-Lambert, au bord du fleuve…

Elle a peur qu'il ne trouve l'aventure un peu trop folle
pour un mercredi. Il prend son bras : « Comme je ne
connais pas le chemin, tu vas me guider. »

Elle achète ce qu'il faut pour souper et, en entrant
dans l'appartement, en le lui décrivant, elle comprend
pourquoi elle avait envie d'y emmener Étienne : « C'est
une grande pièce, il y a une petite table à gauche puis
devant, à environ un mètre, il y a un divan qui fait face à la

porte-fenêtre du balcon. Attention, il y a deux fauteuils aussi… Si tu vas à gauche du divan, il y a un piano. Oui, encore un pas, le banc est devant toi… »

Mais il y est, il touche le piano, l'ouvre, hésite, tire le banc maladroitement puis s'installe en se tournant vers elle.

— Oui, Étienne, c'est un beau piano, un Steinway sept pieds. Tu veux que j'ouvre la queue ? Il sonne très bien.

— Non. Viens t'asseoir.

Il lui montre une place près de lui sur le banc.

— Je préfère m'installer sur le divan pour t'écouter.

— Je ne sais pas jouer.

Elle ne dit pas un mot, elle s'assoit et attend. Il se tient très droit, tendu. Il place ses mains, effleure les notes, le son est envoûtant. Hésitant, il commence à jouer comme s'il apprivoisait le piano. Une mélodie très douce, puis une sonatine de Mozart qu'elle jouait enfant, Scriabine et enfin du jazz.

Annabelle écoute attentivement, de plus en plus tendue : elle entend le talent, mais surtout le plaisir des mains qui reconnaissent les notes, qui savent frapper, retenir, qui se laissent aller mais qui contrôlent quand même. Étienne n'a aucune technique, il fait tout plein d'erreurs, mais elle entend la musique, il a le don de la fluidité, comme une voix non travaillée qui sait faire vibrer, qui rend le chant malgré l'ignorance des trucs, seulement avec le cœur. Étienne a cette disposition intérieure à la musique qui fait de lui un musicien même s'il n'a pas la connaissance des règles. Elle observe son visage : transporté, illuminé.

Brusquement, il s'arrête :

— Toi, Anna. Viens jouer.

— Non. Tu pourrais devenir pianiste. Tu as le talent, tu le sais ?

— Pas pianiste, il est trop tard. Mais jouer, ça, je peux.

— Mais non : si tu prenais des leçons, si tu travaillais fort… on peut demander à Lydia ce qu'elle en pense, ce qu'elle suggère. Il ne faut pas gaspiller le talent, Étienne.

— C'est toi qui dis ça ?

— Oui.

— Toi ? Toi, tu dis ça et tu n'es pas gênée ? Qu'est-ce que tu fais si tu ne gaspilles pas le tien ?

Il s'approche en tâtonnant. Il est aussi prudent et hésitant que lorsqu'il est venu chez Julien. L'espace inconnu lui retire toute confiance mais l'excite en même temps : comme si l'imprévisible était bienvenu. Mon-Œil a la même attitude que son maître : intéressé, curieux. Étienne s'assoit enfin près d'elle :

— Réponds…

— Étienne, ne commence pas. On parlait de toi, de tes possibilités.

— Et de l'impossibilité de gaspiller le talent. C'est quoi un don, tu penses ?

— C'est quelque chose de gratis.

— Oui. C'est comme la nuit de ta compo : quelque chose qu'on a et qu'on apprécie quand on ne l'a plus. Tu as un don, tu le sais.

— Ce n'est pas gratuit, ce n'est pas un don.

— Tu trouves que c'est trop dur, trop de travail, trop d'exercices ?

— Non, Étienne. C'est parti, comprends-tu ça ? C'est parti, enfui. Je regardais ton visage quand tu jouais : c'est ça, le don, aussi ! Le plaisir, l'abandon, quelque chose de pas calculé, de pas mesuré, quelque chose qui déborde, qui pleure même si tu ne veux pas pleurer, qui crie même si tu ne veux rien dire, qui appelle même si tu veux te taire. C'est quelque chose qui parle malgré toi, malgré tout. Quelque chose qui brise le silence que, toi, tu essaies de garder. Comme un déclic qui se fait.

— Tu le sentais, ça, avant ?

— Oui. Je le savais pas mais c'est avec ça que je jouais.

— Et après ?

— Après… je voulais rattraper le déclic et ça ne venait pas. Alors, j'essayais d'être techniquement irréprochable. Tu sais : j'essayais d'être bonne, de bien faire. Et c'était plate. Et c'est devenu dur. Et après, j'avais juste peur… peur de ne jamais retrouver ce que c'était avant. Peur de ne plus jamais être ce que j'étais avant. Je savais que le don était parti. Je n'oubliais jamais ce que j'étais en train de faire. Je m'observais. C'était… comme sec.

— Quelqu'un… quelqu'un t'a fait des reproches ?

— Non.

— Quelqu'un t'a dit que c'était différent, moins bon ?

— Non.

— Anna… si tu ne le savais pas toi-même que ta compo était belle, comment tu peux être sûre que ta musique, ton don n'est plus là ?

— Parce que je le sens en jouant. Parce que je sais ce que c'était avant.

— Avant quoi ?

— Avant que ça parte.

— Quel jour c'est parti ? Quand ? Comment ? Explique-moi.

— Mais je sais pas, Étienne ! Qu'est-ce que tu veux ? Me sauver ?

— Sauver le don. Tu dis que je ne dois pas gaspiller

mon don, peux-tu comprendre que je sente la même chose pour le tien ?

— J'en ai plus, de don, Étienne. Je suis vide. Il faut l'accepter.

— Tu acceptes un peu vite, me semble.

— Non. J'ai essayé.

— Pas assez.

— Qu'est-ce que tu en sais, Étienne Paradis ? Tu n'étais pas là !

— Tu ne veux pas, c'est tout. Tu refuses de jouer parce que tu ne veux plus travailler le don que tu as.

— Tu ne comprends pas. Tu ne comprends rien !

— Explique-moi, je vais comprendre.

— Tu as *décidé* que je ne voulais pas. Ça ne sert à rien d'expliquer.

— O.K. Disons que tu as raison… disons plutôt que tu ne peux pas, vraiment pas…

Elle se tait, elle ne sait pas expliquer cela. Elle ne sait pas dire cette raideur dans les mains, cette attention glaçante dans sa tête qui guette l'erreur, la provoque, qui vole le plaisir. Cette peur qui donne chaud et paralyse. Cette conscience aiguë qui bloque la musique.

— Étienne… est-ce que quelqu'un a déjà… je ne sais pas, mais, pas longtemps, est-ce que quelqu'un t'a déjà dit que tu voyais, que tu n'étais pas aveugle, que tu faisais semblant, que c'était un mensonge ?

Étienne soupire et se tait. Il tend la main ouverte, elle y pose la sienne. Il l'attire contre lui, place sa tête contre son cou et caresse ses cheveux. Elle n'est pas sûre d'avoir entendu son nom. Il n'y a rien d'étrange, rien d'incongru à être dans ses bras. C'est seulement infiniment doux et rassurant. Un intense et subit soulagement. Une pause dans la détresse.

C'est la voix d'Étienne qui la réveille. Il parle à Granne : « … je ne sais pas. Mais si c'est après dix heures, je t'appelle. Oui… toi aussi. »

Il lui apporte le téléphone : « Il est sept heures… si tu ne veux pas avoir la police après toi… »

Christianne, bien sûr, se rongeait d'inquiétude, se demandait où appeler. Elle lui reproche amèrement d'avoir l'inconscience de la laisser angoisser comme ça alors qu'elle la sait déjà inquiète et nerveuse. Annabelle coupe le flot : « Il faisait beau, j'ai marché, j'ai été prendre une crème glacée au Bilboquet, je n'ai pas vu passer le temps… Non, écoute, je vais faire mes devoirs avec mon amie et je vais rentrer après, vers dix heures, O.K. ? Bye ! »

Elle raccroche avant que sa mère demande le numéro de téléphone de l'amie.

« D'ici, Étienne, on voit tout Montréal. Le soleil descend et le fleuve est presque rose. Il y a une vitre dans un des buildings de Montréal qui prend le soleil en plein dedans. On dirait que quelqu'un joue avec un miroir dans cette fenêtre-là. Dans une minute ça va être fini… ça y est presque, ça y est ! Le fleuve est super tranquille. Entends-tu les oiseaux ? Ici, même si on est haut, il y a des oiseaux. Viens, je vais t'emmener sur la terrasse. Ce n'est pas encore vert mais en été c'est très beau. Tout fleuri. Mon père met beaucoup de temps à jardiner sur la terrasse. »

Elle lui indique les nombreux obstacles que Mon-Œil évite de toute façon. Étienne touche la rampe du balcon :

— C'est haut. Ça me donne le vertige.

— Recule un peu, tu es trop au bord.

Il se tourne vers elle, lui tend la main : « Ça sent l'été. C'est la première fois de l'année que ça sent l'été. »

Ils n'ont pas pu manger tout leur souper dehors : dès que le soleil a disparu, le froid s'est installé. Ils sont rentrés et ont terminé dans le salon.

Ils en étaient à visiter la chambre à coucher de Luc quand le téléphone a sonné. Annabelle, comme prise en flagrant délit, s'est immobilisée. Le répondeur achève la longue tonalité. De la chambre, la voix semble aiguë : « Luc, c'est Christianne, je sais que tu arrives seulement samedi, mais comme tes horaires sont toujours serrés, je veux te demander de prévoir un créneau pour une rencontre la semaine prochaine. Ne t'inquiète pas, ce n'est pas pour te parler de moi, c'est Annabelle qui a des problèmes. Confirme-moi l'heure et le jour au bureau. Mardi pour le lunch me conviendrait. Essaye d'être discret avec Annabelle, veux-tu ? Et essaye de trouver le temps, je pense que c'est important. Bye ! »

Le répondeur se remet en service et le temps de tous les déclics ne suffit pas à Annabelle pour revenir de sa surprise. Elle hésite près du répondeur :

— J'ai envie de l'effacer…

— Elle va rappeler.

— En tout cas, elle ne se doute pas de où je suis.

Mais ils sont mal à l'aise maintenant, comme si la petite lumière rouge qui clignote devenait un témoin de leur escapade.

Il y a encore un petit flottement devant le perron de chez Étienne. Mon-Œil, qui connaît leur routine, s'assoit avant même qu'ils ne s'arrêtent.

— Merci pour le souper, Anna.

— Vas-tu revenir ?

— Chez ton père ?

— Ben… C'est chez moi, aussi ! Un peu…

— Il va être là, maintenant…

— T'as pas envie de le rencontrer ? Ça ne te plairait pas ?

— Je ne sais pas. Plus que ta mère, en tout cas.

— Je ne te l'offrirais pas non plus.

— Anna…

— C'est drôle, tu m'appelles comme mon père.

— C'est ce que tu préfères.

— Comment tu le sais ?

— Je le sens, c'est tout…

Il s'approche, irrésistiblement attiré, il murmure son nom encore une fois. Troublée, elle ferme les yeux. Sa bouche est autoritaire tant il y a de désir dans le baiser. Surprise par sa ferveur, elle recule un peu, cherche à échapper à l'exigence de son baiser. Tout de suite, Étienne la retient, de peur qu'elle ne s'échappe.

« Étienne, non ! »

Il prend son visage en balbutiant : « Excuse, excuse-moi… Anna, excuse… »

Et il ponctue chaque mot d'un baiser sur son visage, un baiser léger, affolé, ne se rendant même pas compte qu'il s'excuse en persistant à l'embrasser. Elle rit : « Étienne, arrête ! Tu continues. »

Il ralentit peu à peu, se calme enfin, la bouche contre sa joue, il ne dit plus rien et elle se prend à désirer qu'il s'excuse encore un peu.

* * *

Il est dix heures quand elle rentre chez elle. Christianne fume à la cuisine.

— Julien a appelé. Il veut que tu gardes vendredi soir.

— Bon, je vais le rappeler.

Elle profite de l'excuse pour partir quand Christianne continue :

— Tu as soupé ?

— Oui, oui.

— J'avais fait des crêpes. J'ai sorti la table sur le patio. Peut-être qu'on pourrait faire les premières brochettes demain.

La sonnette d'alarme interne résonne depuis qu'elle est entrée : « Excuse, je vais appeler Julien. »

Elle n'a pas le temps de composer que sa mère continue : « Il y a madame Juneau aussi qui a appelé. »

Annabelle raccroche, ouvre le frigo et reste plantée devant comme s'il pouvait lui faire la grâce de l'aspirer. Un silence pesant qui n'en finit plus. Elle prend du lait, s'en verse un immense verre et range le carton. La phrase claque en même temps que la porte du frigo :

— Ça ne s'améliore pas, Annabelle.

— Quoi ? J'ai eu 10 en compo !

— Elle m'a demandé où tu en étais avec la thérapie. Elle te trouve instable. J'ai répondu que tu réfléchissais.

— O.K.

Elle prend le verre, son sac d'école, elle va enfin partir. Sa mère continue d'une voix très douce, en allumant une autre cigarette : « Tu sais, Annabelle, le pire qui pourrait m'arriver maintenant, c'est que je perde la confiance de ma petite fille. »

Une fois qu'elle a fermé la porte des toilettes, elle verse le lait dans le lavabo.

* * *

Julien est en super-forme. Il a fait couper ses cheveux, porte une veste très mode par-dessus sa chemise : il est craquant.

Il est en retard et finit de se préparer en lui parlant. Il a une proposition à lui faire : de fin juin à la mi-août, elle s'occuperait de Léo tous les matins de huit heures à midi. Ce qui lui permettrait de travailler en paix à la maison et Léo ne serait pas à la garderie toute la journée. Il travaillerait dans son bureau et, elle, elle s'occuperait de son fils. Cinq jours semaine payés cent vingt-cinq dollars. Elle rayonne : elle serait chez lui, avec lui, cinq jours par semaine ! Elle a envie d'accepter tout de suite. Elle se souvient des longues journées du dernier été passées à lire ou à ne rien faire ou, pire, à faire semblant d'aller chez des amis. Les journées où elle allait s'étendre au bord de la piscine de Monique et où elle écoutait la musique idiote de Stéphanie et les blagues encore plus idiotes de ses amis. Les dernières vacances avaient été un vrai supplice ; après tous ces étés passés au piano, elle s'était trouvée plus désœuvrée que jamais. Elle n'avait même pas rêvé à une solution aussi parfaite. Sa mère ne pourra pas dire qu'elle est une esclave : vingt heures par semaine, seulement. Et en face en plus. Et avec un bébé qu'elle connaît. Peut-être qu'elle pourrait aller au parc et aussi voir Étienne et Granne…

— Alors ? Qu'est-ce que tu en dis ?

— Je dis que c'est fantastique : un travail rêvé ! Il faut juste que j'en parle à ma mère.

— Penses-y, parle-lui et dis-moi ce que tu décides.

— Pour moi, c'est oui tout de suite. Faut la convaincre…

Il la laisse rêver à un été où le temps, enfin, ne serait pas à tuer. Elle se dit qu'elle va en parler d'abord à Luc, que lui pourrait peut-être vaincre les résistances de Christianne. Demain, il arrive demain ! À trois heures. Ces trois semaines ont été plus longues que tout l'hiver. On dirait que tout d'un coup, avec le retour de son père, le printemps et l'été se manifestent ensemble. Sans transition, l'hiver a fait ses bagages et est parti sans rien dire.

« Allô, Lydia ? C'est Anna… je te dérange ? »

Elle est surprise, Lydia, mais elle a l'air ravie de l'entendre :

— Je me demandais si ça te tenterait d'aller chercher Luc à l'aéroport demain… on pourrait l'attendre toutes les deux, lui faire la surprise.

— Excellente idée ! Tu es sûre que personne d'autre n'y va ? Il n'y a pas une passion qui va brûler à la barrière ?

— Pas à ma connaissance… tu veux que je l'appelle à Paris ?

— Non. On prend une chance. Si on voit une fille se précipiter sur lui, on fera comme dans les films : on ira se soûler en pleurant un homme qui ne sait pas qu'il a brisé deux cœurs.

— Non : on tasse la fille et on le kidnappe !

— Ça me convient ! Je te prends chez ta mère, à deux heures ?

Elle dormait quand elle les a entendus rentrer. Ils riaient en essayant d'étouffer les éclats. Bizarrement alertée, Annabelle reste étendue, les yeux fermés, à faire semblant de dormir. Julien a l'air assez joyeux. Les yeux entrouverts, elle n'aperçoit qu'un côté de la fille : ses jambes et une main baguée qui s'agrippe à l'épaule, descend le long du dos, s'arrête sur la fesse, caresse sans aucune pudeur. Elle devine que Julien l'embrasse, à la façon dont son dos et sa tête s'inclinent. La main de la fille remonte et, en même temps, une de ses jambes s'enroule autour de celle de Julien, grimpe, s'accroche à sa taille ; la main de Julien saisit le genou, glisse en repoussant le tissu de la jupe tout le long de la cuisse, s'insinue sous la fesse… Comme cela a l'air simple et facile, comme c'est coulant, aisé. La fille gémit. Annabelle ne voit pas bien ce qu'il lui fait, il faudrait qu'elle se redresse et elle n'ose pas. Pourtant, elle est presque certaine qu'ils ne l'entendraient pas. Julien la saisit à deux mains maintenant, il la soulève, la tient contre lui, l'appuie contre le mur. Un de ses souliers à talons hauts est tombé dans un bruit sourd. Ils sont de profil, maintenant : il a l'air pieux de quelqu'un qui va dire une prière. Elle appuie ses mains sur sa nuque et laisse rouler sa tête contre le mur. Elle l'attire à elle : il l'embrasse très fort, très violemment, sa bouche descend le long du cou de la fille, son visage s'enfouit dans le décolleté. Puis il fait cette chose étrange : il prend ses seins dans sa bouche à travers le chemisier, Annabelle peut voir la matière légère s'assombrir là où sa bouche a mouillé le tissu ; il passe d'un sein à l'autre rapidement, on dirait qu'il la mord : la fille respire vite, bouche entrouverte, elle pousse ses hanches contre les siennes ; ils vacillent, ils vont tomber, elle va glisser, peut-être qu'elle est lourde ; non, il l'embrasse encore, ils descendent lentement vers le sol, il la dépose sur le tapis, elle s'agrippe encore à lui avec ses jambes, ils murmurent quelque chose, rient avec cette tonalité feutrée, puis Julien se relève, la prend par les épaules et l'entraîne vers la chambre.

Annabelle se demandait si elle devait partir sans faire de bruit quand il est arrivé dans le salon : la bouche un peu gonflée, les cheveux fous ; elle voudrait bien lui faire ce qu'elle faisait, l'autre. Mais elle s'étire comme si elle venait de se réveiller, l'observe :

— Tu as passé une bonne soirée ?

— Très.

Il lui tend l'argent, un gros pourboire, ne s'informe même pas de Léo et la pousse vers la porte. Elle a cette audace de se pencher pour ramasser les escarpins et les ranger soigneusement dans le vestibule : « Bonne nuit, Julien. »

* * *

Luc est là. Elle est tellement ravie, tellement soulagée qu'elle n'arrive pas à parler. Elle le regarde et serre sa main très fort, presque avec frénésie. Elle a peur de le perdre, elle le suit partout, comme Mon-Œil fait avec Étienne, sauf que, lui, il précède son maître. Elle l'aide à défaire ses valises, l'écoute commenter la tournée, faire ses réflexions ironiques sur les comportements passablement paranos des divas qu'il a rencontrées. Elle a l'impression de revivre, comme si elle s'était endormie sans le savoir. Elle rit avec Lydia de toutes les facéties qu'il trouve pour amuser sa « galerie d'admiratrices ». Elle pourrait s'asseoir au piano et se lancer dans une polka endiablée tellement elle est heureuse.

Luc a apporté plein de cadeaux : des petits riens de chaque ville, des boucles d'oreilles, un t-shirt, une veste de pyjama pour homme en soie lignée qui lui couvre la moitié des cuisses : « Pour que tu sois décente quand tu te lèves. Tu es une femme, maintenant. »

Il sort une partition de son attaché-case : « Ça, ma puce, c'est un réflexe ancien que j'ai eu. Quand je l'ai vue, j'ai pensé qu'on pourrait l'essayer ensemble. En la payant, je me suis souvenu que c'était inutile, mais je l'ai achetée quand même. »

Il lui tend la partition pour deux pianos. Elle tend une main moite, tremblante, l'angoisse balaie toute la joie des cadeaux et du retour. Elle tient la partition comme elle tiendrait le jugement irrévocable qui la condamne à être une fille décevante et inintéressante. C'est fini. Il est revenu, mais ce sera encore la même chose, la même attente, le même espoir qu'elle sait qu'elle ne peut pas combler. Et plus elle le désire et moins ce ne sera possible. Lydia lui prend la partition des mains, la feuillette et la rejette négligemment sur le piano : « Franchement, Anna, tu pourrais lui demander s'il t'a acheté un devoir de maths aussi. Tu parles d'un cadeau ! »

Alerté, Luc se retourne brusquement : « Quoi ? Qu'est-ce que j'ai fait ? »

Lydia hausse les épaules : « Rien. Anna aimerait avoir un cahier d'exercices d'italien la prochaine fois. »

Anna est mal à l'aise : pourquoi en vouloir à Luc d'une chose qu'elle ne peut pas faire ? Elle sait bien combien c'est important pour lui. Elle murmure : « Laisse faire, Lydia… » Mais Luc a déjà compris le message. Il se place devant sa fille, la force à le regarder dans les yeux : « Anna, écoute-moi : c'est un réflexe, une impulsion que j'ai eue. J'aurais pu la garder pour moi, c'est vrai. Mais c'est plus fort que moi, c'est vrai que je pense encore qu'un jour ou l'autre, on va s'asseoir ensemble au piano. Pour le plaisir, Anna, pas pour le métier, pas pour travailler comme une pro, juste pour le plaisir de jouer ensemble. Tu comprends ? »

Elle le regarde en silence avec tant d'adoration, tant d'amour et tant d'impuissance. Elle fait oui, mais il voit bien que c'est non, qu'elle se trouve impardonnable, qu'elle est déçue d'elle-même au-delà de tout. Le visage d'Annabelle lui rappelle cette terrible journée où Christianne l'a appelé au bureau pour l'informer que sa fille abandonnait le piano. Il s'était précipité à la maison, il l'avait trouvée assise au salon, hagarde, l'air complètement perdue et imperméable aux commentaires que sa mère vociférait. Il l'avait prise par la main, l'avait assise devant le piano et lui avait demandé de jouer. Juste pour voir. Dans le silence tendu, au bout de dix interminables minutes, elle avait placé ses mains sur le clavier. Elle tremblait de tout son corps, la sueur perlait sur son visage blême, même son dos était traversé des tremblements qui rendaient ses mains rigides. Elle n'était qu'une vague de terreur assise au piano, une vibration d'impuissance pure. Alors seulement, il avait vu ses mains abîmées, bleuies, ses jointures lacérées… atterré, il avait pris ses mains brisées contre sa poitrine et il avait éclaté en sanglots sans pouvoir s'arrêter, devant sa fille muette de désolation et Christianne abasourdie. Plus tard, il avait fermé le piano, avait caressé les cheveux d'Anna sans la regarder et s'était enfui. Son travail l'avait tenu hors de la maison pendant les deux semaines suivantes. Ensuite, il avait quitté Christianne. Le divorce avait été entendu un mois plus tard. Un record.

Cela faisait plus d'un an maintenant, et il n'avait jamais reparlé de ce jour maudit où sa fille avait cessé de jouer. Debout devant elle, devant ce regard déçu et si aimant, il se rend compte que, pas une fois, pas une seule seconde, il n'a considéré la décision d'Annabelle pour ce qu'elle était : sa décision à elle, légitime, sa décision qui devait bien lui coûter un certain courage. En secret, il avait consulté tout ce qu'il y a de spécialistes pour savoir comment agir, ce qu'il fallait tenter, ce qu'il fallait éviter pour qu'Anna revienne au piano. Mais rien n'a jamais fléchi sa fille. La partition qui repose sur le piano, cette partition, il le sait très bien, c'est sa façon à lui de dire non, de refuser la décision d'Anna. Il n'a jamais accepté que sa fille abandonne. Il ne l'a jamais crue, jamais entendue, elle. Et il a menti en disant que la partition était « pour le plaisir ». C'était un leurre. Il soupire, prend la partition et la déchire.

Anna a un sursaut, la terreur la jette sur son père, lui fait arracher la partition : « Arrête ! Arrête ! »

Elle garde les morceaux épars contre sa poitrine et crie : « Pourquoi tu fais ça ? »

Il ne peut que balbutier : « Je suis désolé, Anna… je

n'aurais jamais dû… » Il va pleurer… c'est la seule chose au monde qui le fait pleurer, il met la main devant ses yeux pour se ressaisir, pour qu'elle ne le voie pas s'effondrer.

Anna dépose délicatement les morceaux sur le divan et murmure avant de s'en aller dans sa chambre : « C'est moi que tu veux déchirer, pas la musique. »

Ce ne sont pas tant les mots que la calme tristesse du ton qui accable Luc. Il se laisse tomber sur le tapis et pleure sans retenue. Lydia ne dit rien. Elle reste là, immobile, sachant qu'elle doit faire quelque chose pour quelqu'un, mais ne trouvant ni quoi ni qui. Finalement, elle se dirige vers la chambre d'Anna.

Elle la trouve assise par terre, elle aussi, appuyée contre son lit, les yeux secs : comme elle aurait préféré parler à une petite fille en larmes qu'il faut apaiser !

« Anna… je sais que je te dérange, mais… je peux ? »

Elle s'assoit sur le tapis et comprend qu'elle n'obtiendra pas de réponse polie. Anna semble bien au-delà des politesses d'usage.

« J'ai vingt-sept ans, Anna. Ça fait vingt ans cette année que je joue. Je n'ai jamais eu à traverser une crise comme celle que tu vis. J'ai eu des moments pénibles, des doutes, des écœurements, des rages, j'ai même tiré un banc de piano en bas d'un balcon, mais jamais je n'ai perdu la foi. Alors je ne peux pas parler pour toi. Mais je vais te dire une chose au sujet de Luc. Je sais que c'est ton père, mais… tu verras. J'avais vingt ans quand il est venu me chercher. C'était après un concours que j'avais gagné. Je suis tombée amoureuse de lui immédiatement. Je te jure : la première fois qu'il m'a souri avec sa fossette et ses yeux qui ont l'air de te caresser, ça a été le coup de foudre. Et, bien sûr, à partir de ce jour-là, j'ai voulu lui plaire, j'ai voulu qu'il m'aime et j'ai voulu le faire avec mon talent, avec la musique. Je n'ai jamais tant travaillé. J'ai bûché mes partitions pour lui. J'ai fait des exercices dix heures par jour pour lui. J'ai travaillé la sonorité des legatos pour lui. J'ai vaincu ma gêne du public pour lui. Pour lui plaire, pour qu'il m'aime, pour… qu'il me trouve extraordinaire. Je ne pensais qu'à lui, qu'à l'amour qu'il finirait bien par m'avouer après un concert particulièrement réussi. J'étais très romantique à l'époque, très Tchaïkovsky. Et j'ai avancé, je me suis perfectionnée, je me suis beaucoup améliorée comme musicienne mais, lui, je ne l'ai jamais eu. Il m'aime, bien sûr, il m'apprécie, il est content de moi, excité par mon talent, mais il n'est pas amoureux de moi. Mais tout ce temps que j'ai travaillé pour obtenir son amour, je l'ai donné à la musique, même si je l'avais un peu perdue de vue. La musique me servait à le séduire, mais je la servais aussi en travaillant pour toucher Luc. J'aurais probablement pu coucher avec lui, avoir une liaison, une aventure qui dure une tournée mais c'était plus que ça que je voulais : je voulais qu'il m'aime. Tu comprends ? »

Un lourd silence règne dans la chambre. Lydia ne regarde pas Anna. Elle sait qu'elle l'écoute attentivement :

— C'était dangereux, Anna, j'ai risqué beaucoup. J'ai risqué de perdre la musique. Je vais te dire, il n'y a pas un homme au monde qui mérite un tel renoncement. Pas l'amour d'un seul homme. La musique le mérite, elle, parce qu'elle nous le rend, elle nous donne des ailes, du bonheur. Elle nous rend meilleurs, je pense. Et elle atteint les gens, les autres. Jouer exclusivement pour Luc, ç'aurait pu être suicidaire.

— Je ne jouais pas pour lui.

C'est dit si bas, si sourdement, que Lydia n'est pas certaine d'avoir bien entendu, mais elle fait comme si :

— Remarque que je ne sais pas ce que je serais devenue s'il m'avait aimée, j'en aurais probablement perdu tous mes moyens. Parce que jouer pour le garder, pour ne pas perdre cet amour, ce doit être autre chose que de jouer pour le conquérir.

— Quand est-ce que t'as arrêté d'être amoureuse de lui ?

— Demain, j'espère.

* * *

« Salut ! »

Étienne fronce les sourcils, puis son visage s'éclaire : « On t'a enlevé tes broches ! » Elle applaudit en riant, ravie : elle l'avait parié, qu'il s'en apercevrait au premier mot ! Elle a couru de chez l'orthodontiste à chez Granne, pressée d'exhiber sa nouvelle bouche. Elle saisit sa main, la place sur ses lèvres. Malgré une première réticence, Étienne constate les bienfaits du traitement :

— Ça fait quoi ?

— Bizarre… je peux mâcher de la gomme. J'ai envie de me faire couper les cheveux court, court.

Elle est follement excitée : Étienne touche ses cheveux, retire sa main précipitamment.

— Qu'est-ce que tu en penses ? *Très* court ! Ma mère va faire une crise cardiaque.

— Bonne idée.

Elle le regarde ranger un disque, en chercher un autre : Étienne agit bien bizarrement, comme si elle l'intéressait beaucoup moins depuis quelque temps. Il n'a jamais réessayé de l'embrasser ou même de tenir sa main depuis leur sortie à Saint-Lambert. Elle le trouve agaçant avec ses disques, elle se place dans le milieu de son chemin, il s'arrête :

— Quoi ? Qu'est-ce que j'ai dit ?

— Est-ce que je t'ai fait quelque chose, Étienne ?

— Non, pourquoi ?

— Tu n'es pas fâché contre moi ?

— Non.

— Pas du tout, du tout ?

— Non, je te jure.

— Alors, qu'est-ce que tu as ?

— Rien.

Il se dégage, met le disque. Elle triture la grosse gomme qu'elle a retirée de sa bouche, s'assoit, soupire. Étienne s'appuie contre le mur, bras croisés. Il a l'air d'écouter la musique. Elle jette sa gomme, se place devant lui : « Je vais y aller ! »

Il ne bronche pas, encaisse silencieusement.

Elle se rapproche de son visage, respire très près de sa bouche, recule, surprise qu'il n'en profite pas : « Bye ! » et elle s'en va.

Épuisé, Étienne arrête la musique et se laisse tomber sur son lit : qu'est-ce qu'elle voulait ? que devait-il faire ? Essayer encore et tout perdre ? Renoncer ? Attendre, attendre qu'elle se décide et le touche d'elle-même, qu'elle l'embrasse et qu'il la goûte enfin, qu'il l'ouvre enfin avec sa bouche, qu'il l'entende soupirer et vouloir de ses mains, de sa peau, de son corps, de toute cette violence qui le rend fou, de tout ce désir qui le fait trembler chaque fois qu'elle l'effleure.

« Anna… » Il dit son nom comme une supplique, il dit son nom comme si elle représentait, à elle seule, toute la lumière du monde. Et il a peur comme jamais.

CHAPITRE III

La négociation concernant le travail d'été a commencé par un refus net de Christianne. Puis, quand elle a vu qu'Annabelle y tenait beaucoup, son gardiennage estival est devenu conditionnel à l'obtention des notes de passage pour le secondaire III.

Christianne a essayé d'enrôler Luc dans la fonction de préfet de discipline, mais elle a lamentablement échoué et elle tenait d'autant plus au succès de sa fille que celui-ci confirmerait l'excellence de ses méthodes pédagogiques à son ex-mari.

Annabelle planchait : presque tous les soirs, elle étudiait avec Étienne qui lui expliquait patiemment, la faisait reprendre, l'encourageait.

Au bout du compte, ses notes ont été légèrement au-dessus du minimum requis. Mais Christianne hésitait encore : en juillet, elle a pensé organiser un tour de la Gaspésie avec Annabelle.

— Mais pourquoi ? Tu savais que j'allais garder !

— Tu n'as qu'à faire la quinzaine qui manquera en août.

Annabelle a compris : bien sûr, en août Luc a loué une maison au bord de la mer aux États-Unis. Août, c'était la période qui appartenait à son père. La maison est louée, le projet conclu depuis janvier. Même Julien savait qu'à partir du 15 août, Annabelle serait partie. En cet instant, c'est de la haine qu'elle ressent pour sa mère.

Au bord de la crise de nerfs, elle hurle avant de claquer la porte : « T'avais dit oui, si je passe. J'ai passé. C'est oui ! »

Elle trouve Julien en train de sarcler une plate-bande de fleurs qui n'ont pas l'air de vouloir tenir le coup. Léo, très occupé à arracher la tête d'un pissenlit, ne la regarde même pas. Anna s'assoit sur les marches et maugrée : « Ma mère est folle ! »

Julien s'approche, quand même un peu surpris :

— Ça vient d'arriver ?

— Ris pas ! Elle veut que je parte en vacances avec elle au lieu d'avec papa. En juillet, bien sûr.

— Elle te demande de choisir entre elle et lui ?

— Si elle pense ! Elle va l'avoir, la surprise !

— Tu as choisi ?

— On s'est entendus que je venais garder de fin juin jusqu'au 15 août. Elle arrive avec des vacances au mois de juillet ! En Gaspésie ! Comme si ça me tentait !

— Veux-tu que j'essaye de lui parler ?

— Ça sert à rien, elle veut juste faire chier mon père.

Elle arrache le pissenlit des mains de Léo qui se met à hurler. Elle le prend dans ses bras, lui tend un jouet en plastique qu'il rejette brutalement. Julien le prend et le calme. Ce qui donne à Annabelle le temps de réfléchir. Il se félicite de n'avoir pas encore fait de Léo l'otage de son divorce. Anna a l'air si découragée qu'il décide de prendre son parti sans discuter et de dire à Christianne qu'il part avec Léo la dernière quinzaine d'août.

Elle se jette dans ses bras, bouscule un peu Léo qui saisit ses cheveux, trop courts pour qu'il puisse les tirer. Elle l'embrasse : « T'es génial ! »

Elle est tellement touchante. Il caresse sa joue,

l'embrasse doucement : « Non. Je t'aime beaucoup, c'est tout. »

Il ne s'attendait pas à la bouleverser autant. Il se dit qu'il devra faire attention à cette belle fille quand elle sera chez lui tous les matins.

* * *

L'école se termine. Ils ont tous l'impression désagréable d'être là pour rien, maintenant que les examens sont passés. Madame Juneau aussi, puisqu'elle leur permet de partir plus tôt. Étienne et Anna en profitent : ils vont se promener avec Mon-Œil, découvrent des endroits tranquilles qu'Anna décrit minutieusement à Étienne. C'est en revenant du mont Royal, un soir particulièrement doux, une fois qu'ils sont assis sur les marches de l'escalier chez Granne, qu'Étienne annonce qu'il part le 1er juillet pour cinq semaines.

Anna est découragée :

— Cinq ? Pour où ? Pourquoi ?

— Dans un camp spécialisé.

— Mais pourquoi ? Tu es presque premier à l'école !

— Pour apprendre à me débrouiller mieux, Anna, pour me perfectionner et pouvoir étudier, aller plus loin. Il y a de nouvelles techniques pour les aveugles, de nouveaux ordinateurs aussi.

— Tu vas passer tes vacances à étudier ?

— Heu… oui. Pas comme à l'école, mais oui. Mais il y a des activités sportives, culturelles…

— C'est effrayant ! Pourquoi tu n'as pas de vacances ?

— Parce que je suis aveugle et que je veux étudier.

Tout le monde ne peut pas y aller, tu sais. On est choisi, il faut passer un concours.

— Pourquoi tu ne m'en as pas parlé ?

— Je ne sais pas…

— En quoi tu veux étudier ?

— Je ne suis pas certain encore…

— En musique : dis-le !

— Anna, fâche-toi pas.

— C'est parce que je me fâche que tu ne m'en as pas parlé ?

— Non. J'ai eu la réponse du concours la semaine passée. J'ai obtenu une bourse pour y aller. Tant que ce n'était pas sûr, ça ne valait pas la peine d'en parler. Sans la bourse, je ne pouvais pas payer le camp.

Elle réfléchit à la vie d'Étienne, à tout ce qu'il doit faire pour réussir, à tous les sacrifices que ça représente :

— Tu dois me trouver débile de ne jamais penser à ça.

— Ça, quoi ?

— Ben… que ce n'est pas pareil pour toi, que c'est plus dur.

Il prend son visage dans ses mains, l'approche : ça fait une éternité qu'il ne l'a pas touchée.

— Ne dis jamais ça, Anna, ne pense jamais comme ça. C'est justement parce que tu ne penses pas à moi en aveugle que c'est si fantastique.

— Je ne veux pas dire penser à toi en infirme, Étienne, je veux dire… je ne sais pas, considérer le temps et le courage que ça te prend. Arrêter de me plaindre avec mes petits problèmes. Tu comprends : on fait toujours comme si c'était facile pour toi…

— Ça l'est.

— Ce n'est pas vrai : tu ne peux même pas jouer au Nintendo !

Il rit, laisse retomber ses mains. Après un temps, il ajoute :

— Ce que j'aimerais, c'est la musicothérapie. Aider les gens avec la musique. Guérir avec la musique.

— Ça se peut ?

— Oui. Quatre ans d'université… mais comme je veux faire psycho aussi…

— Étienne… pourquoi tu ne veux pas essayer de jouer devant Lydia ? Pour voir si tu ne pourrais pas devenir musicien. C'est ça qui t'intéresse le plus.

— Non, Anna. Merci, mais non.

— Pourquoi ?

— Tu veux le savoir ? Vraiment ?

Elle ne dit rien, mais il sait qu'elle fait oui. Alors, très doucement, il prend sa main et la pose sur son genou, il la recouvre totalement de la sienne : « Parce que même si je devenais le grand virtuose que tu souhaites, ça ne te consolerait pas. La pianiste, Anna, c'est toi. C'est toi qui as un avenir de musicienne. Tu ne vas peut-être jamais le faire, on n'en sait rien, mais la musique, c'est ton affaire. (Elle veut retirer sa main. Il la retient.) Anna… ne te sauve pas. (La main se calme, prend la sienne, la serre.) Tu disais qu'on faisait comme si c'était facile pour moi. Des fois je pense à ça : moi, je suis né les mains vides ou presque. Je veux dire… personne ne m'achalait avec ses espoirs, personne n'espérait ou comptait sur moi. Le jour où j'ai fait quelque chose, ça a surpris tout le monde. Je ne risquais pas grand-chose à essayer. On n'est pas partis du même point tous les deux… »

Elle soulève sa main, l'embrasse, la pose contre sa joue avec tendresse :

— Tu es sûr ? C'est tellement beau quand tu joues.

— Il y a une chose qu'on apprend très vite quand on

est aveugle : c'est à connaître ses limites. C'est la première règle qu'on nous apprend : quand tu connais une de tes limites, tu la dis aux autres et tu fais avec. Les accroires, c'est très mauvais pour les aveugles…

— Pour les petites filles aussi.

— Pour tout le monde probablement.

Elle joue avec les doigts d'Étienne, les déplie, les croise avec les siens. Il n'a jamais senti quelqu'un d'aussi troublant de toute sa vie. Il s'ennuie déjà d'elle. Finalement, elle murmure comme si elle suivait ses pensées :

— C'est long, cinq semaines…

— On peut s'écrire.

— Comment tu vas lire mes lettres ?

— Comme je lis mes notes de cours et mes questions d'examen : tu les tapes, tu m'envoies la disquette et je la passe dans mon Liber : ça transmet le texte en braille sur la plage tactile.

Il se lève, Mon-Œil se secoue.

— Mon-Œil ! En avant !

— Où tu vas ?

— Au Bilboquet. Je t'offre un cornet.

Il est très tard quand ils reviennent. Ils marchent lentement parce qu'ils n'ont plus envie d'arriver et de se séparer. Mais ils arrivent quand même. « Ta mère va te chicaner. »

Elle hausse les épaules :

— M'en fous… Granne va s'inquiéter.

— Non. Pas Granne.

— Étienne… ta mère et ton père, tu ne les revois jamais ?

Non.

— Tu… tu les haïs ?

— Non.

214

— Tu ne leur en veux pas ?

— Non.

— Ah…

— C'est parce qu'ils n'ont pas de visage pour moi. Ils font partie du temps où j'étais infirme.

Elle effleure son visage avec sa main :

— Tu vas me manquer.

— Je ne pars pas demain.

— Ça fait rien. C'est à soir que j'ai envie de le dire.

— À moi aussi, tu vas me manquer.

Le baiser est doux et infini, sans aucune précipitation, aucun embarras. Il les laisse complètement étonnés et démunis devant le désir qui les traverse.

* * *

Travailler chez Julien, c'est comme être en vacances. Tous les matins, Annabelle saute de son lit avec plaisir, même si elle a peu dormi. Elle traverse aussitôt chez son « employeur » et, une fois dans la cuisine inondée de soleil, elle prend son petit déjeuner en compagnie de Léo et de Julien : un peu de pablum pour Léo, une bouchée de toast pour elle.

Leur routine s'est prise très rapidement : elle sort promener Léo, fait quelques courses en chemin, elle revient pour la sieste de dix heures et, une fois Léo couché, elle prend la pause café avec Julien. Ils parlent de tout et de rien, rient, elle raconte les finesses de Léo et, peu à peu, ils se confient.

Elle apprend que la grande flamme du printemps est déjà hors circuit, que Julien trouve son statut de père célibataire un peu lourd, que Catherine est toujours amoureuse de son acteur et qu'ils parlent de se marier.

Elle raconte peu de sa vie, elle ne voit pas ce qu'elle pourrait trouver d'intéressant à en dire : son père travaille comme un déchaîné depuis son retour d'Europe et sa mère a fait des insomnies son modus vivendi. Elle se voit mal lui avouer que Christianne attend sa fille chaque nuit pour être consolée et s'endormir enfin. La seule nouvelle digne d'intérêt serait qu'Étienne est parti et qu'elle trouve ça long. Mais elle n'a pas envie qu'il fasse des allusions comme si elle était amoureuse.

Elle regarde Julien faire du café, s'affairer. Elle s'attarde à ses jambes longues et déjà bronzées dans son vieux short et elle ne sait plus. C'est comme si elle était tentée par deux hommes en même temps. Un pour la sensation que ça donne de seulement penser à le toucher, l'autre parce qu'il est dans tous les recoins de sa vie et que penser à le toucher n'est pas désagréable non plus... Elle se demande si, parce qu'elle le voit tous les jours, Julien va prendre autant d'importance qu'Étienne. Elle se trouve bizarre d'aimer des hommes qui ne restent jamais.

Elle n'a presque pas revu Étienne avant son départ. Ils n'ont rien dit du baiser. Ils n'ont pas recommencé non plus. Elle se rappelle le vertige dans les reins et cela suffit à chambouler toute sa journée. Elle désire terriblement aller plus loin, éprouver ce que ça fait quand un homme vous touche, essayer de perdre la tête, de n'avoir même pas conscience de se déshabiller tellement c'est urgent ; elle se dit qu'elle ne pourrait connaître ce genre d'abandon qu'avec un homme expérimenté.

Et le soir dans son lit, avant l'heure difficile où sa mère gémit et l'appelle, elle revoit la bouche d'Étienne et les jambes de Julien. Elle revoit la main de Julien qui glissait sur la cuisse de la fille accrochée à sa taille, sa main qui repoussait le tissu et agrippait la peau. Elle se rappelle la sensation des mains d'Étienne sur son cou. Être vierge l'énerve et la gêne. Elle voudrait en finir avec la première fois pour être enfin dans la vie et cesser d'être une ignorante qui n'a rien d'autre à offrir qu'une virginité qu'elle juge débile. En même temps, elle se dit qu'Étienne est celui qui la désire le plus, celui avec lequel ça voudrait dire quelque chose, ça ne serait pas en passant ou pour en finir. De toute façon, le choix ne se présente pas vraiment et elle peut bien rêver : peut-être qu'aucun des deux ne voudrait d'une fille comme elle.

« Tu sais, en dix jours, c'est incroyable le changement : il est plus stable, il ne pleure plus pour rien, il s'amuse tout seul et, signe indéniable d'une baisse du taux d'angoisse, il dort. Tu ne peux pas savoir le soulagement que représente une nuit tranquille, sans avoir à se lever, sans être aux aguets, entre la veille et le sommeil. Merci, Anna. »

Julien dépose un baiser sur sa joue. Elle rougit stupidement :

— Ce n'est pas de ma faute, il va bien, c'est tout.

— Un bébé heureux, c'est un bébé qui mange, qui dort et qui joue. Avant que tu ne viennes tous les matins, il était instable et de mauvaise humeur.

— Il s'ennuyait de sa mère.

— Sais-tu quoi, Anna ? Ça me choquait. Je le savais et ça me choquait. C'est enfantin, c'est effrayant quand on y pense, mais je ne peux pas le nier.

— Tu étais jaloux ?

— Ben oui ! Je voulais lui suffire, je ne voulais pas qu'il ait besoin d'elle. Comme si Léo pouvait se passer de mère parce que je me passais de femme.

— D'habitude, es-tu jaloux ?... Je veux dire, avec une femme ?

— Si je le suis avec un bébé, imagine avec une femme.

Elle rit :

— Tu fais des crises ? Tu demandes des comptes ? Toi ?

— Tout ce que tu peux imaginer de plus laid, je le fais. Je suis un monstre de jalousie. Toi ?

Elle ne peut tout de même pas lui avouer que l'image de la fille qu'il renversait contre le mur l'a travaillée tout le printemps ! Comment pourrait-elle avouer qu'elle n'a pas encore eu l'occasion de vérifier avec quiconque son degré de possessivité. Si elle pense à Étienne au camp, si elle l'imagine un instant en train de faire l'amour à une autre, ou seulement d'en embrasser une autre…

— Mmm ! Je pense que oui !

— Tu penses ? Rien qu'à te voir les yeux briller, je sais que tu l'es. Bienvenue dans le club !

Elle pense avec effroi à sa mère, à ses crises, à ses larmes : « Ça doit se guérir, se contrôler… »

Il tapote sa main, l'air dubitatif : « C'est de l'ouvrage, ma belle… »

Elle reste là à rêvasser, puis elle rince son verre, lave la tasse de Julien, essuie la table, le comptoir : tout ce que sa mère voudrait tant la voir faire et qu'elle refuse, tout lui devient facile et agréable chez Julien. Elle aime ranger les jouets de Léo, nettoyer la cuisine, la salle de bains pour qu'elles soient impeccables. Même faire le lavage des petits vêtements de Léo, les plier, les ranger, même cela la comble de joie. Tout est léger chez Julien. Maintenant, elle a pris l'initiative de préparer le dîner pour eux trois : des choses simples, pas compliquées. Elle le fait toute seule, sans que personne surveille ou commente. Julien et Léo ont l'air de trouver ce qu'elle cuisine très réussi : ils dévorent avec allégresse. Quand il fait beau, ils s'installent dehors dans le jardin. Julien a acheté un parasol bleu, comme elle le lui avait suggéré, et elle met la table pour que ce soit joli, harmonieux. Le plus fantastique, c'est qu'elle réussit à rendre tout cela joli et harmonieux.

L'après-midi, une fois que Léo est à sa garderie, elle reste chez elle à lire, à écouter de la musique ou à ne rien faire. Comme sa mère travaille, elle dispose de toute la maison. S'il fait très beau, elle va chez son père où il y a une piscine presque déserte. Elle prend du soleil, nage, profite de ses vacances.

Les soirées sont plus longues. Avec Christianne à la maison, Annabelle préfère sortir. Les préoccupations de sa mère lui semblent épouvantablement sordides. L'écouter lui donne mauvaise conscience : elle ne peut s'empêcher de la juger et de la trouver niaiseuse. Elle se tuerait d'oser la condamner. Parler ou seulement écouter sa mère provoque immanquablement cette violence et cette haine d'elle-même. Ses sentiments deviennent si confus, si partagés qu'elle finit toujours par dire une bêtise. Elle met des heures à se calmer. Elle marche dans Montréal, va au cinéma, profite des spectacles gratuits du Festival de jazz… et elle imagine qu'Étienne l'accompagne, qu'ils écoutent ensemble, qu'ils ont du plaisir. Il lui manque affreusement. Un soir, un gars lui a parlé et l'a suivie toute la soirée. Elle a accepté de prendre une bière et s'est dégagée de ses bras encombrants quand il a tenté de l'embrasser. Frustré, le gars l'a traitée de tous les noms vulgaires possibles. Annabelle est rentrée avec l'impression d'être sale et d'avoir fait quelque chose de malhonnête. Pourtant, elle en est presque sûre, c'est lui qui s'est imaginé des choses. Jamais elle n'a montré le moindre désir.

Elle se couche, troublée. Elle se promet de ne pas se lever si Christianne pleure encore ou si elle fait des cauchemars. Mais toutes les nuits, vers trois heures, c'est plus fort qu'elle : elle se réveille, épie les sons. Si elle n'entend rien, elle se lève et vérifie : Christianne est immanquablement assise sur son lit, bras croisés, l'air terrorisée. Elle va lui parler doucement, la recoucher et attendre qu'elle s'endorme avant de retourner dans son lit. Ça lui prend au moins une heure à trouver le sommeil. Une heure à tourner et à désirer en finir avec cette solitude pesante. Une heure où Julien et Étienne se remplacent à une telle vitesse dans sa tête qu'elle ne sait même plus auquel elle cède.

∗ ∗ ∗

Elle est en train de s'assoupir, les bruits de la piscine deviennent plus sourds quand elle entend : « Vous permettez ? » En ouvrant un œil, elle voit Luc occupé à étendre sa serviette sur la chaise longue voisine. « Tu ne travailles pas ? »

Il s'installe, sort la crème solaire : « Faut que je me fasse un fond pour les États. »

Il s'informe de son travail, de Léo, de ses vacances… elle l'écoute se débrouiller avec les banalités : il a quand même le tour de donner l'impression qu'ils ont une vraie conversation ! Elle admire beaucoup cette disponibilité aux échanges frivoles qu'il démontre après chacun de leurs conflits. Elle grimace : « leurs conflits » ! Ça y est, c'est contagieux, elle adopte le vocabulaire de sa mère !

Luc prend maintenant des nouvelles de ses amours : comme si elle en avait ! Elle déteste cette manière qu'ils ont de questionner en ayant l'air de s'informer négligemment. Elle répond, très souriante : « Ça va très bien. Toi ? »

Surpris, il se soulève et la fixe par-dessus ses verres fumés : « Ah oui ? C'est qui ? On va le voir, j'espère ? Est-ce que ça a à voir avec le fantôme qui t'a accompagnée au concert de Lydia ? »

Ça, il l'a sur le cœur : Lydia n'a jamais voulu rien révéler sur celui qu'avait invité Anna. « Demande à ta fille » a toujours été tout ce qu'il a pu en tirer.

« Anna, je te parle : c'est qui ? »

Elle fait la fille qui se fait bronzer et ne répond pas. Il remet ses lunettes, s'étend :

— Si jamais tu as envie de me le présenter, ne te gêne pas. Je sais vivre, je vais bien me comporter. Je ne gafferai pas.

— Et toi ? Tes amours ?

— Rien du tout. Donnant, donnant, ma chère.

Elle se retourne sur sa chaise, baisse les bretelles de son maillot sans rien dire : s'il pense qu'il va l'avoir de même !

Un peu plus tard, elle entend un laconique « Ta mère ?… » auquel elle répond par un non moins laconique « Ça va… ».

Le soleil les ramollit. Elle somnole quand, d'une voix faussement surprise, il la tire de son assoupissement : « Ah oui ! J'ai pensé à ça : si tu veux inviter quelqu'un au bord de la mer le mois prochain, je ne sais pas, un ami… il y a de la place, ça me ferait plaisir. »

Du coup, elle s'assoit : « Un ami ? »

Il prend la peine de la regarder :

— Mmm…

— Te trouves-tu subtil, Luc Pelchat ?

— Pas mal, oui.

— Toi, vas-tu emmener une amie ?

— Je n'ai pas la permission : madame ta mère ne veut pas.

— Et si j'en emmène un, tu pourrais, c'est ça ? On

ne dit rien, on fait ce qu'on veut du moment qu'on s'entend ?

— Genre…

— No way.

Elle conclut en plongeant dans la piscine. Il la rejoint, engage une course, la perd à son grand étonnement. Ils reviennent s'étendre et, grand luxe, il enduit son dos de crème solaire : « Tu parles anglais toi, maintenant ? »

Elle lui donne un coup de coude, la crème gicle, elle saisit le tube et l'arrose en riant. La bataille se termine seulement parce que les munitions sont épuisées. Ils retournent à l'eau pour faire un combat de matelas pneumatiques. Chacun est étendu à plat ventre sur son matelas et rame pour couler l'autre. La partie est tellement animée qu'ils perdent le compte et ne savent plus qui a gagné.

Luc l'emmène ensuite manger du homard sur une terrasse, rue Saint-Denis. Ce n'est qu'en terminant les pinces qu'il sursaute : « Fuck ! », il regarde sa montre, s'essuie les doigts, cherche frénétiquement de la monnaie. Anna lui tend un vingt-cinq sous en souriant : « Dis-lui que tu en as trouvé une plus jeune. »

Il revient, l'air piteux, Anna lui verse du vin : « Je ne pense pas que c'est elle qui va venir aux États avec nous. »

Dieu, qu'il aime son humour !

* * *

Tout à coup, du jour au lendemain, sans aucun avertissement, sans aucun signe avant-coureur, Christianne est tombée en amour. Follement. Totalement. Secouée, Annabelle assiste à la métamorphose : sa mère exulte, réaménage sa chambre, achète une literie et annonce que Raymond va emménager. Ils ne peuvent vivre l'un sans l'autre, c'est terrible de ne pas tout partager quand on s'aime tant, c'est à titre d'essai — donc secret en ce qui concerne Luc — et, dernier argument de taille, Annabelle va l'adorer et va enfin retrouver le plaisir d'une présence masculine à la maison.

Annabelle fulmine : le plaisir est exclusivement celui de sa mère. Raymond concrétise à lui tout seul la totalité de ses appréhensions sur la difficulté de vivre à deux : il parle fort, mâche la bouche ouverte, fait du bruit en aspirant son café au lieu de le boire, reste trois heures dans la salle de bains, rote sans vergogne et, suprême infamie, il tapote le fessier de sa mère à chaque fois qu'elle passe près de lui en accompagnant le geste d'un rire idiot d'homme repu. Le regarder engloutir ses œufs le matin, voir le jaune coulant accrocher sa moustache blondasse, suivre sa main qui fouille sous la robe de chambre de Christianne ou qui se gratte voluptueusement les pectoraux suffit à donner la nausée.

« En plus, il fait de la bedaine ! »

Julien est mort de rire : les descriptions d'Anna sont succulentes et méchantes. Depuis une semaine, Raymond occupe toutes leurs pauses café. Annabelle ne décolère pas :

— Et elle fait semblant que ça m'arrange ! Elle ne m'a même pas demandé mon avis : elle devait avoir peur de ma réponse. Je ne comprends pas qu'elle soit amoureuse d'un épais pareil. Il a l'air d'une grosse police. Je te jure, Julien, il est vulgaire, tu ne le croirais pas !

— Ta mère avait peut-être besoin de quelqu'un de naturel, d'un homme proche de ses instincts…

— S'il baise comme il mange… ça ne doit pas être ragoûtant !

Julien ne peut pas s'empêcher de rigoler.

— Ris pas : c'est déprimant au cube.

— Qu'est-ce que ton père dit de ça ?

— Luc ? Elle ne lui a rien dit, tu penses bien. Elle lui garde la surprise. Elle m'a demandé d'être discrète encore un peu… probablement pour voir si c'est sérieux. J'espère que non. Je ne peux pas croire que je vais être obligée de vivre avec cet homme-là ! Ça va être l'enfer.

Mais Raymond a l'air installé pour de bon. L'exact opposé de son père : pas un gramme d'humour, toujours un avis sur tout, particulièrement sur ce qu'il ne connaît pas, et prenant tout au pied de la lettre. Un protecteur type, qui s'est mis en devoir d'« élever » Annabelle et de réformer les rapports mère-fille. La première fois qu'il lui a fait une remarque, elle a regardé sa mère, attendant qu'elle lui indique elle-même de se mêler de ses affaires. Devant le silence quasi admiratif de Christianne, Anna a tout simplement quitté la pièce. L'atmosphère s'est ensuite tendue quand Raymond a signifié à Anna qu'à son avis, minuit était une heure très libérale et raisonnable pour rentrer. Sans un mot, Anna a ramassé son assiette et a terminé son repas devant la télé. Ce soir-là, elle a fait un effort pour rentrer à une heure et demie du matin. Raymond a ostensiblement fermé la porte de leur chambre pour bien lui montrer qu'il avait enregistré l'heure. Le ton de leurs relations a ainsi été irrémédiablement donné.

Annabelle essayait de ne pas le voir et il s'acharnait à s'intéresser à elle, comme si cet intérêt représentait un gage d'amour offert à Christianne.

Sa mère se taisait : elle laissait Raymond décider, parler, agir comme si elle lui avait remis son entière autonomie, comme si son vœu le plus cher consistait à appartenir à quelqu'un. Anna constatait la capitulation de sa mère, sa totale dépendance à un tel imbécile, et elle doutait de plus en plus de la signification du mot amour. Allergique aux multiples « chéris » qui ponctuaient tous leurs dialogues, elle se terrait dans sa chambre ou se munissait de son baladeur quand elle devait partager leur espace. Le seul avantage était qu'elle n'avait plus à veiller sur les insomnies de Christianne.

Elle a reçu une lettre d'Étienne, drôle et spirituelle. Le ton, le style et ses propos mettaient admirablement en relief les lacunes de sa vie à elle. Tout ce qu'il évoquait avait de la valeur à ses yeux et chaque mot, comparé à la platitude qui régnait chez elle, réveillait une nostalgie terrible.

Quand sa mère, sans doute encouragée par Raymond, est venue lui demander des détails sur l'auteur de la lettre, Annabelle a explosé. Une terrible dispute a éclaté et les larmes de Christianne n'ont eu cette fois aucun effet sur Annabelle. Elle a conclu leur échange par un « Va te faire contrôler par ta grosse police ! » et s'est enfuie en emportant sa lettre.

* * *

Après avoir attendu son père jusqu'à minuit, elle lui laisse un « THE SHIT HIT THE FAN. PIS T'ES PAS LÀ. » et va traîner un peu en ville pour tuer le temps. Elle aurait pu rester à Saint-Lambert, mais la seule idée de voir Luc arriver avec une fille l'achève. Elle en a plus qu'assez des liaisons de ses parents. Vers une heure, elle se décide à rentrer et à affronter le joli couple enragé et plein de bonne conscience qui l'attend sûrement.

En remontant la rue, en apercevant les lumières chez elle, elle change brusquement d'idée et va sonner chez Julien.

Vêtu d'un boxer-short et d'un t-shirt, à moitié endormi, il se réveille en la voyant : « Anna ? Qu'est-ce qui se passe ? Quelle heure il est ? »

Elle explique, s'excuse, demande asile, s'excuse encore. Il va vérifier à la fenêtre du salon que la panique est bel et bien installée en face. Il éteint toutes les lumières et peut constater en effet que Christianne fait les cent pas. Anna s'approche dans le noir et chuchote, comme s'ils pouvaient l'entendre de l'autre côté de la rue : « Juste ce soir, O.K. ? Demain, je vais m'arranger autrement. »

L'air de la nuit d'été soulève le rideau et arrive à Julien chargé du parfum d'Annabelle. Il ne la regarde pas, étonné qu'une fille si jeune le trouble tant. Il met cela sur le compte de la nuit et du sommeil qui le privent de ses inhibitions habituelles.

Elle s'approche, insiste : « Julien… dis oui ! »

Son visage si pâle, levé vers lui, cette belle bouche pleine, ces yeux implorants… le sait-elle combien elle est séduisante ? Il la trouve démoniaque : « Il faut les avertir, Anna. »

Sa voix est rauque, il éprouve le besoin de s'éloigner et, en même temps, celui de se pencher, de la cueillir.

— Pourquoi ? Ils sont grands, ils vont s'en remettre.

— Tu vas coucher où ?

Ses yeux moqueurs brillent dans la pénombre. Il se dit qu'elle sait. Il se sent stupide sans sa robe de chambre, ridicule et piégé.

« Ici ! »

Elle montre le divan : « Je vais les surveiller. »

Si elle n'avait pas ri avec autant de grâce, il ne l'aurait jamais embrassée.

Saisie, elle subit le baiser puis, très vite, elle l'embrasse elle aussi, coule dans sa bouche ; dès qu'il sent son corps contre le sien, dès que ses seins s'appuient sur son torse, il se ressaisit, la prend doucement aux hanches et l'éloigne. Non, elle ne savait pas qu'elle était séduisante : rien qu'à voir ses yeux agrandis, troublés. Il murmure, la voix encore plus rauque : « Excuse-moi, Anna. Vraiment, excuse-moi. » Et il la plante là.

Elle touche sa bouche, incrédule : qu'est-ce qu'ils ont tous à s'excuser ?

Finalement, après mûre réflexion, Julien appelle et négocie longuement au téléphone. Anna suit le débat. Il raccroche enfin, épuisé : « Tu as raison, il a un petit ton autoritaire. »

Elle sourit :

— Tu vois ? Pas un cadeau...

— À la première heure demain, il veut te voir. Il dit qu'il vient te chercher ici si tu ne viens pas.

— Comment tu le trouves, toi ?

— Baveux.

— Vas-tu le laisser entrer ici ?

— Jamais ! Je vais te protéger sauvagement.

— Merci.

Ils se regardent, gênés. Elle voit bien qu'il regrette son baiser : la première chose qu'il a faite avant de revenir a été de passer ses jeans. Mais elle n'arrive pas à balayer un fort sentiment de triomphe : il l'a embrassée !

— Anna... je veux juste dire que c'était une sorte d'erreur tantôt... hum... de... d'impulsion pas du tout contrôlée. Tu travailles ici, on se voit tous les jours, je pense que ce n'est pas une bonne idée de laisser traîner ça dans l'air sans en parler. D'ac ?

— D'ac, quoi ?

— On oublie ça.

— Tu fais ce que tu veux mais tu ne peux pas m'empêcher d'y penser.

— Écoute, tu es une fille fantastique, j'ai confiance en toi, j'ai du plaisir à parler avec toi, je voudrais que ça reste comme ça. Je ne te dis pas que je ne te trouve pas intéressante, mais je vais être mal à l'aise si on coupe pas ça tout de suite. Tu as quatorze ans, j'en ai vingt-huit, je pense que tu vas trouver mieux que moi pour ta vie sentimentale.

— Et si moi je ne pense pas trouver mieux ?

— On a un problème parce que ce n'est pas possible.

— Non ?

— Non.

Elle ne sait pas pourquoi sa fermeté dans le refus la soulage en même temps qu'elle la déçoit. En tout cas, c'est la première fois de sa vie qu'elle discute aussi rapidement et aussi franchement d'un problème. Il ajoute : « Et c'est sans appel. »

Elle fait une moue, le regarde avec du sucre plein les yeux : « T'es sûr ? »

Il ébouriffe sa tête de poussin en riant : « Oui ! Et n'essaie pas de me séduire, je suis sur mes gardes, maintenant ! »

Elle va se coucher en se promettant bien d'arriver à bout de ses résistances. Elle s'endort tout de suite et ne se réveille pas une seule fois. Julien, lui, tourne dans son lit une bonne heure avant de trouver un sommeil agité.

* * *

Le lendemain, tout le monde exige son quota d'explications. Christianne est bouleversée par ce qu'elle qualifie de « fugue » d'Annabelle, Raymond, lui, la traite de délinquante à mater et se propose comme maître dresseur. Quant à Luc, il a laissé deux messages et il n'est que sept heures trente !

Annabelle, pour la première fois depuis longtemps, se sent très sûre d'elle et exige de parler seule à seule avec sa mère. Raymond, consterné, reste d'abord bouche bée et s'empresse ensuite d'exprimer crûment son désaccord. Mais Christianne a eu peur la nuit passée, sa conscience est loin d'être tranquille, les messages laissés par Luc l'inquiètent assez pour lui rendre un peu d'autonomie. Elle écarte donc Raymond et se met en devoir d'expliquer à sa fille que la vie communautaire a ses exigences et que certaines règles la régissent si on veut vivre ensemble en harmonie. Annabelle l'écoute répéter tout ce que son chéri lui a soufflé, puis elle l'arrête : « Maman, je dois aller garder, il est presque huit heures. On en reparlera demain, O.K. ? Je veux réfléchir trente-six heures. Une trêve, est-ce que c'est possible ? »

Devant tant de sagesse, Christianne obtempère. Elles s'entendent pour souper toutes les deux « toutes seules » au restaurant le lendemain.

Annabelle traverse chez Julien en courant : « Ça a marché ! Le gros s'est tassé et ma mère soupe avec moi demain. »

Julien sourit de la voir si excitée. Ensemble, ils mettent au point une stratégie : elle va se discipliner et rentrer vers minuit si sa mère accepte de faire pression sur Raymond pour qu'il n'endosse pas le rôle de père. Elle reconnaît à sa mère le droit de discipline, mais pas à l'amant de celle-ci.

« La deuxième manche, maintenant. »

Elle prend le téléphone et appelle Luc. Très inquiet, il envisage difficilement d'attendre au soir pour discuter avec elle. Mais, devant le ton enjoué d'Anna, il accepte.

Luc a préparé des brochettes de poulet, son plat favori. Il la reçoit comme si elle était de la grande visite. « Ça m'a tout pris pour tenir parole et ne pas appeler ta mère. Tu parles d'une idée de me laisser un message pareil ! Tu voulais vérifier si j'étais fiable en cas d'urgence ? »

Mais quand elle lui explique ce qui se passe, son sourire disparaît. Jamais elle n'aurait cru voir son père devenir aussi furieux. Il saisit le téléphone et elle ne peut rien faire pour l'empêcher d'engueuler Christianne. Il la traite d'hypocrite, de menteuse, de manipulatrice, de mère abusive ; il la menace de lui retirer tous ses droits, de la faire déclarer inapte : une demi-heure où la voix se fait sèche et le ton, brutal. Il raccroche, se sert un scotch, il respire difficilement, essaie de prendre sur lui mais sans succès. Il éclate :

— Une folle ! Ta mère est une folle dangereuse ! Et je t'ai laissée avec elle ! Quand je pense qu'elle m'interdisait de fréquenter une seule femme en ta présence et que cet épais-là s'est installé avec toi.

— Avec elle.

— Avec toi et elle.

— Luc… on peut parler ?

— Qu'est-ce qu'on peut dire ? Que je suis aussi irresponsable qu'elle si je ne sais même pas que ta mère t'impose un gardien de prison depuis trois semaines ? Tu peux y aller, Anna, engueule-moi, je le mérite. Un bel imbécile, oui !

Elle vient près de lui, s'assoit, le cajole : « Arrête, O.K. ? »

Il lui caresse les cheveux en silence. Il se calme lentement.

La nuit est tombée depuis un certain temps sur le fleuve quand il lui demande : « Tu veux venir vivre avec moi, Anna ? »

C'est comme une pluie d'été chaude et douce dans sa gorge. Une pluie qui sent la terre brûlée de poussière, les feuilles déshydratées ; c'est le goût de ses larmes qui l'inondent du dedans.

* * *

« Jamais ! »

Cramoisie, hors d'elle, Christianne tremble devant Luc et sa fille qui lui font face. C'est la première fois que sa mère vient à Saint-Lambert : même son veston blanc détonne dans la sobre élégance du salon. Anna essaie de ne pas voir la panique gagner sa mère, de ne pas entendre sa voix hystérique monter. Elle essaie de s'éloigner de cette scène abjecte où son père, qui a toujours fait preuve de discrétion, dresse un bilan désastreux du caractère de Christianne. Dieu merci, songe Anna, il ne sait rien des nuits d'insomnie et des chantages plus malicieux dont elle est capable.

Christianne hurle maintenant, elle se défend, prend Anna à témoin, la force à se prononcer, à départager qui, des deux, est le bourreau le plus efficace. Sa mère saisit sa main et la serre frénétiquement. Elle bégaie de terreur, de rancœur. Elle est pitoyable d'incohérence dans ses arguments. Elle ne discute pas, elle accuse. Anna lui sert de bouclier contre Luc qui, de plus en plus froid et incisif, conserve un contrôle meurtrier.

Anna tente de dégager sa main ; l'étau se serre spasmodiquement. Il lui faudrait utiliser une force que sa mère risque de ressentir comme un rejet. Piégée, elle profite, centimètre par centimètre, du moindre relâchement issu de l'ardeur de la dispute. Sa main est moite. Elle se réfugie au fond du divan : elle voit approcher le pire. Après l'école, les échecs personnels, le manque d'amis, après toutes ses lacunes ordinaires, ils vont jeter sur le tapis l'échec suprême, la faillite totale : le piano. Ils vont déchiqueter ce morceau de choix et se partager les honneurs de la prise. Ils vont analyser scrupuleusement ses moindres faiblesses et frapper l'autre avec la responsabilité finale. Elle ne devrait pas être là. Elle ne sert qu'à dresser les gens les uns contre les autres. Elle veut partir, s'enfuir. Elle ne veut pas entendre sa mère haïr son père et le désirer en même temps. Elle ne devrait pas savoir que Luc peut devenir cet animal féroce qui met l'adversaire en pièces presque en souriant, désinvolte. Elle voit Christianne vaciller, Christianne qui ne connaît rien à la musique, qui a refusé d'apprendre à lire une partition, Christianne qui revendique l'abandon du piano comme un choix en faveur de ses valeurs à elle. Elle voit son père répliquer brutalement, elle voit combien son mépris rougit le front de sa mère, l'humilie. Christianne ne se reconnaît pas battue pour autant et elle argumente encore. Les larmes maintenant.

Anna ne sait même plus pourquoi ils se battent. Elle ne sait plus ce qui valait tant la peine de faire ce bruit. Elle ? Elle rirait si elle le pouvait. Elle, ce petit rien qui voudrait disparaître, cette incompétence notoire, elle qui ne sait que causer du trouble et décevoir ! Ce n'est pas pour elle qu'ils se déchirent, il faudrait être folle pour le croire, ils se battent pour eux-mêmes, pour avoir le droit de rejeter l'autre sans remords, comme un chiffon usé à la corde. Et Christianne perd, comme toujours. Elle est effondrée, elle pleure en hurlant qu'elle a tout fait, tout, pour sa fille, tous les sacrifices, tous les efforts, tout pour Anna et jamais rien pour elle-même. Et elle a des preuves !

Accablée, Annabelle sent la compassion monter en elle : elle ne pourra jamais faire défaut à sa pitoyable mère. Sa mère qui l'implore avec un regard de suppliciée, qui lui demande de confirmer ses dires, qui ne voit pas que son nez coule, sa mère qui tremble, petite chose dépassée et navrante devant son père qui l'observe d'un œil glacial.

Elle lui tend un kleenex et Christianne réattaque,

ragaillardie par ce geste, comme si Anna lui avait accordé sa totale connivence. Sa bouche fait un drôle de rictus pour cracher ses blâmes :

— Tu ne m'as jamais aimée, Luc, jamais estimée, jamais écoutée. Pourquoi tu m'as épousée, je l'ignore. Tu m'as méprisée dès le premier jour. Je l'ai toujours senti. Toi et ta musique ! Tu voulais devenir le plus grand, le meilleur, et tu crachais sur moi parce que je ne savais pas ce qu'était un *fa* dièse. Mais quand tu te plantais, quand tu te cognais à des jurys que tu n'arrivais pas à séduire, là, tu étais bien content de me trouver, de profiter de moi. Je t'ai donné tout ce que j'avais et ce n'était pas assez. J'en ai fait des sacrifices, je ne les ai pas toujours dits, je ne m'en suis pas vantée, mais tu as toujours agi comme si c'était normal, comme si tu méritais tout cela. Et après tu as essayé de l'embrigader, elle, dans la musique. Tu l'as voulue de ton bord, à partager ton art, à la faire s'esquinter sur un piano quinze heures par jour. Tu le tenais, ton petit prodige : là, c'était ta fille, là, c'était le pur produit de ton génie, elle n'avait plus rien à faire avec moi, la servante qui l'élevait. Je ne suis pas une vache qui engendre tes précieux gènes, Luc ! Te rends-tu compte que les deux dernières années tu ne m'as pas fait l'amour quatre fois ? Tu n'as pas dû remarquer ça, Luc ? Et du jour où Annabelle a eu le courage de te dire non, de t'envoyer promener avec tes exigences de carrière, tu ne me l'as pas pardonné : c'est moi que tu as punie, c'est moi que tu as abandonnée. Eh bien, ta fille a choisi de ressembler aussi à sa mère et je ne te permettrai jamais de la mépriser et de la traiter comme tu m'as traitée. Je vais la protéger parce que c'est l'enfer de vivre avec toi et qu'elle ne sera jamais normale si je la laisse te fréquenter. Tu es un égoïste, un égocentrique, un vaniteux. Tu vas la déséquilibrer totalement. Tu serais capable de remettre en question un choix qui a été extrêmement traumatisant pour elle. À partir de maintenant, elle va avoir une enfance normale avec une demi-famille peut-être, mais au moins avec une mère qui n'exigera pas qu'elle soit un génie pour l'aimer. Je ne me suis pas protégée dans ma relation avec toi, mais, elle, je vais la protéger. Je ne te laisserai pas lui faire ce que tu m'as fait. Et s'il faut aller en cour, on va y aller. S'il faut étaler nos tristes vérités et te faire honte publiquement pour que tu comprennes, on va le faire. Mais jamais tu ne vas t'approprier Annabelle dans mon dos, jamais ! C'est Raymond qui fait problème ? Très bien, Raymond va sortir de ma vie demain matin. Et si c'est le fait que j'aie un peu de bonheur et un peu de compréhension qui te dérange, alors je vais endurer ma solitude comme le reste, mais je garde Annabelle. As-tu compris ?

— Ce n'est pas un bibelot, Christianne, c'est une personne. Arrête de parler de s'approprier Anna, ton inconscience me terrorise. Et si tu pouvais un instant cesser de compter tes sacrifices, tu pourrais peut-être penser à elle et à ce qu'elle désire.

— Bien sûr ! Et comme c'est toi qu'elle désire, tu vas te mettre à défendre ses droits et libertés ! Parce que ça fait ton affaire et que tu sens le vent du bon côté.

— Ça suffit ! Tais-toi ! J'en ai assez de tes délires paranoïaques. Anna est notre fille et elle ne payera pas pour notre histoire minable. Je refuse de discuter sur une base comme celle-ci et oui, s'il le faut, on ira en cour.

— Tu penses que tu vas gagner, c'est ça ? Tu te vois encore en train de ramasser les profits de mes efforts pendant quinze ans ! Tu penses que je vais te laisser me l'enlever, elle aussi ?

— Tu ressembles à ta mère avec ton petit chantage et tes manipulations de martyre. Tu lui ressembles tellement que tu me dégoûtes. Penses-tu que tu ne prends pas ton pied à calculer mes torts et tes services rendus au prix de ta vie ? Penses-tu que tu n'utilises pas ta maudite condition de femme abandonnée, reniée et écrasée ? Même quand on te donne quelque chose, ça ne va pas. Ça ne fait jamais, Christianne. Et tu regardes toujours ce qui manque. Et tu calcules, et tu notes et tu fais des bilans. Tu ne penses pas une minute à Anna : tu penses à gagner, à la garder, à te l'approprier, comme tu dis. Tu ne penses pas à son bien, tu penses à toi !

— C'est ça ! Comme toi ! Je me bats avec tes armes, Luc !

— Ah oui ? Je ne me bats pas pour moi, présentement, je me bats pour que cette enfant-là, notre fille, ne soit pas dégoûtée à tout jamais de ses parents.

— Il fallait y penser avant, mon cher. Je ne pense pas que cette bataille-ci efface le reste.

— Écoute-toi ! Effacer : des mots mesquins, miteux comme toi ! La meilleure chose que j'ai faite dans ma vie, c'est de te quitter. J'aurais dû le faire avant, d'ailleurs.

— Tu ne pouvais pas : ta fille faisait du piano, il fallait que tu la surveilles. T'es-tu rendu compte, Luc, qu'Annabelle t'a obligé à divorcer en abandonnant ? As-tu compris que ce jour-là elle te disait de partir, qu'elle en avait assez de toi, de tes pressions, de tes attentes ? Qu'elle trouvait trop dur d'être le petit prodige à son père ?

Luc, traversé d'un doute terrible, jette un regard aigu à sa fille. Annabelle prie intérieurement : pourvu qu'on ne lui demande pas son avis, pourvu qu'elle n'ait jamais à commenter une monstruosité pareille ! Anna ferme les yeux, épuisée de la lâcheté de sa mère, accablée par la sienne. Luc se méprend sur sa réaction :

— Ce n'est pas l'objet de la discussion.

— Ah ! Tu recules ! Quand tu vois que tu perds des points, tu changes de sujet !

— Cette discussion-là ne nous mène nulle part. On devrait discuter seul à seule.

— Pas du tout, Annabelle a le droit d'y être, c'est de son avenir qu'il est question. Demande-lui donc de choisir, demande-lui donc où elle veut aller. Et après, tu diras que je ne pense qu'à moi.

Le silence s'installe. Ils la fixent tous les deux. Elle, vindicative, nerveuse et pressante ; lui, désolé et triste. Anna les regarde tour à tour. Ce n'est pas vrai ? Ils ne vont pas le faire ? Après tout le reste, c'est à elle de trancher, de dire qui a tort et qui a raison ? Il faut encore divorcer de quelqu'un ? Il faut départager ? Il faut donc encore trahir quelqu'un ? Qui choisir ? Sa mère, qui ne fait pas le poids et qui le sait en prétendant être exemplaire ? Son père qui peut si bien se passer d'elle, qui n'en fera pas une dépression ? Il faudrait lui dire pour le piano. Il faudrait lui dire que c'est faux, qu'elle n'était pas à la hauteur et c'est tout. Que c'est déjà bien assez triste de ne pas pouvoir jouer, qu'on n'a vraiment pas besoin de rendre quelqu'un d'autre responsable.

C'est elle, l'incapable, c'est de sa faute à elle. Et elle n'a pas « choisi » sa mère. C'est sa mère, c'est tout. Elle voudrait tellement avoir dix-huit ans, faire sa valise et partir en Afrique ou en Australie. Elle voudrait être orpheline. Que quelqu'un d'autre l'adopte, quelqu'un qui ne la connaît pas, à qui elle ne doit rien et qui s'en fout si elle échoue.

Ils la regardent encore en silence. Ils veulent quoi ? Qu'est-ce qu'elle est supposée faire ? Elle songe à Étienne, à ce moment où elle s'était endormie sur lui, ici, dans ce même sofa. Il y a de cela un millénaire au moins. Elle veut dormir, elle veut partir.

Elle se lève, prend son sac à dos et, sans un mot, quitte l'appartement devant ses deux parents sidérés. Dès que la porte est fermée, elle entend sa mère se remettre à hurler.

* * *

Elle marche longtemps dans la ville. Son corps est pesant, sa tête est vide. Elle marche sans penser, sans chercher une solution. Engourdie, elle ne perçoit que le rythme de ses pas et la ritournelle qui les accompagne : les premières mesures d'une comptine qu'elle a dû apprendre il y a dix ans !

Elle traverse le parc Jeanne-Mance où elle a tant parlé avec Étienne : le tennis ferme, il doit être tard. Elle se tourne vers la montagne : à cette heure-là, y aller seule n'est probablement pas une bonne idée. Et puis pourquoi pas ? Si elle était à l'hôpital, ou attaquée, battue et violée, ça créerait peut-être un sursis qui la soulagerait ? Au pire, elle pourrait toujours se jeter devant une voiture. Elle les regarde passer rue du Parc. Hypnotisée par le mouvement, elle essaie de calculer à quelle vitesse il faudrait se faire frapper pour être sûre de ne pas en réchapper : elle n'a pas envie de passer le reste de ses jours en chaise roulante. Surtout pas sous la surveillance de sa mère !

Il pleut maintenant. Une pluie fine qui mouille l'asphalte fumant. Elle est fatiguée, elle ne sait plus quoi faire, où aller. Elle sait qu'ils vont s'inquiéter, le regretter, mais ça ne lui fait même pas plaisir. Ça ne fait rien. Ça ne change rien pour elle. Elle ne ressent plus ni angoisse ni inquiétude. Elle n'est plus rien. Un rien épuisé. Elle s'assoit sur les marches d'un immeuble à appartements. Une voiture ralentit, fenêtres ouvertes sur du disco assourdissant. Un gars aux épaules tatouées se penche, les yeux bouffis, le sourire débile : elle regarde ailleurs. Il rit en hurlant des obscénités.

Elle sait qu'elle devrait faire quelque chose, qu'elle a un problème, que la nuit est déjà avancée et qu'elle est supposée rentrer quelque part. Mais rentrer signifie choisir. Son esprit s'embrouille, ça ne l'intéresse pas de réfléchir. Elle se lève, décidée à marcher jusqu'à l'épuisement total, jusqu'à tomber quelque part et être dispensée de prendre une décision. Elle tourne rue Laurier. Au coin de Saint-Laurent, elle s'assoit, le temps d'enfiler son sweat-shirt. Il pleut plus fort maintenant, les voitures roulent devant elle, elle reste assise à les fixer, à choisir laquelle va assez vite. Ce serait si bon de perdre connaissance, que sa tête explose, que les morceaux revolent et ne soient jamais remis ensemble.

« Je l'ai-tu eu, tu penses ? Je l'ai-tu eu ? Bang ! Un coup pis c'était faite ! Un hostie de plein, un gros plein : j'y ai donné ce qu'y voulait, j'ai pris ce que je voulais : fair enough ! »

Il est tellement nerveux, il n'arrête pas de frapper le banc, comme si c'était une batterie. Il a les yeux bizarres ou alors c'est que son regard fait des sauts de puce sans arrêt. Il doit être jeune, même pas vingt ans, archi-maigre, le t-shirt trempé sur un torse malingre. Il continue, frénétique, comme s'ils se connaissaient : « T'en veux-tu ? T'as l'air à boutte ! Ça a pas marché ? T'as pas trouvé ton plein ? J'y ai dit : viens icitte, on va faire ça vite. Je l'ai vidé ben raide, le gros calice. Y avait le motton, je l'ai vu quand y a sorti son cash : roulé serré. Je l'ai pas manqué : y va y coûter cher, son blow-job ! »

Il rit maintenant, plié en deux. Il recommence à taper violemment sur le dossier du banc, puis il la prend gentiment par le bras : « Viens, on va fêter ça ! »

Il est fou. Fou et distrayant. Rien n'est grave avec lui, tout est drôle. Personne au bar n'a demandé sa carte. Elle boit sa bière et s'aperçoit que ça lui fait du bien. Elle avait peut-être faim. Il lui offre de faire une ligne. Elle ne comprend pas très bien, mais elle ne veut pas. Elle veut juste rester avec lui. Il comprend qu'elle a ce qu'elle veut, passe sa main trois, quatre fois sur sa tête pour éprouver la douceur des cheveux coupés court : « T'as pourtant pas l'air loadée. » Elle voudrait qu'il refasse la caresse, ça lui rappelle Étienne. Elle ferme les yeux.

« Aye ! Tu vas pas t'endormir ? C'est juste le last call ! Envoye, cale ça, on se pousse. »

Elle avale sa bière, émet un drôle de rot qui lui fait penser à Raymond, la grosse police. Elle rit en imaginant la face qu'il ferait : minuit, c'est raisonnable et libéral… Va chier, Raymond !

Son compagnon la prend par le cou :

— Tu t'appelles comment ?

— Belle.

Il est mort de rire :

— Belle ? Belle, comme un chien ?

— C'est ça, comme un chien.

— Un maudit beau chien ! Je m'appelle Jerry. Où tu veux aller, ma Belle ? À partir d'asteure, c'est moi qui connais les spots.

— Une place où y a de la musique.

— All right ! Let's go !

Il tape tellement fort sur la table qu'elle a peur qu'il se casse les doigts. La musique est infernale et ça fait du bien. Tellement assourdissante qu'il n'y a plus de place pour rien d'autre. L'impression que la tête va péter. Jerry ralentit, se penche et lui hurle dans les oreilles : « Viens-tu aux toilettes ? »

Elle le regarde estomaquée : pourquoi elle irait aux toilettes avec lui ? Elle devine qu'il lui en manque un bout, suppose qu'il s'agit de sexe et fait non. Il se lève, lui apporte une autre bière et lui dit de l'attendre. Elle a un peu mal au cœur, un goût désagréable dans la bouche et elle se sent incapable de décider quoi que ce soit. Elle attend Jerry qui revient pas mal plus tard, alors qu'elle se disait qu'il devait être parti. Il tape sur la table de plus belle, il a l'air dans une forme éblouissante, le sourire accroché dans la face.

Le jour était levé quand il l'a traînée dans sa chambre : même pas un appartement, seulement une grande pièce avec un matelas posé par terre et un réchaud avec de la vaisselle sale empilée dessus. Elle a été malade deux fois en cours de route : il a fallu faire arrêter le taxi. Elle était morte de honte, mais Jerry riait et tenait patiemment ses épaules pendant qu'elle vomissait.

Elle s'effondre sur le matelas : elle n'est pas sûre d'aimer la bière. Il agite un sachet devant elle : « Une petite dernière ? »

Elle fait non, engourdie, et s'endort pendant qu'il renifle. Elle se réveille parce qu'il tire sur ses jeans : « Envoye, Belle, aide-toi un peu ! »

Elle recule, surprise, et se retrouve par terre : il rit comme un fou, la ramène sur le matelas. Il est flambant nu et bandé. Il a l'air de trouver cela hilarant. Il s'écrase sur sa poitrine et s'emploie à dénuder ses seins : « On n'a même pas fait connaissance, ma Belle, où est-ce qu'y sont ? »

Elle se dégage encore :

— Arrête ! Je ne veux pas.

— Tu veux pas quoi ?

— Baiser.

Il a l'air sonné, Jerry. Il la considère en silence en coulissant une main distraite le long de son sexe, comme pour le garder en forme au cas où elle changerait d'idée. Au bout d'un long moment, il murmure :

— Quesse tu veux ?

— Dormir.

Il part à rire, renversé sur le matelas : « Ah ben calice ! A veut dormir ! »

Elle n'a absolument pas peur et c'est ce qui l'étonne le plus. Elle s'en fout. Si Jerry ne comprend pas, ou bien elle baise, ou bien elle part. Elle regarde le sexe au bout foncé. Il agite ses hanches, le sexe cogne d'un bord à l'autre avec un petit claquement humide : « Tu vas lever avec ça, ma Belle. Tu vas décoller en calice… »

Il prend sa main, la place autour du sexe, lui indique fermement le mouvement : c'est plus dur et plus doux qu'elle pensait. Il ne laisse pas sa main, il lui donne le tempo, comme s'il craignait qu'elle ne faiblisse ou ne soit distraite en cours de route. Il commente sans arrêt, murmure des appréciations très crues, des indications très directes : elle n'aurait pas imaginé qu'on puisse faire tant de choses avec ses mains.

Quand elle s'égare, il la ramène, lui dit quoi faire : c'est terriblement long, son bras est fatigué, elle se demande combien de temps encore ça va prendre. Quelquefois, ça a l'air de venir, il l'annonce précisément, on dirait qu'une vague le soulève et puis ça s'apaise, comme si elle n'avait pas le secret qui le ferait aboutir. Il ne se décourage pas, semble moins épuisé qu'elle. Il donne des ordres brefs, les yeux mi-clos, un peu hébété, rivé à son plaisir, à la vague montante qui fait retrousser ses lèvres. Elle essaie du mieux qu'elle peut. Puis ça se corse. Il prend sa tête, la dirige vers le sexe : « Envoye babe, lâche pas ! » Elle en perd le souffle : sa bouche n'est certainement pas assez grande !

Il cogne au fond de sa gorge, l'étouffe, lui lève le cœur. La panique s'empare d'elle, elle se dégage avant de vomir. Ça n'a pas l'air de le déranger. Il prend le relais, accélère le rythme, la main très sûre, il a l'air de le faire beaucoup mieux qu'elle. Son visage se concentre, tendu, presque souffrant, il se secoue très fort, Anna se dit qu'il va l'arracher s'il continue. Il saisit brusquement sa main, en gaine son pénis, serre très fort et gémit ; de l'autre main il enserre ses couilles en soulevant les fesses. Une tension terrible, puis le sperme jaillit. Il aboie bizarrement, comme si les petits jets lui arrachaient une souffrance mitigée de plaisir. Il stoppe son mouvement brutalement, repousse sa main : elle est gommeuse et l'odeur lui rappelle celle de l'eau de Javel. Essoufflé, épuisé, Jerry demande une gorgée de bière. Elle en profite pour se laver les mains et lui rapporte un verre d'eau. « Es-tu folle, toi ? »

Il la prend dans ses bras, écrase sa face dans son cou en promettant une performance plus altruiste pour le lendemain.

Anna sourit et murmure : « C'est correct, dors. »

Mais le sommeil, comme la jouissance, est très long à venir. Elle attend qu'il soit vraiment endormi, que ses jambes ne soient plus agitées de secousses nerveuses pour se glisser hors du matelas, écrire merci sur un sac de papier brun et sortir.

Il ne pleut plus mais une brume tenace colle au sol. La pluie n'a pas soulagé la moiteur du temps. Pas un soupçon de vent ou de fraîcheur. Un temps poisseux qui ralentit sa marche. Chaque pas fait cogner son mal de tête contre ses tempes. Elle n'aurait jamais cru qu'on puisse avoir si mal au cœur. Elle voudrait dormir. Elle ralentit, tente de s'orienter. Une voiture de police qui patrouille remonte lentement la rue. Une crainte la saisit : si sa mère a alerté la police ? Elle entre précipitamment dans le premier restaurant et reste assise devant son muffin sans y toucher. Il est dix heures, qu'est-ce qu'elle peut faire ? Elle les entend tous crier d'ici. La serveuse veut savoir si elle s'est trompée de sorte de muffin. Anna sourit lamentablement, le cœur soulevé à la seule idée d'avaler quelque chose. La serveuse sourit : « T'as fêté trop fort ? Attends. »

Elle dépose un thé léger devant elle, retire le muffin : « Je ne te le chargerai pas » et cache deux aspirines sous une serviette de papier : « Dis pas un mot, ça devrait passer avec ça. » Le thé fait du bien. Elle a les idées assez claires pour savoir qu'elle est coincée : elle peut retourner chez Jerry ou aller au-devant des ennuis chez Luc ou Christianne, au choix. Julien est certainement étroitement surveillé, inutile d'appeler pour vérifier : Raymond doit être assis dans son salon ! Pauvre Julien, lui imposer cela !

Ses tempes s'apaisent, cessent de battre le rythme que Jerry faisait résonner cette nuit sur les tables. Elle sent un engourdissement la gagner. Il faut qu'elle prenne une décision, qu'elle sorte d'ici. Pour aller où ? Elle n'a pas d'amis, pas de ressources. Ses grands-parents la dénonceraient tout de suite, elle voit d'ici les yeux mécontents de sa grand-mère. Stéphanie le dirait à Monique. Lydia à Luc. Elle ne peut rien faire, elle ne peut compter sur personne d'autre qu'elle-même. Si Étienne était là, au moins, il l'aiderait, la garderait peut-être. Au moins, Étienne l'écouterait. Elle va l'appeler ! Comment a-t-elle pu ne pas y penser ? Elle fouille dans son sac à dos, trouve la lettre, la relit fébrilement : pas de numéro. Aucun numéro de téléphone nulle part. Seulement une adresse. Complètement dépitée, elle range la lettre, paie, laisse un énorme pourboire et repart, le pied lourd. C'est au coin Saint-

Denis qu'elle y pense : Granne ! Granne va savoir, elle va lui donner le numéro. Elle appelle : huit, dix coups et pas de réponse. Pourvu qu'elle ne soit pas partie, pourvu qu'elle revienne ! Pour tromper son attente et s'empêcher d'appeler toutes les trois minutes, elle marche jusqu'au perron où elle a tant parlé avec Étienne.

C'est comme un miracle : dès qu'elle sonne, Granne vient lui ouvrir. Annabelle fait la seule chose qu'elle s'était juré de ne pas faire : elle lui tombe dans les bras en pleurant.

* * *

Granne a refusé de lui donner le numéro d'Étienne. Là-dessus, elle a été très ferme : si Étienne apprend ce qui lui arrive, il va se ronger et ça n'aidera personne, ni elle ni lui. Elle est d'accord ? Anna fait oui, découragée. Il n'y a plus une once de résistance en elle, ses larmes l'ont affaiblie, raconter l'a achevée. Elle prend son sac à dos et se dirige vers la porte.

Granne l'arrête :

— Tu vas où, là ?

— Sais pas.

— Pourquoi tu ne te reposes pas un peu avant de partir ? Prends le lit d'Étienne.

— Ça ne sert à rien. Merci.

— Tu vas voir beaucoup plus clair en te réveillant.

— En me réveillant, Granne, tu vas avoir appelé mes parents et je suis sûre que je ne verrai pas plus clair.

Granne sourit, acquiesce :

— Aurais-tu confiance si je te promettais de ne pas les appeler avant que tu ne le décides toi-même ?

— Mais… ils sont inquiets, probablement affolés.

Ils n'ont pas eu de nouvelles depuis hier soir et il est trois heures.

— Qu'ils s'inquiètent encore un peu : ça va peut-être leur faire du bien !

Jamais elle n'aurait osé penser une chose pareille ! Elle considère Granne d'un œil neuf : c'est vrai que c'est elle qui est allée chercher Étienne dans la famille d'accueil, elle qui avait dit de son propre fils : c'est un imbécile. Elle hésite encore :

— Ma mère n'a pas dû dormir de la nuit…

— As-tu dormi, toi ?

— C'est pas pareil.

— Non. Bien sûr.

Anna la regarde : elle perçoit quelque chose qu'elle devrait comprendre mais n'y arrive pas. Tout ce qu'elle trouve à dire, c'est :

« Ce n'est pas de sa faute, Granne, elle a mal pris le divorce. »

Granne la prend par les épaules, l'assoit sur le divan, dépose le sac par terre :

— Essaye de penser à *ton* point de vue, Anna, essaye de savoir ce que, toi, tu penses. Qu'est-ce que tu veux maintenant ?

— Avoir la paix.

— Et dormir ?

— Oui… si je ne suis pas obligée de me réveiller.

— Si en te réveillant tout était réglé, je veux dire… pas compliqué, tu voudrais te réveiller ?

— Bien sûr, mais c'est compliqué et pas réglé.

— Qu'est-ce qui serait le plus simple ?

Anna hausse les épaules : si elle le savait, elle l'aurait déjà fait. Elle veut avoir dix-huit ans et s'en aller. Elle marmonne :

— Veux m'en aller.

— Non. Posons la question autrement : où as-tu envie de rester ?

— Chez Julien.

— Bon, c'est un départ !

— C'est impossible.

— Attends, Anna, attends. On n'a pas encore tout essayé. Julien, lui, il voudrait ?

Elle soupire : probablement pas, parce qu'elle a quatorze ans et qu'elle veut qu'il l'embrasse. Comment avouer cela à Granne ? Et puis, elle n'est même pas certaine d'avoir encore envie d'être embrassée. La sexualité, finalement, elle trouve cela plutôt monotone. Et puis ce serait une liberté surveillée :

— Il reste en face de chez ma mère, ça ne servirait à rien.

— Bon. Deuxième choix ?

— Papa ?

C'est hésitant et incrédule. Granne se dit qu'Anna n'a pas plus de sept ans présentement. Mais c'est une bien grande et bien raisonnable fille qui ajoute :

— Mais je ne pourrai jamais faire ça à ma mère. Elle va mourir si je fais ça.

— Ah oui ? De rage ou de peine ?

— Des deux ?

— Anna, tu penses toujours à ce que ça va leur faire, jamais à ce que ça te coûte à toi. Essayons autrement : Étienne devient orphelin du jour au lendemain, tu peux l'envoyer chez trois personnes : Julien, ton père ou ta mère. Tu fais quoi ?

— Je l'envoie chez mon père parce qu'il y a un piano ou chez Julien parce qu'il y a un bébé. Mais je pense qu'il aimerait mieux le piano.

Granne sourit, l'embrasse :

— Mais pas chez ta mère ?

— Jamais !

Granne la met au lit après lui avoir prêté un grand t-shirt d'Étienne. Elle lui dit qu'elle doit réfléchir un peu.

Anna regarde les murs couverts de disques : comme une bibliothèque pour les oreilles. Elle pense à Mon-Œil, à son poil doux et chaud, à Étienne, à ses mains fermes sur ses tempes, et s'endort, épuisée.

* * *

À son réveil, elle est complètement perdue : elle ne reconnaît ni le lit ni l'endroit. Confusément, elle sait qu'il y a quelque chose qui ne marche pas, mais elle n'arrive pas à préciser le problème. Très vite, elle se remémore et ferme les yeux. Mais Granne ne la laisse pas se rendormir : il est dix heures du soir et elle veut discuter.

Devant un petit déjeuner qu'elle dévore, elle écoute le plan de Granne :

— Qu'est-ce que tu dirais de rester ici pendant un certain temps ? Si tu es d'accord, j'appelle ton père, je le rencontre dans un café et tu attends le résultat de mes négociations. Tu pourrais dormir ici cette nuit, aller garder demain matin et t'installer un peu mieux dans l'après-midi. Tu pourrais rester jusqu'au 10 août, jusqu'au retour d'Étienne. Après… on avisera. Ça donne à tout le monde le temps de réfléchir, c'est près de ton travail, mais pas en face de chez ta mère… bref, ça a beaucoup d'avantages. Qu'est-ce que tu en penses ?

— Je vais te déranger…

— C'est sûr que si tu sors tous les soirs pour boire, ça peut me déranger…

Anna la regarde, inquiète : comment sait-elle qu'elle a bu ? Granne sourit :

— Une haleine de bière, Anna, pas besoin d'être Étienne pour la sentir !

— Tu voudrais ? On ferait quoi pour le dire à ma mère ?

— Ton père s'arrangera avec elle.

— Mais…

— C'est *leur* problème, Anna, arrête de les materner. Qu'ils se débrouillent ! L'important, c'est que tu sois en vie et à l'abri. On a les deux, qu'ils s'organisent et trouvent le moyen de s'entendre. Ce n'est pas de tes affaires. Tu as assez de choses à régler comme ça.

Anna se lève, met ses bras autour du cou de Granne sans un mot. Granne la berce doucement en silence. Puis elle conclut : « Si je comprends bien, ça te convient ? »

Anna signale le numéro de son père et est surprise de voir Granne prendre une attitude très ferme et presque sèche. Le rendez-vous est pris immédiatement : à onze heures, Luc sera à la Petite Ardoise. Il a l'air de ne poser aucune question. Granne ajoute : « Je suis facile à reconnaître, à cette heure-là, je serai la seule cliente à cheveux blancs. »

« Il va appeler ta mère et faire cesser les recherches. Je pense qu'on a failli te retrouver la face imprimée sur une pinte de lait. »

Avant de partir, elle caresse la joue toute pâle :

— Prends un bain, écoute de la musique et appelle Julien : il faut l'avertir que tu es retrouvée. Dis-lui que tu vas aller garder demain matin.

— Tu es sûre que ça va marcher ?

— Qu'est-ce que t'en penses ?

* * *

Julien est tellement soulagé qu'il n'arrête pas de rire : « Tu ne peux pas savoir ! Ils ne m'ont rien dit d'autre : elle est retrouvée. J'étais content, mais quand même… » Il rit encore :

— Excuse-moi, c'est nerveux. Tu m'as eu, tu peux le dire…

— C'est la grosse police à moustache qui t'a énervé.

— Penses-tu ! La grosse police ne s'est pas montrée. Je pense qu'elle va se tenir tranquille.

— Parfait. Alors, à demain ?

— Anna… tu vas bien ? C'est correct ?

— Oui.

— Merci d'avoir appelé. À demain.

Elle sortait du bain quand elle a entendu la porte. Granne entre, suivie de Luc. Il reste là, dans le vestibule, immobile. Elle ne bouge pas non plus, tétanisée, la gorge serrée. Granne a disparu. Il ne reste que lui, debout à la contempler. Il n'arrive même pas à lui faire ce sourire désolé qui l'émeut tant. Il fait un pas. Elle a terriblement peur de ce qu'il va dire. Elle supplierait qu'il se taise si elle pouvait parler. Il s'arrête à mi-chemin. Ses yeux s'emplissent d'eau, il hoche la tête lentement, comme pour dire non. Il mord sa lèvre inférieure qui tremble. Pour ne pas le voir pleurer, elle s'approche de lui, l'enlace, cache son visage dans sa poitrine. Sa voix est brisée quand il murmure : « Je t'ai fait du mal, Anna… mon dieu, je t'ai fait du mal… »

* * *

Comment ils ont tous fait pour lui éviter de rencontrer Christianne, de s'expliquer, de se justifier, elle ne le sait pas. Elle a pris ses affaires dans une maison silencieuse, son père l'a conduite chez Granne, et voilà ! Même pas un mot sur son lit. Comme si Christianne s'était volatilisée.

Luc l'appelle tous les soirs, gentil comme tout, patient comme tout et elle sait qu'il attend qu'elle désire le voir, mais elle n'arrive pas à le dire ou à le faire. La maison de Granne ressemble à un radeau pour elle, comme quand, toute petite, elle se tenait sur une des rares tuiles grises du sol de la cuisine, entourée des tuiles blanches et s'imaginant les pires désastres si ses pieds dépassaient le moindrement le petit rempart gris. Elle se tenait des heures pieds joints, sourcils froncés, à tenter de garder l'équilibre avec ses bras écartés. Voilà ce qu'elle fait chez Granne : bras écartés, elle essaie de ne pas perdre l'équilibre, de ne pas tomber dans le précipice.

Il n'y a qu'avec Léo qu'elle se sent bien. Léo qui lui fait la fête chaque matin, qui marmonne des choses qu'elle est seule à comprendre. Léo qui danse comme un petit clown dès qu'elle chante et tape dans ses mains. Elle endort le bébé dans ses bras pour s'offrir le bienfait de sa chaleur, de sa confiance abandonnée. Elle se dit qu'un bébé est la seule chose importante dans la vie. Que, finalement, elle veut se marier au plus vite et s'occuper de ses enfants, les bercer, les endormir, les faire danser. Même Julien perd un peu de sa séduction au profit de son fils : c'est de Léo qu'Annabelle se sent proche.

Ils ont peu parlé de cette journée « blanche » dans sa vie. Julien a été discret, il a seulement exprimé sa joie et son soulagement de la savoir revenue et en forme. Personne n'a demandé où elle était, avec qui ou ce qu'elle avait fait. Personne n'a mentionné où est sa mère ni ce qu'elle fait.

Chaque après-midi, quand elle rentre chez Granne et passe rapidement devant sa maison, elle pense qu'elle devrait au moins laisser un mot à sa mère, lui dire qu'elle sait que c'est dur pour elle. Elle imagine que sa mère se réveille la nuit en pleurant, sans personne pour la consoler. Et cette fois, elle sait que c'est à cause d'elle que Christianne va mal.

Elle est momentanément à l'abri ct le soulagement est immense, mais elle n'arrive pas à le croire, comme si la trêve allait prendre fin brutalement et qu'alors, prête ou non, elle va avoir à affronter tout ce à quoi elle a essayé d'échapper. Une tristesse marbrée d'angoisse lui fait la gorge dure et le souffle court. Et elle a peur. Continuellement. Une peur irraisonnée et irraisonnable. Une peur solide, terrée au fond d'elle-même et qui contrôle tous ses actes. Une peur semblable à celle qui précédait les dernières leçons de piano et à laquelle elle croyait avoir échappé.

Presque tous les après-midi, elle part marcher des heures. Elle regarde les gens se presser autour d'elle et elle se demande après quoi ils courent, ce qu'ils ont à tant se précipiter, à tant s'agiter. Rien n'arrivera. Le jour qui suit est pareil au jour qui fuit. Quel intérêt de toujours recommencer la même chose vide, de toujours traverser les mêmes heures qui finissent toujours dans le même néant? Elle n'est pas faite pour ici, elle n'y peut rien, elle ne voit pas quelle est sa place, elle ne comprend pas pourquoi ce serait si important de rester, sauf bien sûr si elle considère la tristesse et la culpabilité de ses parents si elle venait à disparaître. Leur éviter cet accablement lui semble la seule raison au monde de ne pas mourir. Et cette raison n'est pas toujours assez puissante pour compenser la terrible sensation d'être une erreur ambulante. Le prix à payer pour leur paix lui semble bien élevé. Elle réfléchit beaucoup, cherche à trouver le moyen de disparaître tout en les épargnant. Elle envisage des tas de choses, mais cela prend du courage aussi, se tuer. Et même celui-là, elle n'est pas sûre de l'avoir.

Des heures durant, elle marche. Elle connaît la ville par cœur et aucun coin ne l'apaise, aucun point de vue ne l'encourage : elle voit toujours le même vide lancinant et la même question récursive : qu'est-ce qu'elle fait là, à quoi ça sert et à quoi ça servirait de continuer ? Rue Viger, elle juge que les voitures vont assez vite pour qu'elle puisse se tuer sur le coup en s'y prenant convenablement, c'est-à-dire sans hésitation. C'est toujours là qu'elle aboutit, à fixer les voitures comme une promesse. C'est une obsession réconfortante contre laquelle elle n'arrive pas à lutter : fixer les voitures en rêvant à la possibilité d'en finir. Rester là la calme, lui procure un soulagement intense. Plus elles vont vite, plus c'est rassurant.

Elle revenait de la rue Viger et, parce qu'elle était épuisée, elle a décidé de prendre le métro. À la station Berri, comme il y a toujours du monde, elle s'est installée près du tunnel d'où la rame émerge. Elle écoutait une chanson de Sting sur son baladeur quand le métro est arrivé. C'est là qu'elle l'a vu. Comme un ralenti au cinéma. Un ralenti avec la musique de Sting, des visages stupéfiés sur la musique de Sting, et ce garçon, ce jeune homme qui saute, qui bondit comme un taureau dans l'arène, qui fait face au métro qui ne ralentit pas, pas assez, pas assez vite, les yeux du jeune homme décidés, butés et son corps qui vacille d'avant en arrière comme pour fournir sa part d'élan à l'impact. Elle l'a vu regarder la mort, elle l'a vu défier, attendre le métro, déterminé, les yeux fixes, les épaules rentrées, le front tendu contre le choc. Elle avait l'impression que si elle tendait le bras, elle pourrait freiner le wagon qui fonce, elle pourrait briser le mouvement dément, faire cesser le bruit atroce des freins inefficaces.

Elle n'a rien entendu d'autre, aucun son pour accompagner l'éclaboussement d'un corps projeté contre du métal bleu, rien, ni cri ni bang, seulement tout ce corps devenu liquide qui gicle partout sur la musique de Sting. Toute cette chair éparpillée, sanglante et tous ces yeux muets, fascinés. C'est en effleurant la tache rose sur son t-shirt qu'elle s'est mise à hurler. Comme une bête, gueule ouverte, elle hurlait sans pouvoir s'arrêter, pliée en deux, penchée au-dessus du gouffre à vomir son cri, vissée à même le sol qu'on tentait de lui faire quitter. C'est pliée en deux qu'ils l'ont soulevée, l'ont emmenée loin derrière, dans un local qui puait. Ils ne pouvaient pas l'asseoir, elle criait toujours, atrocement, sans chercher son souffle, sans voir autre chose que le balancement hypnotique du jeune homme qui avait précédé l'impact. Elle criait sans se débattre, tendue d'horreur, cassée en deux.

Puis la musique s'est arrêtée, quelqu'un parlait sans cesse, quelqu'un la touchait, voulait qu'elle s'assoie, boive du café. Elle ne comprenait pas pourquoi c'était d'elle qu'on s'occupait. Elle ne comprenait plus rien de toute façon. Elle a pris son sac, a fourré son baladeur dedans et s'est dirigée vers la sortie.

Le policier l'arrête, calepin en main. Il veut son nom. Il veut savoir le nom du gars… le gars qui oscillait en regardant le métro arriver. Il veut savoir si elle le connaît depuis longtemps. Elle repousse légèrement le policier et passe son chemin. Ils sont deux à l'arrêter. Ils sont très gentils, mais elle n'a pas le temps, il faut qu'elle réfléchisse, le métro est arrivé trop vite, elle n'a pas encore pu faire de l'ordre dans sa tête. Ils sont charmants et plutôt beaux : elle n'aurait pas dû dire de Raymond qu'il avait l'air d'une police, parce que ceux-ci sont beaucoup plus beaux et ils n'ont même pas de moustache. Elle dit : « Excusez-moi, il faut que j'y aille » et espère qu'ils vont comprendre. Non. Ils la ramènent, la forcent à s'asseoir et répètent leur question : son nom ?

« Il est où ? Les morceaux sont où ? »

On l'assure que tout est ramassé, que rien ne traîne, qu'on a bien nettoyé. Elle fixe la tache sur son t-shirt et se demande si c'est du cerveau ou du dos ou de l'estomac. C'est près de son sein gauche, presque au centre, au sternum, centre de vie, l'endroit qui coupe le souffle si on y donne un coup. S'ils pouvaient se taire, tous, s'ils pouvaient seulement la laisser aller dehors.

Elle sourit pour leur montrer ses bonnes intentions, se lève, murmure : « Dehors, il faut que je sorte. »

Ils l'accompagnent. Tout le monde les regarde. Elle a l'impression d'avoir fait un mauvais coup. Pourvu qu'ils n'appellent pas sa mère. Cette pensée la secoue, elle se tourne vers le plus beau, le brun : « Je ne le connais pas. C'est parce que ma mère est morte dernièrement, ça m'a donné un choc. »

Ils la regardent, incrédules, hésitent. Elle ment si facilement qu'elle a peine à ne pas se croire : « Elle… elle aussi s'est tuée. Pas comme ça, elle s'est jetée devant une voiture, rue Viger. C'est tout. Morte sur le coup. Excusez-moi. »

Maintenant, ils la croient. Elle aussi. Elle est même soulagée de l'avoir dit. Étrange comme tout s'arrange vite : ils s'inquiètent de savoir où elle va, comment elle y va, si elle se sent capable de marcher. Ils offrent de la conduire. C'est tout à fait normal d'expliquer qu'elle va prendre l'autobus pour rentrer chez sa grand-mère. Ils l'accompagnent jusqu'à la rue Sherbrooke où elle se plante au premier arrêt qu'elle croise. Elle leur fait un petit signe de la main. Elle va même jusqu'à monter dans le bus qui l'emmène au Jardin botanique où elle descend, comme si c'était effectivement la destination qu'elle se proposait.

Elle traverse des allées de fleurs avant de s'arrêter au milieu des roses. Elle s'assoit enfin et attend patiemment que le jour baisse et que son cœur s'apaise. Aucune urgence, elle sait attendre et une abeille qui s'obstine à pénétrer entre deux pétales retient toute son attention. Une paix, une intense tranquillité se dégage de ce lieu. Le soleil brûle moins, une chaleur diffuse se dégage du sol. Annabelle ferme les yeux, renonçant à épier l'abeille. Elle est si fatiguée.

Des pas sur le gravier la forcent à ouvrir les yeux. Une femme marche très lentement dans l'allée. Elle n'est pas si vieille, à peine plus de soixante ans, mais elle se ménage. Elle avance moins énergiquement que Granne qui a quand même soixante-huit ans. Puis la femme la regarde et sourit : Madame Boivert ! Son professeur de piano, celle avec qui elle a travaillé les six dernières années. Elle est si contente de la revoir qu'elle en oublie d'être mal à l'aise ou de ressentir sa vieille honte devant le piano abandonné. Cela fait si longtemps ! Comme si son professeur appartenait à une vie antérieure et qu'elle avait traversé le temps. Julie Boivert, discipline et douceur incarnées, qui prenait ses mains en considérant leur souplesse, Julie Boivert qui s'assoit maintenant près d'elle, prend sa main comme par le passé et dit la même phrase, comme si elles s'étaient vues la veille :

— Alors, ma belle enfant, comment vas-tu ? Tu vas Chopin ou Mozart ? Schubert ou Rachmaninov ?

— Schubert.

Elle va ouvrir la partition et elle va lui dire d'aller doucement, que personne n'a payé et que, par conséquent, personne n'a le droit d'être déçu. Mais ce n'est pas ce qu'elle dit :

— Tu as changé, Annabelle. Ça fait quoi ? Un an et demi maintenant ?

— Oui.

Annabelle n'ose pas lui dire qu'elle aussi a changé, qu'elle a terriblement vieilli. Elle se demande quand même ce qui l'a tant ralentie :

— Vous allez bien, madame Boivert ?

— Je vais mieux maintenant, merci. C'est long mais ça s'améliore.

— Vous avez été malade ?

— Comme aurait dit mon père : je n'ai pas pris soin de la santé que le bon Dieu m'avait donnée, alors il l'a reprise pour la donner à quelqu'un d'autre !

— Ce n'est pas vrai.

— En effet. Je ne pense pas que le bon Dieu soit aussi mesquin ou qu'il soit à ce point à court de bienfaits. Je préfère de beaucoup l'imaginer au milieu de richesses dont il ne sait que faire.

Annabelle reconnaît cette façon particulière qu'elle a toujours eue de s'exprimer. Julie Boivert peut bavarder des heures en sautant d'un sujet à l'autre… mais pour l'instant, elle se tait.

— C'était grave, votre maladie ?

— Oh… ça dépend pour qui. Mon médecin a bien pris ça.

— Mais ça va mieux ?

— De quoi tu t'inquiètes, jeune fille ? D'une vieille prof à la retraite ?

— Vous n'enseignez plus ?

— Tu as été ma dernière élève… la *Sonate en la majeur* Schubert justement. C'est la dernière pièce que tu as jouée avec moi, tu te souviens ?

Elle dit oui, mais elle ne se souvenait pas. Madame

Boivert a toujours eu une redoutable mémoire, elle n'oubliait rien : ni un exploit, ni un défaut, ni une raideur.

— … très bien exécutée. Un peu trop de colère dans la reprise finale en *la* majeur mais… tu étais jeune. Une bien grande force dans ce petit bout de pianiste. Tu joues quoi, présentement ?

— Rien.

Madame Boivert l'observe en silence. Ses yeux bleus sont aussi sévères qu'à l'époque où, après une interprétation, elle réfléchissait longuement avant de commenter, comme si elle choisissait ses mots sur un plateau. Madame Boivert n'avait pas assisté à la débandade d'Annabelle. C'est l'assistante qui la faisait répéter qui avait essuyé la terreur et l'abandon.

Elle n'était tout simplement jamais retournée chez madame Boivert. Son père ou sa mère avait dû lui expliquer. Mais, devant le regard d'acier, elle se demande si quelqu'un a songé à la prévenir :

— C'est fini. On… on ne vous l'avait pas dit ?

— Ma chère enfant, on me l'aurait dit que je ne l'aurais pas entendu. Et pas uniquement parce que je n'aurais pas voulu l'entendre. J'ai fait une crise cardiaque qui m'a pour le moins éloignée de toute réalité. On m'a remise sur pied et, après une longue convalescence, on m'a ramenée à l'hôpital. Pour m'achever, je crois. Ils appellent cela un double pontage. Très bénéfique à ce qu'il paraît.

L'humour de madame Boivert… pas de fausse pitié, pas de complaisance, pas de lamentations — « Annabelle un clavier te permet d'exprimer des émotions, pas de t'y vautrer. Pas de guimauve, Chopin mérite mieux que ça ! Tu reprends à la quatrième mesure. Un, deux, trois… »

« Alors, tu as laissé tomber ? Tu es tombée amoureuse, c'est ça ? »

Annabelle ne comprend pas le rapport.

« Habituellement, les femmes pianistes abandonnent quand l'amour leur saute dessus. Peut-être devrais-je dire quand l'amour leur tombe dessus. Ironiquement, cela n'arrive pas aux hommes, seulement aux femmes. On dirait que, pour elles, c'est une vocation ou l'autre, impossible de cumuler les deux arts. L'amour a tué bien des carrières. Mais, comme c'est un sentiment qui a nourri quelques compositeurs, on ne lui fera pas grief d'exister, n'est-ce pas ? Alors, dis-moi, cela valait la peine ou non ? »

Devant le silence d'Annabelle, elle se reprend :

— N'écoute pas. Je ne sais pas ce qu'ils m'ont fait au cœur, mais ça l'a endurci. Raconte-moi, Annabelle.

— Il n'y a rien à dire. Je ne joue plus, c'est tout.

Un bon moment où Julie Boivert sourit, comme s'il s'agissait d'une excellente nouvelle.

— Et... dis-moi, est-ce que c'est Mozart ou Beethoven que tu joues à temps perdu ?

— Ni un ni l'autre.

— Tiens... tu n'es quand même pas allée jusqu'à Satie ?

— Je ne joue plus, je vous dis !

— Ah bon !

Elle semble se désintéresser du sujet et elle contemple les roses en souriant :

— J'ai déménagé. J'habite tout près maintenant. Je viens ici chaque jour. Moi qui n'avais jamais toléré une plante chez moi, je viens ici les regarder pousser et leur parler. C'est fou ce que la maladie peut produire sur un esprit faible !

— Vous êtes toute seule ?

— J'ai un chat.

— Mais... votre mari ?

— Il a trouvé un cœur plus solide.

Toujours ce ton désinvolte comme si les choses ne l'atteignaient pas. Annabelle aimerait bien apprendre le truc.

« Bon, ça suffit comme ça. »

La même phrase qui concluait un cours de piano ! Elle se lève péniblement mais, une fois debout, elle se tient droite comme un *i*.

— Ton père s'occupe toujours de la carrière de Lydia ?

— Oui… et de celle d'Antoine et de Vincent Proteau.

— Mais c'est Lydia, la grande. Les autres, c'est de l'anecdote.

— Oui.

— Au revoir, Annabelle. Ça m'a fait plaisir de te revoir.

— Moi aussi. Faites attention à vous. Soignez-vous bien.

— Je sais : mon chat a besoin de moi. C'est joli, tes cheveux, très joli. Ça fait très Jeanne d'Arc.

Elle s'éloigne lentement. Annabelle touche ses cheveux : Jeanne d'Arc maintenant !…

Elle reprend sa marche rue Sherbrooke et songe à Julie Boivert et au plaisir de jouer chez elle dans la grande pièce ensoleillée. Aujourd'hui aussi elle aurait joué Schubert, pour tuer le regard du jeune homme dans le métro. Elle sait exactement comment elle aurait pris le contrepoids de la tristesse, comment elle aurait provoqué le choc entre les deux mouvements, comment elle les aurait unis même s'ils n'étaient apparemment pas faits pour s'entendre. Elle retrouve tout le mouvement, à la note près, et elle sait à quelle mesure elle aurait pleuré. Elle sait aussi que madame Boivert l'aurait laissée faire en silence et qu'ensuite elle lui aurait tendu un mouchoir en lui demandant d'épargner son Steinway et de reprendre à l'exacte mesure où elle aurait craqué et d'investir toutes ces larmes dans la musique, toutes ces émotions et ces mouvements du cœur dans la musique.

Elle aurait probablement pleuré encore en jouant et cela aurait été une bénédiction. Madame Boivert aurait frotté tendrement son dos en disant : « Tant que ta peine est à l'extérieur de la musique, tu vas pleurer. Il faut juste la remettre dans les notes, leur demander de la porter pour toi, de la pleurer pour toi, de la crier pour toi. Ça s'appelle canaliser. Ça n'a rien à voir avec oublier ou dénier. C'est à cela que sert l'art : à raviver les émotions pour les têtes de pioche qui les nient et qui les oublient. Raviver, Annabelle, redonner vie, réveiller. »

Elle pose sa main sur la tache rosée qui a séché sur son sein : Schubert lui redonnerait-il un peu de vie, à lui ? Il aurait fallu le jouer avant, avant que son corps ne se balance d'avant en arrière pour défier la mort. Avant que son corps ne devienne le balancier d'un métronome fou qui a perdu la cadence.

* * *

Après le souper, elle n'y tient plus : elle a beau savoir que c'était pour se débarrasser des policiers, elle n'arrive pas à se sortir de la tête qu'elle a risqué la vie de sa mère. Torturée à l'idée qu'elle se fasse du mal ou, pire, qu'elle l'ait déjà fait, Annabelle prend le téléphone et l'appelle. Dès qu'elle l'entend répondre, dès que sa voix répète un impatient « allô », elle raccroche, à la fois honteuse et soulagée.

Voilà, Christianne vit, elle vit et le jeune homme est

mort. Annabelle sait déjà qu'elle ne lira pas la nouvelle dans les journaux du lendemain : on fait fort peu de publicité sur les suicides pour éviter de donner des idées aux gens. Annabelle sourit : il faut vraiment être naïf pour croire qu'il faut un exemple concret pour décider de se tuer. Aucune incitation en ce qui la concerne. L'effet serait plutôt une répulsion qui la fait réfléchir : au seul souvenir des chairs éclatées du jeune homme, elle se dit qu'il faut trouver un moyen qui épargne les gens. Il ne faut pas épouvanter les survivants avec ça. Il faut être circonspect, s'arranger pour que les personnes concernées ne voient pas les dégâts.

Cela fait maintenant dix jours qu'elle est chez Granne. Dans cinq jours, Étienne revient. Il lui manque tant qu'elle ne cesse d'imaginer leur rencontre… même si cela signifie la fin de la trêve familiale. Elle devrait dire à Granne qu'elle reste, qu'elle va coucher avec Étienne dans son lit. Elle imagine la tête que ferait Granne. Et celle d'Étienne. Elle pense au sexe de Jerry dans sa main et à son inexpérience. Elle aimerait toucher Étienne et le sentir frémir et le voir fermer les yeux. Elle voudrait qu'il la touche, elle est certaine que ce serait plus excitant et plus troublant que ce qui s'est passé l'autre nuit. D'abord, elle était soûle et puis Jerry s'en fichait de la main qui le caressait, du moment qu'une main le faisait. Elle se demande si Étienne se caresse et s'il le fait aussi violemment que Jerry. Elle n'arrive pas à imaginer cet acharnement chez Étienne. Mais elle n'est pas certaine d'en savoir assez sur la sexualité. Elle y pense beaucoup, mais cela ne la renseigne pas vraiment. Même Julien qui embrasse si bien, elle ne sait pas comment il ferait. Ce qu'elle aime avec lui, c'est le troubler. C'est le voir froncer les sourcils quand elle se fait bronzer dans sa cour. C'est le sentir respirer plus vite quand elle se penche pour prendre le sel près de lui et que son t-shirt est béant sur sa poitrine nue. Une fois, elle a mis ses bras autour de son cou. Il s'est dégagé en riant et lui a dit : « Ne fais pas ça, Annabelle, tu joues avec le feu. » Elle adore cela, cette tension amusée et libidineuse qu'elle peut provoquer. C'est le seul homme sur qui elle a ce pouvoir, le seul avec Étienne. Mais Étienne est intouchable, elle ne peut pas s'amuser avec lui parce que c'est sérieux, parce qu'il en souffrirait. Parce qu'il n'a pas une autre femme avec qui passer la nuit si elle s'est trop amusée à le séduire. L'autre matin, en arrivant chez Julien, Annabelle a surpris les chaleureux au revoir d'une belle brune qui n'avait pas l'air pressée de partir. Elle a beaucoup taquiné Julien avec la brune. Ça le faisait rire et il ne se gênait pas pour commenter. Dans ces moments-là, Julien lui rappelle Luc et sa vitalité sexuelle, une sorte de santé, d'appétit joyeux et allègre qui ne demande qu'à déguster. Elle voudrait être sûre d'être de ce côté-là de la sexualité. Pas de celui de sa mère qui en fait trop de mystères pour lui laisser croire que c'est agréable. Le seul aspect de la sexualité dont sa mère lui ait jamais vraiment parlé, c'est la panoplie infinie des maladies sexuellement transmissibles. Le plaisir, l'agrément de la chose : niet. Sa mère complique tout, pourquoi pas le sexe ? Elle se rappelle la phrase meurtrière lancée à Luc : en deux ans, il lui avait fait l'amour quatre fois. Il ? Et pourquoi pas elle ? Pourquoi c'est Luc qui décidait ? Ça se fait à deux ou d'un commun accord, non ? Si elle se réfère à Jerry, elle se dit que ça s'est fait à un, mais avec toute la collaboration qu'elle pouvait apporter. Elle revoit madame Boivert lui dire que l'amour brise les carrières des femmes. Étrange… Est-ce qu'Étienne aurait pu briser la sienne si elle jouait toujours ? Elle s'aperçoit avec stupéfaction qu'elle ne l'aurait peut-être jamais connu si elle avait joué.

Elle n'accordait d'attention à personne du temps où elle jouait. Elle ne se sentait jamais seule ou isolée. Jamais un homme n'aurait pu l'arrêter, elle en est certaine. Lydia non plus, puisque son père n'a provoqué qu'un rapprochement entre la musique et elle. À moins que cela n'ait changé… Non, elle est sûre qu'elle le saurait si son père avait une aventure avec Lydia. De la même façon qu'elle est persuadée que sa mère a rompu avec Raymond le soir de sa fuite.

Elle en est là dans ses réflexions quand son père appelle. Impulsivement, sans songer aux conséquences, elle lui raconte qu'elle a rencontré Julie Boivert au Jardin botanique. Étonné, Luc s'efforce de ne marquer aucune pause et de s'informer sur un ton naturel. Il savait pour la crise cardiaque, mais il ignorait pour le double pontage. Anna, très dégagée, lui raconte qu'elle est vieille maintenant et que son mari est parti. Luc rit :

— Est-ce qu'il y a un rapport ? Je veux dire entre la vieillesse et le départ du mari ?

— Tu ne le sais pas, toi ?

— J'ai trente-cinq ans, je ne suis pas assez vieux.

— Elle n'enseigne plus du tout. C'est plate parce qu'elle était bonne.

— Oui. Lydia dit la même chose d'elle.

— Ça doit être dur pour elle.

— J'imagine, oui. Elle était habituée de voir arriver des petites énervées comme toi…

— J'étais pas énervée !

— Non ?

— Ben… des petites fois. Mais la plupart du temps, j'étais appliquée, très sage. Elle était exigeante, tu sais.

— Je me doute, oui.

— Pas de tape sur les mains, mais une façon de dire :

« On reprend à la mesure quatre », je te dis que je filais doux…

— Quelqu'un t'a tapé les mains ?

— C'est une façon de parler. Pourquoi ? Tu aurais été le battre ?

— Certainement !

— Personne ne m'a battue.

— Tu me rassures.

— Comment va Lydia ?

— Très bien. C'est quoi le rapport ? Tu fais de drôles d'analogies ce soir.

— C'est quoi, ça ?

— Une connexion de pensée. Quelque chose qui te fait penser à autre chose, sans lien apparent mais avec un rapport subconscient. Il y a des jeux-tests basés là-dessus dans le genre « connais-toi toi-même » par association d'idées. Freud a fait une fortune avec ça.

— Pour soigner les malades ?

— Une façon de décoder là où ça cloche. Par exemple, tu dis « eau » et le premier mot qui vient peut être « verre » ou « soif », mais si c'est « larme » ou « noyé », ou « bleu » ou, je sais pas, moi, « sang », ça peut indiquer la source du problème.

— T'as déjà joué ?

— Pour le fun, dans un party.

— T'as trouvé quoi ?

— J'ai triché.

— Comment ça ?

— J'ai tout ramené au sexe parce qu'il y avait une magnifique femme qui m'intéressait. Alors, on disait « robe », je disais « nudité » ; « bas », je disais « retirer »… très original. C'est la version améliorée du jeu de la bouteille.

— On devrait jouer pour vrai.

— Tu aimerais ça ? C'est révélateur et dangereux, tu sais.

— J'ai rien à cacher.

En le disant, elle sait que c'est faux. Elle a beaucoup à cacher, à commencer par le gars du métro et les cris de folle qu'elle a poussés, ensuite les mensonges à propos de sa mère qu'elle a faits à la police, Étienne et Jerry… plus elle y pense, plus elle trouve de cachotteries.

— … es-tu encore là ?

— Excuse, j'étais distraite.

Il ne dit plus rien. Elle se demande si elle peut oser :

— Papa ?…

— Oui ?

— Raymond, est-ce qu'il est parti ?

— Oui.

Elle entend à peine une hésitation, peut-être la valeur d'un demi-soupir.

— C'est lui qui est parti ou c'est maman qui l'a fait ?

— Ta mère, je crois.

— Tu préfères ne pas en parler ?

— Je n'en sais pas beaucoup.

Un autre silence plus long. Annabelle réfléchit puis se décide :

— Juste une autre, O.K. ? Est-ce qu'elle sait où je suis ?

— Oui.

Et elle n'est pas venue ! Et elle n'a pas appelé !

— Annabelle, est-ce que je peux poser une question, moi aussi ?

— Oui.

— Si quelque chose te manquait, tu le dirais ?

Des tas de choses lui manquent ! À commencer par

lui. Comment le dire ? L'ennui, c'est qu'il faut prendre des décisions aussi et que ça l'angoisse.

— Anna… tu le dirais ?

— Ça donnerait quoi ?

— Ça dépend : ça peut te donner ce qui te manque, ça peut te permettre d'exprimer une frustration ou ça peut m'aider à essayer de faire quelque chose pour toi.

— Et si tu ne pouvais rien faire ?

— Te souviens-tu quand ta grand-mère est morte ?

— Oui.

— Une semaine après, tu m'as surpris en train de pleurer dans le salon. Tu m'as demandé pourquoi et je t'ai expliqué. Alors tu m'as dit en me caressant les mains : « Je ne peux pas te la redonner, je peux juste te consoler. » Et tu l'as fait.

— J'ai joué Beethoven.

— Oui… Je ne te jure pas de jouer Beethov, mais je te consolerais du mieux que je pourrais. Tu comprends ?

— Oui, je comprends.

* * *

Elle n'est pas retournée rue Viger. À chaque fois qu'elle pense à se tuer, elle revoit le jeune homme et son corps braqué contre le métro. Par un étrange jeu de l'imagination, elle en vient à croire qu'elle est responsable de sa mort, qu'il est passé à l'acte à sa place, devant elle, comme pour illustrer à fond un fantasme avec lequel elle jouait innocemment. Peu à peu, elle lui a prêté des raisons, un passé, des émotions et des mœurs dépravées : un mélange composite de Jorry et d'elle-même. Son sentiment de vide et d'inutilité demeure intact, mais elle se dit qu'elle n'en est pas encore à sucer des hommes derrière une porte ou un bosquet pour se payer la drogue qui l'aiderait à oublier. Elle n'est pas encore devant ce mur-là.

C'est au Jardin botanique qu'elle est retournée. À son grand étonnement, c'est là que ses pas l'ont conduite. Elle n'a aucunement conscience d'avoir prémédité cette visite. Elle s'est assise sur le même banc, dans le secteur des roses. Et, bien sûr, elle a attendu Julie Boivert.

Le premier jour, elle n'est pas revenue. Du coup, Annabelle s'est dit qu'elle devait avoir fait une autre crise cardiaque et qu'elle était sûrement morte. Puis elle a essayé de se raisonner, de se calmer : elle ne sait pas pourquoi, mais, chaque fois que quelqu'un lui manque, elle s'énerve et l'imagine mort. Une hystérique pure ! Elle se moque d'elle-même, de sa propension à dramatiser, mais c'est plus fort qu'elle : ou bien les gens sont là, ou bien elle a toutes les raisons de pressentir un malheur définitif dans le genre : ils sont morts.

« Sais-tu ce que ça veut dire, toi, les rêves ? »

Julien reste immobile, la cuillère de céréales à mi-chemin entre le plat et Léo. Il s'assure qu'Anna parle bien des rêves faits pendant le sommeil, et son fils lui arrache la cuillère, renversant la totalité de son contenu avant d'arriver à destination. Il grogne d'impatience : « Attends, mon homme, ça vient. » Une bouchée pour Léo, il se retourne vers Anna :

— Ça, c'est comme les signes en astrologie, je sais juste les habituels clichés. C'est quoi le rêve ? On va essayer.

— C'est pas un rêve, c'est une sorte d'événement qui revient.

— Comme quoi ?

— Comme le monde qui meurt.

— Ça veut dire renaissance. Ça veut dire recommencer à neuf, je pense.

— Ah oui ?

— Il paraît que c'est très bon signe. Comme voler. Tu ne rêves pas que je meurs, toujours ?

— Heu… non, pas toi.

— Ça me rassure. Je vais faire partie des choses que tu gardes.

— Des gens, pas des choses.

Julien soulève Léo, le débarbouille :

— Pas Léo non plus ?

— Es-tu fou ? Pas Léo certain !

Julien se ressert un café, regarde la cour où la pluie plie les fleurs :

— Tu sais, quand Catherine est partie, je rêvais toujours qu'elle mourait. J'aurais voulu rêver que son amant mourait, mais non, c'était elle, toujours elle.

— Comment tu as fait pour te consoler ?

— De son départ ? J'étais trop enragé pour sentir ma peine. J'étais furieux contre elle. Honnêtement, je peux dire que j'étais furieux qu'elle me préfère un autre homme. Je me sentais rabaissé, humilié. Tu vois, c'était de l'orgueil plus que de l'amour blessé.

— Veux-tu dire que… que tu ne l'aimais pas ?

— Je veux dire pas tant que ça… je veux dire que je me souciais de moi, de ma vanité, de ce que j'avais l'air aux yeux des autres plus que de ma perte. Je ne suis pas fier de l'avouer, mais c'est comme ça. Aimer quelqu'un, l'aimer vraiment, c'est rare. Faut arriver à décoller de soi un peu. Ça, c'est long.

— Qui tu as vraiment aimé dans ta vie ?

— Lui.

Il indique Léo qui vient de faire tomber un échafaudage de plastique coloré en criant de plaisir.

— Un enfant, c'est bizarre… ça te demande trop, tu

es sûr de ne pas pouvoir y arriver. Ça a un ego plus gros que le tien, mais c'est lui qui te montre à aimer. Si tu le vois, si tu consens à le voir, un enfant peut te rendre capable d'aimer. Je ne pense pas que j'aurais eu cette... disponibilité-là avec une femme.

— Tu les aimes pas?

— Pas assez. Je me protège, Anna. Il n'y a que Léo avec qui je ne me protège pas. Je ne dis pas que c'est souhaitable, je dis que je le fais.

— Des fois, tu ressembles à mon père.

— Ah oui? Tant que ce n'est pas à Raymond...

Il rit, s'étire et disparaît dans son bureau.

Anna prend Léo dans ses bras, embrasse le pli qui sent si bon dans son cou, le succulent petit pli de bébé. Et, parce qu'il est heureux, elle chante pour lui *Ah vous dirais-je maman*, qui est loin d'être son Mozart favori, qui n'est même pas du pur Mozart, mais que Léo apprécie tant.

* * *

C'est ce jour-là, alors qu'il pleut à verse, que madame Boivert est passée au Jardin botanique. À couvert près d'une serre, on aurait dit qu'elle attendait Annabelle. Elle lui fait un petit signe de bienvenue et entame la conversation comme si rien ne l'avait interrompue : « La pluie va cesser et alors... tu vas voir : les fleurs exhalent trois fois plus de parfum à ce moment-là, la terre embaume... c'est rassurant, tu ne trouves pas? Que les choses, enfin, certaines choses obéissent à des règles fixes. La nature me paraît exemplaire à cet égard. »

Anna ne voit pas quoi répondre. Julie Boivert ne semble absolument pas démontée par ce manque de collaboration. Ses yeux analysent prestement Anna et elle conclut : « Mendelssohn… »

Annabelle sourit : en plein dans le mille !

Julie continue, la voix résolue :

— Tu traînes souvent avec Mendelssohn, tu te laisses avoir par un certain romantisme. Ou plutôt, l'idée d'un certain romantisme. Incroyable, les idées que l'on se fait ! Tu as beaucoup plus d'affinités avec Schubert. Lui, il est de ta famille. Mendelssohn, c'est bon pour t'exercer à ne pas couler avec le navire.

— Je coule quand même.

— Pas si tu te concentres : tu possèdes une remarquable faculté de concentration. Profites-en, ne sois pas si émotive, cela t'enlève de la force et de la dignité.

— Je ne suis pas émotive ! Je ne sens presque rien !

Madame Boivert se tait. Apparemment, Annabelle ne saura pas pourquoi son ancienne prof lui sert des théories comme du temps où, assise au piano, elle piaffait d'impatience de recommencer la pièce ratée, de la redonner avec toute la violence de sa déception, avec toute la ferveur qu'elle désirait tant communiquer à la musique.

« Alors ? Est-ce que ça valait la peine, dis-moi ? »

Un ton au-dessus, se dit Anna, madame Boivert attaque bien haut cette conversation…

— Quoi ?

— La vie. Je présume que c'est pour vivre que tu as abandonné. Alors, c'est à la hauteur de tes aspirations ? Aussi emballant que prévu, aussi excitant ?

— Non.

— C'est ce que je me disais aussi, ça l'est rarement. Ce qu'il y a de pénible avec la vie, c'est qu'il faut collaborer, il faut l'organiser, la construire, l'édifier jour après jour. On ne peut pas se contenter de la subir. On ne peut pas se contenter de récriminer comme s'il y avait eu erreur sur la marchandise livrée.

La pluie diminue. Un oiseau vient se percher tout près et exécute un trille qu'elles écoutent en silence. L'oiseau s'enfuit et, en même temps, elles concluent : « *Fa* dièse. »

Elles rient.

— Vous avez toujours votre oreille absolue ?

— Ça ne se perd pas, c'est mon talent.

— Avez-vous déjà joué ?

Madame Boivert produit un petit bruit sec avec la langue, un « ti-tt » autoritaire pour lui signaler qu'elle s'égare. Ce petit son bref la ramène automatiquement en arrière et raidit son dos, comme à l'époque où elle suivait les cours de Julie. Celle-ci part à rire et frotte le dos d'Anna : « Tu fais encore ça ? Espèce d'oiseau effrayé ! Respire, cesse de te contracter, respire avec ton dos. »

Anna obéit docilement, respire sous la main pressante de madame Boivert. Une petite tape amicale, la main se retire : « Il faut vraiment que tu apprennes à te ficher un peu plus de ce que les autres pensent, Anna. Sinon, tu n'y arriveras pas. Tu seras une esclave toute ta vie. Et Dieu sait que tu es conçue pour régner ! »

Anna est interdite :

— Régner ?

— Oui, mademoiselle Pelchat, régner, comme tout être humain profondément doué, émettre sa lumière sur le monde, contrer l'obscurité pour ne pas dire l'obscurantisme, lutter vaillamment contre ce qui réduit, amollit, contre toute cette médiocrité… et payer le prix. Régner, Anna, par ta force, ta sensibilité — et je n'ai pas dit ton émotivité ! —, ton courage et ton labeur. Pourquoi tu t'es fait cette tête à la Jeanne d'Arc, sinon ? Pour choquer ta mère ?

— Ah… peut-être…

— Réfléchis, ma belle, un peu de concentration.

— Vous n'avez pas répondu : pourquoi vous n'avez jamais joué ?

— Parce que ce n'est pas mon affaire. À chacun sa tâche et être doué n'est pas moins exigeant que de ne pas l'être. J'en ai assez vu se débattre avec le prix à payer pour remercier le ciel de m'avoir épargné d'être une grande interprète. Mon don à moi, c'est de guider et ça me convient. Je comprends tout de la musique, j'ai une oreille qui fait immédiatement le partage, qui sait reconnaître l'état de grâce de la musique, mais c'est une oreille, ce ne sont pas des mains… et je sais faire la différence, crois-moi. Disons que mon rôle est de tenir la lanterne pour indiquer la route : je me contente d'éclairer le chemin, ce n'est pas à moi d'y marcher.

— Ni à moi.

Elle l'a dit pour voir, pour tester Julie Boivert. Mais celle-ci semble perdue dans ses pensées. Elle ne contredit pas Annabelle ; elle se lève en murmurant un enthousiaste « Si tu le dis ! Viens… on va voir les fleurs se déplier ».

Un soleil pâle, hésitant, transperce mollement la brume qui s'allège. Un éclat d'eau scintille sur une rose d'un blanc crémeux : « Regarde… la beauté absolue. » Les oiseaux célèbrent le retour du soleil : ils produisent un vacarme de jungle. Madame Boivert soupire, comme si la beauté l'épuisait. Elle fixe les arbres fruitiers longuement avant de demander : « Tu habites avec qui ? Ta mère ou ton père ? »

Donc, elle sait qu'ils sont séparés. Anna aurait dû s'en douter : madame Boivert sait toujours tout, toutes les nouvelles, toutes les rumeurs.

— Ni un ni l'autre.

— Tu habites toute seule ? Déjà ?

— Non. Je suis chez une amie. Ce… ce n'est pas décidé. On est en discussion.

— Ah bon !

Elle s'éloigne, l'air de se désintéresscr du sujet. Anna la suit, ne sachant trop si elle doit la laisser partir ou l'accompagner. Puis Julie Boivert se tourne brusquement vers elle et lui fait un de ces sourires inouïs qu'elle accordait quand la pièce était parfaitement rendue :

— Je vais faire des confitures de cerises de terre et rhubarbe, je crois. Tu veux m'aider ?

— Mais…

— Moi non plus, je n'en ai jamais fait : on s'initiera ensemble. Après-demain, qu'est-ce que tu en dis ?

— Je ne sais pas si je peux être utile, je ne sais même pas c'est quoi, une cerise de terre.

— Un petit fruit, Annabelle. Viens vers trois heures.

Elle lui tend un papier où son adresse est inscrite.

Anna se demande comment le papier pouvait être déjà prêt si madame Boivert cédait à une impulsion comme elle en avait l'air. Mais la Julie Boivert qu'elle connaît ne vénérait que l'instinct, pas l'impulsion.

* * *

En entrant chez son père, Annabelle retrouve avec précision le souvenir de la dernière rencontre de ses parents. C'est comme une étreinte physique d'angoisse. Luc la fait asseoir sur la terrasse, lui offre du vin blanc. « Tu veux me soûler ? »

Elle revoit Jerry frapper sur la table, le vague au cœur

que créait la bière : elle a l'impression que ça s'est passé il y a des années. Est-il possible que ça ne fasse que deux semaines ?

« Je l'ai noyé avec du soda, goûte ! C'est léger et ça ne soûle pas les jeunes filles. »

Il est tout content de la voir, elle le sent excité et nerveux comme quand il se met en tête d'être amoureux.

— Qu'est-ce que t'as ? Tu es amoureux ?

— Moi ? Jamais ! C'est l'idée de te voir. Tu m'as manqué, au cas où tu ne le saurais pas.

— Je sais.

Ils se regardent en silence. Elle murmure :

— Ça fait bizarre, trouves-tu ? Tu as l'air aussi énervé que Granne. Étienne arrive demain. Si tu la voyais faire le ménage !

— Pourquoi ? Étienne est maniaque ?

— Il est pas maniaque, il est aveugle ! Faut que tout soit à sa place.

Luc encaisse : comment personne n'a-t-il pris la peine de l'informer ? Secoué, il essaie de se souvenir si c'est bien de lui qu'Annabelle est proche, si c'est bien celui-là qui... si c'est vrai, Lydia aurait dû le lui dire ! Ou Granne ! Ou Christianne...

— Aveugle ?

— Oui. Totalement. Il a un chien : Mon-Œil, un labrador guide.

— Et il est dans ta classe ?

— Ben oui !

Comme si c'était simple et évident ! Luc n'en revient pas : « Excuse-moi, mais c'est lui l'ami que t'as amené au concert ? »

Anna fait oui en souriant : la déroute de son père

prouve la fidélité de Lydia. Vraiment, elle, on peut lui faire confiance.

— Ça te fait rire ?

— Ta face : tu te vois pas, on dirait que je viens de t'annoncer que je suis enceinte.

— C'est un choc, Anna. Es-tu amoureuse de lui ?

C'est elle maintenant qui a l'air sous le choc. La bouche ouverte, elle fait non mais tout indique qu'elle n'est rien moins que sûre.

— De toute façon, qu'est-ce que ça pourrait bien faire ?

— En effet, tu as raison. Je demandais ça comme ça...

— Menteur !

— En as-tu beaucoup de secrets du genre ?

— Des secrets d'hommes, tu veux dire ?

Il hoche la tête, c'est une sérieuse séductrice, sa fille. Il doit admettre qu'il reconnaît dans ses yeux brillants un certain goût pour le jeu, si ce n'est le badinage.

« Ne viens pas me dire que tu racontais tout à tes parents : tu attendais que ta mère te surprenne dans les bras du prof de piano. »

Il rit, vaincu :

— Bon ! D'accord. Je vais attendre de te surprendre en flagrant délit. Mais là, il n'y aura pas de pardon !

— Tu ne m'auras pas, je vais me cacher.

— Chez Granne ?

Non. Granne n'apprécierait probablement pas. Pourtant, elle les laissait toujours seuls dans la chambre. A-t-elle une confiance si grande ou est-ce qu'elle sait qu'il ne se passera rien ? Peut-être qu'Étienne n'est pas si intéressé, peut-être que le baiser, c'était comme ça, en passant. Pas pour rire d'elle, mais pas sérieux non plus. Juste pour voir… Et s'il avait vu que ça ne l'intéressait pas d'aller plus loin ? Elle-même, veut-elle aller plus loin ? Où ? Jusqu'où ? Rien qu'à penser qu'elle va le revoir, son cœur a des ratés, son ventre se contracte, elle a les mains moites, le souffle coupé, elle ne sait plus quoi faire. Elle est une vibration d'inquiétude, un point c'est tout. Une idiote qui ne sait pas ce qu'elle veut, voilà ce qu'elle pense d'elle. Ou plutôt qui veut qu'Étienne l'aime pour avoir le choix de l'aimer ou non. Ou plutôt… elle ne sait pas, elle ne sait plus. Étienne l'épuise.

« Hé ! Tu es où ? »

Il dépose un plat de pâtes sur la table. Ils mangent en silence. Luc ne pose aucune question. Ils doivent régler certains détails, mais il préfère la laisser décider et parler à son rythme. Il s'est bien juré de ne pas prononcer un « alors ? » discordant.

— Tu as des nouvelles de maman ?

— Elle m'a appelé aujourd'hui.

— Comment elle va ?

— Bien… Enfin, pas mal.

— Est-ce que… est-ce qu'elle est fâchée ?

— Fâchée ? Non, certainement pas.

— Elle est comment, alors ?

Luc prend le temps de réfléchir : Christianne l'appelle tous les jours et le ton change tous les jours. Elle semble réfléchir beaucoup et se désoler et s'en vouloir et craindre et pleurer beaucoup. Il résume :

— Elle est… sonnée. Je n'ai pas d'autre mot. Sonnée, sous le choc.

— Tu lui dis que je vais bien ?

— Oui.

— Ça ne doit rien arranger… je veux dire…

— Tu veux dire qu'elle peut prendre ombrage même

276

de ton bien-être si ce n'est pas elle qui en est responsable ?
Qu'elle peut être triste que tu sois bien sans elle ? Ma puce,
c'est à Christianne de se débrouiller avec sa jalousie.

— C'est ça de la jalousie ?

— En tout cas, une forme de possessivité… aiguë.
Ou d'envie.

— C'est parce qu'elle s'inquiète pour moi.

— Anna, je ne la condamne pas, tu n'as pas besoin
de la défendre.

— Tu es sûr ?

Il sourit : elle a raison, il en veut terriblement à
Christianne depuis cette nuit odieuse où il a ratissé la ville
au grand complet à la recherche de sa fille. Il lui en veut
de tant de choses, à tant d'égards, qu'il ne pourrait même
pas toutes les énumérer. Même si elle est pitoyable en ce
moment, il lui en veut sourdement, rageusement.

— Tu sais quoi ? Tu ne devrais jamais me laisser
parler de ta mère. Tant que je ne serai pas réconcilié avec
elle, je ne devrais pas en parler. Le moins qu'on puisse dire,
c'est que je ne suis pas en état de lui rendre justice.

— Et vice-versa.

— Probablement. C'est déplorable, mais c'est comme
ça. Le nier serait absurde.

— Bon ! Ça fait une chose de réglée.

Ils s'entendent pour qu'Anna vienne habiter avec lui
d'ici leur départ pour les États-Unis, qui est imminent.
Après les vacances, une fois qu'ils seront revenus, elle déci-
dera de l'endroit où elle veut habiter. Ils se promettent de
ne pas en parler à Cape Cod pour que ce soit vraiment des
vacances. Luc s'engage à aviser Christianne de ces décisions. Anna lui demande de dire qu'elle va l'appeler avant
de partir. (Une fois Étienne revenu, se dit-elle.) Comme
s'il devinait ses pensées, Luc réitère son offre : « Si tu as

envie d'inviter Étienne ou quelqu'un d'autre à la mer, c'est toujours possible. »

Anna tripote sa cuillère nerveusement : Étienne a-t-il déjà vu la mer ? Ou senti ? Granne s'ennuierait, ce serait terrible de lui faire ça après toutes ces semaines passées sans lui… voudrait-il ? Comment sera-t-il ?

Luc dessert la table, lui retire la cuillère des mains : « Une chance que tu n'es pas amoureuse ! »

* * *

L'appartement de Julie Boivert est presque vide. Le dépouillement élevé au rang de l'esthétique. Quelques meubles et beaucoup de lumière. Au salon, en entrant, on ne voit que le Steinway ouvert et son lustre parfait. Aucune partition. Annabelle s'étonne de ne plus voir le second piano sur lequel madame Boivert la reprenait. « Qu'aurais-je fait de deux Steinway alors que je n'enseigne plus ? » Un sofa, un fauteuil crapaud et une chaîne stéréo hyper-sophistiquée, rien d'autre. Julie Boivert l'entraîne à la cuisine comme si cette pièce était devenue le centre de sa vie : elle n'a pas eu un regard pour le piano. Annabelle entrevoit une chambre à coucher où le lit, couvert de coton blanc, semble constituer tout l'ameublement.

Elles pèlent les petits fruits lentement, minutieusement, sous l'œil inquisiteur de Mambo, le chat sans race précise qui a commencé par fuir Annabelle.

— Il va s'y faire : il ne connaît pas beaucoup de monde.

— Est-ce que ça vous manque ?

— Le monde ? Non, ça me fatigue. C'est ma santé qui me manque le plus. Étrange comme l'esprit peut être rebelle : j'ai encore des velléités de mouvements brusques, tu sais, des envies d'aller vite et bref. J'oublie que la carcasse

refuse de suivre. Je vis avec une femme disparue : une énergique intraitable et sans compromis. Avant, c'était les
autres qui devaient m'endurer, maintenant, c'est moi. Ça
m'apprendra !

— Mais ça va revenir : mon grand-père a fait une
crise cardiaque et il fait ce qu'il veut, maintenant… enfin,
ce que grand-maman le laisse faire.

— Oui… peut-être.

Annabelle voit bien qu'elle ne la croit pas. D'ailleurs,
madame Boivert ajoute :

— Peu importe, une fois qu'on a visité sa mort, les
choses prennent une nouvelle perspective. On perd moins
de temps qu'avant.

— Vous n'avez jamais perdu de temps !

— Tu penses ? On en perd tous. On perd du temps à
déplorer ce qu'on ne peut pas changer, à aimer des êtres
qui ne nous le rendront jamais, à s'inventer des misères
alors que la vie est d'ordinaire assez généreuse en la matière, à nier, à refuser, à combattre… mon Dieu, ma chère
enfant… tout ce temps qu'on met à comprendre l'évidence.
Et dire qu'on ne peut même pas faire profiter les autres de
nos tristes expériences. C'est navrant, Annabelle, de constater l'étroitesse du champ d'action qui nous est offert !

— Je ne comprends pas…

— Non, bien sûr, c'est mon tempérament autoritaire
qui parle : je voudrais commander tout le monde, leur dire
quoi faire, quand et comment.

— Et avec quel tempo et quelle respiration !

— Sous prétexte bien sûr que, moi, je sais.

— Mais vous le savez, c'est vrai.

— Non. Personne ne sait pour les autres. Je sais pour
moi-même… et encore, tout juste.

— Mais en interprétation, vous le savez.

— Oui, mais je n'enseigne plus. À quoi sert de savoir ?

— Vous pourriez recommencer… doucement.

— Annabelle, cela fait partie des choses réglées : je n'enseignerai plus.

— Mais pourquoi ? Vous étiez extraordinaire, vous donniez tellement envie de jouer, de se dépasser !

— Vraiment ?

— On pouvait toujours avoir confiance en vous.

Julie ne dit rien, elle sourit en contemplant Annabelle :

— Tu as quoi, maintenant ? Quinze, seize ans ?

— Quatorze… et demi.

— Et demi ?

— Ben… oui.

— Quatorze ans et demi… tu fais plus.

Anna est ravie. Julie Boivert la voit rougir en se disant que les enfants qui ont fait des arpèges et des gammes au lieu de jouer à la poupée font toujours de fragiles et précoces adultes. Elle pense au cliché de l'enfance volée de Mozart et se dit que, tout de même, le tribut payé au génie est très élevé. Cette enfance passée au clavier hypothèque le fonds de rire au profit du fonds d'ardeur au travail. Comment savoir vivre quand toute l'enfance a brûlé en discipline personnelle ? Comment laisser éclater l'énergie quand l'insouciance n'a fait son nid nulle part ? Petite Annabelle rougissante aux longs doigts fins et souples qui s'affaire à couper les tiges de rhubarbe, qui s'efforce encore à bien faire. « Allez, ça suffit comme ça ! On les fait cuire. »

Une fois la marmite sur le feu, elle ajoute : « De toute façon, je ne sais même pas si c'est bon, de la confiture de cerises de terre et rhubarbe. »

Au salon, le piano auquel elle tourne le dos, pèse son

poids de silence. Julie Boivert ne semble pas remarquer l'incongruité de la voir assise chez elle dans un fauteuil au lieu d'être assise au piano. Annabelle se tait, trop mal à l'aise pour faire la conversation. Madame Boivert n'a pas du tout l'air de trouver le silence encombrant. Elle somnole, même. Puis elle ouvre les yeux, se redresse, fouille dans ses cassettes :

— Je veux te faire entendre… attends, où ai-je mis ça ?… Voilà ! Je veux te faire entendre ceci : c'est un ancien élève, tu te souviens que j'enregistrais tout ? Donc, c'est un artiste qui a beaucoup changé son jeu depuis… (Elle tripote la chaîne stéréo). Ça m'arrive d'écouter comme ça, à rebours, tout l'apprentissage d'un artiste et j'essaie de déceler où j'ai failli, où je me suis trompée, où j'aurais dû retenir davantage ou laisser aller. De cette façon, on peut constater comment et où l'artiste a fait des pas remarquables, en fait, comment il est devenu un pianiste…

— C'est qui ?

— Non… je préférerais te faire entendre sans le dire parce que c'est plus intéressant comme ça. C'est vraiment quelqu'un qui a pris une tout autre orientation musicale. Ça t'ennuie ?

— Non, non…

— On va voir si tu as une oreille toi aussi. De toute façon, c'est Schubert.

Dès le départ, Annabelle est bouleversée : Schubert lui a toujours fait cet effet. L'exécution est remarquable : une pulsion profonde, une souffrance digne et retenue, rien d'étalé, d'ostentatoire, presque une humilité, une peine qui fait d'autant plus mal qu'elle est maîtrisée et qu'elle se donne l'air de danser. L'artiste possède un toucher d'une légèreté incroyable et d'une redoutable efficacité. Un phrasé au galbe parfait. Et puis, elle cesse d'analyser, elle coule dans Schubert, respire comme le pianiste ; tout Schubert dans ses poumons, dans sa gorge, dans les larmes qui surgissent, coulent sans arrêt, sans sanglots. Le mouvement s'apaise enfin, soutenu, sans mièvrerie, sans cette dégoûtante joliesse qui défigure si souvent les codas.

Julie Boivert frotte doucement son dos, comme toujours : « Respire, ma belle, avec ton dos, doucement. » Et la main aide, soutient l'effort d'Annabelle. Comme par le passé, le mouchoir salvateur est tendu accompagné d'un « C'est terrible, Schubert, comme il sait parler… ».

Julie Boivert retire la cassette, la replace dans la bibliothèque : « Tu l'as reconnu ? »

Anabelle se remet à peine de ses émotions :

— Non. Je… je n'ai pas fait attention à ça.

— Dommage…

— C'était qui ? Lydia ?

La main de Julie Boivert, si réconfortante dans son dos : « C'était toi, Annabelle, toi quand tu avais dix ans. »

* * *

Elle a eu le temps de passer à Saint-Lambert se laver les cheveux et se changer. Elle a mis son t-shirt préféré : celui qui dégage l'épaule et tombe négligemment d'un côté ou de l'autre. Elle s'est examinée dans le miroir, a essayé toutes les combinaisons possibles et c'est ce vêtement qui a gagné. Elle regardait son épaule luire et sentait presque la bouche d'Étienne se poser dessus délicatement puis sauvagement. Elle a envie d'un ravage. Elle voudrait être dépassée par la sexualité, se perdre dans une explosion de sens et oublier qu'il faut faire des gestes et douter de leur efficacité. Quand elle imagine qu'elle fait l'amour, c'est toujours sans pensée, sans conscience.

En arrivant chez Granne, elle a envie de s'enfuir tellement elle est énervée. La porte est ouverte et, dès qu'elle entre, Mon-Œil fonce, s'excite et lui fait la fête. Le chien n'obéit qu'à sa joie et empêche finalement Étienne et Anna de se faire face en silence, d'affronter l'effet de la séparation.

Mais Étienne tranquillise Mon-Œil avec une autorité dont Anna n'avait pas souvenir. Penaud, Mon-Œil s'installe aux pieds d'Étienne, faussement sage. Eux aussi sont immobiles et faussement sages.

Il a changé. Beaucoup. Il a grandi, son visage est plus creux, ses cheveux plus longs, sa barbe nettement plus forte. Il est bronzé et ses mains sont toujours aussi belles et puissantes et… évocatrices.

Anna est presque essoufflée de tension, de crainte et de désir. Elle regarde Étienne, elle sait qu'elle devrait parler, elle le trouve étranger et quand même semblable, mais elle ne trouve pas le lien, le début de phrase qui les ramènerait à « avant ». Pourquoi ne parle-t-il pas, lui ? Pourquoi ce serait à elle d'amorcer la conversation ?

Il la reçoit par vibrations successives, par pulsations. Il l'a tellement attendue, il s'est tellement obligé à paraître dégagé qu'il ne sait plus comment s'extraire de son attitude guindée. Ses genoux tremblent. S'il parle, sa voix va le trahir.

« Granne est là ? »

Cette voix ! Tout ce qu'il ne voit pas est limpide dans la modulation faussement préoccupée de la question. Elle parle bref, presque de façon provocante, pour le mettre au défi. De quoi ? Il ne sait pas. Il tend la main, s'approche, la pose sur son front, descend pour cueillir le visage. Elle ferme les yeux. Comme elle tremble ! Jamais il n'avait pensé qu'une femme puisse être aussi fragile que lui, aussi vulnérable. Sa main s'arrête sur la bouche — il faudrait qu'il tousse avant de répondre pour dégager sa voix de ce trouble terrible. « Elle est sortie. »

La voix d'Étienne est maintenant celle de l'homme qu'il est devenu, aucune trace de l'adolescent. La voix lui chatouille les reins. Il est bien assez près pour qu'elle sache que lui aussi trouve encombrants les efforts de conversation. Alors, d'un coup, elle n'a plus peur : il la désire autant qu'elle, il l'accepte totalement, il la veut sans réticence, sans discussion. Elle prend sa tête dans ses mains et elle ne sait plus qui amorce le baiser qui se donne et se reçoit tout à la fois, envahissant, intolérable de douceur, de fermeté, soûlant de frénésie, de retenue et d'impulsions sauvages mélangées.

Les mains d'Étienne la lisent, elle ne peut rien cacher, rien tricher. Et elle souhaite qu'il la sache, qu'il l'ouvre et suive sur sa peau tous les mots que rien au monde ne lui arracherait. Elle veut cette reconnaissance caressante, ce consentement total à ce qu'elle est : sous les mains d'Étienne, sa peau s'illumine, elle a l'impression de devenir phosphorescente, radiante. Elle glisse ses mains sous sa chemise, caresse son torse dont les muscles ont durci, défait les boutons. Il gémit et murmure contre son cou : « Arrête, Anna… »

Elle roucoule : il dit ça mais, en même temps, il atteint son sein : « A… arrêter quoi ? »

Son sein presque entièrement dans sa bouche, cette crispation fulgurante dans son ventre, ce désir urgent d'être saisie, vissée à lui, enclavée, non ! Elle ne veut pas qu'il cesse ni qu'il se redresse et réajuste le t-shirt, elle cherche sa bouche presque furieuse, volontaire. Elle ne veut pas qu'il parle, elle veut continuer, aller au bout, profiter du trouble. Elle s'accroche à lui mais il clôt le baiser avec douceur, dégage ses bras qui se fermaient autour de sa nuque, s'éloigne.

Essoufflée, déçue, elle le regarde reboutonner sa

chemise. Quoi ? Il ne veut pas ? Il ne veut plus ? Elle ne le tente pas ?

— Anna… tu me tues.

— Quoi ? Pourquoi tu…

Elle s'approche, il recule. Mais le mur le coince. Les mains d'Anna qui saisissent ses hanches, les collent contre son bassin durement. Elle a cet instant d'arrêt, cette pause de surprise : « Étienne… tu veux ? »

Il rit, défait, tremblant :

— Si je veux… qu'est-ce que t'en penses ?

— On dirait que oui.

Elle l'embrasse encore, se presse contre lui avec des raffinements qu'il n'avait pas imaginés. Il murmure à moitié fou : « Si tu n'arrêtes pas, je ne pourrai pas m'arrêter non plus. »

Bouche ouverte sur la sienne, elle le défie : « J'en ai envie. Je veux le faire. »

Les mains d'Étienne sous le t-shirt qui descendent, s'insinuent entre son ventre et les jeans : « Ah oui ? », les mains d'Étienne qui lui arrachent un oui tenant davantage de la plainte qui monte du fond de ses reins que de la réponse. Mon-Œil émet une sorte de question lancinante, comme une permission de s'éclipser. Anna et Étienne s'arrêtent subitement, comme s'ils étaient surpris par Granne. Mon-Œil répète son miaulement poli qui les fait mourir de rire.

Une fois dans la chambre d'Étienne, ils sont beaucoup moins à l'aise. Ils essaient de discuter mais c'est comme s'il n'y avait aucune unité entre le verbe et les sensations. Pas de lien. Ils se retrouvent stupidement dans un no man's land. Ils ont bêtement l'impression de danser entre deux airs. Et ils cherchent à entendre la musique.

Déroutés, ne sachant comment retrouver l'ardeur qu'ils avaient dans le corridor, ils parlent vaguement des semaines qui viennent de passer, de ce qu'ils ont fait. Elle ne dit pas tout parce qu'elle a envie d'oublier et que les bras d'Étienne sont plus attirants que les confidences. Il ne dit pas tout parce qu'il s'est découvert si amoureux d'elle que ça l'a effrayé. Comment pourrait-il ne pas l'être? Il est déchiré entre la tentation de profiter du désir palpable qui est là, offert, et celle de l'avertir de ce qui est en jeu. Lui qui a toujours su négocier sa cécité avec tout le monde et en toute occasion, il la ressent pour la première fois comme un obstacle infranchissable. Il brise le silence qui s'est encore installé :

— Je ne l'ai jamais fait. Toi?

— Non.

— Je… je pense que je voulais qu'on décide de le faire… je veux dire qu'on le choisisse.

— Tu voulais qu'on y pense?

— Oui. Que… que ce soit réfléchi.

Elle s'approche, prend sa main :

— As-tu assez réfléchi, Étienne?

— Toi?

— Oui.

Le silence figé. Étienne rit :

— Ça n'a pas l'air de nous décider.

— C'est ça qui est plate quand on réfléchit : ça fait peur…

Une longue hésitation pleine de doutes et vide de désirs. Anna se déplace, entraîne Étienne sur le tapis, s'assoit en face de lui :

— Alors? Qu'est-ce qu'on fait? Qu'est-ce qui te fait peur?

— Plein d'affaires!

Toutes ces réticences qu'elle sent maintenant alors que, tout à l'heure, c'était si limpide, si fluide.

— Étienne, c'est parce que tu n'es pas certain que c'est moi que tu veux ?

— Jamais ! C'est toi, tu le sais.

— Moi aussi, c'est toi.

Il se retient de hurler le « Mais pourquoi ? » qui lui vient. Il se rabat sur la technique :

— T'as pas peur de tomber enceinte ?

— En tout cas, on n'a pas à avoir peur des maladies…

— Oui mais…

— Fais-tu exprès, Étienne ? Oui, j'ai peur. Et pas de tomber enceinte. Tantôt je n'avais pas peur mais là, oui. Si tu ne veux pas, dis-le. Si tu veux, on le fait.

Elle le regarde gratter le tapis en silence. Il l'énerve, c'est effrayant. Elle n'a aucune envie de passer la soirée à en parler. Elle essaie de calculer son cycle… oui, ça va.

— Étienne… c'est correct pour… pour ne pas être enceinte.

— Ah oui ?

Il a l'air déçu, maintenant ! Qu'est-ce qu'il veut, elle ne comprend pas. Va-t-il falloir le violer ? Elle se lève, elle sent qu'elle va l'engueuler, elle marche pour se calmer.

« Où tu vas ? »

Elle s'impatiente, elle n'y peut rien : dans deux minutes, elle ne lui trouvera plus grand charme : « J'attends, Étienne ! »

Chose étrange, il éclate de rire. Il rit tellement qu'elle se demande ce qu'elle a fait. Il est renversé sur le tapis, incapable d'arrêter.

« Quoi ? Qu'est-ce que j'ai dit ? »

Elle le bouscule, le secoue pour obtenir sa réponse. Il est sur le dos, il la prend brusquement, la serre contre lui, roule sur le tapis. Plus fâchée que troublée, elle essaie de se dégager, elle veut une réponse : est-ce qu'il riait d'elle ? Il semble bien robuste tout à coup, il la coince sous lui, tient ses jambes enfermées dans les siennes, ses mains remontent vers son visage, le maintiennent face au sien : s'il pense qu'il va faire ce qu'il veut ! Elle se cabre, essaie de se dégager : « Lâche-moi ! » Ça l'amuse, on dirait, il l'immobilise totalement.

Elle déteste se sentir prisonnière : « C'est pas drôle, lâche-moi ! »

Du coup, il la laisse, s'agenouille au-dessus d'elle. Elle est toujours coincée entre ses deux genoux, mais elle peut partir si elle le désire. Il n'exerce aucune pression. Il attend. Dépitée, elle ne sait plus quoi dire. Tout est devenu tellement compliqué. Elle ferme les yeux, découragée : peut-être qu'il vaut mieux attendre effectivement.

Étienne relève le t-shirt d'Annabelle, s'étend doucement sur ses seins nus et tout redevient simple. Il murmure avec un timbre vibrant de basse : « Laisse-moi regarder ton corps, O.K. ? Juste regarder… » Elle ne dit rien, se contente de soupirer, de le laisser dégager ses bras hors du vêtement, de le faire glisser par-dessus sa tête, de le lancer au loin. Elle voudrait collaborer mais il agit avec une telle fermeté et semble savoir si précisément ce qu'il cherche. Les jeans rejoignent le t-shirt. La frénésie qui les habitait tout à l'heure s'est envolée. La tension aussi. Elle laisse les mains d'Étienne courir sur sa peau, effleurer chaque parcelle, explorer chaque pli. Elle qui ne se trouve pas très belle se découvre sous les mains d'Étienne, se voit avec ses yeux à lui, du bout de ses doigts. Elle a transféré toute sa conscience dans les mains d'Étienne et ce qu'elle voit est infiniment tolérable. Il ne lui reste que sa petite culotte blanche. Doucement, respectueusement, il la fait glisser. Ses mains reviennent, légères, cherchent des informations, des confirmations. Quand ont-elles dévié ? Quand, du regard, a-t-il dérivé vers la caresse ? Elle ne le sait pas parce que sa bouche court maintenant avec une douceur dangereuse, sa bouche et ses mains qui réveillent l'élan, la font trembler. Il y a comme une dévotion, une vénération dans sa façon de la goûter. Elle désire tellement ses caresses, elle n'est plus qu'une avidité implorante. Sa bouche remonte l'intérieur de ses cuisses, elle veut qu'il l'ouvre, qu'il la boive ; elle soulève ses hanches, évidente de désir, l'appelle, il la renverse doucement, non ! elle veut qu'il pose sa bouche là où ça palpite, elle ne veut pas se faire caresser le dos, elle gémit d'impatience, essaie de se retourner, sa main précise qui glisse, s'insinue, la cloue en écartant son sexe, ce baiser vertigineux au creux de ses reins, sa bouche qui isole chaque vertèbre, les nomme presque, qui torture sa nuque, redescend, retourne à la jonction sublime, là où le corps se déchire, là où son ventre s'entaille, elle soulève les hanches, s'offre, indécente d'abandon, ce ne sont plus les doigts d'Étienne qui conduisent mais cette urgence impérieuse qui la mouille. Le visage enfoui dans son bras replié, bouche ouverte, haletante, déroutée, elle essaie d'étouffer la plainte que les caresses lui soutirent, elle voudrait retenir ce qu'il fait éclater mais elle ne sait que gémir, s'ouvrir et osciller sur ses mains à mesure qu'elles se font plus précises. Elle entend une plainte sourde qui n'est pas la sienne. Les mains d'Étienne sont effroyables d'habileté, jamais elle n'avait joué d'elle-même avec tant de sensualité. Elle murmure des mots incohérents, pressée de venir mourir au bout de ses doigts. Alors seulement, Étienne la retourne très vite et le seul fait de le voir poser sa bouche sur son sexe, de l'embrasser aussi avidement, l'achève. Le cri rauque et voilé qui jaillit la trouble autant que lui.

Il est plus musclé qu'elle ne croyait, plus doux aussi. Elle essaie de le découvrir avec ses mains, selon sa méthode à lui. Son sexe est long et fin. Il frissonne quand elle le touche. Aucune violence chez Étienne, au contraire : il lui murmure d'arrêter dès qu'elle referme sa main, il balbutie, elle n'entend pas précisément, elle embrasse son ventre, son nombril, la ligne duveteuse et foncée qui descend vers le sexe — encore une fois, Étienne l'empêche d'aller plus loin, il la prend dans ses bras : son corps est si doux qu'elle en pleurerait. Mais Étienne tremble, se presse, la cherche désespérément.

Il l'embrasse et la pénètre en même temps — la brûlure précise, violente, la cabre contre lui, abolit toute autre sensation, elle essaie de ralentir le mouvement qui amplifie la douleur, elle veut protester mais Étienne cesse de lui-même, dans une plainte chétive.

Elle a peine à croire que tout est fini, si vite. Confus, il murmure, le visage caché dans son épaule :

— Je savais que je ne pourrais pas me retenir, je le savais.

— Mais c'était correct ?

Il se soulève, touche son visage : « Quoi ? Bien sûr… je t'ai fait mal, hein ? »

Elle embrasse le cœur de sa main qui sent musqué : « Pas tout le long… »

Il caresse la ligne de sourcils qu'il connaît par cœur. En cet instant, en cet instant seulement, il donnerait tout pour pouvoir contempler son visage.

Quand Mon-Œil a été autorisé à entrer dans la chambre, Anna était debout dans la salle de bains, cherchant un signe délateur du nouveau statut qu'elle venait d'acquérir.

Une fois dans le lit d'Étienne, lovés l'un contre l'autre,

ils ont repris le fil de la conversation et parlé des événements qui ont occupé ces six semaines.

Ils ont entendu Granne rentrer et le bruit discret de la porte a quand même immobilisé la main d'Étienne qui, insidieusement, recommençait son périple, rendant Annabelle délicieusement confuse. À la première plainte, il l'embrasse et étouffe le son compromettant dans son baiser.

— Arrête, Étienne, Granne va m'entendre si tu continues.

— Tu penses qu'elle ne le sait pas ?

— Ça me gêne si elle entend.

— Fais pas de bruit…

Elle rit, chuchote : « Je peux pas ! » C'est comme si ça l'excitait. Ses mains magiques la cherchent, la trouvent, elle résiste fort peu, mais la proximité de Granne l'empêche de sombrer dans le plaisir.

— Quelle heure il est ?

— Anna, franchement ! On ne demande pas l'heure quand quelqu'un nous fait l'amour ! Ce n'est pas poli.

Ils étouffent leur rire dans l'oreiller et plus ils font d'efforts pour être silencieux, plus ils pouffent et s'esclaffent.

Il est une heure et demie quand le téléphone sonne et Luc sait très bien que ce sera sa fille et non pas un artiste en proie à l'angoisse. C'est elle, avec sa voix des bons jours : elle a raté le métro. Il sourit en se disant qu'elle n'a pas l'air d'avoir tout raté : « Tu veux que j'aille te chercher ? »

Un silence embarrassé… tiens ! Elle a donc déjà commis son forfait ! Quatorze ans, sa petite fille de quatorze ans !

— Papa, qu'est-ce que tu écoutes ?

— Borodine.

— Du violon maintenant ?

— C'est pour me distraire…

— Tu as des problèmes ?

— Non. Oui… J'ai une petite fille qui devient une femme.

Encore ce silence et Borodine qui revient à la charge :

— Anna… dis-moi seulement si tu vas bien.

— Oui.

— Parfait. Tu couches là ou je vais te chercher ?

— Attends, O.K. ?

Il l'entend chuchoter, il perçoit la tonalité grave et tranquille d'Étienne. Il se demande si lui aussi est un enfant.

« Papa ? »

Comme elle est réveillée ! Comme elle est joyeuse !

— Je peux dormir ici ?

— Bien sûr.

— Je reviens de bonne heure demain matin.

— Entendu… Merci d'avoir appelé, Anna.

— Papa ?… je t'aime.

Et elle raccroche.

Borodine a beau faire, il est absurdement bouleversé. Est-ce que tous les pères ont cette envie féroce d'arrêter le temps, de figer l'enfance même et surtout s'ils n'y ont pas toujours été attentifs ? Anna, si frêle, dans les bras d'un homme, enfin d'un adolescent… Saura-t-il ne pas la briser, ne pas abîmer ces moments si cruciaux ? Qu'est-ce que lui peut faire de toute façon ? Attendre de voir son visage demain matin et la croire quand elle dit que ça va. Il le sait bien, il le sent que c'est bien, que ça va. Et cela lui donne un pénible sentiment d'inutilité.

Il se couche vers trois heures en sachant qu'il va mal dormir et qu'il a envie de réveiller Lydia pour lui apprendre que sa fille a un amoureux et qu'elle n'est plus vierge.

Granne ne dort pas non plus avec ces deux oiseaux qui bavardent et se taisent en alternance.

Elle sourit, étonnée de n'avoir aucun réflexe de réprobation, aucun principe qui s'insurge. Elle le souhaitait. Pour Étienne, parce qu'il était devenu blême à force de désirer Annabelle et pour elle, pour Anna la secrète, qui a enfin trouvé quelqu'un qui la considère et qui l'aime.

L'inquiétude s'infiltre aussi dans sa nuit, la peur de les voir se faire mal, la peur qu'Anna ne découvre toute l'ampleur de sa séduction et qu'elle n'aille l'essayer dans d'autres bras, la peur qu'Étienne ne devienne paralysé d'amour, qu'il ne perde sa confiance au lieu d'en gagner. Elle n'a aucune idée des statistiques concernant les chances de succès d'un couple dont l'homme est aveugle, mais elle a la vague impression que ce ne doit pas être une situation optimale. Et puis, en considérant que, sur ses neuf enfants, seulement trois vivent encore avec la personne qu'ils ont épousée, elle s'endort en s'interdisant de spéculer sur l'avenir de deux si jeunes êtres.

Étienne ne dort pas. Il caresse la peau parfumée d'Anna, descend le long de son dos, revient près des cheveux, contourne l'oreille, éprouve la délicatesse de la nuque ; il refait inlassablement le parcours tant rêvé, tant imaginé et il écoute le sommeil d'Annabelle, ébloui. Il a l'impression de tenir l'aurore dans ses bras. Il se revoit, enfant, dans la cuisine de sa mère, la cheville attachée à la poignée de la porte du garde-manger, avec ses trois pieds de corde pour tourner en rond et c'est comme si enfin, on avait détaché le lien, comme s'il venait de courir sans entraves pour la première fois de sa vie. Comme si enfin, il s'était extrait du tenace et obscur désespoir de son enfance.

Il ne veut pas dormir. Il veut écouter Annabelle respirer, il veut sentir le poids de son corps abandonné, la délicatesse de sa peau, il veut la tenir jusqu'au matin sans se méfier de ce que demain lui réserve.

* * *

Annabelle n'arrive pas à cesser de sourire. Même devant Granne, ce matin, même intimidée comme elle se sent, son sourire triomphe. Elle arrive chez Luc vers dix heures. Il est sur la terrasse, au soleil, à lire les journaux du samedi.

« Salut ! »

On ne peut pas dire que le regard de Luc soit discret ! Il l'examine, l'œil moqueur, penche un peu la tête : « Tu as bien dormi ? »

Elle s'approche, l'embrasse : « Tu le sais bien. » Elle se fait petite, pousse son museau dans son cou, écrase le journal en se blottissant contre lui. Il la prend dans ses bras et se demande si la nuit n'a pas excité la nostalgie d'être une petite fille. Il respire ses cheveux : ce n'est déjà plus l'enfance, ce parfum :

— Qu'est-ce qui se passe ? Tu veux régresser ?

— Non.

Mais elle reste dans ses bras : il avait tout attendu sauf le retour d'une petite fille qui veut être rassurée, d'une ambivalente qui fait des aller-retour express entre la sécurité de l'enfance et les joies excitantes et périlleuses de la vie adulte. Mais quelle sécurité ? Il ne l'a pas beaucoup bercée, sa fille. Il ne l'a pas beaucoup caressée, cette jeune femme qu'un autre caresse maintenant. Elle se redresse, s'échappe : voilà, la pause est finie. Elle s'active, prend sa douche, déjeune avec lui en pillant ses journaux, ramasse tout. Il l'entend même remplir le lave-vaisselle !

Plus tard, puissante, il entend une mélodie de Schubert, une petite perfection d'allégresse si exigeante pour le pianiste, une de ces œuvres fluides qu'il affectionne particulièrement.

Annabelle a mis ce disque! Il ferme les yeux sur la bouffée de gratitude qui l'envahit et qui se fond à la vivacité de la pièce. Annabelle qui écoute Schubert, qui ouvre la porte-moustiquaire, qui se penche vers lui et l'enlace parderrière et qui écoute en posant sa joue contre la sienne.

Le Schubert a des accents d'alléluia ce matin.

* * *

Elle avait promis. Le prix de cette rencontre, la terreur qu'elle ressent, elle ne peut pas le dire. Deux semaines qu'elle n'a pas vu sa mère. Deux semaines à sentir le joug s'alléger. Et, en deux minutes, en posant le téléphone, la même vieille tension qui s'abat d'un coup.

Elles ont rendez-vous pour souper. Au restaurant, comme Annabelle le désirait. Elle se dit bêtement que Christianne ne pleurera pas au restaurant.

Sa mère a changé. Elle a minci, ses yeux sont tristes. Une bouffée de compassion étreint Annabelle, la jette dans ses bras : elle est si vulnérable, sa mère. Elle l'observe en silence. Elle peut suivre toutes ses pensées dans ses yeux qui posent mille questions, s'affolent, s'inquiètent. Elle peut savoir tout ce que sa mère s'interdit de dire... et ce qu'elle refuse de voir. Elle la connaît tellement, elle reconnaît toutes ses contradictions, ses ambivalences dans sa façon de déplier sa serviette brusquement, de redresser le couvert, indiquant qu'il est mal mis, et de la fixer ensuite, le regard aux abois : « Tu as changé, Annabelle. »

Mal à l'aise, Annabelle s'agite, s'absorbe dans la lecture du menu : s'il fallait que Christianne devine ce qu'elle a fait la nuit passée ! Elle ne sait pas vraiment quelle serait sa réaction, mais elle est certaine de ne ressentir aucun empressement à la connaître. Certaine aussi que sa mère n'afficherait pas l'ouverture d'esprit de son père. Elle entend d'ici la guerre de principes que cela provoquerait.

En attaquant son suprême de volaille, Christianne annonce qu'elle est en thérapie intensive. Depuis deux semaines. Qu'elle a découvert qu'elle est issue d'une famille dysfonctionnelle et que c'est ce qui a tant pesé sur leurs relations mutuelles. Qu'à partir de maintenant, beaucoup de choses vont changer, qu'elle n'éprouvera plus les mêmes difficultés à négocier avec sa fille parce que, enfin, elle va s'occuper de l'enfant blessée qu'elle cachait au fond d'elle-même avec honte et qu'elle va donc du même coup considérer Annabelle pour ce qu'elle est et non pas comme la désolante réplique de son échec personnel ou encore comme la preuve de sa propre valeur, exhibée à sa mère.

Annabelle écoute en chipotant dans son assiette. Elle ne constate pas encore de changements majeurs dans les mœurs de sa mère : de nouveaux mots, mais la même demande implicite de patience, de compréhension et surtout, cette prière lancinante et constante de ne pas être abandonnée. Christianne achève sa confession en même temps que son suprême, elle sourit, soulagée, certaine d'avoir fait un grand pas pour elle-même, d'avoir admis ses problèmes et elle attend sa récompense, elle attend quelque chose qu'Annabelle ne se sent pas en mesure d'offrir : une promesse.

Un silence, pendant lequel les assiettes sont retirées, « Tu ne manges pas beaucoup, ma chérie », où l'éternelle cigarette est allumée, accompagnée d'une moue coupable et du commentaire désolé — « Une autre dépendance dont il va falloir que je me défasse. Mais je ne m'en demanderai pas trop ; pour une fois, je vais procéder par étapes » — et puis finalement un autre silence plein d'expectative.

Annabelle joue avec les miettes de pain, les réduit en poudre. Christianne l'observe ouvertement :

— Tu ne dis rien ? Comment tu as passé tes deux semaines ?

— Bien.

C'est nettement insuffisant et elle le sait : il faudrait nourrir le commentaire, donner des détails, indiquer vaguement ses intentions, ses désirs, exprimer un regret qu'elle est loin de ressentir. Il faudrait mentir.

« Julien était très content de toi. Il m'a dit que de t'avoir chez lui l'a beaucoup aidé. »

Tiens ! Elle parle avec Julien, maintenant ! Elle s'est informée, malgré tout. Elle n'a quand même pas appelé Granne, Annabelle en est presque sûre. Comme d'habitude, on dirait que sa mère la lit : « Tu… tu étais bien chez cette dame ? Comment tu la connaissais, d'ailleurs ? Une amie d'une amie ? »

Le petit rire embarrassé qui indique le danger plus que la légèreté. Le petit rire qui conclut une question faussement inconséquente. Prudente, Annabelle explique que c'est la grand-mère d'un ami de l'école.

— Et tu l'as connue comment ? Elle venait à l'école ?

— Une fois, comme ça… en allant étudier chez lui…

Christianne entend bien la réticence, elle s'était juré de ne pas insister, sur aucun sujet, mais sa fille pourrait quand même l'aider un peu : « C'est étrange que tu te sois réfugiée chez une femme que tu connaissais si peu. »

Le silence en face est tenace.

— Tu veux du dessert ? Une crème glacée ?

— Non.

Christianne avance la main, saisit celle de sa fille, l'étreint : « Ne fais pas cette tête-là, tu en parleras quand tu voudras. Je peux attendre. J'ai changé tu sais. Je suis en train d'apprendre la patience. »

Annabelle se demande pourquoi elle n'arrive à sentir aucun soulagement. Pourquoi tout ce que sa mère lui dit semble-t-il un piège ? Elle se demande si elle a le droit de ne pas vouloir vivre avec une mère qui l'aime tant, qui fait tant d'efforts, une mère qui va même jusqu'à se soigner pour elle. Elle ne pense qu'à partir, qu'au moment merveilleux où elle va rentrer, légère, chez son père. Bien sûr que lui aussi va vouloir savoir, bien sûr qu'il va l'observer et qu'il évitera de poser des questions qui flotteront tout de même dans l'air, mais l'air sera moins lourd, elle n'y peut rien. Elle ne sait pas pourquoi sa mère l'emplit de détresse, de haine pour elle-même. Sa mère excite un sentiment d'incompétence, de déloyauté totales. Et plus elle essaie d'y échapper, plus ces sentiments s'aggravent.

« Je me demandais, enfin… on en parlait ma thérapeute et moi… je me demandais si tu n'aurais pas intérêt à la rencontrer… »

L'horreur ! Le cauchemar, maintenant ! Aller devant cette femme et raconter « son point de vue » pour lui permettre de juger, d'évaluer, de trancher et de mettre à jour ses problèmes d'adolescente. Elle revoit la psy de l'école, sa gentillesse, sa façon de vanter la confidentialité et sa merveilleuse ouverture d'esprit. Une chance qu'elle n'a pas mangé, elle vomirait.

« Non. »

Giflée par le refus sans équivoque, Christianne allume nerveusement une autre cigarette. Sa main tremble. Sa voix aussi : « Ma chérie… je ne veux pas te forcer, je n'ai pas envie de te demander des efforts, tu es libre. Je ne te demande pas d'essayer de m'être agréable. Ma mère l'a assez fait avec moi… Mon amour à moi est inconditionnel, tu n'as pas à le mériter ou à me prouver le tien avec ta conduite ou des bonnes notes. Je veux que ce soit clair entre nous. Je vais régler mes problèmes avec les gens concernés sans te demander de me prouver que je suis tout de même digne d'estime. Je t'en ai mis beaucoup sur les épaules par le passé, j'ai attendu de toi ce que tous les autres m'ont refusé, y compris Luc, sous prétexte que tu étais ma fille... c'est fini, ce temps-là. Tu vas avoir le droit d'être une petite fille, maintenant. Il n'y aura plus de demande implicite de ma part. Je serai franche avec toi. Et je vais essayer de l'être aussi avec ton père. Je ne l'ai pas toujours été. J'ai beaucoup de choses à régler avec lui, beaucoup de ressentiment aussi. Contrairement aux apparences, je n'ai pas tellement parlé quand on s'est séparés. Je veux dire lui parler à lui, lui dire ce que j'avais sur le cœur : toute cette rancœur, cette amertume que tu as eues à supporter, à vivre à sa place à lui. Je voudrais te demander pardon, Annabelle, vraiment, j'aimerais qu'un jour tu puisses me pardonner ma conduite. Pas tout de suite, bien sûr, je comprends que des sentiments aussi violents aient gâché nos rapports. Mais sur un point je t'en supplie : même si tu n'arrives pas à me pardonner, ne fais pas comme moi, ne garde pas tout cela à l'intérieur : ça va empoisonner ta vie, t'empêcher d'être heureuse. Et ça me rendrait infiniment malheureuse. »

Elle saisit encore sa main, ça fait chaud et ça devient moite instantanément. Annabelle voudrait bien perdre connaissance, échapper à l'étau qui la paralyse.

« Tu comprends, ma petite fille, tu comprends ce que je veux dire : même si tu n'arrives jamais à me pardonner, ça va me faire moins mal que de te voir adopter mes défenses, de te voir te refermer et ne rien dire des vraies émotions qui t'habitent. Ça fait mal, je sais. C'est dur d'avouer qu'on se sent impuissant et dépassé. Mais ça fait du bien aussi et c'est la seule façon de changer, de briser le mécanisme infernal de l'autodestruction. Ça me tuerait, Annabelle, de te voir te détruire avec mes propres armes. Je te jure que ça m'achèverait. »

Qu'est-ce qu'elle peut répondre à cela ? Sa mère est sincère et c'est bien le pire. Elle se croit, elle croit tout ce qu'elle dit. C'est même peut-être vrai, après tout. Mais Annabelle ne veut pas l'entendre. Pardonner ! C'est le mot le plus facile à dire au monde. On demande pardon, on s'excuse, on s'explique en long et en large, on pleure un peu, on fait pitié parce que les raisons qu'on a eues d'agir comme on l'a fait sont si bonnes et voilà, qui aurait le cœur de ne pas pardonner ? Ou enfin de ne pas dire qu'on pardonne. La main qui presse la sienne, qui implore un mot, qui supplie pour une miette… le dégoût qui monte dans sa gorge et qui la force à déglutir péniblement. Elle n'arrive pas à croire sa mère. Elle la voit faire, elle la voit faire semblant, s'exalter avec des théories simplistes, elle la voit manipuler avec bonne foi. Et elle se tuerait de déceler la perfidie de sa mère de façon aussi impitoyable. Elle se trouve abjecte d'être si peu coopérante et renonce du coup à lutter contre la vague d'angoisse qui l'envahit.

« On s'en va ? »

Elle se déteste. Comment ose-t-elle frapper sur sa mère comme ça ? Comment peut-elle la blesser aussi durement ? En plus, Christianne sourit sous l'outrage, retire sa main sans rien dire, ramasse la facture, sort sa carte de crédit. Elle fait même semblant d'observer les gens autour qui mangent et discutent. Mais son sourire est trop crispé, trop volontaire quand le serveur ramasse la note et la carte. Annabelle connaît tous les signes et sait ce qui lui reste à faire si elle veut seulement profiter de ses vacances ou ne pas mourir de culpabilité pendant la nuit : « Maman… je n'ai rien à te pardonner, O.K.? Ne me demande pas pardon, ça me met mal. »

Christianne l'observe un long moment, puis elle murmure :

— J'imagine la tête que j'aurais faite si ma mère m'avait demandé pardon et je comprends que ça te choque. Ça m'aurait choquée aussi. Mais j'en avais besoin, tu comprends ? C'est une étape nécessaire.

— O.K.

— Tu préfères ne pas en parler, c'est ça ? Tu es encore en colère ? Tu m'en veux beaucoup ?

Sincèrement, Annabelle ne peut pas dire qu'elle lui en veut, c'est seulement qu'elle ne peut pas supporter ce genre de conversation.

— C'est pas ça…

— C'est quoi ?

Annabelle hausse les épaules, regarde ailleurs :

— C'est trop compliqué.

— Ah ! La phrase classique de ceux qui se taisent et empilent les reproches ! Ce n'est pas compliqué, Annabelle, il faut seulement prendre la peine de parler et de verbaliser ses émotions. C'est tentant de ne rien dire mais, à la longue, ce n'est pas rentable : demande à ton père.

Pourquoi le serveur ne revient-il pas ? Pourquoi est-ce si long ? Elle voudrait penser à Étienne, s'en aller, l'appeler. Elle voudrait penser à ses mains et à sa bouche.

« Comment va-t-il ? »

Interloquée, Annabelle met un temps à comprendre que sa mère parle de Luc et non pas d'Étienne :

— Bien.

— Il est un peu à la maison ? Il ne te laisse pas trop toute seule ?

— Maman… je suis arrivée hier.

Et elle sourit en se rappelant que c'est elle qui a laissé son père seul la nuit dernière.

« Ça ne fait rien, je connais son talent pour éviter les confrontations. Vous partez quand ? »

Comme si elle ne le savait pas !

— Dans trois jours.

— Veux-tu lui demander de me laisser votre numéro…

Elle s'interrompt, sourit :

— Regarde-moi faire, regarde-moi reprendre mes vieilles habitudes ! Laisse, ma chérie, je vais faire mes commissions moi-même.

— Je peux t'appeler, si tu veux, ça ne me dérange pas.

— Non, je vais faire ma grande fille et appeler le grand méchant loup moi-même. Je vais te laisser en dehors de mes problèmes conjugaux.

Elle signe le bordereau, ferme son sac : « On marche un peu ? Il fait tellement beau ! »

Annabelle marche, un boulet à chaque pied, pendant que sa mère lui parle des rénovations qu'elle veut entreprendre dans la maison. Christianne lui promet de lui laisser redécorer sa chambre toute seule, à son goût, à sa convenance : « Du moment que tu n'en fais pas un zoo ! »… et Annabelle sait qu'elle va la trahir et ne plus jamais retourner vivre avec elle. Elle ignore comment elle va y parvenir, la seule idée de l'avouer l'affole, mais pour rien au monde elle ne peut envisager de retourner là-bas.

* * *

« Montre-moi tes yeux que je sache… »

Elle adore cette façon qu'a Luc de poser des questions

indiscrètes. Il ne demanderait jamais : comment ça a été ?
Non ! il prend son menton, fait la moue : « Tu vas survivre,
mais c'est parce qu'on part en vacances. »

Il se sert un scotch. Il en a peu besoin, il est plutôt
éméché. Elle l'attend depuis qu'elle est rentrée de son inter-
minable soirée avec Christianne.

« Tu couches ici ? »

Il la provoque ! Il essaie de la gêner : s'il pense qu'il va
l'avoir !

« Oui. Toi ? »

Il écarte les bras : « Comme tu vois ! » Il agite son
verre : « Je suis soûl, Anna. Zéro pour la conversation. »

Il s'assoit, ferme les yeux, prend une gorgée. Anna ne
dit rien. Les yeux toujours fermés, Luc murmure : « Tu t'es
chicanée avec Étienne ? » Même s'il ne la regarde pas, elle
fait non de la tête. Après un temps, il répond pour elle :
« Non. Tout se mélange, c'est ça ? »

Elle soupire. Il sourit : « C'est dur la vie conjugale…
surtout à quatorze ans ! » Il ouvre les yeux :

— T'aurais voulu que je t'en empêche ? Que je
t'interdise de découcher ?

— Tu ne pouvais pas.

— Exact. Je ne pouvais pas.

Qu'est-ce qu'elle veut, cette jeune femme qui s'assoit
dans son salon à une heure du matin, alors qu'il est soûl,
alors qu'il irait se coucher avec plaisir, qu'est-ce qu'elle veut
qu'elle ne demande pas ? Les femmes le déroutent… surtout en fin de soirée.

« Anna… »

Il n'en dit pas plus, il a déjà beaucoup de difficultés à
tenter de saisir le problème, il ne va pas s'enfoncer dans les
hypothèses plausibles.

— Maman est en thérapie.

— Oh !

Il est ébranlé, presque dessoûlé. Ça va barder, il va encore falloir expliquer des comment et des pourquoi insolubles : « Ça arrive à beaucoup de monde, tu sais. Ça peut même lui faire du bien, qui sait ! Excuse-moi ! »

Il exhibe son verre comme si ça expliquait tout, le vide d'un trait, se lève :

— Anna, je pense que je vais me soûler.

— Je veux venir rester avec toi.

Son mouvement est littéralement suspendu dans les airs. Il inspire profondément, prend son temps, verse le scotch, revient, se plante devant elle : ils s'étaient pourtant entendus pour ne pas aborder ce sujet avant le retour des vacances. Christianne a dû être chiante vrai pour précipiter la décision d'Anna de cette façon. Il est heureux. Bêtement, comme un homme soûl qui ne se complique pas la vie, qui prend le doux et laisse l'amer se consumer ou attendre au lendemain :

— Sûre ?

— Il faut que je le dise tout de suite parce que je ne suis pas certaine de ne pas changer d'idée… Quand maman fait pitié, je n'arrive pas à… à…

— À rester sur tes positions ? À ne pas céder ?

— C'est ça.

— J'avoue que je comprends ça.

Il s'écrase près d'elle : « O.K., Anna, message reçu. Tu vas rester avec moi et je vais me charger de négocier le tout avec ta mère. Ça te convient ? »

Elle fait une grimace :

— Je me sens mal de… de lui faire ça !

— C'est parce que tu interprètes ton choix avec ses yeux à elle. Tu as l'impression de la rejeter.

— C'est ça, aussi.

— Ouais ! Peut-être…

Après un bon moment, il murmure :

— Tu te serais sentie aussi mal à mon égard, si tu avais choisi d'aller vivre avec elle ?

— Non.

Elle le dit presque tout bas. Elle a l'air tellement coupable qu'il met fin au supplice :

— Anna, on fait comme on a dit : congé de discussions pendant nos deux semaines de vacances. On revient et je m'arrange avec ta mère pour qu'elle comprenne, tu m'entends, *comprenne* vraiment que tu fais un essai pour toi, pour ton équilibre ou whatever. Si tu recules, je te fais avouer que tu as peur de tuer ta mère et tu restes quand même avec moi. Deal ?

— Deal.

Il siffle la moitié de son verre : « Autre chose avant que je dise des niaiseries ? »

Elle le prend dans ses bras, l'étreint, pose un baiser sur sa joue : « Tu pues le scotch. » Il lui tend le verre :

— Tu veux goûter ?

— Pou-ti ! Je vais me coucher.

Elle se retourne juste avant de gagner sa chambre :

— Avec qui tu étais, ce soir ?

— Lydia Scaletti, grande pianiste s'il en fut et emmerdeuse de première !

— Ah bon.

Il ne veut pas savoir ce que signifie ce petit air entendu qu'elle prend. Il s'empare de la bouteille et va dans sa chambre. Il ne sait pas pourquoi, et il s'en fout, mais il va se soûler méthodiquement et irrémédiablement.

* * *

— Étienne… combien de filles t'as touchées avant moi ?

— Tu es la première, je te l'ai dit.

Ils sont chez Granne, à chuchoter. Ils ont tellement de scrupules qu'ils ne font pas l'amour ; ils se contentent de se caresser, d'explorer tout ce qui n'est pas à proprement parler « baiser ». Ils ont bien ouvert un condom, l'ont regardé et, découragés, se sont contentés des autres plaisirs. Mais Annabelle trouve qu'il a drôlement le tour pour quelqu'un qui débute. « Comment tu sais ? Tu as étudié ça ? Il y a des livres cochons en braille ? »

Il rit, ne répond pas.

— Étienne, je me sens nounoune. On dirait que tu sais tout faire et, moi, je ne sais rien. Je ne te touche presque pas. Montre-moi.

— Fais comme moi : sens, devine.

— Tu veux dire que tu ne savais pas ?

Il fait non, promène ses mains sur elle, lentement : « Si je touche ici, je te sens détendue. Si je m'arrête ici, ton souffle s'arrête aussi, si j'écarte un peu ici, je sens ta concentration, si je glisse ici, si j'appuie, même sans insister, juste le poids de ma main, juste rester sans bouger, les doigts légèrement écartés, tu bouges, je sais que tu vas venir chercher ma main, demander la caresse. Tu parles très bien avec ton corps. Regarde, regarde… tu le fais… »

Bien sûr qu'elle le fait, bien sûr qu'elle bouge, se coule dans ses mains, se roule dans le plaisir… elle n'a jamais imaginé autant de raffinement. Finalement, faire l'amour, être pénétrée ne lui semble pas si désirable. Sauf si Étienne en a envie. Surtout après l'intermède qu'il vient de lui offrir.

« Tu veux le faire ? »

Mais Étienne n'a pas l'air de trouver fastidieux ou

désagréable de la caresser. Et quand à son tour elle essaie de varier ses approches ou d'acquérir une mince technique, il n'arrive pas à tenir longtemps et elle voit sa recherche interrompue par son plaisir qui ne tarde jamais à venir : « Étienne, déjà ? Tu ne me laisses pas le temps d'apprendre à m'améliorer ! »

Il lui promet de faire un effort la prochaine fois. Elle l'enlace : « Étienne, tu es triste ? Pourquoi ? C'est pas grave… »

Il sourit et pose sa main sur ses yeux. « Tu ne veux pas que je te voie ? Tu penses que je ne le sens pas que tu es triste ? Laisse-la, ta main, je peux te dire que tu es triste, que tu essaies de faire semblant que tout va bien, mais que tu sais que je pars demain et que tu as peur. »

Il retire sa main :

— De quoi ?

— Que je t'oublie parce que je pars deux semaines ? T'es fou !

— C'est plus fort que moi.

— Je vais revenir, tu sais.

Elle a un peu mauvaise conscience parce que Luc lui a offert d'emmener Étienne. Mais elle n'arrive pas à croire que les vacances seraient réussies à trois : ils vont être mal à l'aise, elle va être gênée d'être avec Étienne, lui va l'être à cause de Luc… ça lui semble si compliqué de faire tenir tout cela ensemble. Son père et Étienne, ce sont deux univers qu'elle n'a pas envie d'attacher :

— Tu aurais voulu venir ?

— Moi ? Avec vous deux ? Non.

— Tu voudrais le rencontrer, mon père ? Il n'arrête pas de le demander.

— Il sait que je suis aveugle ?

— Évidemment.

— Il n'a rien dit ? Laisse faire, réponds pas ! Tu ne me le dirais pas s'il avait fait des remarques.

Elle se plante devant lui, le saisit aux épaules :

— Étienne Paradis, qu'est-ce qui te prend ? Tu penses de même, toi ? C'est toi qui dis ça ? Tu as peur de lui, qu'il te juge, qu'il te trouve pas correct ? C'est pour ça que tu es si triste ? Étienne, personne ne va jamais me dire un mot contre toi parce que tu es aveugle pour la simple raison que je ne laisserai jamais faire ça. Si tu dis des niaiseries, si tu en fais, O.K. Mais pas parce que tu es aveugle.

— Ils ne te le diront pas, mais ils vont le penser.

— Peut-être. Qu'est-ce que ça change ? Qu'est-ce que ça peut faire ?

— Ils vont se demander ce qu'une belle fille comme toi fait avec un gars comme moi.

Sa voix se brise, elle est bouleversée :

— Étienne… c'est parce que tu ne sais pas que tu es beau.

— Arrête !

Il se cache, il va pleurer. Mon-Œil se lève, étire son museau, mais Annabelle ne le laisse pas s'approcher, c'est elle qui veut consoler Étienne.

« Viens. Lève-toi. »

Elle doit le forcer à se lever. Elle passe ses mains doucement sur ses cheveux : « Tes cheveux sont bouclés, un peu longs, brun-blond, plus blonds l'été que l'hiver. Ton front est large, les cheveux prennent haut et ils font une petite pointe au milieu, c'est un signe de chance, tes sourcils sont fournis et ils font une ligne droite, pas un demi-cercle, très droite et qui s'amincit, tu vois ? Touche… Tes yeux sont foncés, ils sont mobiles, très mobiles, ils regardent toujours d'où vient le bruit, mais quand tu te concentres, ils deviennent fixes et ils s'absentent un peu…

Ce n'est pas des yeux comme on pense que les aveugles en ont, c'est pas des yeux de poisson mort… il y a un peu de vert dedans et ils ne sont pas creux, mais pas exorbités non plus. Les miens sont un peu plus creux, tu vois? Les cils ne sont pas épais, c'est assez bizarre : on dirait qu'ils n'ont pas poussé parce qu'ils savaient qu'ils n'avaient pas besoin de protéger l'œil. Ils étaient comme pas de service, alors il n'y en a pas beaucoup. En dessous, beaucoup de gens ont des poches ou des cernes. Toi, c'est lisse, et il y a des cernes juste quand tu as une bronchite… »

Il sourit. Elle continue, lentement, précisément en appuyant sur chaque partie décrite avec ses mains, puis en le forçant à vérifier lui-même avec les siennes. Elle procède méticuleusement, sans omettre un ongle, une densité pileuse, un grain de beauté ; elle précise tout, la texture, l'odeur, n'évite aucune partie, décrit, illustre en tentant de lui faire éprouver de l'affection et du respect pour ce corps qu'il ne voit pas. Ce qu'Étienne retient, ce qu'il entend dans cette longue nomenclature, c'est l'amour d'Annabelle et c'est à cet amour qu'il se rend à la fin en admettant que oui, peut-être qu'il est un beau gars.

* * *

Avant de partir en vacances, Annabelle s'oblige à appeler sa mère, à s'informer si elle a obtenu le numéro de la maison, à écouter les raisons qui font que Christianne ne peut pas en ce moment, absolument pas se résoudre à affronter Luc et tout le passé. Anna lui transmet le numéro, lui souhaite de bonnes vacances et arrive à raccrocher alors que sa mère cherchait une formulation percutante pour exprimer son courage et sa détermination à changer.

Elle appelle Julien et réussit à se décrisper en entendant Léo taper sur le téléphone et gazouiller ses « Ba-Belle ! » Puis, cédant à l'impulsion, elle compose le numéro de Julie Boivert qui répond alors qu'elle allait raccrocher.

— Je voulais vous demander si les confitures sont bonnes, finalement.

— Plutôt surettes… je me demande à quoi c'est dû…

— Pas assez de sucre ? Trop de rhubarbe ?

— Ou pas assez de douceur chez la cuisinière. Je t'en donnerai un pot. Tu constateras par toi-même.

Annabelle lui rappelle qu'elle part en vacances deux semaines et que, dès son retour, elle ira au Jardin botanique voir ce que seront devenues les roses. Julie Boivert l'informe qu'elle ne trouvera pas les mêmes roses écloses fin août. « … mais probablement toujours la même vieille femme assise sur un banc… »

— J'espère !

— C'était bon de te revoir, Annabelle. Tu as toujours cette extrême délicatesse de nous faire croire qu'on a de l'importance. C'est un talent assez rare.

— Mais vous êtes importante.

— Bien sûr… comme la rhubarbe : un peu d'aigreur pour rappeler qu'il faut sucrer la vie de temps en temps.

Son petit rire bref, presque cassant : « Amuse-toi, Annabelle, amuse-toi bien et viens tout me raconter à ton retour. »

Pourquoi a-t-elle l'impression que Julie Boivert lui a fait la promesse tacite de l'attendre ?

Son père, montre en main, lui fait signe de lâcher le téléphone, alors qu'elle murmurait des stupidités à Étienne.

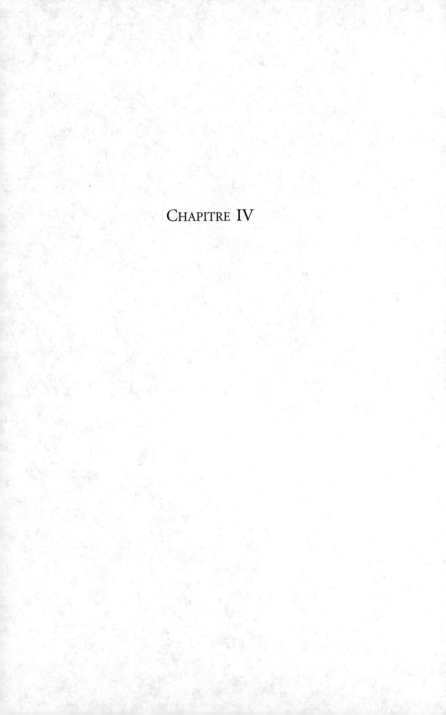

CHAPITRE IV

La maison est magnifique. Tout y est conçu pour qu'on puisse toujours contempler la mer. Même de la douche, on peut la voir. Trois chambres à coucher et Luc a laissé celle des maîtres à Annabelle : « Ça veut dire que tu peux faire ce que tu veux. »

Le rythme des vacances, les habitudes anciennes reviennent très vite. Même si cette fois il n'y a pas de piano ni d'heures d'exercices comme par le passé. Même si cette fois il n'y a pas de mère non plus. Chaque année, avant le divorce, ils allaient à la mer. C'était sacré : l'anniversaire de Luc, le 17 août, ne se célébrait qu'à la mer avec un somptueux repas de homards. Cette fois, c'est elle qui a tout préparé. Le soleil descend en accrochant l'écume des vagues pour les faire briller une dernière fois dans la réflexion du couchant.

Elle soupire de bonheur : en deux jours, elle a presque pris un coup de soleil, sa peau sent bon, un mélange d'huile et de soleil qu'Étienne apprécierait. Une langueur la gagne qu'elle attribue plutôt au verre de vin qu'elle finit.

— Tu soupires ? Il manque quelque chose ? Quelqu'un ?

— Non… Ça ne te fait pas bizarre, toi, de revenir ici sans maman ?

Elle est étonnée elle-même de l'avoir demandé : c'est

le genre de sujet qu'elle évite d'habitude. Mais Luc semble tout à fait disposé à répondre :

— Pourquoi tu penses que je n'ai pas loué la même maison qu'autrefois ?

— Elle était libre ?

— Mmmm…

Pourquoi s'est-elle imaginé qu'elle était la seule à avoir la nostalgie de l'harmonie familiale, du temps où elle avait existé ? Est-ce sa mère ou l'éternelle réserve de Luc ou cette façon qu'il a de railler les choses qui pèsent qui lui ont fait croire qu'il était soulagé, heureux sans réserve du changement ? Que ce divorce ne lui coûtait que des discussions désagréables avec Christianne et aucun chagrin. Ils sont restés ensemble treize ans… combien d'années de vrai bonheur, là-dessus ? Elle n'ose pas le demander.

— Te souviens-tu, Annabelle, de la fois où j'avais loué deux pianos ? Je crois que ça a été notre plus bel été… et la plus grosse colère de Christianne !

— Oui.

Pour une fois, elle ne décèle ni reproche ni sous-entendu condamnant… elle n'entend que l'évocation d'un grand bonheur qu'ils ont partagé : le piano.

— Tu avais dix ans… oui, dix ans puisque j'en ai eu trente-deux cet été-là. Sais-tu quoi ? C'est à ce moment-là, en jouant avec toi, que je me suis aperçu que tu étais vraiment loin devant moi, que jamais je ne te rattraperais. Ça m'a donné un coup.

— Pourquoi ? Ce n'était pas ce que tu voulais ?

— Il y a une bonne différence entre rêver d'une chose et l'obtenir. J'avais oublié que ça risquait de me mettre en face de mes carences.

— Mais tu passes ta vie à diriger des carrières d'artistes qui jouent mieux que toi !

— Oui. Mais ce n'est pas ma fille ! J'en ai arraché cet été-là quand j'ai compris que j'étais définitivement battu, hors jeu.

— T'es fou… Ce n'était pas un combat, c'était… ensemble.

— C'est ce que Christianne me disait : que j'agissais en petit mâle jaloux et conquérant, que je t'enviais.

— Tu n'as jamais fait ça avec moi !

— Pas sûr… Des fois je me demande si ça n'a pas influencé ta décision.

Elle ne veut pas qu'il la regarde comme ça, avec une blessure apparente au fond des yeux. Elle ne veut pas parler de son abandon, des raisons ou des pressions. Elle est heureuse près de lui, elle ne veut pas que cette harmonie se brise encore sur le piano ou sur son besoin à lui d'être rassuré et approuvé.

Le soir descend, une brise légère vient de la mer. Elle commence à ramasser les carcasses de homards pour échapper aux questions sans réponses. Luc l'arrête : « Anna… je ne sais pas plus en parler que toi. Je suis gauche parce que je suis triste. Ça ne sert à rien de chercher à démêler les raisons de ta décision et je le sais. Sauf, bien sûr, si ça risquait de la changer. »

Elle soupire, de nouveau accablée par un terrible découragement :

— Papa…

— O.K. On n'en parle plus.

Il se lève, l'aide à desservir, range tout en silence. Ils reviennent s'asseoir sur la terrasse et regardent la lune qui se lève, grosse lampe chinoise un peu jaune. Il la prend par les épaules et elle laisse aller sa tête contre lui.

— C'était un très bel anniversaire. Merci.

— Malgré tout ?

— Malgré quoi ? Le riz n'a pas collé.

— Malgré le piano, papa. Malgré ta méchante fille qui a abandonné le piano.

— Ma méchante fille a peut-être sauvé sa peau sans que je le sache. Alors…

Ils partent marcher au bord de l'eau dans la clarté de la lune. Un pêcheur, installé pour la nuit, s'allume une cigarette. La flamme illumine un instant son visage. Aucune inquiétude, aucune angoisse ne résiste au battement constant de l'océan dans la nuit.

Tout est tellement simple et paisible. Comme si la vie avait des marées et que, ce soir, elle était pleine et haute.

Au retour, ils ont dû courir pour répondre au téléphone. Luc remercie, il parle peu ; Annabelle essaie de deviner qui est l'interlocutrice et n'y arrive pas du tout. C'est une femme, c'est sûr. Qu'il veut séduire… c'est moins sûr… qui l'agace, ça c'est certain. Pas Christianne, ce serait déjà terminé. Elle renonce.

« Anna ! Lydia voudrait te dire un mot ! »

Il lui tend l'appareil et sort sur la terrasse. Elle voit sa silhouette en parlant et se dit qu'il doit être pas mal amoureux pour marcher aussi vivement. Lydia veut l'adresse de Julie Boivert : elle désire lui envoyer des fleurs. Elle a appris qu'elle n'est pas remise et qu'Annabelle la voit encore.

« N'envoie pas de fleurs, Lydia. Va la voir plutôt. Elle est tellement seule, tu ne peux pas savoir. Vas-y. » Lydia prend l'adresse, le numéro de téléphone : « Et toi ? Tu es en amour, il paraît ? »

Bon ! Les questions tendancieuses… mais comme Lydia n'a jamais rien dit d'Étienne à Luc, elle lui doit au moins quelques détails :

— Je ne sais pas, Lydia, c'est juste qu'il est… il est tellement fin, tu peux pas savoir.

— Chanceuse !

— Toi, tes amours ?

— Disons que j'ai exagéré dernièrement.

— C'est quoi, ça ?

— J'ai eu une histoire avec un violoniste qui… disons qu'il s'est trompé sur mes sentiments et que ça a fait des vagues…

— Le violoniste, c'est Faucher ?

— Mmmm…

— Franchement ! Il vient de se marier !

— Qu'est-ce que tu veux que j'y fasse, moi ? Je ne l'ai pas forcé. Il devait bien savoir qu'il était marié.

— Bizarre que ce soit encore un artiste à papa…

— Ben oui…

— As-tu passé Antoine aussi ?

— Annabelle ! Passé… t'es pas gênée ! (Elle rit comme une folle.) Ce serait difficile, il est gay.

— Ah oui ? Première nouvelle.

— Garanti ! Allez, va te coucher avant que je te dévergonde. Prends bien soin de ton très beau papa.

Son bien beau papa ferme les portes-fenêtres avec une énergie excessive :

— Qu'est-ce qu'elle voulait ?

— L'adresse de Julie Boivert.

— Ah oui ?

— Tu pensais qu'elle voulait me parler de ses amours ?

— Ah, tu sais, les amours de Lydia Scaletti sont d'une complexité inextricable et d'un intérêt mineur.

— Tu trouves ? Pas moi. Bonne nuit.

Elle le laisse se servir un scotch et digérer le prétendu intérêt mineur.

ANNABELLE

* * *

En entrant pour chercher un livre, Luc est soudain alerté : il n'entend pas les mots, mais le son de la voix d'Annabelle résonne bizarrement tendue. Il monte à l'étage : elle est au téléphone, dans sa chambre, la porte est entrouverte. Elle répète la même phrase, la voix altérée : « Mais pourquoi ? Pourquoi tu l'as pas dit avant que je parte ? »

Luc redescend, soucieux. Ils sont partis depuis une semaine seulement et ce serait la rupture ? Il ne sait pas quoi faire : doit-il monter parler avec Anna ou la laisser venir d'elle-même ? Même s'il y allait, il ne saurait pas quoi dire. Il ne sait pas comment consoler les peines d'amour. Qu'est-ce qui a pu se passer ? Il n'entend plus rien, plus de murmure, rien. Le silence. Il remonte, s'arrête en haut des marches : elle pleure, elle sanglote, désespérée. Jamais il n'a entendu Annabelle pleurer comme ça, jamais. Il reste planté à sa porte, indécis. Il finit par gratter doucement : « Anna… Anna, qu'est-ce qui se passe ? »

Il la trouve sur le lit, la tête enfouie sous l'oreiller, secouée de sanglots, hoquetante, incapable de dire autre chose que : « Il s'en va… il n'a rien dit… il s'en va. » Il laisse tomber toutes les questions qui surviennent et se contente de la prendre dans ses bras et de caresser ses épaules en silence.

Quand il entend les pleurs se calmer, quand sa respiration reprend un rythme plus normal, il demande doucement : « Qu'est-ce qu'il a dit ? »

Ses yeux rouges, navrés, sa bouche qui tremble : comme ça fait mal, comme il voudrait lui épargner cela ! « Dis-moi, Anna… »

Lentement, bribe par bribe, les mots viennent, entrecoupés de sanglots, d'accès de désespoir absolu. Étienne retourne à l'école où il a fait un stage. Une école spécialisée où on lui offre de faire trois années en deux. Une école qui lui accorde une bourse parce qu'il est brillant. Il va partir. Elle va se trouver seule à son école. Elle ne veut plus y aller. Et Étienne n'a rien dit la semaine où ils se sont revus même s'il le savait, même si sa décision avait déjà été prise là-bas, avant son retour à Montréal.

Luc envisage facilement les raisons qu'Étienne avait de se taire : il revient et il trouve cette belle fille amoureuse. Ils ont cinq jours seulement pour apprendre à s'aimer. Jamais il n'aurait eu le cœur d'avouer qu'il repartait, lui. Mais, bien sûr, Anna est blessée, trahie. Luc soupire, essaie d'expliquer ce qu'Étienne a dû vivre. Elle le sait, évidemment, et elle déplore d'autant plus d'avoir été écartée de la décision, d'avoir à la subir sans rien partager avec lui. « Penses-tu que je serais partie si j'avais su ? Penses-tu que je l'aurais laissé à Montréal ? »

Non, bien sûr. Il caresse les épaules dorées et essaie de réfléchir, de ne pas être envahi par la détresse impuissante d'Anna :

— Il part quand ?

— Le 31 août, deux jours après mon retour !

Et elle pleure de plus belle en murmurant que c'est fini, que ça ne sert à rien, qu'il a choisi et qu'elle veut mourir.

Il la laisse pleurer en silence : que peut-il dire ou faire ? C'est sans doute essentiel pour Étienne, c'est même probablement une très bonne nouvelle pour lui. Il a seize ans et son handicap doit l'avoir retardé : c'est l'occasion de rattraper les autres. Mais Anna va se trouver bien seule à l'école et il voit d'ici les effets désastreux sur le rendement scolaire. Il refuse de penser à cet aspect des choses pour l'instant et se replie sur les solutions immédiates : « Tu veux qu'on retourne à Montréal ? »

Les yeux pleins d'espoir, elle y songe un instant, puis fait non sans rien dire.

— Anna… tu ne seras pas heureuse ici, tu vas toujours penser à lui, au temps que tu perds.

— C'est tes vacances ! Pourquoi il l'a dit maintenant, aussi ? Quand il est trop tard ?

— Parce qu'il n'arrêtait pas de penser à toi et au temps qu'il perdrait à expliquer ça…

— Il aurait dû le dire avant !

La colère maintenant, il la voit à deux doigts de reprendre le téléphone pour l'engueuler, furieuse. Il apprécie le retour à l'agressivité, mais il préférerait de beaucoup le compromis. Alors, même s'il n'en a pas envie, il propose de la mettre dans un avion et de la laisser retourner à Montréal pendant qu'il termine ses vacances seul.

Tentée, Anna considère les conséquences :

— J'irais où ? Chez maman ?

— On pourrait appeler Granne…

— Non.

Étonné, Luc ne demande aucune explication sur le ton plutôt sec d'Anna. Elle essaie un timide « Je pourrais aller chez toi… ».

Laisser sa fille de quatorze ans filer sa lune de miel à l'appartement sans aucune surveillance ne l'enchante pas. Et sans le dire à Christianne, bien sûr. Il réfléchit rapidement : si Christianne veut l'empêcher d'obtenir la garde d'Annabelle qu'il s'apprête à réclamer en rentrant, elle aurait la partie belle avec une bourde pareille. Et là, Annabelle paierait encore plus cher le départ d'Étienne. Non, il doit revenir avec elle. Il soupire, caresse tendrement sa joue : « Tu me laisses réfléchir un peu et on en reparle… dans trois heures, au souper. D'ac ? »

Elle se retourne dans le lit, petit paquet de refus obstiné :

— Ça ne sert à rien de réfléchir. Il a choisi, c'est tout.

— Attends... on va trouver une solution. C'est le choc qui m'empêche d'être efficace.

Elle s'assoit :

— Papa, tu ne peux pas le forcer à m'aimer.

— Tu penses que c'est ce qu'il veut te dire : qu'il ne t'aime pas ?

Elle hausse les épaules : il n'obtiendra pas de réponse là-dessus. Il persiste quand même : « Anna... t'es-tu demandé la somme de courage que ça lui prend pour retourner là-bas, maintenant qu'il sait qu'il va peut-être te perdre pour ça ? »

Elle le fixe en silence, douloureusement. « Anna, il faut qu'on trouve une solution, parce qu'il doit être très malheureux lui aussi. »

Il voit bien qu'il a raison, que, terrassée de chagrin, elle n'avait pas encore pensé à lui, au prix que devait lui coûter ce départ : « Qu'est-ce que tu lui as dit avant de raccrocher ? »

Un éclair de pure culpabilité traverse le regard honteux. Il devine que sa fille a quelques réflexes de défense qu'il ne pourrait pas renier lui-même. Il sonde du côté de la feinte :

— Tu as fait comme si tu comprenais très bien le sens de sa décision ? Tu as fait semblant que, dans ces conditions, tu ne voyais pas la nécessité de le revoir ?

— Pas ces mots-là, mais...

— ... genre « Tu peux bien aller chez le diable » ?

— Genre...

Il sourit : « C'est le style d'impulsion qu'on a dans la

famille. Rappelle-le, Anna, dis-lui qu'on cherche une solution et laisse-moi penser. »

Il dépose le téléphone sur ses genoux et se tape une longue marche sur la plage.

* * *

C'est à une jeune fille beaucoup plus calme qu'il expose son plan : c'est Étienne qui va prendre l'avion et qui va venir les retrouver pour la semaine. Comme ça, le problème du chaperon est réglé et Anna n'aura pas de scrupules, puisqu'elle ne gâche pas ses vacances à lui.

Elle court téléphoner à Étienne et revient, défaite : Étienne refuse, il ne veut pas débarquer comme ça, au milieu de leur tête-à-tête, il ne sait même pas si Mon-Œil peut prendre l'avion et il n'a pas d'argent pour payer le billet.

— Mais je le paie, le billet !

— Tu ne comprends pas : il ne veut pas. Il dit qu'il ne te connaît pas mais que ce n'était sûrement pas ton rêve de regarder ta fille embrasser son tchum pendant une semaine. Il dit que tu dois m'aimer beaucoup pour faire ça, mais qu'il ne peut pas accepter.

— Si je lui parlais ? Si je demandais à Granne ?

— Tu le connais pas : il est plus têtu que moi.

Ce qui clôt la question. Luc ne sait plus quoi faire et Anna se tait. Elle va se coucher de bien bonne heure, ce soir-là.

La joie des vacances est ternie. L'enthousiasme est tombé et, même si elle fait des efforts, Annabelle n'est plus la compagne enjouée qui se jetait dans les vagues en hurlant de plaisir.

Pour faire exprès, le temps, jusque-là radieux, s'est

assombri : une brume épaisse couvre la plage, engourdit le paysage. Ils vont se promener à Boston, mais rien ne console Anna qui a l'élégance d'essayer de faire la conversation. Ce soir-là, il fait si humide que Luc allume une attisée. Pelotonnée près du feu, Anna fixe les flammes tristement.

— On va rentrer, Anna, il ne fait même pas beau.

— Non.

— Tu sais bien que c'est inutile de se forcer à rester.

— Tu n'es pas bien ?

— Non. Au cas où tu ne le saurais pas, tu n'es pas exactement un « happy camper » de ce temps-là.

— Excuse.

C'est dit sans aucune sincérité, comme un automatisme. Luc continue, élaborant une stratégie à mesure qu'il l'exprime :

— Si tu ne veux pas rentrer, je pense que je vais demander à Lydia de venir…

— Ah oui ?

— Comme ça… je vais lui dire d'acheter deux billets aller-retour, d'aller chercher Étienne qu'elle connaît, elle, et de lui demander de l'accompagner pour t'éviter d'être seule entre nous deux. C'est le genre d'argument qu'il va comprendre. Et puis Lydia va lui expliquer que le billet n'est pas remboursable, que c'est un spécial-rabais, ce que tu voudras. Les compagnies acceptent les chiens guides, j'ai vérifié hier. Mais il ne rentre pas en voiture avec nous : il s'en retourne avec Lydia samedi et, nous, on revient tous les deux seuls, dimanche. Qu'est-ce que tu dirais d'après-demain ? Ça nous donnerait quatre jours et il peut bien pleuvoir, on s'en fout !

En serrant dans ses bras sa fille exultante, il prie le ciel que Lydia n'ait pas de projet précis pour la semaine.

* * *

Au début, Étienne arrive mal à marcher sur la plage : le vacarme des vagues, le vent, l'espace et le sable le déséquilibrent totalement. Étourdi, il doit demander à Mon-Œil tous ses repères. Luc le regarde se lever bravement, approcher de la mer, tenir Anna d'une main et le harnais de Mon-Œil de l'autre. Il admire la rapidité avec laquelle Étienne contourne les obstacles signalés par son chien, se débrouille pour obtenir ce qu'il veut et aussi vite qu'il le veut. Étienne ne demande jamais à Annabelle de lui servir de guide. Et il est surpris de constater combien sa fille s'inquiète peu pour lui. Il la voit suivre Étienne et laisser Mon-Œil prendre les devants. Lui-même résiste encore bien mal au réflexe premier de se précipiter au-devant d'Étienne, de le mettre en garde, de le protéger. Il se force à imiter sa fille et à faire confiance aux moyens employés par Étienne pour pallier son handicap.

Mais c'est plus fort que lui : il regarde, fasciné, cette étrange communication entre l'espace et l'aveugle et il ne peut qu'admirer.

« Tu en veux ? »

Lydia lui tend une bière fraîche. Elle s'assoit près de lui, remet ses verres fumés, s'étire :

— Tu sais que ce jeune homme joue ?

— Tu veux dire… vraiment ?

— Anna est persuadée qu'il renonce à une grande carrière parce qu'il est aveugle.

— Elle t'a dit ça ?

— Ouais… elle m'a dit ça !

Il la regarde étendre sa serviette, s'y allonger, longue et lisse, déjà dorée : la tentation élevée au rang du supplice.

Il revient à Étienne et Anna qui se jettent dans les vagues et qu'on entend rire :

— On dirait qu'ils sont plus vieux que leur âge…

— Ils le sont.

— Étienne, peut-être… parce qu'il a eu à surmonter sa cécité, mais…

— Es-tu stupide ou tu le fais exprès ? J'ai commencé le piano trois ans plus tard que ta fille et j'estime que je n'ai pas eu d'enfance. Alors, je t'en prie, ne viens pas me vanter les beautés de son enfance ou tes qualités de père.

Elle se retourne brusquement sur le ventre, détache son maillot, rabat ses bretelles. Il ne sait plus quoi dire, scié par le ton et le propos.

Au loin, il voit Étienne sortir de l'eau avec Mon-Œil, serrer Anna avec son bras droit et l'embrasser. Le soleil frappe l'océan comme une plaque de tôle qui ondule, un avion bimoteur fait bourdonner l'air d'été, il y a comme un engourdissement qui règne sur la journée. Lydia semble endormie : il meurt d'envie de poser sa bouche au creux de ses reins, là où la fesse commence, cette petite merveille rebondie qu'en tendant la main il pourrait toucher.

Mon-Œil s'approche. Il monte sur la terrasse et, dès qu'Étienne le lâche, il s'ébroue voluptueusement juste à côté de Lydia qui sursaute violemment, se redresse en criant. Luc est mort de rire et poursuit Lydia jusque dans les vagues où elle attache le haut de son maillot qu'elle tenait à deux mains : « Espèce de maniaque ! Ne ris pas ! »

Elle essaie de lui faire boire la tasse mais il résiste et c'est elle qui est soulevée puis rabattue par une grosse vague. Il la relève une fois qu'elle a roulé dans le sable et qu'elle rit trop pour se défendre. Son genou est écorché, il se penche, embrasse la blessure comme on fait avec les enfants. Elle en profite pour le repousser dans les vagues et le poursuivre. Mais, à ce jeu, il est vraiment plus fort qu'elle : il la tient, mains derrière le dos. Une vague claque et les cogne l'un contre l'autre : projetée, Lydia s'accroche à Luc. La vague est passée depuis longtemps quand elle s'écarte.

En s'assoyant sur la terrasse, Luc sent encore la fermeté des seins de Lydia contre sa poitrine : « Ils sont où ? »

Elle étend de la crème sur ses jambes. Elle s'applique beaucoup : « Où veux-tu qu'ils soient ? Dans leur chambre, Luc. Ils en profitent et ils font bien. »

Elle s'allonge, ferme les yeux. Une petite flaque s'est formée dans la cavité du nombril. Une petite flaque miroitante qu'il laperait avec grand plaisir. Il ceint sa taille d'une serviette opportune et décide d'aller prendre une douche.

* * *

Le soleil et la mer constituent de puissants aphrodisiaques : même si elle veut discuter, Anna perd ses arguments quand Étienne l'étend sur le lit et entreprend de goûter le sel sur sa peau. Mais elle a décidé de le mettre à l'épreuve : elle le renverse, lui maintient les épaules contre le matelas : « C'est moi qui goûte, Étienne. Et tu dis comment faire ou tu m'arrêtes si ça ne va pas. » Excité, il murmure qu'elle n'ira pas loin ni longtemps… elle s'arrête souvent, en effet, tente de distraire le plaisir qui monte, lui raconte des tas de sottises chaque fois qu'elle l'entend l'implorer de s'arrêter, revient ensuite à ses caresses. La première fois qu'elle le prend dans sa bouche, au lieu de s'étouffer et de se sentir frappée en pleine gorge comme avec Jerry, elle le fait si délicatement et il tente tellement de reculer, d'échapper à la caresse que c'est elle qui avance, le happe, s'ouvre pour éprouver sa douceur ferme ; il palpite dans sa bouche, elle essaie de le calmer, de l'apaiser en demeurant immobile, puis elle se fait enveloppante, rassurante, aspire tendrement. Elle effleure légèrement les couilles tendues et le geste achève Étienne. Ce petit goût de fromage de Brie un peu salé lui paraît infiniment supérieur à celui de l'eau de Javel.

Le soir, les « enfants », comme dit Luc, se couchent de bonne heure. Après deux jours à converser de façon aigre-douce, Lydia n'en peut plus :

— Tu me prêtes la voiture ?

— Où tu veux aller ?

— Me perdre ! En ville : danser, boire, écouter de la musique. Je ne sais pas, moi, bouger un peu.

Il est tout à fait d'accord. Ce n'était pas comme ça qu'elle avait imaginé se libérer de lui et de son emprise sexuelle, mais elle ne peut quand même pas lui dire qu'il la dérange et que c'est lui qu'elle veut fuir. Et comme elle rêvait d'étrenner une petite robe soleil pas piquée des vers…

Dès qu'il la voit descendre l'escalier, Luc regrette. Il a envie de lui tendre les clés et d'aller se coucher.

« Quoi ? Tu n'aimes pas ça ? »

Elle le raille en plus, elle joue l'innocente ! Il l'entraîne vers la voiture en murmurant : « Ce n'est pas mon genre, mais, comme ce n'est pas pour moi, c'est moins grave » et il jubile de lui voir cet air dépité.

Au bar, elle exhibe tout ce qu'elle a de charme. Même l'accent avec lequel elle balance ses phrases en anglais a quelque chose de piquant. Il sent que ça va lui coûter cher en scotch. Elle s'amuse follement. Évidemment, ils sont quarante à l'entourer et à la faire rire : une French Canadian aussi sexy ! Il les comprend, d'ailleurs. Il a beau ramener ses attentes à d'humbles proportions, l'Américaine moyenne est très en dessous de ce qui l'attise. Dodues, l'œil un peu rond, le blond sévèrement relevé, elles ont toutes des hanches de mère de famille engraissées au fast-food et durcies au work-out frénétique. Les silhouettes sont fortes, fermes et trop épaisses à son goût. Il regarde Lydia onduler sur la piste, rendre fou le six-pieds-quatre qui se tortille devant elle : un beach boy dans toute sa splendeur américaine ! S'il faut en plus qu'il leur serve de chauffeur, il va tuer avant le matin.

Essoufflée, les cheveux défaits, elle lui vole son verre : « Ah ! Je me meurs ! Je vais prendre l'air cinq minutes. C'est agréable, non ? »

Non. Il balaie encore la salle d'un œil meurtrier et se décide à parler à une femme dans la trentaine. Une Noire qui danse fort bien. En revenant, Lydia contemple le couple : elle en grince des dents. La croupe souple de la femme se trouve juste sous la main de Luc qui semble en apprécier la fermeté. Il n'osera pas ! Pas devant sa fille, quand même ! Elle renonce à danser et trouve le temps très long : quelle idée aussi d'accepter ce voyage ! Une torture, une tentative stupide de faire sa fine, d'être exemplaire… Bon, d'accord, elle voulait faire cela pour Annabelle et ce beau jeune homme aux doigts si fuselés, mais, quand même, le père pourrait montrer un peu plus de reconnaissance. Il revient, le père, il « introduce » Sandy, lui paie un verre, a le front de s'informer de son géant blond. Elle le fusillerait ! « Je pense que je vais rentrer. Tu vas chez elle ? »

Interloqué, il écarte les mains en signe d'ignorance. Elle poursuit : « Tu veux que je prenne un taxi ? Tu ne penses pas me déposer avant d'aller chez elle, toujours ? »

Il n'a même pas le temps de répondre : elle prend son sac et sort. Il s'excuse, la suit, la rattrape :

— Lydia ! Ça suffit !

— Ne me parle pas sur ce ton, je ne suis pas ta fille !

— Mais qu'est-ce que tu as ? Arrête, la voiture est dans l'autre rue. Veux-tu te rendre à pied à la maison ?

Elle se dégage, furieuse contre elle-même, et marche en se disant que ça la calmerait peut-être, en effet. Il la regarde s'éloigner, découragé, il regagne sa voiture et la suit jusqu'à ce qu'elle se décide enfin à monter. Ils rentrent sans ajouter un mot.

Il s'installe sur la terrasse, écoute le bruit des vagues et essaie de se raisonner : Lydia est son patron en quelque sorte, il ne peut pas se permettre d'avoir des relations tendues avec elle, il ne devrait même pas la laisser l'exciter. Il se persuade d'aller s'excuser pour le bien de leurs relations de travail, pour rétablir des rapports sains et ouverts. Il frappe doucement à la porte de sa chambre : elle se brosse les cheveux en regardant la mer.

« Tu permets ? »

La brosse indique qu'il peut s'asseoir. Il reste debout, mal à l'aise, ne regarde pas l'ouverture de la chemise d'homme qui sert de pyjama à Lydia. Il fixe une reproduction de Hopper au mur. Il cherche laborieusement ses mots.

« Tu es venu vérifier la décoration de ma chambre ? »

Il en perd les maigres moyens qui lui restaient et force l'attaque :

— Lydia, s'il y a quelque chose qui te déplaît, dis-le, mais cesse de me bousculer comme si je savais de quoi il s'agit.

— Tu le sais !

Là, il ne comprend pas : il n'a rien fait, ce soir. C'est elle qui s'est trémoussée pour le rendre à moitié fou et qui décide ensuite de rentrer à pied. Un bébé dans la vingtaine, voilà ce qu'est Lydia Scaletti.

— Quoi? Qu'est-ce que j'ai fait, à part attendre que tu daignes monter dans ma voiture?

— Ah! Tu m'énerves, Luc Pelchat! Qu'est-ce que tu veux, là? Qu'est-ce que tu fais dans ma chambre à deux heures du matin? Tu veux me border?

Elle dépose sa brosse sur la commode, marche sur son lit, s'y enfouit rageusement, remonte le drap et le fixe, provocante. Il hausse les épaules, renonce : « Maudit bébé! » et sort.

Deux minutes plus tard, elle fait irruption dans sa chambre :

— C'est ça que tu voulais me dire?

— Écoute Lydia, on n'est pas en état de discuter. Laisse tomber.

— En état! On n'est jamais en état de rien! Le fais-tu exprès?

— De quoi?

— De me provoquer!

Ce n'est même pas vrai! Elle est en train de lui mettre sur le dos un comportement qui est le sien et elle le sait.

« Va te coucher, Lydia. »

Lui-même se couche, éteint, comme s'il était seul. Il l'entend fulminer à deux pas, immobile de rage. Enfin, elle bouge, elle va partir : « Va chier, Luc Pelchat! »

Dans le noir, elle saisit son visage, l'embrasse violemment et sort.

Électrisé, il reste éveillé à rêver à une vraie bonne chicane avec Lydia Scaletti.

* * *

Il est trop tôt, mais il n'a plus sommeil. Sur la pointe des pieds, il descend se faire du café. Le soleil n'est même pas levé. Une grisaille soulève la nuit. Il s'approche de la terrasse, sort pour contempler l'aube. Les oiseaux sont devenus fous furieux, ils font un bruit d'enfer.

Il s'assoit sur le bois encore humide de rosée et observe le mouvement plus calme de la mer. Une forte odeur d'iode imprègne la brume légère, évanescente, qui se disperse. Il entend la voix de sa fille. Il suppose qu'elle est sur le balcon de sa chambre, juste au-dessus de lui. Elle ne l'a certainement pas entendu sortir.

— Maintenant, c'est plus blanc et, juste devant nous, à la ligne au fond où la mer rejoint le ciel, c'est plus rouge. Je vois, un peu à gauche, la place plus foncée d'où le soleil va venir. C'est comme si un coin du ciel était brûlé : ça fait rouge autour. Tiens, ça change, là c'est moins foncé, ça disparaît. Il fait plus clair alentour, mais, à l'horizon, c'est seulement rose. C'est bizarre, on dirait qu'on l'a raté, mais il n'est pas levé. C'est de plus en plus clair… bon, ça y est, ça rougit : maintenant c'est directement à l'endroit d'où le soleil doit venir que c'est rouge, presque violet. Il y a une petite ligne de nuages juste au-dessus et ils ont l'air presque noirs à cause de la lumière qui vient d'en dessous. Ça y est Étienne, une petite portion, juste un petit bout très, très orange, très brillant : incroyable comme c'est fort, tout a l'air éteint à côté, le ciel plus loin, on dirait que c'est gris foncé ; il monte, Étienne, il sort directement de la mer, je peux presque voir le mouvement : un demi-soleil orange et jaune brillant… beaucoup moins rouge qu'un couchant, avec plus de brillance, comme si la boule retenait toute la lumière qu'elle va donner dans le jour. Que c'est beau, Étienne ! si tu voyais ça…

— Je le vois.

Luc rentre doucement et remonte se coucher, la gorge nouée : sa petite fille est quelqu'un de bien, sa petite fille est une femme remarquable. Il s'endort tout de suite.

Lydia a l'air faussement dégagée. Ils sont seuls à agiter leur café, Anna et Étienne sont déjà sur la plage.

« Bien dormi ? »

Il ne répond pas et la voit travailler pour rattraper une entente qu'elle a dangereusement mise en péril.

— C'est le dernier jour, Luc, on ne va pas le gâcher à bouder !

— Je ne boude pas, je t'assure.

Elle dépose sa tasse un peu vivement : « Bon, t'as gagné. Je m'excuse, je me suis énervée hier soir et j'ai un peu exagéré. »

Il a envie de lui demander ce qu'elle considère comme exagéré : le baiser ou la marche de santé, ou le tout. Il adore quand elle est repentante, c'est son humeur préférée pour l'atteindre :

— Aucun problème, Lydia, je m'étais aperçu que tu étais nerveuse.

— Ah oui ?

— C'est habituellement le cas quand on passe plus de trois jours ensemble. Tu n'as pas remarqué ?

Elle le regarde jouer et se dit qu'il bluffe, qu'il est loin de ressentir l'assurance dont il fait montre : « Je dois être allergique à toi. »

Il rit : « Probable. Je vais me tenir loin, promis ! Tu n'éternueras pas de la journée. »

Il s'exécute, sort et marche vers la mer. Il a les plus belles cuisses, les plus longues, les plus tentantes qu'elle ait contemplées depuis longtemps. Bon sang, qu'est-ce qu'elle donnerait pour éternuer !

* * *

— … Tu sais, c'est vraiment différent des autres écoles que j'ai essayées. C'est exprès pour nous, on ne perd pas de temps : les profs lisent le braille, beaucoup sont aveugles et tout est pensé pour nous permettre d'avancer, d'étudier plus vite. À notre école, ce qui était bien, c'était de me forcer à fonctionner dans le monde tel qu'il est ; là, c'est un endroit privilégié où je peux aller vite parce que ce n'est pas fait pour des voyants. Je sais qu'il y a des choses que je vais devoir apprendre après, mais au moins je ne me sentirai pas en dessous ou… retardé.

— Je comprends, Étienne, je trouve ça fantastique pour toi.

— Mais tu trouves ça dur.

— Oui.

Ils marchent encore en silence. Ça fait plus d'une heure qu'ils sont partis, plus d'une heure qu'Étienne explique son silence et ses « tractations secrètes », comme les appelle Anna. Elle n'est pas fâchée, elle comprend, il le sait, mais il voudrait qu'elle trouve cela aussi extraordinaire que lui. Elle le force à s'asseoir. Il fait couler du sable entre ses mains, il entend Mon-Œil haleter près de lui : il a soif, il faudrait rentrer.

— Étienne… est-ce que tu penses que je pourrais un jour comprendre parfaitement ce que c'est qu'être aveugle ? Je veux dire du dedans, savoir ce que tu sens ?

— Non.

— Jamais ?

— Même si tu te promenais avec un bandeau toute la semaine, Anna, même si tu essayais vraiment de faire les choses sans voir, il reste que, toi, tu pourras toujours enlever le bandeau si tu n'en peux plus. Et que tu le sais.

— Est-ce que tu pourrais m'en vouloir de ça, un jour ?

Il prend sa main, la caresse doucement :

— Quand j'étais petit, quand Granne est venue me chercher, je voulais crever les yeux à tout le monde, je pense. Je voulais crever les miens aussi. Je ne peux pas te dire comment j'ai haï ce que j'étais. Je ne peux pas t'expliquer combien de fois j'ai voulu briser des murs. Les briser en me brisant. Plus j'ai appris à fonctionner dans le monde, moins j'ai été violent. Aujourd'hui, je sais que ce n'est jamais aux autres que j'en ai voulu de voir : c'est à moi que j'en voulais de ne pas voir. Je pensais que j'en voulais au monde entier, mais je m'en voulais à moi-même.

— Pensais-tu à te tuer ?

— Bien sûr… il n'y avait rien d'assez violent pour moi.

— Comment t'as fait pour changer d'avis ?

— Granne m'a donné une guitare. Pas une bonne, mais ça faisait rien, je suis devenu maniaque. Ça aide, devenir maniaque.

— C'est drôle, je t'imagine pas violent ou délinquant.

— J'en n'avais pas l'air non plus : mais en dedans, ça rageait tout le temps. J'explosais, je voulais tuer.

— Moi aussi des fois.

— Je sais.

— Des fois j'ai peur que tu rencontres une fille aveugle dans ta nouvelle école, une fille qui va comprendre ce que c'est et que tu vas aimer.

— Devine de quoi j'ai peur, moi…

* * *

Ils prennent l'apéro « en gens civilisés », comme dit Lydia, et ils attendent le retour d'Anna et d'Étienne. La chaleur est moins accablante, mais le soleil chauffe encore.

Luc déguste son scotch et la fin d'une journée plutôt calme où ses rapports avec Lydia ont été idylliques, c'est-à-dire réduits.

Elle soupire :

— Tu la gâtes beaucoup, ta fille…

— Tiens ! Il y a deux jours j'étais un bourreau qui lui a spolié son enfance… décide, Lydia !

— Spolié !… De toute façon, les enfances parfaites font des adultes ennuyants.

Encore une théorie fumeuse ! Luc se tait pour ne pas réveiller l'allergie de Lydia. Mais au bout d'un moment il ne peut s'empêcher de laisser échapper un « Tu parles d'expérience ? » ironique.

— J'en ai rencontré deux ou trois.

— Dans le lot !…

Le regard furieux excite dangereusement son esprit combatif. Il lève son verre, fait signe qu'il renonce et boit en silence.

— Tu trouves vraiment que je la gâte ?

— Faire venir son petit ami par avion et l'accompagner d'un chaperon en plus, t'appelles ça comment ?

— Le chaperon, c'était pour me gâter, moi.

— Tu aurais dû le dire avant, j'aurais fait un effort.

— Vraiment ? T'aurais pu ?

Elle fait comme s'il n'avait rien dit, contemple l'horizon :

— Moi, je trouve ça gâter. Sans compter que tu leur permets de baiser sous ton toit.

— Franchement ! Qu'est-ce que je pourrais faire d'autre ?

— Comme mon père : faire semblant que la sexualité arrive à vingt et un ans avec la majorité et, si possible, avec un diplôme.

— C'était sa façon de voir ?

— À peu près… le diplôme était fondamental pour lui.

— La majorité, c'est dix-huit ans.

— Pas pour Luigi Scaletti !

— Il doit être fier de toi, maintenant.

— Lui ? Il ne comprend rien là-dedans, la musique. Pour lui, ma vie est un échec tant que je ne serai pas mariée.

— Tu pousses un peu, non ? Il doit quand même être fier de ta célébrité ?

— Ce n'est pas sûr… Mon père est un immigrant, Luc. Pour lui, ce qui est important, c'est que je sois comme une autre Québécoise, que j'aie un niveau de vie assuré et un mari. Pas des rentrées d'argent mirobolantes et variables. Pour lui, chaque fois que je fais de l'argent, c'est comme si je gagnais à la loto. Il voudrait que j'enseigne, que j'aie un salaire fixe. Il a peur que je perde tout. Manquer d'argent, ne pas avoir de statut, c'est le cauchemar de mon père. Il dit qu'avoir su, il ne m'aurait pas permis d'étudier le piano.

— C'est vraiment étrange… il ne voit pas qu'il y a une fortune dans tes mains ?

— Non.

— Tu lui en veux ?

— Non. C'est un petit monsieur qui a posé des tuiles toute sa vie : la semaine pour son boss, la fin de semaine pour son compte. C'est avec ses fins de semaine qu'il a payé mes cours de piano. Quand je regarde les mains de mon père, Luc, j'ai envie de les embrasser à genoux.

Il prend son verre vide et rentre pour le remplir sans lui demander son avis. Les enfants arrivent. Mon-

Œil vide bruyamment son bol d'eau. Anna les regarde :
« Vous êtes déjà prêts ? Vous voulez partir tout de
suite ? »

Ils ont décidé d'aller manger en ville pour la dernière
soirée. Lydia fixe son verre et rassure Anna : ils ont amplement le temps de se doucher et de s'habiller. « Ton père
et moi, on a encore quelques grandes phrases à se dire
pour s'impressionner. »

Un enfant qui se met à pleurer au loin, sur la plage,
brise le silence. La mer répercute le son en l'amplifiant. Le
profil de Lydia dans la lumière dorée absorbe totalement
Luc. Il sursaute en l'entendant.

— Toi, vas-tu lui en vouloir si elle ne joue jamais
plus ? Si elle ne se sert pas de la fortune qui est dans ses
mains ?

— Il n'y a peut-être pas de fortune… et ce n'est pas
une question d'argent, je veux dire ce n'est pas une
question de faire fructifier ou non son talent. C'est le don
que je ne voudrais pas gâcher.

— Penses-tu que mon père aurait réussi à me faire
arrêter de jouer ?

— Le pauvre… je ne vois pas comment, non.

— Alors pourquoi tu penses que, toi, tu aurais réussi
ça avec Annabelle ? Pourquoi ce serait ta faute ?

Il boit en silence, se concentre sur l'océan. Un cerf-
volant s'élève de la plage et pique du nez peu de temps
après. Quelqu'un rit aux éclats. Il se sent triste pour mourir
tout à coup :

— Pour me donner de l'importance, Lydia.

— Menteur !

— Tu essaies de me dire que je ne suis pas responsable ? Que je ne lui en ai pas trop demandé ?

— J'essaie de te dire que, responsable ou non, tu ne

peux rien faire : si c'est une artiste, une vraie, il n'y a rien qui va l'arrêter, même pas ton amour.

— Malheureusement, Lydia, je ne peux pas croire ce que tu dis : la détermination et la capacité de braver l'opinion des autres, ce n'est pas donné à tout le monde. On peut avoir un immense talent et ne pas avoir le courage de le porter. Il y a des natures artistiques qui n'ont jamais rien donné, parce que c'est dur, exigeant et que, oui, beaucoup de choses peuvent les arrêter. Tu le sais bien pourtant, Lydia : il y en a combien qui se plantent avant le fil d'arrivée ? Il y en a combien qui ne résistent pas au monde où leur art s'exerce ? Ce n'est pas parce qu'ils n'ont pas de talent.

— Ce n'est pas non plus parce que leur père a fait des erreurs.

— Non, c'est vrai… Je ne sais pas, Lydia, je voudrais qu'elle soit totalement heureuse. Je voudrais l'épargner, la mettre à l'abri, je ne sais pas comment dire… la protéger ? J'imagine que tu vas me dire que je suis stupide…

— Non. Naïf.

— C'est pas loin de stupide…

— Ça a au moins l'avantage de pouvoir s'améliorer. Elle rigole doucement, pose son verre et le menace :

— Je travaille, moi, demain. Ne me soûle pas.

— Ça me surprendrait qu'un naïf comme moi puisse te faire quoi que ce soit, y compris te soûler.

— Tu vas à la pêche, Luc ?

Elle se retourne sur sa chaise, le défie joyeusement : « Qu'est-ce que tu aimerais entendre ? »

Prestement, il ramasse le verre, se penche vers sa bouche, l'embrasse longuement, voluptueusement. Il murmure avant de rentrer : « Tu ne m'as pas laissé le temps de te répondre, la nuit passée. »

* * *

Malgré le départ imminent, le souper est une réussite. La terrasse du restaurant s'ouvre sur une marina. Les lumières des bateaux amarrés, la douceur de l'air du soir, même les goélands qui saluent bruyamment chacune de leurs prises, tout contribue à rendre le moment insouciant. Après ces quelques jours, Luc est plus à l'aise avec Étienne, il lui demande des précisions sur sa nouvelle école, sur l'enseignement qu'on y donne et même sur cette science qu'il a de vider un homard sans rien omettre et en ne touchant jamais à ce qui n'est pas comestible. Lydia raconte les hauts faits de sa dernière tournée et Luc se plaint en détail de la difficulté de négocier avec des egos de musiciens qui n'ont rien à envier aux divas et autres vedettes.

L'électricité qui passe entre Luc et Lydia est tout aussi puissante qu'avant, mais dans une tonalité moins agressive. Étienne rit beaucoup de les entendre s'agacer, se provoquer. Brusquement, il se tourne vers Lydia et lui demande si Luc est beau. Le bruit des assiettes et des couverts est tout ce qui trouble le silence. Lydia répète la question, très gênée d'y répondre. Étienne, en souriant, très détendu, se fait un plaisir de confirmer : est-ce qu'il est beau ? il est comment ?

Annabelle est ravie : « Tu veux que je t'aide, Lydia ? »

Lydia refuse et commence à décrire lentement Luc. Jamais l'objectivité ne lui est apparue plus difficile à atteindre. C'est une description concise, factuelle et plutôt froide qu'elle donne, une énumération rapide de données quasi techniques. Luc l'écoute attentivement, très amusé, et son sourire ne disparaît que lorsque Étienne lui pose la même question sur Lydia. Il essaie d'esquiver avec humour : « Tu vas avoir une meilleure idée en touchant, Étienne. »

Mais Annabelle n'est pas du tout d'accord. Étienne

insiste pour obtenir la description. Luc procède à l'inverse de Lydia : il sert tous les on-dit, toutes les qualités pour lesquelles on a vanté Lydia dans la presse et le milieu et, de temps à autre, il se permet une observation qui ramène le panégyrique à de plus humbles proportions. Le portrait est idyllique d'un côté et assez peu flatteur de l'autre. Lydia conclut : « Comme tu vois, Étienne, mon agent est fou de moi, il en perd tout discernement. »

Luc demande alors à Étienne de décrire sa fille. Annabelle se tortille sur sa chaise, au supplice. Mais son père n'écoute pas ses objections : « Souffre un peu à ton tour. »

La description est d'une précision époustouflante : totalement subjective, sans aucune contrainte, indécente de justesse amoureuse, empreinte de sensualité, c'est un hommage sans pudeur et sans esbroufe, le compte rendu minutieux d'un envoûtement. Lydia soupire de dépit. Étienne précise : « Mais il faut que j'avoue que je suis un peu amoureux du modèle ! »

Luc sursaute :

— Vraiment ? Jamais je n'aurais cru. Tu vois, Lydia, ce qu'il faut, c'est inspirer des sentiments amoureux !

— À toi ? Aussi bien vouloir faire parler les homards !

Étienne se penche vers Anna, l'embrasse dans le cou et murmure : « Je les entends, les homards, moi ! »

Il n'y a rien à faire : Annabelle refuse de répéter ce qui la fait tant rigoler et Étienne fait le gars qui ignore la cause de cette hilarité.

Ils n'arrivent pas à être tristes, la lune est trop belle sur la mer, le bruit des vagues trop berçant. Séparés par Annabelle et Étienne qui sont assis l'un contre l'autre sur les planches grises de la terrasse, Luc et Lydia fixent l'horizon en silence.

« J'ai vu une étoile filante ! »

« Où ça ? »

« Fais un vœu. »

Et ils font tous le même vœu.

« Tu jouerais quoi, ce soir, Lydia ? »

Luc n'en croit pas ses oreilles : c'est Anna, sa fille, qui pose une question pareille ? Lydia soupire :

— … un ³/₄, je pense… non, une valse. Debussy, peut-être, ou Ravel… toi ?

— Schubert.

— Oh toi ! T'es vraiment accro, hein ? À ce point-là, c'est du vice !

— Julie Boivert dit que c'est ma famille, Schubert.

— Julie Boivert est une sorcière. Je suis sûre que c'est elle qui a dit à Glenn Gould de regarder du côté de Bach.

Personne n'a envie de rentrer, personne ne tient à ce que la nuit finisse, ni même à ce qu'elle avance. Luc est en train de s'endormir dans sa chaise longue quand Étienne murmure : « Je voudrais vous remercier, Luc, pour ces quatre jours. Je ne sais pas comment dire, mais c'est probablement les plus beaux jours de ma vie. Jusqu'à maintenant, c'est certainement les plus beaux. »

Luc ne dit rien : d'où vient-il, ce jeune homme pauvre qui a eu si peu de bonheur, qui n'avait jamais vu la mer, jamais senti le sable brûler ses pieds, d'où vient-il celui qui tient sa fille contre lui, bras et jambes fermés autour de son trésor ?

« Je pense, Étienne, que ça m'a fait plus que plaisir. »

* * *

Beaucoup plus tard, alors qu'il se croit seul avec sa bouteille de scotch, Lydia revient sur la terrasse. Elle s'assoit au bout de la chaise et regarde Luc qui continue à fixer le ciel obstinément.

— Tu te soûles ?

— Mmmm…

Elle ne sait même plus ce qu'elle est venue chercher, ce qu'elle désire vraiment savoir. Il la décontenance quand il agit comme cela. Elle pose la main doucement sur sa cheville, l'enveloppe, prend le temps de percevoir la pulsation du sang. Il ne dit rien, il ne bronche pas, toute sa concentration fixée sur son apparente insensibilité. Elle abandonne la cheville, gorge nouée, et murmure :

— C'est impossible, c'est ça ?

— Si tu le dis…

S'il pense qu'elle va avouer plus qu'elle ne vient de le faire ! Elle se lève, lui tourne le dos : « Et si je ne le disais pas ? »

Elle entend son petit rire sourd, elle entend comme il se moque d'elle. Blessée, elle lui fait face, s'appuie des deux mains aux montants de la chaise, penchée vers lui et chuchote violemment : « Ça ne changerait rien parce que tu t'en fous ! Tu te fous de l'amour, de moi, de ce que tu fais aux autres ! Tu m'embrasses juste pour voir les dégâts après. Juste pour te venger on ne sait même pas de quoi ! Juste pour faire du mal ! Pour t'essayer et voir si ça marche. Espèce de… »

Ses yeux brillent de rage, de chagrin rentré, de désir exacerbé. Il pose une main sur sa bouche : « Shh… doucement… Arrête, Lydia. Arrête… » Il l'attire contre lui et la laisse pleurer dans son cou. Il ne pense qu'à une chose : s'interdire de la toucher autrement que de façon amicale, ne pas céder au désir furieux de l'embrasser. Il est certain que c'est la seule chose qu'il doive faire : résister.

* * *

Dans l'avion, Lydia se concentre sur la partition qu'elle doit jouer le lendemain. Cela lui permet d'éviter de creuser la méchante impression d'échec avec laquelle elle s'est réveillée. Étienne est silencieux près d'elle. Il doit avoir quelques soucis, lui aussi. Elle tourne la page en soupirant.

— Ils se ressemblent, Luc et Annabelle, trouvez… trouves-tu ?

— Probablement, oui.

— En tout cas, sur certains points…

Ils allaient atterrir quand Étienne a repris la conversation :

— Tu sais ce que ma grand-mère m'a dit un jour, quand je me morfondais d'amour pour Anna ?

— Non…

— Elle m'a dit : laisse-la venir à toi. C'était un bon conseil. Comme si elle connaissait Anna.

Elle range sa partition, rêveuse. Comment un si jeune homme peut-il avoir le cœur de se soucier d'elle en un pareil moment ? Elle se contente de prendre sa main et de la tenir comme si elle avait peur d'atterrir.

* * *

Luc a décidé de tenir la discussion « déménagement » dans la voiture, sur le chemin du retour. Captive, Annabelle ne peut pas y échapper. Et comme Luc se doute que ses préoccupations majeures des prochains jours vont s'appeler Étienne… Il lui explique qu'il va consulter Éric pour savoir si légalement, cela va changer les termes du divorce. Qu'il a pensé dire à Christianne que ce serait une période d'essai de quatre mois, le premier semestre scolaire, quoi. Que l'essai s'entend pour chacun des trois.

Il tente de savoir si elle veut aller chez sa mère toutes les fins de semaine, si elle désire prendre le bureau pour y installer sa chambre puisque la pièce est plus grande, si elle veut changer d'école et, si oui, dans quelle école de Saint-Lambert elle désire aller.

— Je ne sais rien de tout ça, papa.

— Écoute : voyager Saint-Lambert-Outremont tous les jours, c'est compliqué : faisable, mais compliqué. Il faut que tu y penses parce que ça t'oblige, entre autres désagréments, à te lever plus de bonne heure.

— Je m'en fous de l'école.

— Je sais, mais pas moi. Ta mère non plus d'ailleurs.

— De toute façon, Étienne ne sera plus là.

Luc décide de s'arrêter quelque part pour grignoter. Une fois assis devant son café, il attaque de front :

— Annabelle, même si Étienne était à ton école, même si tu te mariais demain avec lui, ce qui est hors de question, il faudrait que tu prennes des décisions pour ta vie. Ta vie ne peut pas être seulement un homme, même si c'est Étienne. Et tu le sais. Ce que tu vas faire de ta vie, il n'y a que toi au monde pour le choisir. Je peux t'aider. Ta mère aussi. Mais c'est à toi, ça t'appartient. Et quelles que soient les erreurs qu'on fera, ce sera quand même tes décisions et tu vas devoir vivre avec. L'école, il faut y aller, il faut passer au travers et trouver ce qui va te permettre d'avancer dans la vie que tu te choisiras. Étienne va à l'école exactement dans cet esprit-là : atteindre des objectifs précis pour obtenir la vie qu'il souhaite.

— Lui au moins, il en a, des objectifs !

— Trouve les tiens, Anna ! Personne ne va le faire pour toi. Et tu serais bien fâchée que quelqu'un essaie de le faire à ta place.

— Pas si facile !

Il sourit, il en a vu d'autres. Elle écrase minutieusement sa crème glacée, en fait une bouillie rose pâle. Quatorze ans, déjà plus vierge et des années d'esclavage musical à son actif. Et maintenant, ce trou auquel ressemble l'avenir. « C'est pas facile, c'est vrai, mais tu dois y penser. Dis-moi, qu'est-ce que je fais pour Étienne ? »

Elle abandonne sa bouillie et le regarde sans comprendre.

— Ta mère, ma belle, ta mère va finir par découvrir le pot aux roses. Elle sait qu'il est aveugle ?

— Elle ne sait même pas qu'il existe.

La tentation du silence est belle : qu'est-ce qu'il donnerait pour ne pas avoir à présenter les amours d'Annabelle à Christianne ! Quelle jolie perspective que celle de discuter les préceptes de la morale parentale avec son ex.

— Ne dis rien !

— Anna... tu sais bien que je ne peux pas, que je n'ai pas le droit de lui cacher ce que tu fais.

— Pourquoi pas ? Je n'ai pas le droit à mon intimité, moi ? Pas de vie privée, c'est ça ?

— À partir du moment où je la partage... ça serait difficilement justifiable auprès de ta mère.

— Il aurait fallu que je me cache, c'est ça ? Tu me dis qu'il faut que je te mente pour avoir la paix ?

— Non. Mais c'est déloyal vis-à-vis de ta mère.

— Mais ce n'est pas déloyal vis-à-vis de moi de lui dire, c'est ça ? C'est un maudit beau raisonnement : moi, ce n'est pas grave, ça ne compte pas !

Il ne sait plus quoi dire. Elle a raison, mais Christianne risque de le poursuivre si elle apprend qu'il a payé l'avion au petit ami de sa fille et qu'il les a laissés coucher dans le même lit. Ce serait beaucoup plus grave que si lui-même avait couché avec une autre femme pendant ses

vacances avec leur fille. Ce qui, déjà, aurait été assez drama-
tique. Il soupire :

— Théoriquement, tu as raison. C'est déloyal à ton
égard. Mais tu as quatorze ans. Que Granne laisse Étienne
venir ici, ça se comprend : il a seize ans et elle sait que je
suis là. Mais toi... c'est sûr que tu n'as pas l'innocence
habituelle des filles de quatorze ans, que tu es plus mûre,
mais il n'y a pas un juge qui va me suivre et me donner
raison, garanti.

— Raison de plus pour se taire. Dis-le pas, ça va être
l'enfer si tu le dis. Je n'ai jamais rien dit pour les autres
femmes, je n'ai jamais rien dit pour Raymond quand il
restait avec maman, dis-le pas, O.K. ? Si elle le sait, c'est
moi qui vas payer, pas toi.

Il sait bien qu'Anna a raison et que c'est terrible de
l'admettre, mais que Christianne ne comprendra jamais
qu'il ait fait cela, qu'il ait laissé leur fille mener librement
sa vie sexuelle à quatorze ans. Il ne saurait même pas
l'expliquer pour que cela ait l'air aussi simple et normal
qu'il l'a ressenti. On est supposée être encore une enfant à
quatorze ans, il le sait, mais sa fille n'est pas une petite fille,
et cela aussi il le sait. Sa fille aussi a des droits.

— De toute façon, c'était pas le premier.

— Quoi ? Anna, tu me terrifies... tu veux dire que
tu n'étais pas, que... qui ?

— Tu te vois pas ! Personne ne m'a violée si c'est ce
que tu penses.

— Ce n'est pas drôle, Anna, pas drôle du tout.

— Je veux juste dire que ce n'était pas de ta faute...
que j'ai eu d'autres expériences avant, quand je restais chez
maman. Qu'elle n'en sait rien. Je le dis pour soulager ta
conscience. Tu ne lui dis rien, O.K. ?

Son père pense intensément, il débat plus d'une question en ce moment. Elle a peur qu'il veuille des détails. Elle rougit, assure qu'il ne s'est rien passé de grave, qu'elle était même restée vierge mais que c'était… sexuel.

— Quel âge tu avais ?

— Quatorze.

— Cette année ? Avec qui ? Comment il s'appelle ? Je le connais ? Anna, pourquoi j'ai l'impression que c'est quelqu'un de plus vieux, quelqu'un de mon âge ?

Elle ne veut rien dire, se referme et se bute. Il sait qu'il n'arrivera pas à la faire avouer en la harcelant. Il se tait, profondément troublé. Ils rentrent à Montréal, presque en silence. Ils s'entendent pour procéder par étapes avec Christianne : le déménagement d'abord, le petit ami seulement s'il le faut, mais plus tard. Ce qui soulage à la fois Luc et Annabelle.

* * *

« Lydia… je peux te poser une question indiscrète ? »

Elle prend le temps d'avaler sa bouchée en méditant. Il est venu la rejoindre après le concert, histoire de savoir comment ça s'était passé. Elle hoche la tête, attendant la suite. Il a l'air bien timide tout à coup.

— À quel âge tu as commencé ? Je veux dire… ta vie sexuelle ?

— Qu'est-ce qui se passe, Luc ? Ta conscience paternelle te tourmente ?

— Disons…

— Quinze ans… et il était grand temps !

— Pourquoi ?

— Parce que ça pressait, innocent ! Parce que j'étais prête. Ce qui ne veut rien dire pour les autres. Il n'y a pas de règle dans la sexualité, tu ne savais pas ça ? Il y a des gens qui baisent et qui s'ennuient en baisant à n'importe quel âge. Il y a des tourmentés qui ne pensent qu'à ça, qui ne rêvent qu'à ça. Il y a du monde qui se dégoûte de la plus petite fantaisie, d'autres qui nous dégoûteraient avec les leurs. Alors, demande-moi donc si je pense que ta fille s'y est mis trop tôt, ça va être plus simple.

— Penses-tu que c'était trop tôt pour Anna?

Elle rit de le voir si obéissant : « Si je te disais oui, tu aurais l'air de quoi? »

Complètement effondré, il supplie :

— Lydia, c'est important… elle m'a dit qu'Étienne n'était pas le premier.

— Ah oui? Ça ne te passe pas par la tête qu'elle pourrait te mentir?

— Pas là-dessus.

— Bon! Et alors? C'est le deuxième, disons, ça change quoi?

— Ben… je suis responsable… en tout cas, je devrais.

— À quel âge tu as commencé, toi?

— Quinze.

— Tes parents étaient responsables dans ton esprit?

— Rien à voir. Au contraire, ils ont tout fait foirer.

— Tire toi-même tes conclusions!

— Tu vas être moins relax le jour où ce sera ta fille…

Elle ne répond pas : elle le tuerait! Il la prend vraiment pour une tarte. Sa fille! Comme s'il ne savait pas qu'elle se traînerait par terre pour bercer un bébé qui aurait ses yeux. Comme s'il ne savait pas qu'elle ferait des milles à genoux dans les ronces pour qu'enfin il lui fasse l'amour. Elle plie sa serviette de table, se lève : « Excuse-moi, je suis épuisée, je vais me coucher. »

Et elle laisse son agent payer.

ANNABELLE

* * *

Il a peur de Christianne ! Jamais il n'aurait cru un jour avoir peur d'une autre femme que de sa mère. Il la revoit surgir dans la salle de musique, l'arracher à Geneviève, tirer son chemisier sur ses seins comme on ferme le rideau sur un spectacle obscène, la mettre dehors en l'humiliant et le gifler ensuite violemment, en hurlant sa honte.

Christianne est pourtant loin de faire montre de la même autorité. Mais, comme d'habitude, c'est avoir conscience de se préparer à la blesser qui le terrorise. Chaque fois qu'il a fait souffrir une femme, chaque fois, il s'est senti assez coupable pour s'enfuir en ayant des ailes et sans jamais éprouver de vrai chagrin, en ressentant plutôt un soulagement indicible de n'être plus en face d'une souffrance dont il était responsable. Ou enfin… dont on l'accusait d'être responsable.

A-t-il vraiment gâché la vie de cette femme ? Sa femme ? L'a-t-il vraiment tenue à l'écart, négligée, déconsidérée, exploitée comme elle le lui reproche ? Il n'arrive pas à s'en persuader.

Peut-être avouerait-il… pour pouvoir s'enfuir au plus vite. Mais comme il y aura toujours leur fille entre eux, il ne peut pas se sauver. Et il se demande s'il a raison de se sentir si coupable, si elle a raison de tant l'accabler. Il se dit, en écoutant la longue liste des reproches, qu'il est plus lâche que coupable et que ce serait tout un travail de s'expliquer vraiment. Et puis… ça a quelque chose de satisfaisant de se croire capable de tant d'effets pervers sur quelqu'un. Pourquoi cherche-t-elle à lui faire endosser la totale responsabilité de la piètre qualité de sa vie ? Pourquoi a-t-il eu la vanité de le croire ? Tout cela lui paraît si dérisoire et si inutile : le long inventaire des griefs ressassés, les lieux communs de leur vie conjugale, ils n'ont jamais eu le courage de parler de quoi que ce soit d'autre. De la vérité, par exemple, pense-t-il, déjà épuisé.

— Christianne, c'est d'Annabelle que je veux que nous parlions. C'est d'elle que je suis venu m'entretenir.

— Évidemment! Je ne vois pas pourquoi tu affronterais une conversation que tu as fuie toute ta vie. Mais Annabelle est issue d'un couple qu'on a formé et ça, ça compte aussi dans sa vie.

— Probable… mais le couple n'existe plus et elle ne gagnera rien à ce qu'on perpétue nos discussions pénibles…

Elle abandonne son plat, le repousse violemment, allume une cigarette : « Pénibles? » Elle a l'air déterminée à lui faire payer quelque chose. Il prend sa voix la plus douce et pondérée :

— Oui, Christianne, pénibles. Et je t'avoue que c'est vrai que je te trouve pénible. Je sais que c'est dur, mais il faut admettre les choses comme elles sont, non? Tu ne vas pas bien. Tu te poses beaucoup de questions, tu fais un travail admirable sur toi-même, mais c'est un peu dur pour les autres. Je ne te reproche pas de te poser des questions, je constate qu'Annabelle est secouée et perturbée…

— Par moi? Par mon côté pénible, tu veux dire?

— Christianne, ne me fais pas dire ce que je n'ai pas dit. Je parle d'Annabelle présentement. Avec moi, tu as tous les droits de poser ces questions et de débattre des problèmes qui t'empêchent d'être heureuse, mais notre fille vit dans une atmosphère… déprimante.

— Elle t'a dit ça? Que j'étais déprimante?

— Non Christianne. J'interprète librement.

— En effet!

Il examine les autres convives à la recherche d'une

idée, d'un truc diplomatique pour que la tension, qui est palpable, n'explose pas. La question qu'elle lui pose interrompt sa contemplation :

— À partir de quand tu m'as trompée, Luc ?

— Christianne… on ne fera pas encore l'autopsie de mes infidélités, non ? On a déjà fait le tour de ces questions.

— Tu crois ? J'en parlais avec ma thérapeute, je parlais de ma supposée paranoïa sexuelle, de ma jalousie comme tu dis. J'ai essayé d'établir une liste de ce que je savais : tu es un beau salaud d'avoir le front de me traiter de paranoïaque. Juste avec la moitié du total, n'importe qui serait en droit de se sentir en danger et trahie. Et je ne suis même pas sûre de tout savoir.

— Christianne, arrête ! Tu te fais mal pour rien. Tout ça est admis depuis longtemps : je t'ai trahie, je t'ai blessée et en plus j'ai nié les effets dévastateurs de mon comportement sur ta vie. On ne va pas en parler encore pendant dix ans ? À quoi ça sert de ressasser mes infidélités ? Qu'est-ce que ça te donne de plus ? Le droit de me haïr ? Tu l'as de toute façon, arrête de creuser ça. Ta thérapeute fait de l'argent en te laissant t'enfoncer dans ce qui est devenu une manie : réagis, Christianne, pousse-moi, barre-moi de ta vie à tout jamais, mais arrête !

— Je ne peux pas. Je m'excuse, mais je ne peux pas.

Elle triture nerveusement le paquet de cigarettes, ses traits sont crispés, ses yeux sautent d'une chose à l'autre, quelque chose tremble en elle qui fait tressauter tout son corps. Désolé pour elle, désolé de la voir si exténuée, si peu capable de réagir avec douceur, il tend la main et la pose sur sa joue. Elle ferme les yeux : seigneur ! elle va pleurer !

Elle murmure :

— Si je ne te fais pas de reproches, si je ne te traite pas de tous les noms dans ma tête, je ne peux pas te dire le désespoir qui me tombe dessus dans ce temps-là. Je me demande toujours pourquoi tu ne m'as pas aimée, pourquoi, moi qui t'aimais tant, je n'ai pas réussi à me faire aimer de toi, à te garder. As-tu déjà eu besoin que quelqu'un t'aime ? Quelqu'un qui ne te voit pas, ne te parle pas, ne t'estime pas ? Quelqu'un qui passe à côté de toi et qui ne s'aperçoit même pas que tu existes ? Non, ça n'a jamais dû t'arriver, Luc. Ma rage, qui est si déprimante, est peut-être plus facile à vivre que le désespoir qui m'envahit quand je me dis que tu ne m'aimeras jamais et que jamais tu ne m'as aimée. Que notre couple, c'est moi qui l'ai tenu, c'est moi qui l'ai collé et recollé comme une folle pendant des années. Comme une photo déchirée par quelqu'un toutes les nuits en cachette et qu'au matin je m'obstine à recoller, même si on ne voit plus les visages, seulement les plis d'usure.

— Christianne, il faut arrêter maintenant. Déchire-la toi-même.

— Je ne peux pas. Ça fait plus mal que tout le reste.

Elle renifle, prend son sac : « Excuse-moi, je reviens. »

Il ne sait vraiment pas comment orienter la conversation sur Annabelle. Pourquoi, malgré toute la sincérité qu'il lui accorde, a-t-il la sale impression qu'elle fait ce qu'elle veut de lui ?

Il décide de profiter de l'interlude et d'attaquer le sujet dès son retour des toilettes. Ce qu'il fait avec une ferme douceur : il explique la situation, les désirs d'Annabelle, le drame qu'a été la discussion qui a précédé sa fugue. Il lui rafraîchit la mémoire et la met en garde contre toute violence entre eux qui ne pourrait qu'aggraver les choses pour leur fille. Mais Christianne n'a pas du tout la même réaction qu'il y a un mois. Elle hoche la tête doucement, continuellement, en souriant comme quelqu'un qui n'y peut rien, mais : « Je ne peux pas, Luc, je suis désolée, mais je ne peux pas perdre ma petite fille aussi. Annabelle, c'est ma limite. J'ai essayé, j'ai voulu me raisonner, mais ça, tu ne peux pas me l'enlever. J'en mourrais. C'est aussi simple que ça. Je le dis sans colère, mais c'est un fait : Annabelle est plus précieuse, plus importante que moi-même, tu ne peux pas me la prendre. Tu as pris tout le reste, tu as gâché ma vie, tu ne peux pas m'enlever ce qui me tient debout. »

C'est la tranquille assurance du ton qui le consterne :

— Annabelle n'est pas une bouée de secours, Christianne, c'est un être humain. Ce que tu dis me persuade : il est grand temps de la sortir de chez toi. Tu ne vas pas lui demander de te consoler de tout ce que la vie ne t'a pas donné ? C'est pas vrai ?

— Tout ce que, *toi*, tu ne m'as pas donné, pas la vie. Tout ce que, toi, tu as gâché, sali, détruit.

— Et toi, Christianne, tu n'as rien gâché ?

— Bon ! La parade des responsabilités !

— Très bien ! Évitons-la ! Je veux te poser une question : considères-tu qu'Annabelle t'appartient plus à toi qu'à moi ? Que c'est davantage ta fille que la mienne ? Que tu as plus de droits sur elle que moi ?

— Sincèrement ? Oui. Qu'est-ce que tu veux que je te dise, Luc, tu ne t'en es jamais soucié en dehors du piano, alors assume. Assume les conséquences de tes actes. Je ne peux pas te les épargner, celles-là.

— Est-ce que tu l'aimes ?

— Pose encore une question aussi stupide que celle-là et je te plante là.

— O.K., Christianne, laisse-moi t'expliquer quelque chose. Tu me reproches de ne pas t'avoir aimée, de ne pas t'avoir respectée et tu prétends, toi, pouvoir et savoir aimer Annabelle. Tu prétends être sa mère et celle à qui elle appartient. Si c'est ça, aimer, en effet, j'en connais fort peu là-dessus et il est possible qu'on ne s'entende jamais sur ce sujet. Mais Annabelle a exprimé le désir de venir vivre avec moi. Pas de te trahir, pas de t'abandonner, non. Vivre avec moi. Peux-tu respecter cela ? Peux-tu, avec tout ton amour, la croire quand elle dit que c'est ce qu'elle veut ? Peux-tu y voir autre chose qu'une dépossession ? Ou la perte de supposés droits ? Sais-tu c'est quoi, la pression d'un amour comme le tien ? Te rends-tu compte qu'elle va s'enfuir encore si on ne réussit pas à s'entendre ? Je ne te vole rien, Christianne, je pense seulement qu'un enfant, comme une femme, comme n'importe quel être humain, ne nous appartient pas. Quel que soit le besoin qu'on en ait. Elle nous ressemble, elle peut exiger beaucoup, mais elle ne nous doit pas ce qu'on lui a donné. Pense à elle, pas à toi. Pense à ce qu'elle veut vraiment, à ce dont elle a besoin. C'est peut-être seulement pour quatre mois. Essayons sans faire de drame, Christianne, notre fille ne peut pas te consoler de l'échec de notre mariage. Elle ne peut pas te remettre sur pied ou te faire tenir debout, c'est trop lui demander et ça pèse trop lourd.

— C'est quand même moins lourd qu'un piano et que la perfection artistique que tu lui demandes.

— Elle n'en fait plus, inutile de discuter de ce point-là.

— Non, Luc. La première chose qui va arriver, c'est que tu vas recommencer ton chantage pour qu'elle reprenne le piano. Gentiment, bien sûr, l'air de rien…

— Es-tu folle ? Quel chantage ? Le jour où elle a abandonné, je n'ai rien dit.

— C'est exactement ça : tu es parti et après tu nous as abandonnées ! Si tu n'appelles pas ça une pression ou une forme raffinée de chantage…

C'est affolant, il a l'impression d'argumenter avec le diable. Une vague de compassion pour Annabelle l'étreint. Il revient à la position de départ qu'il s'est fixé, essayant de ne pas se laisser entraîner sur ces terrains glissants.

— Le piano est terminé, Christianne, discutons des vrais problèmes. Anna ne va pas bien. Tu l'as dit toi-même : mauvais résultats scolaires, isolement, pas d'amis, la fugue qu'elle a faite le mois passé, des colères que tu m'as rapportées, des caprices aussi et, ce que moi j'ai vu, de la tristesse. Là-dessus, on est d'accord ?

— Passer à travers un divorce, c'est dur pour tout le monde. Excepté pour toi, on dirait.

— Crois-le ou non, c'est dur pour moi aussi.

— Hé oui : t'es obligé de discuter !

— Donc, Anna éprouve des difficultés. Quand on lui demande ce qu'elle aimerait, elle exprime le désir de venir chez moi.

— Pas à moi.

— Pardon ?

— Elle ne m'a jamais dit ça à moi.

— Le mois passé, Christianne, dans le salon chez moi, devant moi, elle l'a dit !

— Elle détestait Raymond ! Tout s'est joué là-dessus. Elle a éprouvé de la jalousie à voir un homme entrer dans ma vie. Elle a eu peur de perdre sa place. Elle a été incapable de le verbaliser et ça s'est exprimé dans un rapport de force avec Raymond qui, lui, n'a pas réagi d'une façon très adulte. Mais c'est différent maintenant ! Raymond n'est plus dans ma vie. Annabelle n'a plus à craindre de perdre sa place.

— Sa demande date de deux jours, du retour de vacances en fait.

— Qu'est-ce que tu lui as acheté, cette fois ?

— C'est ce que tu appelles respecter et aimer ta fille ?

— Qu'elle vienne me le dire à moi et on avisera.

— Tu sais très bien qu'elle ne peut pas, qu'elle a trop peur de te blesser pour te dire ça.

— Elle ne tient pas de toi, en tout cas.

— Ça ne te fait rien d'exiger un prix pareil ? Anna va en souffrir, elle en souffre déjà, ça ne te dérange pas de la forcer à te choisir, à en faire un rapport de force entre toi et moi cette fois ?

— Les enfants payent souvent pour les manques des parents. J'ai essayé de te changer, je ne peux pas.

— C'est de toi que je parle, de tes exigences, de ta possessivité.

— J'avais entendu ! Moi, je parle de toi.

— C'est quoi là, Christianne ? Qu'est-ce que tu veux ? À quoi tu joues ?

— Je ne joue pas, Luc. Mon point de vue est qu'Annabelle est mieux avec sa mère, parce que je garde un œil sur elle, que je la discipline, que je l'élève. Que ça lui paraisse ennuyeux, c'est normal. Qu'elle préfère aller manger au restaurant tous les soirs parce que son père ne sait pas cuisiner, c'est normal. Qu'elle trouve plus drôle de faire ce qu'elle veut, de rentrer à l'heure qu'elle veut, c'est normal. Alors, ça ne m'étonne pas du tout qu'elle demande d'être en vacances à l'année longue ! Le problème, c'est que je me sens responsable de cette enfant-là et qu'il ne sera pas dit que je vais laisser les choses empirer. Ses résultats scolaires sont déjà désastreux, j'imagine ce que ce serait si elle était chez toi. C'est non, Luc. Et essaie de réfléchir au rapport de force dont tu parles et essaie de vérifier honnêtement si ce n'est pas toi qui cherches à te faire confirmer par Annabelle que tu es le plus important.

— Est-ce qu'il va falloir régler ça en cour, Christianne ? Dis-moi que ce n'est pas vrai !

— Certainement ! Et j'ai hâte de voir le rapport que
le psychologue va faire sur toi.

— Christianne, toute cette amertume va faire du mal
à Anna. Je t'en prie, essayons de nous entendre. Ça va être
atroce pour elle.

— Tu te réveilles ? C'est le divorce qui a été atroce
pour elle. C'est ton mépris pour moi qui a été abominable.
Comment cette petite fille pourrait-elle développer une
image positive d'elle-même avec un père qui traite les
femmes comme tu les traites ? Il fallait y penser avant à ce
qui serait atroce pour elle.

— Mais arrête ! Qu'est-ce que tu veux ? Que je
revienne, que je demande pardon ? Que je promette quoi ?
Qu'est-ce que ça te prend, bon sang ? Tu ne parles pas
d'Anna, tu parles de toi, rien que de toi, toujours de toi !
Une image positive d'elle-même ! Une petite fille ! Ne viens
pas me faire chier ! Ça pue la psychologie à cinq cennes et
le martyre consenti, ton affaire ! Sais-tu à qui tu me fais
penser ? À ta mère quand elle attaque ton père en se ser-
vant de vous autres. C'est pareil !

— Bon ! L'artillerie lourde, maintenant ! Même en
rampant, je ne voudrais pas que tu reviennes. Même
dégoûtant de contrition, même en me jurant fidélité pour
le restant de tes jours, je ne voudrais pas de toi. Je n'ai aucune confiance en toi et, jusqu'à maintenant, tout me
donne raison. Essaie de supporter que j'existe et que je me
fasse une petite place dans ma vie. C'est fini le temps où
on ne se souciait que de toi ! Tu ne me marcheras pas
dessus comme avant : j'ai décidé de m'accorder un peu
d'importance, un peu d'estime, même si ça te dérange.

— Je vois que la thérapie t'a fait du bien.

— Méprise, vas-y, Luc ! Je connais tes armes : un peu plus, un peu moins… Pas surprenant qu'Annabelle refuse de rencontrer la psychologue. Ça ne te passe pas par la tête que tu lui fais peut-être du tort ?

— Je n'ai jamais parlé de thérapie avec elle et tu le sais très bien ! Seulement, pour quelqu'un qui pense qu'elle ne s'est jamais accordé d'importance, je trouve que tu pousses un peu. Si tu continues, Christianne, le monde entier ne sera pas assez vaste pour contenir ton ego.

— Tu sais de quoi tu parles !

— On peut-tu, s'il te plaît, essayer de s'entendre pour Annabelle ? Elle veut changer d'école et déménager à Saint-Lambert.

— Non. N'insiste pas, Luc. C'est non.

— On va aller en cour, c'est ça ?

— Si tu veux.

— Christianne, c'est Annabelle qui a des besoins, pas moi.

— Très bien, à deux conditions alors : 1) qu'elle me le dise elle-même clairement face à face et 2) qu'elle consulte ma thérapeute avant.

— *Ta* thérapeute ?

— C'est la seule en qui j'ai confiance.

— Je comprends !

— Ce sont mes conditions et elles sont irrévocables.

— Et si Anna refuse ?

— Anna ou toi ?

— Anna.

— Il est plus que temps qu'elle apprenne à s'expliquer et à justifier ses choix.

— Je peux te demander ce qui te justifie, toi, d'exiger des conditions pareilles ? Crois-tu sincèrement que tu te sentirais à l'aise d'aller expliquer à *mon* thérapeute pourquoi tu me détestes ?

— Tu penses qu'Annabelle me déteste ?

— Non Christianne, j'essayais de te faire comprendre que c'est injustifiable et qu'Anna ne peut pas se rendre à des conditions aussi malhonnêtes. Demande-moi de rencontrer ta thérapeute, mais ne le lui demande pas à elle.

— Très bien : rencontre-la.

Bouche ouverte, il suppute rapidement l'offre :

— Très bien. Prends rendez-vous.

— Tu vas y aller ?

— Certainement ! Je t'ai dit qu'Anna ne doit pas endurer les conséquences de notre divorce. Tu veux me voir aller rencontrer une thérapeute ? La tienne ? Très bien. Je vais le faire et Anna va payer un peu moins cher.

— C'est très édifiant !

— Qu'est-ce que ça te prend, Christianne ?

— Rien. J'admire…

— Et je vais te dire autre chose tout de suite : jamais, de ma vie, je n'ai aimé personne comme Anna. Tu as raison sur un point : jamais je ne t'ai aimée comme je l'aime. Je ne sais pas jusqu'où ton amertume va te mener, mais je vais me battre pour qu'elle n'en souffre pas.

— Le chevalier, maintenant ! Tu ne serais pas un peu possessif, toi aussi ?

— Non. Ça, ma chère, je ne le suis pas et je remercie le ciel parce que ça a l'air d'être un fichu problème à vivre.

— Tu peux bien parler de mon amertume !

— L'ennui, Christianne, c'est que non seulement je ne suis plus amoureux de toi, mais je ne t'aime pas non plus. Étrangement, tu deviens exactement le genre de femme que je ne peux pas sentir : une pure bitch !

Il ne lui laisse pas le temps de reprendre des couleurs, il lance l'argent sur la table et part.

* * *

Éric se tient la tête à deux mains : « C'est pas vrai ! Tu n'as pas dit ça ! Tu devrais refuser de la rencontrer, c'est effrayant ! »

Luc n'est pas fier de lui. À mesure qu'il relatait sa discussion, il s'enfonçait dans sa chaise. Il conclut :

— J'avoue qu'elle m'a mis hors de moi. Je n'ai pas pu m'empêcher de la traiter de bitch !

— Si c'était rien que ça !

— Je trouve ça assez raide, moi.

— C'est en lui disant que tu aimais Anna que tu as empiré ta cause. Puisque tu ne l'as jamais aimée, elle ! Te rends-tu compte de l'arme que tu lui as donnée ?

— Mon dieu, non… elle le savait déjà…

— Sais-tu c'est quoi la nouvelle mode en matière de procès de divorce et de garde d'enfants ?

— Je sens que tu vas m'informer…

— L'inceste ! Ça s'entend depuis l'abus sexuel total jusqu'à la présomption d'inceste qui s'évalue à la longueur et à l'intensité d'un regard. C'est pas des farces, c'est dangereux.

Atterré, Luc considère son ami :

— Ben voyons… c'est hors de question et elle le sait !

— Qu'est-ce que Christianne a le plus redouté quand vous étiez ensemble ? Les autres femmes. Qu'est-ce que Christianne entend présentement ? Que sa fille a pris sa place dans ta vie. Que tu vas changer *pour elle,* que tu vas lui donner, *à elle,* ce que, en tant que mari, tu ne lui as jamais cédé. L'amour est un concept très élastique en droit, mon cher. Ça va barder, elle ne te laissera pas faire ça. Et ça n'a rien à voir avec votre fille. Elle ne peut pas te parler directement ? Elle va le faire à travers Anna.

— Elle sait très bien qu'il n'y a rien de pervers ou de vicieux ou de… tendancieux dans mes rapports avec Anna.

— Elle peut facilement se persuader du contraire… et prétendre qu'elle veut protéger sa fille contre ton désir inconscient.

— Elle ne peut quand même pas prouver ça !

— Tu as promis de te rendre chez sa psy ? Tu as intérêt à changer d'idée avant qu'elles ne se mettent à compiler des preuves.

— Je ne peux pas. J'ai promis. Elle va dire que je n'ai pas de parole.

— Franchement, Luc : penses-tu encore que Christianne croit à ta bonne foi ?

— Non.

— Alors… la psy prend le bord. Tu iras voir le mien si tu as envie d'exprimer tes frustrations.

— Mais Anna va devoir y aller si je n'y vais pas.

— Ta fille n'est pas une balle de ping-pong et on ne la fera pas compter les points pour vous deux.

— Ça ne marchera pas. Christianne va l'empêcher de venir rester chez moi et Anna va encore se sauver. Ça me tue !

— Attends avant d'établir des scénarios de catastrophe. Reprenons le dossier…

Point par point, suggestion après suggestion, ils finissent par mettre au point une stratégie qui épargne à Annabelle la charge de la preuve et qui accorde tout le bénéfice à l'essai de cohabitation. Ils estiment, bien sûr, que Christianne ne se rendra pas à cette offre, mais Éric semble croire qu'il est crucial de la faire. Il tente d'encourager Luc :

— Si ça ne va pas, Annabelle témoignera devant le juge. C'est moins dur que d'affronter sa mère seule.

— Jamais ! Il est là, le problème : elle ne peut pas faire ça à sa mère. C'est précisément ce qu'elle me demande : pas de confrontation, même à travers le juge.

Luc s'en va en cultivant un sérieux doute sur l'avenir : trop de rage muette, trop de haine inavouée, de reproches étouffés entre lui et Christianne pour qu'Annabelle ne soit pas piégée. Il aimerait bien réclamer un « time out ». Faire face aux femmes qu'il n'a pas suffisamment aimées l'a toujours démoli.

* * *

Annabelle n'y peut rien : le départ d'Étienne, malgré les promesses, malgré les raisonnements et le bon sens, l'a laissée défaite, hantée par un inexorable sentiment d'abandon. Elle regarde son père se débattre dans les procédures légales pour obtenir sa garde à Saint-Lambert et elle sait d'avance que toutes ces tractations ne serviront à rien : sa mère gagnera. Tant qu'elle-même n'aura pas la force de lui dire en pleine face qu'elle lui pèse et fait de sa vie un long reproche et un effort constant, sa mère gagnera. Annabelle s'accuse, s'engueule, mais aucun courage ne lui vient. Elle ne s'installe donc pas vraiment chez Luc, attendant du jour au lendemain sa condamnation et la fin du sursis. Elle attend aussi, jour après jour, un téléphone, une lettre d'Étienne… qui n'arrive pas.

Julien est tombé en amour. Il exulte, le monde entier est fleuri et enchanteur et il a de la peine à finir ses phrases tellement il est distrait. Seul Léo lui a fait un accueil débordant d'enthousiasme, zozotant de ravissement. Léo qui refuse de s'endormir ailleurs que dans les bras de sa gardienne.

L'école va reprendre et cela ressemble à la fermeture des portes de la prison. Sa mère va se mettre en devoir de la surveiller, de la questionner, d'enquêter et elle devra faire comme si la vie était palpitante. Même Granne n'a pu s'empêcher de la supplier de laisser Étienne garder ses bonnes résolutions et de l'aider à supporter l'éloignement. Anna trouve assez ironique de devoir rassurer Étienne et de l'aider alors qu'elle-même s'enfonce dans la platitude et la morosité. Mais elle comprend et ne peut qu'acquiescer : pourquoi Étienne aurait-il gâché ses chances d'avenir ? parce qu'elle s'ennuie et trouve la vie inutile ?

Elle a repris ses longues marches dans la ville, évitant soigneusement la rue Viger. Elle arrive à peine à croire qu'elle ait pu imaginer se jeter devant une voiture. Il fallait qu'elle soit stupide ! Chanceuse comme elle est, elle se serait retrouvée handicapée pour le reste de ses jours, en chaise roulante. Elle se félicite de n'avoir jamais mis à exécution un tel projet et planifie dorénavant des méthodes plus sûres et moins violentes. Elle a déjà inventorié la pharmacie de son père, mais il est le genre aspirine et vitamines. Aucun calmant, rien pour dormir ou même réveiller. Rien dont elle pourrait faire usage. Elle se promet de faire une excursion plus lucrative chez sa mère qui a toujours eu quelques réserves de sédatifs. L'idée d'avoir en sa possession une masse suffisante de médicaments rassure énormément Annabelle. Ça n'a rien à voir avec l'acte en lui-même. C'est l'intense liberté que le choix réel lui donnerait. Elle pourrait s'échapper, elle en aurait les moyens. Elle aurait dans ses poches la certitude qu'elle peut agir, contrôler sa vie. Au lieu de quoi, elle marche dans la ville en attendant que les autres décident pour elle et sans elle. Étienne décide pour lui-même, Luc aussi, Julien, même Christianne qui se plaint mais qui fait quand même à sa tête ! Il n'y a qu'elle d'assez lâche pour se taire et attendre, d'assez pusillanime et minable pour laisser les autres décider à sa place. La seule décision qu'elle ait jamais prise dans sa vie, c'est d'abandonner le piano. Et c'était une erreur. Bien sûr, elle avait fait son effet, bien sûr, ça semblait être sa décision personnelle, mais c'était un échec, elle le sait avec certitude. Elle sait que le piano l'a laissée et qu'ensuite elle l'a abandonné. Donc, même cette décision n'était pas vraiment la sienne, voilà le triste constat auquel elle se voit réduite. Elle a fait semblant plus qu'elle n'a décidé. C'est la musique qui a décidé.

Même madame Boivert l'a abandonnée. Plus jamais elle ne la trouve au Jardin botanique. Les roses sont fanées et elle reste seule sur son banc, persuadée de ne pas valoir le déplacement, persuadée que Julie Boivert a autre chose à faire que de distraire une ancienne élève. Trois jours d'affilée, Anna est revenue s'asseoir et a reçu la même réponse décourageante. Elle renonce à aller sonner chez son ancienne prof pour se faire confirmer son insignifiance et elle reprend ses errances à travers la ville.

Elle retourne au parc où elle a rencontré Jerry. Elle aimerait bien le revoir. Elle appréciait son insouciance, sa généreuse nonchalance. Avec lui, on cesse de se poser des questions, de se sentir mal ou coupable. Elle se souvient avec reconnaissance de la manière dont il a accepté qu'elle refuse de faire l'amour avec lui. Jerry n'est peut-être pas un modèle de réussite scolaire ou le genre de gars qu'elle présenterait à son père ou à sa mère, mais lui au moins la prend comme elle est et ne lui demande aucun effort. Mais

Jerry non plus ne l'attend pas dans le parc. Elle s'informe auprès des gens qui traînent dans le secteur, mais personne n'a l'air de le connaître et comme elle se souvient davantage de son sexe et de ses mains qui battaient le rythme sur la table que de son visage, il lui est difficile de décrire de qui il s'agit.

Marcher, errer dans la ville lui convient parfaitement : pas de place où aller, absolument seule, sans beaucoup d'argent, voilà comment elle se sent dans la vie. Quand elle rentre à Saint-Lambert, le soir, et qu'elle voit un Luc soucieux s'entretenir au téléphone avec Éric, elle répond toujours qu'elle a passé une bonne journée au Jardin botanique avec Julie Boivert. À quoi bon l'inquiéter ?

Puis, un après-midi, alors qu'elle traverse le parc Lafontaine, elle aperçoit Jerry. Toujours aussi maigre et fébrile, les yeux à l'affût comme un animal traqué, il s'agite près d'un banc. Elle lui fait un petit signe de la main, elle est si contente, comme si elle venait de retrouver le seul ami qu'elle ait jamais eu. Il la fixe, suspicieux, puis regarde ailleurs. Déçue, elle ralentit, réprime son envie de lui sauter au cou. Elle ne peut quand même pas s'en aller ! Il la regarde encore, moins inquiet, il a l'air de chercher qui elle est. « Jerry ? »

Un sourire, c'est déjà ça… Il a les yeux rouges et enflés, l'air presque malade. « Jerry, c'est moi, Belle, tu te souviens ? On a… on a passé une nuit ensemble y a… un mois et demi. »

Rien de tout cela ne semble l'éclairer. Il tape un rythme sur le dossier du banc et conclut :

— Belle ? C'est un nom de chien !

— C'est ce que tu avais dit.

— Ah oui ?

Il s'éloigne, complètement indifférent. Elle s'assoit,

ne sachant plus quoi dire ou faire. Il doit être trop dro-
gué pour se souvenir… Il revient, tourne autour du banc :
« J'en ai pas si c'est ce que tu veux. »

Ça a l'air de le peiner davantage qu'elle. Elle hausse
les épaules et ne dit rien. Il s'éloigne encore, fait quelques
pas, revient :

— Tu veux faire une passe ?
— Non.
— Pas de passe, pas de hit.
— Pas grave.

Il la considère sans comprendre. Puis, très vite, son
œil accroche quelqu'un au loin. Il se raidit et grince :
« Pousse-toi, en v'là un. »

Elle se lève, hésite : elle ne veut pas le perdre alors
qu'elle vient de le retrouver.

« Décrisse pis vite ! »

Elle obtempère et marche en direction de l'homme
qui a l'air d'intéresser Jerry : un homme dans la qua-
rantaine, en complet, l'air tellement straight qu'elle n'arrive
pas à croire qu'il va payer Jerry pour quelque chose de
sexuel. Elle les voit discuter de loin et finalement s'éloigner
ensemble.

Le lendemain, elle prend la peine d'attendre un peu,
de s'assurer qu'aucun client ne se pointe à l'horizon avant
de le retrouver. Il a l'air plus content de la voir : « T'es
partie vite hier. »

Elle en déduit qu'il y a une sorte de conduite codée
qu'elle devrait apprendre : faire de l'air, mais revenir après
la passe. Jerry est bavard ce jour-là, il lui pose des questions. Il n'en revient pas qu'elle ne soit pas intéressée par
une petite ligne ou un speed ou un peu de hasch. Il rit
comme un fou quand elle lui dit que l'école commence
bientôt. Lui n'a pas fini son secondaire et se vante d'avoir

sniffé de la colle à huit ans et d'avoir fait son premier blow-job à onze ans.

La pluie se met à tomber, la clientèle se fait rare et Jerry l'emmène à sa chambre. Il lui montre comment entrer sans la clé, lui offre une bière qu'elle refuse et il passe le reste de la matinée à lui raconter ses galères. Anna écoute, fascinée et horrifiée. Il lui explique comment on fait une ligne, comment on fume un joint, du crack, du smac et même de la coke. Il lui donne des détails sur les différents high, évoque les rush d'un shoot. Quand elle le quitte, il est étendu sur le matelas, à moitié endormi : « Tu vas revenir avant que l'école commence ? » Il rit seulement à prononcer le mot. Elle l'assure que oui et il lui promet le septième ciel si elle veut baiser. Elle sourit et ferme la porte.

* * *

Un peu de hasch est la seule chose qu'elle ait acceptée. « Parce que ça peut pas faire de mal », comme dit Jerry. Il lui montre tous les trucs pour économiser le stock et elle fume en l'imitant. Elle refuse de faire un « blast » parce qu'elle se méfie de sa résistance. Une fois qu'elle a fumé avec lui, Jerry se met à la caresser, mais elle s'éloigne, refuse de céder. Le hasch la rend nostalgique et bizarre : elle voudrait retrouver des moments perdus de sa vie. Elle se met à désirer jouer passionnément, il lui semble que Schubert exploserait sous ses doigts, qu'elle atteindrait des sommets d'interprétation, qu'aucune peur ne pourrait la freiner. Puis, tout aussi brusquement, elle n'a plus envie que de dormir, dormir et oublier.

La tristesse qui l'envahit est si puissante qu'elle quitte l'appartement avant de se mettre à sangloter. Comme toujours, Jerry lui fait un petit signe de la main, complètement indifférent. Elle marche, se disant que l'effort va dissiper les effets mélancoliques de la drogue. Par pur automatisme, elle se rend au Jardin botanique. Julie Boivert est là, assise sur le banc, encore plus frêle qu'avant les vacances. Elle s'appuie sur une canne, même assise. Elle l'a plantée entre ses deux jambes et regarde venir Annabelle, droite comme la justice. Annabelle se sent bien démunie devant cette attitude sévère. Elle s'assoit tout de même, prend de ses nouvelles en affectant une légèreté qu'elle est loin de ressentir. Au lieu de répondre, madame Boivert fixe un prunier comme s'il savait quelque chose qu'elle ignorait. Elle finit par dire : « Comme ça, on a passé nos journées ensemble, Annabelle ? »

La question est posée doucement, sans agressivité. Anna perd pied, tout s'écroule autour d'elle : elle se tait, morte de honte. Julie Boisvert ne la regarde même pas :

— C'était bien, remarque. Tu es venue me visiter à l'hôpital, ensuite tu m'y as accompagnée pour les examens, tu m'as aidée à choisir ma canne... tu sais, toutes ces trivialités qu'entraîne la maladie. C'est d'ailleurs ce que j'ai dit à Lydia qui pensait te rencontrer en passant me voir. Tu sais ce qu'elle m'a demandé, Lydia ? Non, tu ne sais pas et tu es tellement contrariée que tu écoutes à peine. Écoute, Annabelle Pelchat, ce que Lydia m'a demandé, c'est assez formidable : est-ce que tu joues quand tu viens chez moi ? J'ai failli éclater de rire ! Plutôt ironique comme situation, tu ne trouves pas ?

— Qu'est-ce que... vous avez...

— Ce que j'ai répondu ? Tu voudrais bien le savoir, petite peste... Donne-moi une réponse avant.

— Quoi ?

— Annabelle, je ne crois pas avoir le cœur assez solide pour me fâcher. Alors, ne fais pas la stupide avec moi. Je ne suis pas ton père et je n'ai pas la crédulité de Lydia.

— Je… suis restée chez moi, c'est tout.

Julie Boivert se lève en ponctuant son effort d'un « Très bien ! » résolu et elle s'éloigne. Anna panique à l'idée qu'elle alerte Luc ou sa mère. Il faut trouver une raison, une excuse valable, quelque chose… Elle se sent comme ouatée de terreur, elle la suit et balbutie : « Madame Boivert… ne vous fâchez pas s'il vous plaît, c'était… c'est à cause d'Étienne qui est parti, à cause que ma mère ne veut pas me laisser chez Luc, et parce que l'école va recommencer et que je ne veux plus y aller… »

Julie se retourne : elle n'a pas l'air convaincue :

— Ce que tu as fait doit être bien grave pour que tu te justifies avec autant d'ardeur.

— Mais non, je… j'ai rien fait, vraiment.

— Annabelle, mentir comme tu le fais présentement est un signe de profond mépris.

— Mais je ne vous…

Un coup de canne contre son tibia l'interrompt : « Pas moi. Du mépris pour toi. Du mépris et de l'hostilité. Tu as vraiment décidé que tu ne valais rien ? Pas le moindre effort ? C'est navrant, Annabelle, et ça me peine beaucoup. Maintenant, écoute-moi : si jamais l'envie te prend de te donner une chance, une vraie, si tu te lèves un matin dans l'esprit d'agir au lieu de te lamenter, viens me trouver. Mais ne viens pas me donner le triste spectacle de ton apitoiement. Je ne t'écouterai pas avec l'indulgence dont tu te berces. J'ai le grand défaut de croire en toi, moi. »

Elle ne lui laisse pas le temps de placer un mot, elle fait demi-tour et s'éloigne en claquant sèchement sa canne sur le sol.

Abasourdie, Annabelle n'arrive à se poser qu'une

seule question : a-t-elle deviné ? sait-elle ? Elle s'assoit, malade de culpabilité, dégoûtée d'elle-même et de la vie. Sur le chemin du retour, elle trouve dans sa poche des morceaux du champignon que Jerry adore prendre et qu'elle a fait semblant de manger avec lui. Pour adoucir sa peine et son angoisse, parce que tout va si mal, elle décide d'essayer le remède de Jerry contre le désespoir.

* * *

Luc est déjà là, assis dans le sofa. Il la regarde bizarrement. Tout de suite, elle est certaine que Julie Boivert a appelé, qu'elle l'a dénoncée. Il la prend dans ses bras, tout triste. Elle ne pense qu'à l'odeur de hasch qu'elle doit bien dégager. Mais Luc n'est pas Étienne, dieu merci, et ses préoccupations l'empêchent de renifler sa fille. Christianne a gagné : Anna doit retourner chez elle et reprendre ses cours à l'école habituelle dès lundi. Il est au bord des larmes. Elle s'en fout, de toute façon, elle savait qu'ils ne gagneraient pas. Elle va dans sa chambre, incapable de trouver quoi que ce soit à dire. Elle ramasse ses affaires, les fourre mollement dans un sac, presque indifférente. Luc la regarde faire, stupéfait. « Anna... il nous reste deux jours, pourquoi tu fais ça maintenant ? »

Elle arrête, hausse les épaules, s'assoit sur le tapis. Luc lui tend une lettre arrivée le matin : Étienne !

Elle la prend, l'agite mollement sans tenter de l'ouvrir. Luc l'observe, atterré : « Anna... tu peux aussi demander à voir le juge et lui dire toi-même ce que tu préfères. »

Un regard dépité, totalement désillusionné accueille sa proposition. Il se tait, ferme doucement la porte.

Vers minuit, elle a commencé à vomir. Sans arrêt. Elle était tellement malade qu'elle ne sentait plus rien : ni déception ni chagrin. L'univers entier s'abîmait. Les murs de la salle de bains tournaient, Luc lui-même n'était qu'un vague contour inquiet. Les deux jours qui suivent servent à essayer de récupérer. Luc prétend qu'elle fait un empoisonnement alimentaire et elle juge que la vie en elle-même est un aliment empoisonné. Le dimanche soir, à neuf heures précises, heure limite fixée par le juge, Luc la dépose, encore flageolante, à la porte de chez Christianne. Il n'entre pas, il se contente de porter les sacs jusqu'à l'entrée. Il sait que s'il voit seulement son ex-femme, il pourrait être violent.

Sa mère l'accueille en la plaignant, en la cajolant, en lui proposant un petit bouillon pâle. Sa chambre a été complètement refaite, repeinte en « vert léger » comme le décrit sa mère. Annabelle murmure :

— Où sont mes affaires ?

— Là ! Dans la garde-robe, le bureau neuf, les tiroirs…

— Le dessin ? Les posters ?

— J'en ai jeté plusieurs qui étaient trop abîmés. Tu sais quoi ? On va aller t'en choisir des neufs dès que tu vas aller mieux. Pauvre poulette qui est toute pâle… dans quel état elle me revient, ma petite fille à moi ? Viens, je vais te bercer…

Anna se dégage, dégoûtée, le cœur au bord des lèvres :

— Je vais me coucher.

— Tu veux prendre un bon bain ? Il me semble que ça te ferait du bien. Regarde, j'ai acheté la mousse que tu aimes, celle à la pomme verte.

— Mal au cœur.

Et elle claque la porte de la salle de bains. Christianne a le bon sens de ne pas insister. Elle la laisse aller se coucher en paix.

Le lendemain est le premier jour d'école. Sa mère la

reconduit après qu'elle a refusé l'offre de se faire déclarer malade. Elle revoit tout le monde sans plaisir, Étienne et Mon-Œil lui manquent atrocement. La matinée s'écoule, lugubre. Se déplacer, changer de local et de prof pour chaque cours l'ennuie profondément. À la pause du midi, elle rencontre madame Juneau, qui s'informe d'Étienne et se félicite de ses succès. Elle l'interroge sur ses vacances, sur le programme, lui demande ce qu'elle pense de ses profs. Anna répond par monosyllabes, ne trouvant rien à dire. Finalement, madame Juneau la fixe longuement en silence. Anna murmure un « Ben quoi ? » presque agressif. Pensive, madame Juneau répond : « C'est fou, je me demandais ce que ça te prendrait pour te remettre sur le piton. »

Anna hausse les épaules, impatiente. Madame Juneau insiste :

— Si tu le savais, tu me le dirais ?

— Évidemment !

— Bon. Je suis contente de savoir que s'il y a quelque chose à faire, tu vas le faire.

Qu'est-ce qu'ils ont tous à attendre un miracle de sa part ? Qu'ils s'arrangent avec leurs troubles et leurs objectifs pédagogiques !

Pour compenser cet interrogatoire, elle retourne errer dans la ville, mais elle se sent les jambes trop molles pour aller bien loin. Elle prend le métro et se rend à la chambre de Jerry. Personne. Elle s'assoit sur le matelas et finit par s'y endormir. À deux heures et demie, Jerry arrive, accompagné d'un homme dans la cinquantaine. Surpris de la trouver là, il indique qu'il a besoin du lit et que ça urge. L'homme, tout émoustillé, propose de la garder avec eux pour qu'elle « enjoy the show ». Dégoûtée, sans autre alternative, Anna retourne à l'école assister au dernier cours.

Le prof se fait appeler Jean. Il n'a pas trente ans, il fait le gars relax qui connaît ça, être jeune et ne pas aimer les cours. Tout le monde le tutoie et il se fend en quatre pour les gagner et leur faire accroire qu'il est « cool ». Annabelle le considère, méprisante, elle analyse ses trucs et se dit qu'il est débile. Il essaie d'expliquer comment son cours de morale va leur permettre de considérer les choses autrement, comment ça va les aider à décider de leur conduite de vie. Vraiment ! Annabelle se dit qu'il a tout pour faire un bon parent. Bras croisés, elle regarde ostensiblement l'heure toutes les cinq minutes.

Jean écrit au tableau le mot clé de la journée : RESPONSABILITÉ. Il les toise longuement, sérieusement. Ce mot contient des dérivés qui illustrent des concepts découlant de la notion de responsabilité. Quelqu'un peut aider ? En énumérer un ou deux ? Ils sont tous là à lever la main comme des demeurés ! À crier des mots qui n'ont rien à voir. Et lui, l'imbécile, qui écrit tout ça au tableau en espérant leur faire croire qu'ils ont des opinions essentielles sur la question ! Elle vomirait.

« Toi, c'est quoi, ton nom ? »

Elle se retourne : personne derrière. Est-ce qu'il lui parle à elle ? Il sourit, hoche la tête : « Oui, oui, toi, la fille aux bras croisés qui est si enthousiaste à l'idée de débattre de la notion de responsabilité. Tu peux me dire ton nom ? »

Elle grince son nom, en regardant ailleurs.

Il lui demande à quel concept lui fait penser le mot responsabilité. Il sourit encore, comme un taré, pense-t-elle. Elle ne peut pas croire qu'il attend vraiment une réponse de sa part. Les autres s'agitent, ils ont hâte de faire leurs chiens savants. Elle hausse les épaules : « Rien. À rien. »

Tout le monde rit. Elle le tuerait de la ridiculiser, de la

pousser en avant comme ça. Qu'est-ce qu'il veut prouver ? Qu'il est génial et qu'elle est idiote ? Très aimable, elle est déjà au courant. Il est bavard en plus et il ne la lâche pas : « Non, ce n'est pas si drôle. C'est même une réponse sensée. J'inscris RIEN, ce qui me semble être ce que quatre-vingt-cinq pour cent des gens pensent de la notion de responsabilité. Merci, Annabelle. Autre chose ? »

Elle fixe la porte, les pieds agités de soubresauts : qu'il en finisse, qu'il regarde ailleurs ou elle va se fâcher ! Elle ne lui doit rien, à Jean, elle s'en fout qu'il la trouve insignifiante. Il dépose sa craie, se frotte les mains, circule dans le cercle qu'ils ont formé « pour animer la discussion ». Elle hait chacun de ses gestes, chacune de ses paroles. « De tous les mots qui sont écrits sous *responsabilité*, Annabelle, lequel te semble le plus détestable ? »

Quoi ? Pourquoi elle ? Les autres meurent d'envie de répondre, pourquoi s'acharner, qu'est-ce qu'elle lui a fait ? Elle ne regarde pas le tableau, elle fixe son cahier à anneaux et s'entête à ouvrir et fermer les anneaux rythmiquement. Tout le monde attend au moins une réponse. Elle garde les dents serrées pour encore murmurer :

— Rien.

— Au moins, si tu n'es pas bavarde, tu es constante !

La bande d'enfants suiveurs rit encore. Elle joue frénétiquement avec ses anneaux, mais quand sera-t-elle débarrassée de lui ? Il pose sa main sur le cahier : « Tu vas le briser, Annabelle, ce serait dommage. Tu es responsable, puisqu'il t'appartient. »

Elle croise ses deux bras et fixe les souliers du prof : des running Nike, comme Luc en porte.

« Qu'est-ce que tu dirais de lire à voix haute les concepts écrits au tableau ? »

Et il attend. Et les autres aussi. Elle le regarde droit

dans les yeux : « Laissez-moi tranquille ! » Silence. Les autres ont l'air impressionnés. Ils sont tous là à fixer Jean et à guetter sa réaction. Il sourit, aimable : « D'accord, mais il y a un point sur lequel j'insiste, c'est le tutoiement : *laisse-moi tranquille !* »

Son cœur bat, une salive amère lui emplit la bouche. S'il continue à l'humilier, à se moquer d'elle comme ça, elle va lui sauter dessus et lui déchirer son sourire satisfait. Il s'éloigne enfin : « Saint-Exupéry a dit qu'on était responsable de ce qu'on avait apprivoisé… donc de ce qu'on aime. Cela peut être un être humain, un animal, les fleurs, le rire, la terre, la planète, la nature ou même l'école… comme Annabelle semble vouloir nous en convaincre. »

Déchaînement général : ils rigolent comme des fous. Elle sent qu'elle est rouge vif, elle respire de façon tellement saccadée qu'elle va peut-être pleurer. Mais jamais elle ne cédera devant ces crétins : elle serre les mâchoires. Humiliation suprême, Jean marche vers elle, met la main sur son épaule : « Excuse-moi, Annabelle, je pense que ton attitude me déroute. Es-tu tannée de mon cours en particulier ou de tous les cours ? »

Elle dégage son épaule d'un coup sec, le regarde et se tait. Il insiste, en plus : « Qu'est-ce que tu as apprivoisé dans ta vie et dont tu te sens responsable ? » Elle ne le lâche pas des yeux, toujours muette. Il a l'air ébranlé par son attitude, se tourne vers les autres : « Quelqu'un peut aider Annabelle ? »

Un petit futé souffle, étouffé de rire : « Étienne Paradis ! » suivi d'un « Mon-Œil ! » tonitruant cette fois. Un autre épais lève la main en criant : « Le piano ! »

Jean les calme, les fait taire d'un geste et revient à elle, mais elle est furieuse maintenant, accablée de honte. Il s'essaie à la douceur :

— La musique ? Est-ce qu'on peut avoir apprivoisé la musique ? C'est possible, Annabelle ?

— Allez donc voir tout seul ! Demandez aux autres épais qui vous trouvent si fin ! Moi, je vous trouve dégueulasse !

Elle ramasse son cahier et sort dans un silence pesant. Elle court dans le corridor désert, elle voudrait aller trois fois plus vite. Maintenant, elle ne pourra même plus revenir à l'école, affronter les autres avec leurs moqueries. Même l'autobus scolaire est exclu dorénavant. L'écœurant ! Le salaud avec son insistance. Qu'est-ce qu'il voulait prouver ?

« Annabelle ! »

Elle se retourne : c'est pas vrai ! Il court derrière elle, il la rattrape, il retient son bras : « Attends, attends. Je m'excuse, Annabelle. C'est mon premier cours, j'ai mal agi, j'étais nerveux, tu m'as fait peur avec ton agressivité. Excuse-moi, O.K. ? Reviens dans la classe, sans ça, je vais m'en vouloir à vie. Je vais m'excuser publiquement, leur dire que j'ai exagéré. Je l'ai fait d'ailleurs. Reviens, Annabelle, tu ne peux pas me faire ça : mon premier cours ! »

Qu'est-ce qu'il veut avec ses yeux suppliants et son air pitoyable ? L'amadouer ? La faire céder pour l'exploiter ? Elle dégage brutalement son bras :

— Qu'est-ce que vous voulez ? Lâchez-moi, vous n'avez pas le droit de me retenir. Vous avez juste le droit de me mettre zéro. Faites-le ! Pensez-vous que je vais me sentir responsable de vous ? Pour qui vous vous prenez ? Vous venez m'humilier, vous faites dire des niaiseries sur moi par tout le monde et après il faudrait que je comprenne que vous faites pitié et que c'est votre premier cours ? Qu'est-ce que vous voulez que ça me fasse ! Le premier ou bien le dernier, ça ne fait pas de différence pour moi. Je ne me sens pas responsable comme vous dites. Je ne vous aime pas. J'aime personne. Arrêtez de me demander de vous épargner, j'ai d'autre chose à faire dans la vie. Lâchez-moi. Allez parler à ceux qui bavent de plaisir à vous écouter.

— O.K., c'est correct, Annabelle.

Il reste là, planté devant elle. Elle voudrait le battre :

— Vous y retournez pas ?

— Je vais y retourner avec toi. Sans ça, ça va être très compliqué pour toi de revenir et j'ai peur de ne plus te revoir de l'année. Je me suis conduit comme un coq imbécile, mais ce n'est pas une raison pour que tu coules.

Il a raison en plus : elle n'y retournera pas. Elle fait demi-tour. Dans son dos, il dit : « Tu reviens avec moi, je dis que tu as la gentillesse de nous excuser, que si j'étais à ta place, ce serait très dur pour moi parce que c'est humiliant de se faire traiter comme ça par un petit prof baveux. »

Il ne le fera pas ! Elle le sait, il ne fera jamais ça !

« Annabelle, tu me suis et je le fais, O.K. ? »

C'est seulement parce qu'il n'a pas ajouté « De toute façon, où est-ce que tu veux aller ? » qu'elle le suit. Personne dans la classe ne dit un mot. Comment fait-il pour donner l'impression qu'elle a gagné, qu'elle a beaucoup de pouvoir et qu'elle a eu la générosité de ne pas en abuser ? Les autres la considèrent, respectueux. Jean ne lui demande plus rien et continue son cours. Immobile, elle l'écoute. Il restait dix minutes quand elle a levé la main : « Je voudrais ajouter un mot à la liste en dessous de responsabilité : piège. »

Tous les yeux se tournent vers elle, intéressés. Jean hoche la tête, murmure : « Piège ? » et écrit le mot juste en dessous de « conscience ». Puis il se tourne vers elle :

— Le concept entier est un piège ?

— Oui. À partir du moment où on nous parle de responsabilité, on nous tend un piège. C'est très facile de dire : tu es responsable de ta santé, de ton avenir, du métier que tu vas choisir, de la sorte de vie que tu vas mener, même du ménage de ta chambre. Après, quand tu essaies de prendre une décision toute seule, là c'est plus pareil, là ils sont responsables de toi, ils ne peuvent pas te laisser faire d'erreur, ils n'ont que cette responsabilité-là en tête : la leur. Et après, quand ils s'aperçoivent qu'ils ont raté quelque chose, je ne sais pas, moi, leur carrière ou leur mariage ou leur vie, là c'est redevenu ta responsabilité. Là, c'est de ta faute, c'est toi qui payes. Ça aurait été différent sans toi. La responsabilité, ça change tout le temps, sauf que c'est fait pour arranger ceux qui ont le pouvoir et pour caler ceux qui essaient d'être responsables. Finalement, tu peux l'être quand tout le monde est mort ou quand tout le monde s'en fout. C'est pour ça que c'est un piège.

Elle se rassoit sous un murmure d'approbation. Jean ajoute à la liste à droite de *piège* les mots : *trahison, abus, manipulation, déresponsabilisation* et conclut : « C'est ça que tu veux dire ? Ça entraîne quoi après ? »

Dans le silence, il fait une flèche et écrit *Maux sociaux*, se retourne vers elle : « Tu as une idée ? » Elle lance, juste pour rire : « Sex, drugs and rock'n roll ! »

La cloche sonne. Tout le monde se précipite pour prendre son autobus. Annabelle y va doucement, elle n'est pas pressée de rentrer chez elle. Est-ce chez elle, d'ailleurs ?

« Merci ! »

Jean marche à ses côtés, il essaie de la ralentir un peu : « Vraiment, je te remercie. Si jamais je peux, n'oublie pas que je t'en dois une » et il s'éloigne, tout gêné.

* * *

Sa mère est encore plus folle qu'avant. Folle et pitoyable. Elle dit continuellement : « Ce n'est pas moi qui vais te parler en mal de ton père mais… », et c'est reparti, l'entreprise de démolition et d'acharnement. Annabelle est tellement écœurée de l'entendre qu'elle n'a même pas besoin de se forcer à faire un régime : sa mère lui coupe l'appétit net. Rien que l'idée de s'asseoir en face d'elle et de son sempiternel cendrier, de manger sa soupe en écoutant les règlements que Christianne ne cesse de mettre en application ou alors en faisant semblant de s'intéresser à ce que Sylvie, sa thérapeute, trouve et dit et approuve, le cœur lui lève.

Ce soir-là, elle entend Christianne, mais elle essaie d'appliquer son analyse du mot responsabilité-piège au discours de sa mère. Tout colle. Christianne exécute à son insu une démonstration achevée. En plus, elle est tellement démoralisante ! Il n'y a pas que la maison qui ait changé, sa mère aussi : toute en principes, en reproches et en contraintes. Elle a l'air plus anxieuse que jamais, comme si les luttes engagées pour sa garde l'avaient amenée à se méfier de tout. À croire que la maison est infestée de caméras cachées par des avocats qui serviraient de preuve contre elle à un éventuel procès. Anna se demande sous quel prétexte elle pourrait sortir et s'essaie timidement. Mais Christianne est intraitable :

— Il est huit heures, tu as des devoirs à faire, tu as été malade, il n'est pas question que tu sortes. D'ailleurs, sur semaine, il n'y aura de permission que si tes résultats scolaires le méritent.

— Que t'es plate !

— C'est sûr que ton père est moins sévère, mais tu vas me remercier un jour, tu vas voir. Le réel souci de toi, c'est moi qui l'ai en étant sévère.

Le monologue reprend sur les mêmes perpétuels thèmes. Annabelle claque la porte de sa chambre sans rien dire.

Sa mère ne désarme pas et continue d'imposer une discipline draconienne. Elle-même s'astreint à un régime alimentaire très dur, elle se surveille continuellement et la vie à la maison prend des allures de prison. Anna a de plus en plus l'impression de faire les frais de la frousse qu'a eue sa mère de la perdre. Mais vivre avec la mère supérieure du couvent ne l'amuse pas.

Une nuit, en allant aux toilettes, elle surprend sa mère à genoux dans l'entrée en train de fouiller dans son sac à dos. Choquée, elle la regarde en silence. Christianne rajuste sa robe de chambre nerveusement, jouant sans arrêt avec la ceinture, elle rit stupidement comme si c'était une bonne blague. Sans un mot, Anna descend prendre le sac, le remonte dans sa chambre, ferme la porte et se dirige vers la salle de bains. Dès quelle en sort, sa mère, l'air faussement autoritaire, lui explique qu'elle est tenue de faire certaines choses, qu'elle n'a pas le choix, que la confiance qu'elle avait en sa fille doit être renouvelée et que cette vérification lui permet seulement de contrôler si Anna fait bien ce qu'elle a à faire. Elle tente de lui expliquer à quel point ces agissements l'incommodent elle-même mais qu'elle se contraint à les faire pour son bien à elle.

Anna ne dit rien, retourne dans sa chambre, se couche.

Christianne la suit, se plante au bout de son lit, affolée, les yeux aussi à l'affût que ceux de Jerry quand il est en manque. Elle assure qu'elle ne sortira pas avant qu'Anna ne réplique quelque chose. Très froide, celle-ci jette : « Va te coucher maman. »

Christianne sort, mélange pitoyable de faible autorité et de contrition implorante. Anna se souvient que, quand elle était petite, elle regardait sa mère faire les poches de Luc, inspecter les moindres plis de ses valises quand il revenait de tournée. Sa mère qui thésaurisait les preuves d'infidélités en pleurant et qui assommait ensuite Luc avec ses découvertes incriminantes. Annabelle se félicite d'avoir laissé les lettres d'Étienne chez son père.

Le lendemain, alors qu'elle traverse la cour d'école pour prendre son autobus pour rentrer, elle aperçoit sa mère, appuyée contre sa voiture :

— J'ai fini plus tôt et je me suis dit qu'on pourrait aller au cinéma et ensuite au restaurant.

— C'est mardi.

— Au diable le règlement ! Il n'y a pas que ton père qui sache faire des folies. Monte !

Elle n'est pas sûre d'aimer ça. Sa mère force la note, joue l'enthousiasme. La demande implicite est claire. Mais pourquoi ne s'excuse-t-elle pas ouvertement ? Parce que ce serait trop simple, pense Anna.

Christianne conduit lentement et commente les looks des étudiants. Elle cherche à savoir où en est la vie sentimentale d'Annabelle et achève sa question en promettant de ne rien révéler à Luc.

« Pourquoi ? »

Décontenancée, sa mère grimace :

— Tu le connais… il pourrait être jaloux…

— Papa ? Jaloux ? Voyons donc !

Christianne allume une king size, Annabelle baisse la vitre. Le film est mortel et, en sortant, Christianne parle d'un sacré bon divertissement. Elle prend Annabelle par le bras, se blottit contre elle en murmurant avec sa voix de petite fille : « C'est encore avec toi que j'aime le mieux sortir. »

Au restaurant, ça ne s'améliore pas. Christianne veut

reparler de l'épisode Raymond et elle tente quelques confidences sexuelles. Anna se sent prise de nausée : elle préfère voir Jerry baiser dix hommes plutôt que de supporter une seule allusion de ce genre avec Christianne. Inconsciente du dégoût qu'elle suscite, sa mère enchaîne sur tous les dangers qu'implique une sexualité non protégée.

« Dis-moi, Annabelle, t'es-tu déjà soûlée ou droguée ? »

Comment en est-elle arrivée là ? Anna a dû en manquer un bout. Bouche ouverte, elle essaie de savoir de quoi il est question. Sa mère va à la pêche ou quoi ?

— Moi ? Comment veux-tu ?

— Je ne sais pas, ça m'inquiète avec tout ce qu'on entend. Les « matières dangereuses » qui circulent dans les écoles maintenant, c'est incroyable. Et comme Luc est quasi alcoolique… je me demandais les effets héréditaires que cela pourrait entraîner. Bois-tu avec lui ?

Devant son silence, elle achève :

— Ou ailleurs… je ne sais pas, moi. Bois-tu ?

— Non maman. Je ne bois pas, je ne fume pas et je ne me drogue pas.

— Et même si tu le faisais, tu ne me le dirais pas. Et si ton père se droguait, tu ne me le dirais pas non plus.

— C'est ça.

— Vraiment ?

— Maman… Il n'y a rien à dire.

— C'est tellement dangereux. Même une petite fois pour voir, ça peut être fatal.

Ses yeux anxieux qui la fouillent, scrutent, ses yeux excités à l'idée de débusquer le forfait. Elle se mouille les lèvres, aspire goulûment sa cigarette : « Ta tante a eu des problèmes… »

Annabelle s'en fout de sa tante, elle veut partir. Mais

sa mère a l'air décidée à rentabiliser sa soirée. Elle raconte en long et en large les problèmes de dépendance aux médicaments de sa sœur, la facilité d'accès que représentait la pharmacie de leur père, sa lente remontée vers la normalité, les efforts que ça lui avait coûtés :

— Ça te dégoûte, Annabelle ?

— Non. Ça m'intéressc pas. Pourquoi tu me dis ça ?

— Il ne faut pas juger les gens, ma chérie. Ça peut être très accidentel la façon de… Pourquoi tu regardes ailleurs ?

— Parce que ça m'intéresse pas ! Arrête d'avoir peur pour moi.

Cette main encore qui se tend, qui triture la sienne :

— Comment je ferais, donc, pour que ce soit comme avant ? Pour retrouver ma petite fille ?

— Ta petite fille est grande et elle a des devoirs à faire.

Cette nuit-là, Annabelle doit réveiller Christianne qui hurle dans son sommeil et se débat contre elle. Elle sanglote, s'accroche à sa fille qui reste près d'elle jusqu'à cinq heures du matin. Titubante, Annabelle retourne dans son lit et essaie de dormir pendant les maigres deux heures qui restent à la nuit.

Le lendemain, à quatre heures, sa mère l'attend encore à la sortie de l'école. Annabelle, horrifiée à l'idée que ça devienne une habitude quotidienne, refuse poliment de monter avec Christianne et prend l'autobus. Elle descend à la première station de métro et va arpenter le parc Lafontaine. Jerry n'y est pas encore. Elle ne veut pas se rendre à la chambre de peur de le déranger dans son travail.

« T'attends Jerry ? »

Annabelle a déjà rencontré cette fille chez Jerry. En fait, elle était partie parce que la fille s'était mise à baiser avec lui après avoir pris du champignon. Elle a l'air d'un chat de gouttière avec sa teinture mal faite, ses cernes et son sourire ébréché. La palette de devant cassée n'a pas l'air de la gêner le moins du monde. Tina, qu'elle s'appelle, en hommage à la chanteuse, comme elle dit. Elle répète sa question en rigolant. Anna n'a pas le temps de répondre qu'elle enchaîne en se tordant : « Y s'est faite pogner ! La gueule pis les poches pleines ! En pleine action, mon gars… T'as-tu d'quoi ? »

Anna fait non et s'en va.

Elle aboutit chez Julien : la nouvelle flamme est là, accrochée à son cou. Il n'en finit plus de sourire, lui aussi. Léo lui explique gravement le fonctionnement de son camion. À la deuxième reprise, elle se résigne à rentrer.

Christianne est dans le salon, tout repentir :

— Je n'ai pas le tour, c'est ça ? Je voulais bien faire, mais ce n'est pas mon meilleur coup on peut dire. Dis-moi que ce n'est pas grave, que tu n'es pas fâchée après ta collante de mère si inquiète ?

— Ben non.

— Faut être patiente avec moi, ma pitoune, j'en ai des dures à traverser.

— Oui, oui.

— Je ne peux pas tout te dire, mais ça va me chercher loin. Plus loin que ton père et Dieu sait que lui, il est venu me chercher loin !

Dès qu'elle le peut sans insulter sa mère, elle dégage sa main et monte dans sa chambre. Sur le lit, des offrandes expiatoires et une carte remplie de confidences désolées.

Annabelle les range tout en se demandant pourquoi elle se sent si mesquine avec Christianne.

* * *

Chaque fois qu'elle arrive chez Luc, elle se précipite dans sa chambre dans l'espoir d'y trouver une lettre d'Étienne. Étrangement, le manque de sa présence provoque une colère qu'elle n'arrive pas à calmer. Elle ne sait pas comment recréer leurs conversations et leur complicité dans ses lettres. Elle lui en veut même de savoir ce qu'il cherche dans la vie et de s'y dévouer avec tant d'ardeur.

Luc ne parle jamais de son échec juridique et évite de la questionner sur sa vie avec Christianne. Il se contente d'essayer de ne pas annuler un seul des répits que sont les fins de semaine. Sa fille est bien distante et il a beau essayer, c'est difficile de l'égayer. On dirait que la morgue de sa mère déteint sur elle. Et puis, il ne sait pas si c'est la croissance, mais elle dort tout le temps. Il voudrait la voir sortir, s'amuser, rentrer tard : elle se contente d'écouter de la musique, de travailler et de regarder des films.

— Tu veux qu'on s'organise pour aller voir Étienne la fin de semaine de l'Action de grâces ?

— Tu penses ?

— On pourrait louer quelque chose dans le Vermont, passer le prendre et le laisser à son école sur le chemin du retour.

— Ça ne t'amusera pas.

— Veux-tu me dire si ça te plairait au lieu de vouloir m'amuser ?

— Il est peut-être déjà occupé…

— … Pis y va peut-être pleuvoir, oui Anna ! Qu'est-ce qui se passe, donc ?

— Rien.

— Et si on demandait à Lydia de venir ? Comme à Cape Cod ? Est-ce que ça apaiserait tes scrupules ?

— Ça t'amuserait plus en tout cas.

— Toi ?

Les yeux s'allument, il va peut-être réussir. Elle sourit franchement, vient dans ses bras. Il est tout étonné, elle est si imprévisible ces derniers temps. Il se contente de la bercer en silence. Un énorme soupir contre son épaule. « C'est tout ? » Elle le regarde sans comprendre. « C'est tout ce que tu as à dire, ça ? » Re-soupir. Il rit, la secoue : « On appelle Étienne avant que ton enthousiasme baisse. »

Mais Étienne a promis à Granne de venir la voir, ils se verront donc chez elle. Dépitée, Anna sourit bravement à Luc et achève :

— Je sais que je t'enlève une belle occasion de séduire Lydia…

— Moi ? Lydia est encore en amour avec un pianiste du bout du monde. Elle est à peine parlable de ce temps-là.

— Elle ne serait jamais venue dans le Vermont, d'abord !

— Pour toi, ma chère, elle serait peut-être venue.

— Menteur ! Ça aurait pas été pour moi.

— Alors pour le plaisir de souffrir ma présence.

— Tu fais semblant de ne pas le savoir ?

— Quoi ?

— Laisse faire.

Mais il insiste, la poursuit à travers l'appartement, se moque d'elle et de ses illusions romanesques. Ils ont enfin un de ces échanges rieurs comme il les aime tant et ils sortent célébrer leur célibat commun et pas du tout souffrant. Luc est étonné de voir encore Anna s'endormir en plein milieu du film.

Les notes du premier quart de session sont lamentables et Christianne ne parle plus que de sévir. Annabelle se retient de lui dire que si elle avait un peu de paix, elle s'améliorerait peut-être à l'école. Devant le silence buté de sa fille, Christianne se déchaîne : elle a fait son enquête, elle a rencontré des professeurs qui se disent très inquiets de son attitude en classe… quand elle y est. Elle se propose de rencontrer son père pour l'engagement d'un répétiteur qui l'aiderait à travailler. Lui qui avait tant investi à l'époque du piano, allait trouver sans aucun doute les finances pour ce genre de soutien. Après un long laïus sur sa disponibilité et les efforts consentis à l'amélioration des résultats scolaires de sa fille, Christianne achève en annonçant qu'elle compte utiliser le congé de l'Action de grâces qui arrive pour réviser les matières faibles qu'elle maîtrise, soit le français et l'anglais.

« C'est ça, appelle papa, on en reparlera. »

Et elle claque la porte de sa chambre. C'est Luc qui la rappelle :

— Qu'est-ce qui se passe ? Tu veux rester dans le voisinage parce qu'Étienne va être là ?

— Quoi ?

— Ta mère dit que tu veux rester chez elle en fin de semaine. Tu sais que tu peux avoir Étienne ici, si tu préfères.

— Elle capote.

— Bon ! C'est clair. Et pour le répétiteur, c'est ton idée, ça ?

— Devine…

— Pourquoi tu ne me le dis pas, Anna ?

— Tu ne peux rien faire.

— La confiance règne…

— Ce n'est pas ça, mais…

— O.K., raccroche, je la rappelle et je m'occupe de ça.

L'air de martyre de sa mère, son silence offusqué indiquent que Luc a sévi avec la rigueur nécessaire. Le souper se passe en silence, sa mère chipote dans son assiette en fumant. Elle se tient la tête comme si une migraine terrible la faisait souffrir. « Je couve quelque chose… je vais à la pharmacie me chercher du sirop. »

Cette nuit-là et la suivante, Annabelle a beau tendre l'oreille, aucun son, sa mère dort profondément. Le jeudi matin, les traits tirés, l'air affaibli, elle se traîne dans la chambre d'Annabelle : « Je me sens tellement mal… »

Annabelle la met au lit, appelle le bureau pour dire que Christianne sera absente, va à la pharmacie pour finalement trouver sa mère décidée à ne pas prendre de médicaments :

— Ça va aller mieux, maintenant. Va à l'école, ne t'en fais pas pour moi, va.

— Tu es sûre ?

Mais elle est bien contente de pouvoir échapper à son rôle d'infirmière. Même l'école lui semble un refuge acceptable. Ce soir-là, elle trouve Christianne debout, fumant la fin de son paquet de cigarettes et plus fébrile que jamais. Elle a annulé son rendez-vous chez la psy et tousse à s'arracher les poumons.« Ton père va encore dire que je le fais exprès pour t'empêcher d'aller chez lui. »

Alarmée, Anna la fixe. La cigarette tremble dans la main de Christianne, elle rit sans raison, mal à l'aise : « Quoi ? Tu vas avoir le cœur de me laisser toute seule ? Malade comme je suis ? »

Anna ramasse son sac, monte dans sa chambre, les pieds lourds. Au bas des marches sa mère l'apostrophe, la voix aiguë : « Tu prends ses manières, Annabelle, tu te sauves, tu te tais. Tu te penses peut-être polie, mais tu fais comme lui, exactement comme lui. »

Elle la regarde en silence, elle a envie de jeter son sac sur les yeux méchants de sa mère. Une nausée de haine l'envahit, elle n'arrive pas à la croire sincère, elle ne la croit même pas malade. Elle fait un effort surhumain, hoche la tête, désemparée. Christianne la rejoint, furieuse :

— Viens me dire en pleine face que tu ne me méprises pas.

— Va te coucher maman, tu es fatiguée.

— Tu t'en fiches bien que je sois fatiguée, malade, épuisée. Tu veux juste avoir la paix.

Elle baisse la tête de peur que sa mère ne voie à quel point elle a raison. Christianne saisit son poignet, la secoue, furibonde :

— Mais qui s'occupe de toi, qui se soucie de toi ? Qui sacrifie tout ce qu'elle a pour toi ?

— Je ne te le demande pas, maman.

— Ah non ? Tu te penses bien indépendante mais tu vas voir qui est-ce qui mène ici. Ce n'est pas Luc, c'est moi. Et tu vas faire ce que je te dis. Et tu vas apprendre à te tenir, ma petite fille, et à te taire !

— Arrête !

— Si il faut recommencer la bataille des avocats, je vais la recommencer, mais tu ne deviendras pas comme lui, certain. Tu ne m'auras pas, Annabelle. Tu ne gagneras pas, et lui non plus je te le garantis.

Anna saisit la cigarette qui est à la veille de brûler les doigts tremblants de sa mère, elle va la jeter en silence dans les toilettes, tire la chasse d'eau. Christianne pleure contre la porte :

— Tu m'inquiètes tellement, ma petite fille… tu as des cachotteries, tu ne me dis rien, tu m'obliges à fouiller.

— Ben non, va te coucher…

— À la condition que tu me dises qui est Étienne.

Foudroyée, le souffle coupé, Annabelle la regarde sourire, triomphante malgré ses larmes.

— Tu ne pensais pas que je savais ça, hein ?

— Va chier !

Estomaquée, Christianne hurle un « Annabelle ! » bien inutile. Sa fille est déjà dans sa chambre. Mais elle tambourine à la porte, insiste : « Ouvre cette porte et explique-toi, ma petite fille ! Pourquoi tu me parles sur ce ton ? Qu'est-ce que je fais d'autre que de m'occuper de toi, de me soucier de ton avenir, de ta vie ? Je ne sors même plus, je m'oblige à être ici quand tu reviens de l'école, je n'ai pas d'amis, pas de support en dehors de Sylvie. Je te consacre tout mon temps, toute mon énergie, qu'est-ce que tu veux de plus ? C'est ta façon de me dire merci, ça ? »

La porte s'ouvre brutalement, Annabelle vocifère : « La paix ! C'est ça que je veux. Laisse-moi tranquille. Arrête de me surveiller, de m'espionner. Arrête de t'occuper de moi, de te sacrifier. Je n'en veux pas de tes sacrifices ! Tu m'écœures ! T'es comme une pieuvre : il faut tout le temps se débarrasser de toi, tu t'accroches tout le temps après moi. Tu fais semblant que c'est pour moi, mais tu me suces, tu m'envahis, tu me lâches jamais ! Arrête de parler de papa comme ça ! Je le sais qu'il n'est pas supposé être beau ou fin, je le sais que c'est un monstre et que t'es parfaite. Que tu n'as rien fait de mal. Reviens-en de ton maudit divorce ! Reviens-en de ta peine ! Penses-tu que c'est drôle de vivre avec toi ? C'est l'enfer ! Il faut tout le temps faire attention, il faut tout le temps te ménager parce que tu m'aimes tellement. Ben haïs-moi et laisse-moi tranquille ! Je m'en sacre de ton amour, j'aime pas ça que tu m'aimes. Ça colle, ça pèse et c'est tout le temps pour me dire que je ne fais pas, que je ne fais rien comme faut. T'es jamais contente, il n'y a rien pour te faire plaisir. Tu le sais bien que tu ne seras jamais contente, qu'il va toujours falloir te plaindre, parler contre les autres qui ne font rien de bien pour te prouver qu'on t'aime pour vrai. Le monde entier n'est pas contre toi ! T'es en train de virer folle avec papa. T'es en train de me faire virer folle avec ça. Veux-tu que je te dise ? Je le comprends d'être parti. Si j'avais le choix, je partirais aussi. J'haïs ça, être ici. Je ne suis pas capable de t'aimer. J'haïs tes cigarettes, ta bouche quand tu tires dessus, tes yeux de chien battu qui font pitié, qui demandent de la pitié. J'haïs ça me lever toutes les nuits pour te consoler et faire semblant qu'il ne s'est rien passé le lendemain matin. J'haïs tout ce que tu dis. J'haïs ma chambre, la maison. Je ne suis pas bien ici. C'est comme une prison. Je ne pense qu'au jour où je vais enfin pouvoir m'en aller. Le jour où je vais enfin être libre, où je ne t'aurai plus dans face avec tes règlements, ton maudit amour, tes maudites permissions de mère supérieure, pis tes maudites conditions. Tu voulais le savoir ? Tu t'en doutais ? Ben là tu le sais. Maintenant chiâle, rends-moi coupable, fais-moi-le payer le restant de mes jours ! De toute façon, ici, on paye. Demande à Luc ! »

Elle ne voit même plus le visage de sa mère. Elle n'entend rien d'autre que sa rage qui l'étouffe. Elle tremble, les yeux pleins d'eau, des hoquets dans la gorge. Christianne s'éloigne : le téléphone. Elle revient, très calme, presque placide et lui tend l'appareil : « Pour toi. »

Annabelle referme violemment sa porte, elle parvient à peine à articuler tellement ses dents claquent :

— Oui ?

— Anna ? Anna ? Qu'est-ce qui se passe ?

C'est Étienne. Étienne qui ne dit plus rien, qui attend une réponse. Le seul être au monde à poser une question et à attendre une réponse. Il est au bout du monde, il a l'air si inquiet, il faudrait prendre sur elle, le rassurer. Elle n'arrive pas à reprendre son souffle, à cesser de trembler :

— Rien.

— Anna, tu es fâchée contre qui ? Contre moi ?

Elle ne dit plus rien, incapable d'articuler, elle s'effondre sur le tapis, secouée de tremblements.

— Je n'arrive pas à deviner. Parle, Anna. Je t'en prie, je sais que je ne suis pas supposé appeler chez ta mère mais…

— Pas grave.

— Non ?

— Non.

— Tu respires mal, qu'est-ce qu'il y a ? Tu pleures, Anna ?

« Respire avec ton dos… » Julie Boivert qu'elle a trahie, Julie Boivert qui ne demandait rien, qui ne pesait jamais. Qu'est-ce qu'elle a fait ? Pourquoi est-elle si idiote, si inutile ?

« Anna… Anna, tu pleures ? »

Comment le sait-il ? Pourquoi le sait-il, elle ne fait pas de bruit. Elle ne fait jamais de bruit. Elle ne sait pas pourquoi elle en a tant fait tantôt. Jamais elle ne crie d'habitude, jamais un mot plus haut que l'autre. Une petite fille exemplaire. Elle n'a jamais fait ça avant. Elle s'excuse, elle promet, elle bredouille. Elle ne sait plus, elle va rappeler. Elle ferme la ligne alors qu'Étienne, fou d'inquiétude, essayait encore de consoler une peine dont il ignore tout.

Elle s'appuie à la fenêtre en sanglotant : elle ne veut plus être responsable, elle veut partir, se taire et mourir. Elle veut que ça arrête, le poids dans sa poitrine, elle veut qu'on se taise, qu'on cesse de lui demander d'expliquer pourquoi elle se déteste tant. Elle voudrait disparaître d'un coup, ne pas avoir à se jeter dans le fleuve, que le fleuve vienne plutôt jusqu'à elle l'engloutir et qu'elle ait la paix à jamais. Elle ne veut plus les voir, leur parler, s'excuser infiniment, expliquer. Elle veut mourir. Juste mourir. Simplement. Qu'on en finisse. Qu'on l'achève. Pourquoi n'y a-t-il pas d'issue pour les gens comme elle ? Pourquoi tout est-il toujours fermé ? Pourquoi ne peut-elle jamais rien faire d'autre qu'avoir honte et regretter et pleurer. Elle respire mal. Madame Boivert lui frotterait le dos. Elle ne fait plus de piano. La caresse va avec les gammes. Elle a choisi sa mère et c'est sans gammes, sans arpèges, sans caresses. Elle a choisi le plus stérile et ça ne fait même pas plaisir à sa mère. Même si elle mourrait pour elle, ce ne serait pas assez. Même détruite, même en morceaux, même sans plus jamais de musique, ce ne serait pas assez pour sa mère. Le téléphone sonne encore. C'est sûr qu'Étienne ne renoncera pas aussi facilement. Elle pleure trop. Elle ne peut pas répondre. Elle ne veut pas lui faire de peine. Pas à lui. Pas Étienne. Il est trop doux, trop tendre, il ne mérite pas de peine. Il faut le mettre à l'abri d'elle. Elle vient de sa mère, elle doit savoir comment détruire les gens. On frappe. C'est Christianne. Livide, elle jette un « Ton père veut te parler » et referme la porte sans même la regarder. Morte de honte, Anna prend la ligne : « Quoi ? » et sanglote encore de plus belle. Luc parle doucement, sans aucun reproche dans la voix : « Je vais aller te chercher, Anna, je vais venir. Étienne m'a appelé. Ça n'a aucun sens. Arrête de pleurer, mon ange, tout va s'arranger, tu vas voir. Je viens te chercher tout de suite, je vais m'entendre avec Christianne, il n'y aura pas de drame, pas de discussion. Tu m'entends ? Tu m'entends, Anna ? Tu vas m'attendre ? Anna ? »

Elle fait non de la tête et murmure à travers ses sanglots : « Elle ne veut pas. Ne viens pas. Ça va être pire. »

Elle raccroche parce qu'elle sait que ça lui fait de la peine. Mais comment faire autrement après ce qu'elle a dit à sa mère. Il faudrait aller s'excuser. Il va falloir trouver les mots pour expliquer, faire comprendre que ce n'est pas vrai, que ce sont des inventions méchantes. Elle étouffe. La tâche lui semble énorme. Jamais Christianne ne va oublier ça. Chaque mot, chaque insulte, elle va les payer. Qu'est-ce qu'elle a fait, mon dieu, qu'est-ce qu'elle a fait ? Il faut y aller, il faut lui parler, effacer. Lui dire qu'elle a refusé d'aller chez Luc, qu'elle a dit non. Ça va lui faire plaisir, ça va la rassurer. Ça va être plus facile après de faire oublier les horreurs qu'elle a lancées. Tremblante, elle descend. Sa mère est assise dans le fauteuil rose. Elle a l'air glacée. Glacée et immense. Énorme. Elle ne pleure pas. Elle fixe Annabelle avec des yeux secs et froids. Des yeux impitoyables. Sa mère attend. Elle sait qu'elle a raison. Elle sait qu'elle a gagné, que maintenant, Annabelle est allée trop loin, qu'elle a fait trop d'erreurs pour ne pas filer doux. La victoire pétrifiée est assise dans le salon. Elle est sèche et blême et Annabelle est saisie d'effroi. Elle essaie de parler, même si sa mère ne la regarde pas vraiment, ne semble pas être en mesure de l'entendre.

— Maman… je m'excuse…

— Pas du tout, Annabelle. C'est ce que tu penses, c'est parfait. Tu as le droit de t'exprimer. Je ne te ferai certainement pas l'insulte de te le reprocher. Tu n'as pas à t'excuser. Je comprends fort bien.

Elle est trop froide, elle parle trop doucement, quelque chose est cassé. Anna la touche timidement, sa mère dégage sa main : « Désolée, Annabelle, pas maintenant. » Annabelle recule, effarée, comme si elle s'était brûlée. Elle poursuit, la voix altérée d'angoisse :

— Maman, s'il vous plaît, maman, excuse-moi…

— Ce n'est pas grave. Ce n'est pas grave du tout. Ton père s'en vient. Va te préparer. Qu'il n'ait pas à entrer.

Elle se jette sur elle : « Non ! Garde-moi, maman. Je t'en prie, je t'en prie, renvoie-moi pas. Dis que tu me gardes. Dis que tu m'excuses, qu'on va s'expliquer. Dis-le ! »

Christianne se dégage de nouveau. Encore ses gestes lents, encore sa voix posée, glacée.

« Bien sûr, Annabelle. Sans problème. Va te préparer. Va, va-t'en. »

Anna recule, plus sa mère parle, plus elle l'inquiète. Qu'est-ce qu'elle a fait ? Tout l'alarme, tout l'affole dans le comportement de Christianne : elle a tué sa mère. Elle l'a détruite, l'a achevée avec ses mots, sa cruauté. Elle ne veut pas aller chez son père, elle ne veut pas l'abandonner. Elle veut réparer. Sa mère ne peut pas lui refuser ça ?

— Maman…

— Annabelle, va-t'en, j'ai besoin de réfléchir.

— Non, je t'en prie, ne réfléchis pas à ça, c'était pas vrai. Maman, c'étaient des mensonges. N'y pense plus, O.K. ? Promets !

Christianne a ce petit sourire déconnecté, les yeux vides. Elle ajoute : « Il faudrait vraiment que tu y ailles. Laisse-moi tranquille un peu, toi aussi… »

Anéantie, Annabelle monte prendre son manteau, son sac à dos. Elle sort après avoir essayé d'embrasser la joue inerte de sa mère qui, d'un petit geste lent, désincarné, l'a écartée. Elle est certaine qu'elle l'a tuée. Certaine de ne jamais pouvoir être pardonnée. Sans attendre son père, elle part. Elle prend le métro, il fait trop froid pour marcher. Quand elle se retrouve devant l'immeuble où habite Julie Boivert, elle n'a pas conscience d'y être venue d'elle-même. Elle a l'impression bizarre d'y avoir été conduite. Elle sonne. Elle entend la canne sur le plancher.

Elle peut attendre, elle n'est pas pressée. Elle n'est plus pressée maintenant. Elle est allée trop loin, elle a tout massacré, toute sa vie, comme la répugnante qu'elle est. Julie Boivert n'a pas l'air étonnée. Sans un mot, elle la fait entrer. Elle éteint la chaîne stéréo, s'assoit et la considère en silence. Annabelle, debout près de l'entrée, la face bouffie de larmes, le sac toujours accroché à l'épaule, presque prête à être renvoyée murmure : « Je ne le mérite pas, je sais… Je… je ne mérite pas de venir ici mais… je n'ai nulle part où aller… Je… j'ai fait quelque chose d'horrible. Je devrais, je ne sais pas… je ne sais plus rien. »

Julie Boivert sourit : « Annabelle… tu vas t'asseoir là et on va en finir une fois pour toutes avec le mérite. » Docilement, Annabelle s'assoit sur le banc de piano que lui indique Julie. Madame Boivert se lève, la fait pivoter en direction du piano, pose une main amicale contre son dos, le redresse et frotte légèrement : « Respire avec ton dos, doucement… » Mais si elle fait ça, les sanglots remontent, la détresse refait surface. Julie prend ses mains, les place sur le clavier : « Dis-moi maintenant… dis-moi ce qui s'est passé. Joue ce qui vient. Joue ce qui fait si mal qu'on s'en débarrasse, ma belle. Je suis là, Annabelle, ne t'inquiète plus, rien ne peut arriver de mal. Je reste avec toi, je vais m'occuper des malheurs. Respire avec ton dos et raconte-moi. Occupe-toi de la musique. »

Cette sonate de Schubert, si difficile à exécuter, cet andante dont la coda extrairait des larmes aux glaciers, s'échappe sous ses doigts raides. Plus elle joue, plus le clavier l'aspire, happe tout son chagrin. Elle est enfin chez elle. Elle n'est plus que ce contact furtif et puissant qui touche une corde, suspend le son, vibre et réveille toutes les abominations créées sur terre et toutes les minuscules consolations qui tentent en vain de faire gagner l'espoir.

Elle reprend le même andante à deux reprises, le visage tendu de souffrance, le souffle hachuré.

Elle attaquait la *Fantaisie en fa mineur* quand madame Boivert l'arrête :

— C'est à quatre mains, Annabelle.

— Ah oui… à quatre mains. Mon père la jouait avec moi. C'est sa préférée.

— Tu veux que j'essaie ?

Annabelle fait non, considère ses mains comme si elles ne lui appartenaient pas. Elle murmure à l'adresse de ses mains : « Pourquoi ? Pourquoi c'est comme ça ? »

La caresse de Julie Boivert recommence. C'est comme si elle la berçait :

— Pourquoi tant de souffrance pour un peu de lumière ? Tant de tristesse pour un peu de beauté ? Tant de détresse pour si peu de perfection ?

— Je ne pouvais pas jouer. Je vous jure.

— Tu sais combien d'élèves j'ai eus ? Je parle de ceux qui comptent, des véritables talents. Soixante-quatre. Et chacun d'eux pendant des années. Je connaissais leurs impulsions, leurs frustrations mieux qu'eux-mêmes. Je savais toujours quels artistes ils deviendraient, de quelle profondeur, de quelle intégrité ils feraient montre. Je ne me suis trompée qu'une fois.

— Avec moi ?

— Non… (Elle s'assoit près d'elle.) Avec Claude Massé. Il avait dix-huit ans quand il est parti. Un talent désespéré, une exécution effroyablement inégale. Des éclairs de génie au sein d'une platitude inexcusable. Un jeu extrême, aucune harmonie, que des excès. J'étais bien jeune à l'époque, je ne savais pas.

— Quoi ?

— Distinguer. Discriminer la vraie douleur de

l'affectation de la douleur, faire la part des choses entre le talent et l'appel. Je croyais que tous les grands artistes avaient en commun une sorte de brillance, un halo. Ce n'est pas vrai, il y a de grands artistes muets. Ceux qui se taisent pour toujours, qui tombent dans une autre dépendance que celle de l'art. Il n'y a rien d'évident, rien d'assuré : un être humain, qu'il soit artiste ou non, est une fragilité. Sa manière de vivre avec cette fragilité peut faire de lui un artiste accompli. Ce qui fait la différence, c'est un rapport dangereux avec ses propres démons qui exalte les pires émotions et les plus belles, c'est un conflit intérieur qui soulève la fange et les déjections, qui ramène tout vers le bas et nous désespère, mais qui en extrait aussi quelque chose de sublime. C'est cette dangereuse cohabitation qui secoue enfin les poncifs et nous fait avouer qu'on tremble devant la mort et qu'on exige d'être immortel. Rien de moins. Et cet aveu, même réticent, même buté, cet aveu est le début du consentement de l'artiste à l'art. Même si le prix est élevé et le rendement, assez faible en définitive. Tout comme l'envie de l'art ne crée pas nécessairement l'artiste, la nécessité artistique ne produit pas toujours le virtuose. Il y a de petites mains. Mais il n'y a pas d'art mineur. On s'y engloutit ou on s'en extrait. Et tenter de conserver sa superbe veut dire renoncer à exprimer ce qui tremble au-dedans de tout être humain, là où la peur tient le vrai courage à la gorge. En fait, il n'y a qu'un seul vrai choix : s'engloutir ou résister. Et s'engloutir signifie garder vivant le poids de la mort qui jamais ne s'estompe, qui jamais ne joue « con delicatezza ». La mort, Annabelle… Claude Massé se débattait furieusement contre son urgence artistique. Il la refusait. Et ce n'était pas parce qu'il voulait seulement plaire comme tant d'autres. Non, c'était par terreur de la mort. Je n'ai pas compris ce refus, j'ai seulement pensé qu'il était accidentellement doué et terriblement paresseux. Une belle erreur. Énorme.

— Qu'est-ce qui lui est arrivé ?

— La dernière fois que je l'ai vu, il délirait en quêtant rue Saint-Denis. Il ne m'a pas reconnue.

— Ah.

— Quand je t'ai rencontrée au Jardin botanique, j'ai compris que tu avais choisi de te taire. Choisi de nier la peur et de te faire beaucoup de mal. Je l'ai vu dans ton visage, dans tes yeux. J'ai reconnu le regard de tant de Claude Massé. Alors, je me suis battue pour te rendre la tâche ardue, pour te barrer la route… mais je suis bien assez vieille pour savoir qu'au bout du compte, tu seras absolument seule pour choisir. Sans aucune réduction de peine eu égard à ton âge. Trop jeune, les mains nues mais avec le don fabuleux que tu possèdes et que bien peu ont dans leur jeu à l'heure de choisir.

Annabelle pose ses mains sur le clavier, extrait un accord mineur d'une infinie tristesse et murmure pour elle-même :

— Est-ce qu'on comprend un jour ce qu'on fait ici, madame Boivert ?

— Certains soirs comme ce soir, moi je le sais enfin, Annabelle.

* * *

Couchée en chien de fusil sur la causeuse, enroulée dans un châle, Annabelle dormait quand Luc a frappé. Il la regarde un long moment, puis s'aperçoit que Julie Boivert l'observe :

— J'ai bien de la misère à la retenir, ma fille.

— Que peut-on espérer d'autre d'un cheval qu'on éperonne ?

— En effet.

Ils se jaugent en silence, puis elle se détend :

— Excusez-moi. J'ai eu peur, c'est tout.

— Moi aussi.

Ils vont à la cuisine, s'assoient devant un triste café décaféiné et ne trouvent rien à dire. Luc chuchote :

— Je vous remercie de votre aide.

— Vous jouez la *Fantaisie en fa mineur* de Schubert à ce qu'il paraît ?

Luc sourit :

— En amateur, oui. C'est Anna qui… ?

— Oui, Anna comme vous l'appelez.

Encore un silence. Il boit son café et note qu'elle ne touche pas au sien :

— Je vous tiens debout alors qu'il est très tard. Lydia m'a dit que vous aviez été malade.

— Je le suis, en effet.

— Ça va mieux ?

— Non. Mais ce n'est pas très grave. Je peux vous dire quelque chose puisque j'ai pris la peine de faire du café pour m'en donner l'occasion ?

Il ne peut s'empêcher de sourire :

— Vous auriez pu me parler sans café.

— Pour le goût qu'il a, en effet !… Annabelle est douée. Très douée.

— Elle ne veut plus jouer. Je refuse de faire pression sur elle.

— Parfait. Peut-elle revenir ici… disons tous les jours après son école pour deux heures ?

Il fronce les sourcils, il n'aime pas cela :

— Pourquoi ?

— J'ai toujours prétendu que les artistes n'étaient rien d'autre que des esclaves consentants. Quelquefois, je me dis que la tyrannie de l'art vaut bien celle de l'amour ou de la sécurité domestique. Je dirais même qu'un artiste accompli est un esclave affranchi. Disons que j'aimerais tenter de... d'orienter l'affranchissement d'Annabelle.

— Elle ne joue plus, madame Boivert. Ça fait dix-sept mois.

— Cela fera un mois dans un mois.

Jamais elle n'a capté l'attention de quelqu'un avec autant de ferveur. Un étrange combat se lit dans les yeux de Luc Pelchat. Il conclut :

— Non. Elle en a assez enduré comme ça. Ça a été très dur pour elle. Trop dur.

— Renoncer à la musique peut également être dur. Trop dur.

— Je sais. Écoutez, j'ignore ce qui serait une erreur maintenant. Je ne sais pas et je ne veux plus prendre de risques à ses frais à elle. Elle reviendra d'elle-même ou pas du tout.

— Très bien.

Il se lève. Avant de quitter la cuisine, Julie Boivert demande :

— Et maintenant, vous la ramenez où ?

— Chez moi.

— Je vais vous dire une chose qu'Annabelle m'a dé-clarée et dont je me suis souvenue ce soir. Elle avait sept ans. Elle adorait déjà Schubert. Elle s'amusait ferme avec les scherzos, et sombrait littéralement dans l'andante qui en perdait tout son sostenudo. Quand je lui demandais pourquoi elle s'alourdissait comme cela, elle répondait : « C'est comme quand elle pleure. On dirait que ça ne va jamais s'arrêter. Jamais. »

— Sa mère ?

— « Ma maman », c'est ce qu'elle a répondu. « Ma maman ».

Luc ferme les yeux : Jésus-Christ, sept ans ! Elle en a le double. Comme il voudrait pouvoir l'affranchir lui-même de cet esclavage. Mais c'est lui qui battait la mesure et il le sait.

Une fois Anna couchée, bordée, après s'être assuré qu'elle dort profondément, il laisse une note et retourne chez Christianne.

Toujours immobile dans le salon, elle fixe la nuit sans émotion apparente. Il s'approche d'elle, s'agenouille à ses pieds, prend sa main que, doucement, elle lui retire. Il ne se décourage pas pour autant. Il parle presque tendrement : « Elle est couchée maintenant, Christianne. Anna-belle est couchée et elle dort. Cesse de t'en faire, elle va bien. Elle n'est pas perdue, ni enfuie. »

Aucune réaction. Christianne ne cligne même pas des yeux. Il ignore la cause du choc, mais il n'ose pas partir : elle a l'air catatonique : « Christianne, parle-moi, dis quelque chose. Je ne peux pas te laisser comme ça. Il faut que tu me dises quelque chose. Tu t'en fais pour Anna ? Tu… tu as pleuré, c'est ça ? Vous vous êtes fâchées, disputées ? »

Il a peur qu'elle ne soit folle. Qu'elle n'ait craqué. Que quelque chose n'ait tout déréglé son fragile système. Elle a toujours été si instable. Il s'assoit par terre, l'observe. Rien. Et ces yeux fixes. Il est une heure du matin. Ça fait au moins trois heures qu'elle est là, immobile, statufiée à même la douleur. Dans sa vie, il l'a vue trembler, hurler, s'agiter spasmodiquement, ruer, s'affaler, il l'a entendue gémir, pleurer, supplier, balbutier ; tous les états nerveux, il les a subis, mais celui-là, cette rigidité-là, jamais.

« Christianne… je ne peux pas te laisser comme ça. Il faut que tu bouges. Réagis. Parle-moi. »

Il répète inlassablement la même rengaine. Rien à faire. Faut-il l'emmener à l'urgence, a-t-elle pris quelque chose ? Est-ce Anna qui l'inquiète ?

« Annabelle n'est plus en danger maintenant. Elle est à l'abri. Il faut aller dormir… Demain, on parlera tous les deux. On essaiera de comprendre ce qui s'est passé. Demain, Christianne, on va s'asseoir et on va tenter d'enterrer la hache de guerre. Pas seulement pour Anna. Pour toi et pour moi. Parce qu'il faut l'accepter, parce que c'est comme ça : c'est fini, nous deux. Il faut juste l'accepter et ne pas en faire une course à la responsabilité. Je sais, je suis coupable. Toi aussi, bien sûr. Mais pas Anna. Ce n'est pas sa faute à elle, il ne faut pas qu'elle paye par notre faute. Tu comprends ? Admettre que c'est fini, que notre mariage est terminé, peu importent les raisons, seulement l'admettre, l'accepter, ce serait un départ. Après, on pourra discuter. »

Il parle à une sourde. C'est plus fort que lui, il reprend sa main pour au moins la voir la lui retirer. Elle demeure inerte dans la sienne. « Probablement que tu ne me croiras jamais, mais je t'ai aimée, Christianne. Vraiment. Je n'ai pas toujours compris la femme que tu es, je n'ai jamais essayé peut-être, mais je t'ai aimée. C'était faux ce que j'ai dit l'autre jour au restaurant. Faux et… infantile. Je ne veux pas t'enlever Annabelle, Christianne, je ne pourrais pas. C'est ta fille autant que la mienne. Et elle a besoin de toi, elle a besoin de sa mère. Il faut seulement… Tu sais comme tu as souffert que ta mère te menace tout le temps. Cette espèce de chantage qui t'a toujours tant inquiétée, tant blessée. Tu ne voulais même pas te marier pour ne pas l'abandonner. Tu prétendais qu'elle en mourrait. C'est pourtant elle qui te menaçait de partir à tout bout de champ. C'est pourtant elle qui est forte. Regarde : elle va avoir soixante-dix ans et elle contrôle tout le monde. J'essaie de te dire que ce qui te paraît si effroyable, si dur, ce n'est peut-être pas aussi terrible que tu le crois. Qu'il faut peut-être cesser de se battre contre des situations irréversibles. Tu vas te briser sans rien sauver. Ni toi, ni Anna, ni personne. »

Il ne sait plus quoi dire. Il est à court d'arguments, ignorant d'où vient le coup qui l'a laissée si meurtrie. Il a seulement peur et il a envie d'aller voir si Anna dort toujours. Il est fatigué. Il se tait et attend. Vers deux heures et quart, il se dit qu'il pourrait appeler Monique pour avoir le nom et le numéro de téléphone de la psy. Mais il hésite : réveiller les gens pour une raison qu'il ignore, expliquer qu'il a repris Annabelle parce que Christianne lui a dit quand il est arrivé : « Reprends-la, tu as gagné, reprends-la », ça le gêne terriblement. Il a l'impression d'avoir mal agi sans avoir rien fait. Il décide d'appeler seulement s'il ne parvient pas à la mettre au lit.

Du premier coup, il réussit. Elle se laisse guider jusqu'à sa chambre, le laisse l'étendre sur le lit sans un geste de protestation, sans un mot. Son absence de résistance est plus alarmant qu'un refus. Il lui retire ses souliers, ouvre son chemisier, n'ose pas aller plus loin : « Tu veux que je t'aide à te déshabiller ? »

Rien. Ce rien l'autorise-t-il à continuer comme à l'époque maudite où il la trouvait affalée au salon, abrutie de médicaments sous prétexte qu'elle se sentait nerveuse ? Il a presque envie de glisser une Valium dans sa bouche, ne serait-ce que pour la voir déglutir. Tendrement, avec les gestes qu'il avait pour Anna et pour elle des années auparavant, il lui retire ses vêtements, la glisse entre les draps. Elle ne ferme pas les yeux. Il s'assoit près d'elle sur le lit : « Tu veux que j'appelle Monique ? Tu veux parler à ta thérapeute ? » Il caresse son front moite : « Tu as chaud, tu fais de la fièvre, Christianne. Tu veux une aspirine ou de l'eau ? »

Elle ne bouge pas, ne dit rien : « Je vais te laisser dormir maintenant. Je serai à l'appartement. Je laisse le numéro ici, à côté du téléphone, si jamais tu as peur. Tu te souviens qu'Annabelle est là-bas aussi, en sécurité ? Tu ne t'inquiètes pas ? Tu ne la chercheras pas ? Bonne nuit, Christianne. Appelle-moi s'il y a quoi que ce soit. Je reviens demain midi. On parlera. »

Il dépose un léger baiser sur son front, remonte la couverture.

Il se retourne deux fois avant de partir.

* * *

C'est lui qui l'a trouvée. Dans le garage. Dans la voiture qui s'était arrêtée de tourner, faute d'essence. Nue, recroquevillée sur le siège arrière.

Sans appeler, sans crier, comme un automate, il l'a sortie de la voiture, il l'a portée jusque dans sa chambre, l'a déposée sur le lit et l'a rhabillée minutieusement. Il lui a remis tous les vêtements qu'il avait lui-même retirés la veille. Sauf les bas et les chaussures.

Ce n'est qu'en descendant l'escalier qu'il aperçoit, bien rangés, quatre valises et trois sacs verts qui constituent la totalité des biens d'Anna.

Vaincu, il s'assoit sur la dernière marche. Ce n'est pas à cette morte livide qu'il pense, ni à Anna, ni même à lui, c'est à cette jeune femme qui marchait vers lui à Cape Cod il y a des années, cette jeune femme qui, même au moment de l'extase, gardait une fêlure au fond de l'œil, cette jeune femme qui craignait tant d'être abandonnée.

Cette jeune femme perdue à jamais qui riait en se pendant à son bras, le jour de leur mariage.

CHAPITRE V

L e jour des funérailles, Annabelle était retournée chez Julie Boivert. Elle avait joué jusqu'à la nuit. Sans arrêt. Presque tout le répertoire qu'elle connaissait y était passé. Même les pièces à quatre mains ou à deux pianos, elle jouait sa partie en entendant la partie fantôme et elle n'avait besoin de rien d'autre. Elle jouait pour disparaître, annihiler cette brûlure au fond d'elle-même, elle frappait les notes en espérant que la musique fasse sa part, qu'elle prenne le relais d'une indicible douleur. Vers minuit, épuisée, anéantie, elle s'était écroulée après avoir joué trois fois de suite *L'impromptu en sol bémol majeur* de Schubert.

Julie Boivert l'avait laissée faire : malgré les yeux secs, malgré le dos rigide, Annabelle sanglotait bel et bien, Annabelle hurlait et c'était ce qui pouvait arriver de mieux. La musique attendrait.

Tout le monde s'inquiétait pour Annabelle. Tout le monde s'était mué en délateur et répétait à Luc ses moindres gestes, ses plus infimes variations d'humeur. Excédée, elle exigeait un peu de paix, un relâchement de la surveillance, un espace à elle pour exister et faire exister sa peine ou du moins l'atteindre, puisqu'elle doutait que ce puisse être autre chose que de la pure culpabilité.

Luc avait beau soutenir qu'il avait eu une violente dispute avec Christianne cette nuit-là, que celle-ci l'avait supplié en pleurant de lui donner une chance de tenter de refaire leur couple déchiré, qu'elle l'avait menacé de se tuer et qu'il n'y avait pas vraiment cru, Luc avait beau prendre sur lui toutes les responsabilités du monde, Annabelle savait ce qu'elle avait fait, elle, elle savait qu'elle avait humilié, rejeté et abandonné sa mère. Luc l'avait peut-être achevée, mais c'était elle qui avait amorcé le massacre. Elle qui s'était acharnée sur quelqu'un qui était à genoux et qui demandait de l'aide. Elle ne voyait aucune raison de se pardonner et aucune possibilité de rachat. Elle avait vu le visage de sa mère morte et il n'y avait aucune différence avec le visage qu'elle avait fixé avant de partir ce soir-là. Sa mère était morte. Elle s'était étendue dans une voiture en marche et avait longuement respiré du poison. Elle qui dormait si mal avait veillé à s'accorder une nuit sûre. Puisque Annabelle n'était pas là pour protéger son sommeil, elle s'était arrangée pour n'être pas réveillée brutalement par l'angoisse. Logique. Annabelle ne pouvait rien lui reprocher, elle comprenait très bien le point de vue de Christianne. Elle comprenait qu'on s'épuise d'essayer. Qu'on se lasse de ravaler des sanglots et de faire semblant que l'aube est extraordinaire. L'aube n'est qu'une autre journée lourde qui commence. Le dépôt de la chape de plomb sur les épaules. La reprise du joug. Pourquoi se lever ? Pour haleter sous le fouet des obligations et s'abrutir à remplir un carnet de commandes exigées par un inconnu qui ne se montre pas et qui ne semble jamais satisfait.

Il n'y avait que la musique qui soulageait. La musique et le silence compatissant de Julie Boivert. Jamais un mot, jamais d'apitoiement : tout dans la musique et aucune autre exigence. Exprimer autrement, c'est tout. Mais elle n'arrivait plus à jouer les mouvements lents avec bonheur. Elle bloquait, ils se syncopaient sous ses doigts contractés, ils refusaient de couler. Annabelle connaissait bien sûr la cause de la panne et elle attendait patiemment que Christianne lui permette d'aller dans cette partie de la musique. Elle lui parlait quelquefois, elle pensait à elle et lui demandait sans cesse pardon. Beaucoup de ses efforts n'étaient faits que pour obtenir son pardon, pour l'entendre dire : « Ce n'est pas grave, Annabelle. » C'était idiot, sa mère ne le dirait jamais, elle le savait, mais elle attendait tout de même le signe, le signe qu'elle pouvait y aller, continuer, que le pardon était accordé.

Elle ne rêvait jamais à sa mère. Elle rêvait qu'elle perdait toutes ses dents. Un atroce cauchemar qui la hantait nuit après nuit. Elle passait sa langue dans sa bouche et les dents roulaient, elle devait les cracher et se promener bouche close sur la vacuité hideuse. Quelquefois, cela se passait devant des gens et elle devait avaler ses dents sans broncher.

Elle agissait maintenant comme sa mère l'avait tant désiré : en dehors du piano, tout ce qu'elle entreprenait aurait ravi Christianne. Ses résultats scolaires s'amélioraient, elle ne sortait plus pendant la semaine, rentrait après le piano, étudiait, mangeait, se couchait tôt. Elle avait même rompu avec Étienne. Il avait beau comprendre qu'elle était incapable de faire l'amour, vouloir attendre patiemment que ça revienne, que ses émotions se replacent, elle se trouvait trop jeune et n'éprouvait que le poids de cet amour, aucun des bienfaits qu'il était supposé dispenser. Elle lui avait expliqué que ce serait mieux pour lui, pour son avenir, qu'il aurait davantage de temps à consacrer à ses études et que ce serait bénéfique à long terme. Et quand il était enfin parti, quand il avait enfin cessé d'argumenter, elle n'avait ressenti qu'un énorme soulagement sans tristesse. Elle ne regrettait que la chaude fourrure de Mon-Œil et sa présence compatissante.

Se séparer d'Étienne avait été étonnamment simple

et sans souffrance. Beaucoup de choses lui semblaient plus légères maintenant. S'éloigner de Julien avait été aussi anodin. Il parlait de mariage maintenant et il n'avait d'yeux que pour sa nouvelle compagne. Et puis, Annabelle le reconnaissait, il comptait moins. Pour toutes ces pertes et en particulier celle de sa mère, elle ne ressentait pas vraiment de chagrin, elle ne se trouvait pas accablée de peine comme sa grand-mère ou même comme Luc.

Elle observait son père et ne comprenait pas. Lui qui l'avait quittée, qui la trouvait pesante, pénible, lui qui l'avait combattue et qui avait finalement gagné n'arrivait pas à se trouver soulagé ou délivré. Au contraire, Christianne régnait sur sa vie, l'obsédait. Il avait ressorti les photos du mariage, les photos d'enfance d'Annabelle, celles des étés à Cape Cod. Il restait des heures à songer, l'œil fixe, à décrypter d'obscures raisons et de fausses explications à son suicide. Il avait repris à son compte l'incessant souci que Christianne nourrissait à l'égard d'Annabelle : trop de fatigue, trop d'études, trop de piano ? Il la mettait en garde contre des choses dont, auparavant, il se souciait peu. Et il ne riait plus. La raillerie, la moquerie avaient déserté son œil et son discours. Luc s'enfonçait dans une mélancolie coupable et aucun jeu, que ce soit le piano ou la séduction, ne l'intéressait plus. Si c'était cela, devenir adulte et responsable, Annabelle préférait, et de loin, l'infantilisme dont Christianne avait toujours accusé son père.

Une des conséquences paradoxales de la mort de Christianne était que Luc ne courait plus après aucune femme. Tout comme Annabelle, il semblait avoir perdu sa libido. Elle comprenait en ce qui la concernait, mais trouvait cela plutôt alarmant pour Luc. Rien. Même pas de coups de téléphone ou de sorties tardives. Encore moins d'invitées nocturnes qui s'attardent jusqu'au matin.

Même Lydia avait été replacée à la case « amitié professionnelle ». Lydia s'était éloignée. Lydia qui avait tant aidé,
tant soutenu tout le monde. Lydia, qui avait accompagné
Luc pour annoncer à Annabelle la mort de Christianne,
qui était restée près d'elle toute la nuit suivante, qui l'avait
consolée des heures durant, soutenant que ce n'était pas
sa faute, que Christianne avait pris une décision personnelle, qu'Anna n'y pouvait rien sauf en souffrir. Lydia qui
avait été chercher ses affaires à la maison, qui les avait
accompagnés durant ces interminables journées, qui l'avait
aidée à emménager à Saint-Lambert et qui avait pris soin
d'elle et de Luc avec le même dévouement amoureux. Luc
l'avait quand même écartée. Il avait une façon de lui parler
qui excluait toute espèce de doute. C'était gentil, blanchi
de toute allusion tendancieuse, en apparence soucieux de
ses sentiments mais sans aucune profonde préoccupation
pour elle. On aurait dit qu'il la supportait aimablement,
parce qu'il était patient. Annabelle devenait le seul centre
d'intérêt de Luc. Avec les réminiscences de Christianne,
Luc ne permettait à personne d'autre que sa fille de
solliciter son attention. Il travaillait, réussissait même à
fournir un certain rendement, mais ses succès ne l'excitaient plus. Il avait perdu sa motivation. Tout ce qu'il souhaitait était d'être près d'Annabelle. Et peu à peu, Annabelle voyait se former la même chaîne, la même contrainte
qu'avec sa mère : Comment supporter de représenter la
totalité du bonheur pour quelqu'un ? Comment ne pas
étouffer sous tant d'attention, même affectueuse ? Rien
qu'à l'idée que Luc lui pesait peut-être, Annabelle se dévorait de remords, elle se mettait à détester son égoïsme, à se
juger et à se condamner impitoyablement. Luc n'avait plus
qu'elle, il le lui disait assez, pourquoi ne comprenait-elle
pas qu'il avait besoin d'elle et que beaucoup de femmes

auraient aimé être à sa place ? Elle haïssait sa place et s'en jugeait abominable : Le meurtre de Christianne n'avait donc pas réussi à la rendre plus tolérante et plus soucieuse des gens qui l'aimaient ? Ne pouvait-elle donc éprouver l'amour autrement que comme un étau d'exclusivité qui serre inexorablement son cou et sa vie ?

Elle n'avait plus envie d'être aimée. Ni désirée. Elle ne respirait pas bien dans l'amour, l'air lui semblait rance, proche de l'amertume. Tous ceux qui l'aimaient ne cessaient de la questionner, de la harceler, de sonder ses réactions et ce qu'ils appelaient, empreints de componction, son traumatisme. Rien que ce mot lui donnait de l'urticaire. La notion même l'écœurait : ça ressemblait à une bonne raison de faire des mauvais coups. Elle estimait avoir suffisamment performé à ce chapitre. Elle ne pouvait même pas évaluer l'ampleur du « traumatisme », tellement elle avait à faire pour se ménager un minuscule espace privé au cœur de cette marée de soucieux bien intention-nés. Dieu merci, Luc s'était désintéressé de ses cours de piano. Cet aspect de sa vie, qui longtemps avait été le seul à les lier, ne le préoccupait plus du tout. Et c'est de cet espace qu'Annabelle s'emparait violemment, jalouse-ment. La musique était devenue son seul repaire, son unique intimité, le lieu de tous ses secrets et l'ultime expression de son être. En dehors de Julie Boivert, per-sonne ne semblait plus y accorder d'importance et cela la ravissait.

Mais même madame Boivert n'avait pas l'air de viser des objectifs précis : elle la laissait errer, expérimenter, elle la laissait travailler des allegros tout à fait convenables au détriment d'andantes infiniment moins réussis et qui au-raient eu besoin d'une certaine discipline. Annabelle y voyait la preuve qu'elle ne devait pas se considérer comme une future pianiste, mais plutôt comme une dilettante douée qui se soigne par la musique. Quand cette pensée la traversait, elle s'obligeait à ne jouer que les andantes pendant une semaine. En fait, jusqu'à ce que Julie frappe impérieusement sa canne sur le sol : « Tu sais qu'une œuvre comprend plus qu'un seul mouvement, Annabelle ? Qu'est-ce que tu dirais d'attaquer un peu ? »

Dans son for intérieur, Annabelle accordait un délai de trois mois à son père pour le voir récupérer son ancienne personnalité et alléger leurs rapports. Mais après sept semaines, les choses ont empiré, il commençait même à déléguer des tâches professionnelles sous prétexte qu'elle avait besoin de lui. Il refusait d'accompagner ses artistes pour des tournées qui étaient pourtant à son horaire et, lorsqu'il n'a vraiment plus eu le choix, il a engagé un nouvel employé chargé de gérer le champ international de l'agence. Annabelle était abasourdie : il renonçait au côté le plus stimulant de son travail, celui qui l'avait toujours enchanté !

« Ça ne m'enchante plus, Annabelle, ça m'ennuie. Ça me pèse. Être loin de toi me semble trop lourd. Tu as besoin d'un père responsable et ça me convient de l'être. »

Elle avait beau argumenter qu'elle pouvait aller chez sa grand-mère ou chez Julie Boivert ou même à la limite chez Granne ou Julien, rien à faire, Luc refusait de partir en tournée. Il lui assurait d'ailleurs qu'il ne manquait rien. Personne n'était irremplaçable, il le vérifiait continuellement. Le nouvel employé faisait parfaitement l'affaire et les artistes étaient tout à fait heureux et en confiance. Même Antoine le trouvait très compétent et très rassurant. En fait, il n'y avait que Lydia pour l'exécrer et refuser de le voir après un concert. « Conflit de personnalités », soutenait Luc qui allait même jusqu'à prétendre qu'il s'agissait d'un désir sexuel refoulé chez Lydia. Annabelle s'est contentée de sourire en se disant qu'il fallait être drôlement décidé à ne rien voir pour ne pas comprendre ce que refoulait rageusement Lydia. Elle n'aurait pas voulu être à la place du pauvre gars qui essaierait de faciliter les tournées à Lydia.

Quoi qu'il en soit, Luc était intraitable : il ne partirait pas en tournée, il ne laisserait pas sa fille, il resterait avec elle à la maison, elle avait trop besoin de lui pour qu'il se permette de s'absenter. Du moins pour le moment. Annabelle avait beau expliquer à Lydia qu'elle souhaitait la voir intervenir, qu'il s'agissait d'un trop gros sacrifice de la part de Luc, Lydia n'y pouvait rien : Luc avait changé de priorités et il entendait se consacrer religieusement à celles-ci.

Le jour où Luc s'est mis à parler de la changer d'école pour alléger son horaire de transport, Annabelle a paniqué : elle voulait rester là où elle était, elle commençait à obtenir de bons résultats, elle refusait de tout bousculer en plein milieu de l'année scolaire. Peu lui importait le triangle Outremont-Jardin botanique-Saint-Lambert, peu lui importait le temps gaspillé à se déplacer, elle ne désirait pas changer d'école et l'avait longuement expliqué à son père qui réservait son jugement jusqu'à la rencontre professeurs-parents à laquelle, bien sûr, il allait assister. Choquée, Annabelle devait constater que Luc avait attrapé le virus du « pas-de-discussion-je-sais-mieux-que-toi » de Christianne. Elle trouvait que le sentiment de culpabilité lui allait aussi mal qu'à sa mère et que cela commençait à être pesant.

Après le cours, elle a demandé à Jean si elle pouvait lui parler. Maintenant que la classe est vide, elle hésite, se dandine, ne sachant comment l'aborder. Il le fait lui-même : « Ça va, Annabelle ? Tu réussis à ne pas me trouver mortel ? »

Il le sait très bien, mais cette référence au premier cours lui fournit la perche qu'elle attendait : « Tu te souviens de ce que tu m'as dit au début de l'année ? »

Il fronce les sourcils, semble ne pas saisir à quoi elle fait allusion :

— Le premier… j'en ai dit des niaiseries, tu vas être d'accord avec moi.

— … À propos que tu m'en dois une… que je peux te demander quelque chose…

Elle a l'air tellement mal à l'aise qu'il s'inquiète :

— Tu veux que je te donne ta note même si tu ne fais pas le travail ?

— Non ! Je l'ai fait. Je te l'ai remis au cours tantôt. C'est pas ça.

— Est-ce que je dois deviner ?

— Non, c'est parce que c'est compliqué à expliquer.

— Attends. Laisse-moi ramasser mon bordel et on va aller s'installer mieux que ça pour discuter. Et je te répète qu'en effet, je t'en dois une et que, si c'est possible, je vais essayer de te rendre service.

Soulagée, elle le regarde faire de l'ordre, le suit dans son bureau et finalement dans le petit café où il décide de l'emmener. Il la regarde, sourit, ouvre les mains :

— Je t'écoute, Annabelle.

— Tu es là à la rencontre profs-parents ?

— Le six-mille-kilomètres ? Certainement. J'appelle ça la première mise au point de l'année. Très agréable : d'habitude les parents à qui tu n'as rien à dire sont là et ceux que tu as besoin de rencontrer se sont sauvés avant de se faire dire que leur enfant est en difficulté. Pourquoi ?

Tu as peur que ton père apprenne que tu vas couler ? Pas dans mon cours en tout cas.

— Non, mes résultats sont pas mal. Ils sont même meilleurs qu'avant.

Il ne demande pas avant quoi, tout le monde sait que sa mère s'est suicidée au tout début de l'année. Ils sont même tous allés aux funérailles et il a alors eu l'impression que les rapports d'Annabelle avec ses camarades se sont améliorés, même s'ils ne sont pas encore follement chaleureux. Au moins, elle a ressenti leur sympathie. Il attend patiemment qu'elle parle, comprenant que cette fille est le genre rebelle qui se tait dès qu'on insiste pour savoir.

— Heu… mon père va y aller.

— Oui ?

— Il ne manquerait pas ça pour une terre.

— Je comprends : si tu voyais la qualité du café et des biscuits, tu te battrais toi aussi pour y assister.

Elle rit — un éclat d'enfance qui éclaire tout son visage. Cette jeune fille lui est bien sympathique :

— Alors ?… Il vient chercher une information que tu veux qu'on lui cache ?

— Non ! Il veut me changer d'école ! Il veut me faire aller à celle de Saint-Lambert où on habite. Avant, c'était l'école proche de chez ma… de chez où je restais mais là, ça fait loin. Surtout que je continue le piano au Jardin botanique et que madame Boivert ne peut pas venir à Saint-Lambert à cause de son cœur. Il ne comprend pas. Il ne veut rien entendre ! Il pense que c'est mieux de me changer après Noël. Ça ne me fait rien de voyager, je te jure ! Je ne veux pas changer. Je ne veux pas qu'il décide tout le temps de tout pour l'imiter. Il faut lui dire qu'il s'occupe très bien de moi, qu'il en fait assez et qu'il peut partir en tournée parce que je ne suis pas mourante.

Elle a sorti tout son discours d'une traite, sur une tonalité nettement plus aiguë qu'à l'ordinaire et en triturant sa serviette en papier. Il n'en revient pas : elle, si organisée, si habile avec les mots et la syntaxe qui maltraite son discours jusqu'à le rendre totalement incohérent. Faut-il qu'elle soit bouleversée ! Il essaie de lire entre les lignes et comprend vaguement que le père, fou de culpabilité, est en train d'étouffer sa fille sous un acharnement affectif qui la terrorise au lieu de la rassurer. Il se souvient avec précision de son explication du terme piège accolé à la notion de responsabilité. Il a toujours soupçonné qu'elle parlait d'expérience.

— Ce n'est pas compliqué, Annabelle. Il suffit de lui faire comprendre qu'il risque d'interrompre un développement fort bien amorcé, que tu viens de t'adapter à ton école et que les difficultés de l'an passé sont en voie de résolution. Il est clair que changer d'habitudes scolaires représenterait un terrible effort pour toi. Tu n'as qu'à aller rencontrer la psycho...

— Non ! Jamais ! Si je te le demande, ce n'est pas pour aller me faire analyser par cette folle-là !

Oups ! Jean constate que le terrain est glissant :

— O.K., j'ai rien dit. Je peux me débrouiller sans ça. Je peux insister sur le long processus d'adaptation que requiert tout changement d'école. Sur le prix à payer en terme de rendement scolaire défaillant et sur l'impact négatif et déprimant que cela aurait sur toi : non seulement tu verrais tes notes baisser après tant d'efforts, mais tu aurais aussi la charge de recommencer à « socialiser », comme on dit.

— Oui. C'est bon, ça va marcher.

— Il va acheter ça ?

— J'espère.

— Je pourrais essayer de glisser ce point de vue-là à quelques autres profs, l'air de rien…

— Sans dire que je l'ai demandé? Sans que mon père…

Cette anxiété dans le regard, cette panique à l'idée de tromper son père, ce devoir de loyauté indéfectible, comme il redoute cela. Il a devant lui un être doué et capable qui va se sacrifier sans hésitation pour adoucir un remords dont elle ne pourra jamais débarrasser son père. Il voudrait l'aider mieux que ça. Lui dire de renoncer, que c'est son problème à lui, qu'elle n'a pas à l'endosser. Mais elle est si vulnérable, si responsable. Se remet-on jamais du suicide de sa mère? Il ne connaît personne à qui elle en ait parlé, aucun prof, aucun élève.

— Évidemment! Je vais faire comme si je l'avais appris entre les branches. De toute façon, personnellement, je trouve malsain de te changer d'école maintenant. C'est vraiment dur. Au moins à ton école tu connais les profs, les étudiants. Même si tu ne les aimes pas follement, au moins tu les connais et eux te connaissent. Tu leur as appris à te respecter, ce qui n'est pas rien.

— Je les aime un peu plus.

— Ce serait dommage d'interrompre une bonne lancée. Je suis désolé, Annabelle, mais ce n'est pas celle-là que je te devais. Ce n'est pas un service que je te rends, c'est seulement ton opinion que je partage et que je vais défendre.

— Alors, il me reste un souhait, comme dans les histoires de génies et de fées?

— Mais je ne suis pas vraiment Aladin… j'ai l'air ben fou dans une théière.

Comme il aime la faire rire!

— Quand tu voudras, Annabelle, ma porte est toujours ouverte. Comme tu as l'air de bouder les services de la psy, ça me fera plaisir de la remplacer.

— J'haïs les psy.

— Ah oui? Jamais j'aurais dit! Assez désagréable en effet. On a l'impression d'être un rat de labo. Remarque que je ne parle pas d'expérience…

— Tu veux dire que tu n'as jamais consulté un psy?

— Je veux dire que je n'ai jamais été un rat de labo. Non, la psy, je connais.

— Jamais j'aurais dit…

— Quoi? Tu penses qu'on a ça écrit dans la face qu'on a besoin d'un psy? Pas besoin d'être au bord du suicide pour y aller, tu sais.

Voilà, il l'a dit, il avait besoin de prononcer le mot, de s'en débarrasser, de le mettre sur la table, qu'elle sache bien qu'aucune fausse délicatesse ne va en faire un sous-entendu pesant entre eux.

— Pourquoi t'es allé? Excuse… t'es pas obligé…

— Je vais te répondre… si tu me promets de ne pas mettre ça dans le journal de l'école demain matin.

— Franchement!

— Je sais, je t'agace… ma première blonde m'a laissé un peu sèchement. J'en ai conclu que je ne valais rien.

— Tout de suite ou après?

— À l'instant même. Disons que je n'étais pas ce qu'on appelle un champion de l'estime de soi et que je me suis retrouvé carrément en panne.

— Ça faisait quoi?

— Ça faisait dur! Tu sais bien: l'impression d'être un cave, un pas beau, un pas brillant que personne ne va plus jamais regarder et qui ne fera jamais rien de sa vie. Optimiste pas rien qu'un peu.

Ça le gêne de parler de lui, d'avouer tout ça.

Annabelle n'a pourtant pas l'air en pays étranger. Il donnerait sa chemise pour savoir ce que cache son sourire :

— C'est ça ! C'est la triste histoire de Jean Meunier et de ses amours fulgurantes !

— Combien de temps tu avais été avec elle ?

— Six ans. J'avais commencé à sortir avec elle à dix-sept ans. Je voulais me marier avec elle, avoir des enfants avec elle : ma vie était tout organisée !

— Pourquoi elle est partie ?

— Parce que j'étais ennuyant, que je faisais le marché le jeudi soir, le ménage le samedi matin et que je contrôlais toute notre vie comme ça. Elle a rencontré un gars qui la faisait rire et qui supportait un lit défait. Je ne peux pas te dire comme c'est efficace de faire rire une femme.

— Je sais. Avant, mon père les avait toutes comme ça.

— Elles ne se laissent plus avoir ?

— Non, c'est lui… il trouve ça moins drôle, je pense…

— On peut le comprendre.

— Comment la psy t'a guéri ?

— D'abord, c'est le psy et ensuite, il ne m'a pas guéri : je suis toujours aussi cave. Seulement j'y pense moins souvent. J'essaye de ne pas accrocher là-dessus.

— T'es pas cave.

Il fait une grimace :

— Tu me connais pas ! Et puis, j'ai appris à donner le change, à faire comme si… T'as un tchum, toi ?

— Non.

— Tu aimerais ça ?

— Non.

— Tiens ! Tu es bien la première fille que je connais qui dit ça.

* * *

Finalement, Luc se rend aux arguments des professeurs et décide de laisser Anna dans cette école. Tous les profs s'entendent là-dessus : Annabelle prend le dessus avec une énergie renouvelée, elle semble avoir réglé ses problèmes. Luc n'en revient pas : Est-ce possible que la mort de Christianne l'ait soulagée ? Peut-elle réellement bien aller ? Il la soupçonne toujours de lui cacher ses sentiments, il est certain qu'elle pleure dans sa chambre, il s'attend toujours à la voir discuter soit de Christianne, soit d'Étienne. Mais rien. Non seulement sa fille est muette, mais elle n'a pas l'air de s'en porter plus mal. Apparemment, tout rentre dans l'ordre. Apparemment, les blessures se cicatrisent.

Mais il n'y croit pas. Il vit dans la terreur. Il déteste s'absenter parce que, c'est plus fort que lui, chaque fois qu'il rentre, il craint de la trouver morte. Il est hanté par cette obsession de la trouver inconsciente sur le tapis du salon ou les veines ouvertes dans le bain ou alors sur le trottoir vingt-sept étages en bas du balcon. Ces visions d'horreur se poursuivent la nuit dans ses rêves. Il se réveille en sueur, tremblant, il doit s'assurer qu'elle dort bien, que le souffle est constant, qu'aucun râle ne vient le troubler. Ensuite, il peut dire adieu à sa nuit : il installe son insomnie sur le sofa du salon et tente de travailler en vain. Il s'endort habituellement là, les pieds sur la table à café et le corps de guingois. Il se réveille courbaturé, d'une humeur massacrante et avec la sale impression qu'il lui manque trente heures de sommeil.

Il ne peut même plus en parler à Lydia qui auparavant l'écoutait avec passion. Elle est devenue insupportable et capricieuse et elle se plaint tout le temps. Lydia a sérieusement besoin d'une liaison, voilà ce qu'il croit. La dernière fois qu'il l'a entretenue d'Annabelle, Lydia lui a suggéré de consulter pour lui-même et d'arrêter de vouloir à tout prix que sa fille partage sa culpabilité. Il ne comprend pas encore comment une fille aussi intelligente ait pu dire de telles âneries. Il faut qu'elle soit bien troublée ! En attendant, il se ronge tout seul et se sent de plus en plus accablé de solitude. Mais, contrairement à Lydia, il juge que ce n'est pas d'une maîtresse dont il a besoin, mais plutôt d'une compagne, d'une amie véritable sur qui compter et qui comprendrait la situation. Il ne se fie pas aux hommes pour cela. Éric s'est montré très compatissant le lendemain de la mort de Christianne, il a pris en main tous les détails techniques, il s'est même chargé de mettre la maison en vente, mais pour les confidences, c'est le néant. Non seulement il se tait, mais il change de sujet comme si le fait de n'avoir rien à dire à ce propos l'obligeait à l'éviter. Il pourrait écouter, ce serait déjà ça. Mais Éric n'écoute pas et ne consent pas à discourir en triste matière de mort. Ça l'énerve et ça le met mal à l'aise. Bizarrement, le seul à qui Luc pourrait parler est Étienne. Probablement parce que son handicap lui donne une maturité précoce ou alors parce qu'il aime Annabelle et que tout ce qui la touche de près ou de loin l'intéresse. Mais Étienne ne fait plus partie de la vie de sa fille et Luc se sentirait gêné de venir le déranger avec ses angoisses. Il suppose également qu'Annabelle lui en voudrait beaucoup d'une telle attitude.

Aussi, quand Étienne appelle pour prendre des nouvelles avec ce petit ton dégagé qu'il essaie d'adopter et qui est plus pitoyable qu'autre chose, Luc se contente de le renseigner et de s'informer à son tour. Une fois sur deux, Annabelle lui fait signe qu'elle ne veut pas lui parler. Luc ne saisit pas le lien entre la mort de Christianne et la rupture.

Il a lu dernièrement que la mort d'un proche est l'une des premières causes de divorce et se dit que le lien, quoique non évident, doit exister.

Et puis, au moment où l'hiver semble décidé à prendre un mois d'avance, cette femme, Sylvie Lalancette, l'appelle. Elle veut absolument le rencontrer. Elle prétend avoir quelque chose à lui remettre et vouloir lui parler. Il s'agit de la thérapeute qui s'occupait de Christianne. Il refuse, soutient qu'il est débordé de travail, qu'il a un voyage imminent à l'agenda. Elle insiste, lui proposant même de fixer un rendez-vous dans un mois s'il préfère. Elle maintient qu'elle n'enverra pas le colis par la poste et qu'elle doit vraiment s'entretenir avec lui en personne. Il est tellement furieux de cette intrusion et de son insistance qu'il prend rendez-vous en se disant qu'il le fera annuler par sa secrétaire.

Mais finalement, parce qu'il est curieux, il se rend au rendez-vous. Dès qu'il est assis dans la salle d'attente, il déteste tout : le tapis vulgaire, l'ameublement inconfortable, les revues tellement froissées qu'elles ont l'air poisseuses, les gravures supposément apaisantes sur les murs beiges, tout l'irrite et le confirme dans son hostilité.

La femme est tout ce qu'il y a de plus anodin : entre deux âges, sans beauté, sans rien de particulièrement chaleureux, le genre plus appliquée que brillante. Il lui serre la main, s'assoit et attend qu'elle en finisse. Elle n'a pas l'air pressée. Elle lisse sa jupe qui est pourtant impeccable et commence lentement : « Je vous offre mes condoléances, même si c'est un peu tard. Je ne vous ai pas appelé avant parce que je voulais vous laisser le temps de traverser les premières étapes du deuil… »

Il déteste ce vocabulaire, il déteste ces gens qui fonctionnent par étapes comme si la vie était un livre de recettes. Il la trouve carrément antipathique.

« Puis-je vous demander comment va Annabelle ? »

L'œil froid qui se fixe sur elle n'a pas l'air de la décourager :

— Sa mère m'a tellement parlé d'elle que j'ai l'impression de la connaître.

— Très bien. Vu les circonstances.

— Ça charrie un lot considérable de culpabilité, n'est-ce pas ?

Qu'est-ce qu'elle veut ? Qu'il lui donne des détails ? Qu'il explique en long et en large comment ça produit de jolis cauchemars ? Est-ce qu'elle se cherche une nouvelle clientèle ? Avec le succès qu'elle a obtenu avec Christianne, si elle pense qu'il va lui livrer Annabelle, elle se fourre le doigt dans l'œil !

« Vous devez être très en colère contre moi ? »

Bon, la double vue, maintenant ! Quelle imbécile, cette femme, avec ses minables artifices de fausse scientifique. En colère ! Elle est loin du compte : il la dénoncerait s'il avait le courage d'entreprendre une telle démarche, il la ferait rayer de sa profession, la mettrait hors d'état de nuire à quiconque. Face de belette avec son petit air calme. Il demande sèchement : « Vous vouliez me remettre quelque chose ? »

Ce qui n'a même pas l'air de la démonter : peut-être disait-elle cela comme ça, à tout hasard, étant donné que la colère est un sentiment courant et qu'on ne risque pas grand-chose à le prêter à tout le monde. Belle incompétente, en effet. Et ce n'est pas cette rencontre qui va lui permettre de remonter dans son estime. Elle lui tend une enveloppe brune, assez volumineuse :

— Christianne m'avait remis ceci il y a quelque temps. C'est, m'a-t-elle dit, une sorte de journal intime qu'elle a écrit de façon intermittente de janvier 91 jusqu'au début septembre de cette année. Elle ne voulait pas le garder chez elle, craignant qu'il soit découvert par sa fille. Elle n'était pas prête à le détruire non plus. Je ne savais pas comment en disposer… j'ai pensé le brûler mais je ne m'en sentais pas le droit et je me suis dit qu'il vous serait peut-être utile…

— Pourquoi ?

Il voudrait rendre sa voix moins cassante, son ton plus amène, mais cette enveloppe lui brûle tellement les doigts que toute son énergie est investie à ne pas la lui lancer au visage et à ne pas la battre jusqu'à ce qu'elle s'effondre. Elle n'a pas l'air sensible à l'agressivité qui transparaît :

— Pourquoi ? Mais… pour comprendre, pour expliquer à Annabelle ou tout simplement pour le brûler vous-même, si vous préférez. Votre femme n'a pas voulu le détruire, c'est un…

— Mon *ex*-femme.

Elle l'observe en silence un bon moment avant de murmurer un « Bien sûr » qui semble clore l'entretien. Luc est déjà debout. Il pose l'enveloppe pour passer son manteau et lui tend une main glacée :

— Je vous remercie beaucoup du mal que vous vous êtes donné, madame…

— Lalancette.

Elle le regarde se ruer sur la porte et songe en rangeant l'enveloppe qu'il va sans doute revenir dans quelque temps. Et que ce ne sera peut-être pas seulement pour la récupérer.

* * *

« J'ai eu A en morale, aujourd'hui. »

Annabelle dépose le gratin de fruits de mer sur la table. Il se sert, plutôt distrait :

— Ah oui ?

— Oui. Mon premier A de l'année !

Il l'entend enfin, sourit :

— En morale ? C'était quoi, le sujet ?

— La culpabilité. Normal que j'aie un A, tu ne trouves pas ?

Il est tellement furieux qu'il repousse son assiette et renverse son verre. Il se lève, répare les dégâts avec des gestes brusques et manque cette fois de briser le verre. Il sacre, va porter son assiette à la cuisine et revient. Il s'assoit, se verse un autre verre de vin et ne dit plus rien. Annabelle n'a plus faim non plus :

— C'était une farce plate.

— En effet.

C'est le ton qu'elle déteste le plus. Le ton qu'il adoptait avec sa mère quand il trouvait qu'elle allait trop loin, le ton sans réplique. Elle lève la tête et le toise, puisant du courage dans son A :

— Ça te choque ?

— Non.

— Qu'est-ce que tu as ?

— Rien, Annabelle. J'ai eu une grosse journée.

— Moi aussi.

Il comprend l'allusion, sourit, va se chercher une autre assiette et fait un effort pour manger. Mais il trouve quand même qu'ils exagèrent à l'école. Ils sont fous de laisser une enfant de suicidée débattre une telle notion ! Il va encore falloir parler aux profs, les mettre en garde…

« Tu veux le lire ? »

Elle attend sa réponse, les yeux brillants de fierté. Il ne veut pas la décevoir mais il ne peut pas : « Plus tard. Pose-le sur mon lit. »

Elle repousse son assiette en silence.

— Je vais le lire, Annabelle, mais pas tout de suite.

— Oui, oui.

Pour éviter d'avoir à lui faire face, il finit son assiette. Elle le regarde attentivement, elle n'a pas du tout l'air d'avoir envie d'écouter la télé. Il s'essaie à la diversion :

— Tu veux qu'on loue un film ?

— Pourquoi tu ne veux pas en parler ?

— Je ne l'ai pas lu, Annabelle ! Je t'en parlerai après.

— Ça fait dix semaines aujourd'hui.

Un haut-le-cœur le saisit : en effet, il ne veut pas en parler. Il ne veut pas y penser. Il ne veut pas aborder cette question, ni avec elle ni avec personne. Il est tellement crispé que ses jointures blêmissent. Il murmure :

— Je préférerais ne pas en parler.

— Jusqu'à quand ?

Sa fille, sa propre fille qui l'attaque maintenant ! Qui exige des comptes, qui l'accuse presque. Sa fille qui le menace ! Il essaie quand même de se persuader que ce n'est pas un complot, que la Lalancette n'est pas là-dessous. Suspicieux, il vérifie :

— Qu'est-ce qui te fait poser ces questions-là ? Ton travail ?

— Non, papa. Ce n'est pas mon travail, c'est toi. As-tu remarqué comme tu as changé ?

— Voyons, Annabelle, je n'ai pas changé, je suis plus souvent avec toi et tu en avais perdu l'habitude, c'est tout.

— Ah oui ? Moi je pense que c'est maman qui t'a changé.

Il se lève, dessert la table, fait plusieurs aller-retour. Il essuie soigneusement la table, retourne à la cuisine… et y reste. Elle le trouve en train d'essuyer les couvercles des pots d'épices. Elle n'avait jamais pensé qu'il pouvait avoir peur, lui aussi. D'une certaine manière, cela l'encourage à continuer : « Papa, je sais que tu ne veux pas en parler, mais je pense que c'est une erreur. Que… que si maman est morte, c'est parce que je lui ai dit plein d'affaires épouvantables d'un coup. Si on avait parlé avant, elle et moi, je n'aurais pas fait de crise… »

Il l'interrompt, il ne veut pas savoir ça :

— Annabelle, je t'ai dit ce qui en était, que tu n'étais pas en cause, que c'est la discussion que j'ai eue avec ta mère après ton départ qui a provoqué son geste. Ça et un déséquilibre chronique contre lequel on ne pouvait rien.

— Tu ne m'écoutes pas ! Je veux dire que de ne pas parler du tout, c'est pas sain.

— Mais on parle ! Ce n'est pas comme si on avait des secrets. Tu en as, toi ?

— Oui.

— Des secrets que tu voudrais me dire ?

— Pourquoi tu n'as jamais voulu savoir ce que je lui ai dit ce soir-là ? Pourquoi tu ne l'as jamais demandé ? Pourquoi tu me racontes toujours ce que, toi, tu lui as dit au lieu d'écouter ce que, moi, j'ai dit ?

— Peut-être que Christianne me l'a dit. Tu n'avais pas pensé à ça ?

— Elle ne peut pas te l'avoir dit ! C'est impossible ! Elle ne pouvait pas répéter ça. Surtout pas à toi !

— Alors, qu'est-ce que ça change que, toi, tu me le dises ?

— Mais je ne comprends pas pourquoi tu ne veux pas le savoir ! On… on pourrait partager la culpabilité…

— Annabelle, ça fait mille fois que je te dis que tu n'es pas responsable de ce qui est arrivé.

— Ça fait mille fois que je ne te crois pas !

— Écoute, il faut oublier, tourner la page. Quoi

qu'on dise, ça ne changera rien à ce qui est, quoi qu'on dise, Christianne a choisi et on doit s'arranger avec son choix. Creuser tout ça ne sert à rien, c'est de l'acharnement et c'est malsain. On s'entend là-dessus ? On essaie d'oublier, d'accord ?

— Non. Pas d'accord. Et je vais te dire ce que j'avais à dire : quand je voulais venir vivre avec toi, c'était parce que tu étais drôle, que tu riais, que c'était agréable d'être avec toi, facile, jamais pénible. Depuis que maman est morte, tu ne ris plus, tu ne sors plus, tu fais juste t'inquiéter de moi, de mon école. Tu fais comme elle faisait, elle, comme j'haïssais tant. Pourquoi est-ce que je lui ai fait tant de mal si c'est pour me retrouver comme avec elle, avec quelqu'un de déprimé qui ne trouve rien de drôle et rien d'intéressant ? Tu sais seulement t'en faire depuis qu'elle est morte. Ça va-tu finir, un jour ? Ça fait plus que deux mois que t'as pas appelé une fille. Et tu ne l'aimais même pas !

— Annabelle, ça n'a aucun rapport…

— C'est pas vrai ! Je te crois pas ! À part ça, pourquoi tu t'es mis à m'appeler Annabelle tout à coup ? Tu as toujours haï ça !

Il reste stupide. En effet, pourquoi ? Il ne s'en était même pas rendu compte !

« Je ne le sais pas ce que tu as, papa, mais je ne veux pas te perdre comme elle. Après toi, il ne me reste plus personne, comprends-tu ? »

Et elle s'en va dans sa chambre.

Pour la première fois depuis des semaines, il prend son manteau, laisse une note et sort marcher. Il a besoin du froid piquant, il a besoin de la nuit sur la panique qui l'envahit.

* * *

« J'avais oublié l'enveloppe. »

Sylvie Lalancette n'a pas l'air d'avoir envie de se moquer de lui. Ni de douter de ses raisons. Elle sort l'enveloppe d'un classeur, la dépose entre eux sur la table basse : « J'ai cru que vous n'aviez pas envie de l'avoir. »

Il se penche, essaie de s'en saisir, se redresse brusquement : « Vous m'aviez demandé des nouvelles de ma fille, Annabelle… Je crois que c'est plus dur que je ne l'avais prévu… »

Un silence absolu règne dans le bureau. Sylvie a l'air d'attendre. Il a pourtant la conviction d'en avoir dit beaucoup. Il soupire : « Voilà… C'est souvent le cas, je suppose, les enfants sont imprévisibles. Ils ont des réactions étonnantes. »

Mais pourquoi ne dit-elle rien ? Qu'est-ce qu'elle a, elle est devenue muette ou quoi ? « On va laisser le temps cicatriser les blessures. Comme vous le savez, je suis très près d'elle, je m'arrange pour lui donner du temps, j'ai cessé de voyager. »

Il se sent stupide à énumérer ses bonnes actions, comme si elle était chargée de transmettre à Christianne :

— Désolé, je ne sais pas pourquoi je vous embête avec ces détails techniques.

— Vous voulez le savoir ?

— Pardon ?

— Vous voulez savoir pourquoi vous me parlez comme ça d'Annabelle, alors que vous avez envie de me parler de vous ?

— Je n'ai pas… Je ne parle pas… (Il hoche la tête, dépassé.) Je pense qu'on n'est pas faits pour s'entendre.

— C'est possible, monsieur Pelchat. Je ne suis probablement pas la bonne personne. Vous me considérez comme une alliée de votre ex-femme… une adversaire d'une certaine façon.

— Qu'est-ce que vous inventez ? Je n'ai pas ce genre de rapport avec Christianne !

— N'avais… je n'avais pas.

— Oui. En effet.

Elle se lève, lui tend l'enveloppe : « Si vous désirez une référence à un collègue, je me ferai un plaisir de vous donner une liste de noms. Ça se magasine un thérapeute, vous savez. »

Confus, il se répète qu'il ne doit pas oublier l'enveloppe.

— Peut-être que, pour Annabelle, ce serait une bonne idée.

— Ce serait une bonne idée que *qui* consulte ?

Il n'a pas l'air de saisir. Il la dépasse d'une bonne tête, mais il a l'air d'avoir douze ans avec son enveloppe :

— Pardon ?

— Vous avez compris.

— De quel droit vous… ?

— Du droit que vous êtes ici, dans mon bureau et que je ne vous ai pas appelé cette fois. Du droit que quand j'entends des gens se forger des raisons et des fuites, je les décode. Du droit qu'Annabelle m'importe.

— À moi aussi.

— Je comprends…

— Je ne suis pas sûr que vous compreniez. Ni que vous désiriez comprendre. C'est votre métier, d'accord, mais il y a des jours où des clients doivent vous déplaire, pour ne pas dire qu'ils doivent vous être carrément antipathiques.

— Bien sûr.

— Vous devriez avoir l'honnêteté de le dire dans ce temps-là !

— Je le fais. Soyez bien rassuré pour mes clients, je le fais, monsieur Pelchat.

Bien sûr, il n'est pas un de ses clients. Bien sûr, il n'est pas venu consulter pour lui-même. Pourquoi lui parle-t-il sur ce ton ? Pourquoi a-t-il tellement envie de la secouer, de l'engueuler ? Elle va le prendre pour un fou furieux. Il se force à sourire, son sourire franc, celui plein de fossettes. Il tend une main ferme :

— Désolé… j'espère que je ne vous ai pas froissée ?

— Pensez-vous !… Et puis vous vous en faites tellement pour Annabelle.

— Oui… Oui, c'est vrai. Au revoir.

Il hésite près de la porte : « Si Annabelle avait besoin de consulter, vous accepteriez de la voir ? »

Tout le contraire de ce qu'il souhaite ! Pourquoi dit-il cela ? Il est fou ! S'il y a une chose au monde qu'il ne veut pas, c'est bien de savoir Annabelle assise dans la même chaise que sa mère !

« Voici la liste de noms dont je vous ai parlé. »

Elle n'a pas répondu et il est incapable de lui demander pourquoi. Il prend la liste, elle ouvre la porte : « Ça me fera toujours plaisir de vous revoir. »

Au lieu d'aller travailler, il joue au billard tout l'après-midi.

L'enveloppe reste au fond du coffre de la BMW pendant plus d'une semaine. C'est en voulant y déposer l'arbre de Noël qu'il vient d'acheter qu'il la trouve. Il aurait pu être devant le cadavre de Christianne coincé dans son coffre qu'il ne serait pas plus terrifié. Il se débarrasse de l'arbre, cache l'enveloppe au fond d'un placard et réserve deux billets aller-retour pour Paris. Plein tarif. Il n'y aura pas de Noël blanc cette année.

* * *

Depuis six heures du matin, Annabelle ne dort plus : une fugue de Bach accapare tout son esprit. Elle voudrait parvenir à une certaine exécution et quelque chose cloche. Elle reprend mentalement les passages ardus, recommence inlassablement. Finalement, elle se décide à aller chercher la partition au salon.

Sur le divan, une jeune femme est endormie. Jeune fille serait plus juste. Elle est couverte du veston de Luc et dort profondément. Sur la pointe des pieds, Annabelle va vérifier que Luc est dans sa chambre : oui, il dort dans son lit. Elle revient au salon, considère la jeune fille, pensive…

Luc est sorti travailler hier et il est rentré tard. Elle n'a pas entendu de conversations. Pourquoi cette fille n'est-elle pas dans le lit ? Son père fait-il du dépannage, maintenant ? Et puis, quel âge elle a ?

Elle prend sa partition, se sert un verre de jus et repasse au salon pour gagner sa chambre. La fille a les yeux ouverts. Bleus. Elle sourit, fait un petit signe de la main. Annabelle va dans sa chambre sans rien dire.

Un peu plus tard, la fille frappe doucement et passe la tête dans l'entrebâillement de la porte. Elle chuchote :

— Veux-tu lui dire que je suis partie et que ce n'est pas grave ?

— Quoi ?

— Ben… dis juste ça, il va comprendre.

— O.K. Tu ne veux rien avant de partir ? Un jus ?

435

— Je ne veux pas te déranger… et je ne veux pas le réveiller.

— Tu n'as pas dû bien dormir.

— Ce n'est pas grave.

— C'est jamais grave avec toi !

Elles rient toutes les deux. La fille entre, s'assoit :

— Je m'appelle Christine.

— Annabelle.

— Oui, je sais. Ton père ne voulait pas te réveiller.

— Ne me dis pas que c'est pour ça que tu as couché dans le salon ?

— Officiellement, je dirais que oui… Il n'est pas en forme.

— Je pense que non. Tu l'as rencontré hier ?

— L'année passée. On a eu ben du fun ensemble le printemps passé. Je l'avais même accompagné en voyages. Tu n'habitais pas ici dans ce temps-là.

— Non, j'étais chez ma mère.

— Ça fait longtemps que tu restes avec lui ?

— Depuis que ma mère est morte.

— Ah !… Ah oui ? Ah bon, excuse, il ne me l'a pas dit.

— Si je comprends bien, tu as eu moins de fun cette fois-ci ?

— Mets-en !

Elles pouffent. Christine se lève :

— Il faut que j'y aille. Je travaille maintenant. Ça m'a fait plaisir de te rencontrer, Annabelle.

— Moi aussi. Je peux te demander quelque chose ? Trouves-tu qu'il a changé ?

Un petit sourire ironique de Christine : « À certains points de vue, beaucoup, oui ! »

L'humeur de Luc ce matin-là est au diapason de la température : exécrable. Il laisse brûler ses toasts, il s'est coupé en se rasant, il ne parle pas. Annabelle commence à trouver qu'il exagère : « Christine te fait dire bonjour et… que ce n'est pas grave. »

Il fronce les sourcils, il n'a pas l'air ravi :

— Tu l'as vue ? Elle t'a parlé ?

— Oui. Qu'est-ce qui te choque là-dedans ?

— Rien !

— Si tu ne voulais pas que je le sache, tu n'aurais pas dû la laisser coucher sur le sofa du salon.

Luc remue inutilement son café noir :

— J'étais soûl.

— Elle est jeune… vingt ans ?

— Dix-neuf.

— Tu l'as connue à dix-huit, ça veut dire ?

— Qu'est-ce qu'elle t'a raconté, pour l'amour ?

— Rien. Juste que tu étais un fichu de bon baiseur avant. Bye ! Je vais être en retard.

Le dernier cours du semestre avec Jean a été fantastique. Il était déchaîné, il a commenté pour eux une émission de télé particulièrement tarte, ils ont cherché ensemble comment éviter que la tradition n'étouffe les plaisirs de la vie ou comment-accommoder-une-dinde-sans-atacas ! Le cours est passé archi-vite.

Comme ça lui arrive souvent, elle l'attend pour faire un bout de chemin avec lui. Elle adore ces moments où ils parlent de tout et de rien, c'est un peu comme du temps de Julien, sans le poids du désir : un véritable ami.

— Alors, miss ? Comment va Bach ?

— Il ne veut rien savoir de moi.

— Tu vas le torturer pendant tes vacances ?

— Non, aucune chance : on part en voyage. Je perds douze jours de piano.

— Ce n'est quand même pas dommage. Tu vas où ?

— Paris.

— Tu te plains ? Pauvre petite miss ! Elle va à Paris et elle se plaint, seigneur !

— Avec mon père : douze jours toute seule avec lui, as-tu une idée que ça va être long ?

— Tu peux faire des rencontres intéressantes : un beau Français, ça ne te tente pas ?

— Bof…

— Tu es blasée, miss. Tu as trop voyagé. À ton âge !

— Je ne suis pas blasée, mais Luc n'est vraiment pas drôle. Il a laissé coucher une fille sur le divan hier soir.

— Une petite panne… ça arrive aux meilleurs.

— Tu ne connais pas mon père : ma mère a passé sa vie à vouloir le tuer parce qu'il la trompait tout le temps. Depuis qu'elle est morte, il se tient tranquille. Penses-tu qu'il s'est mis à croire aux fantômes ?

— Il en a l'air en tout cas.

— Je te jure : on dirait qu'il a peur d'être puni. Je ne peux pas te dire comme je trouve ça ennuyant. Il ne rit plus, on ne sort plus, il ne s'intéresse même pas à mon piano.

— Tu n'es pas obligée de faire comme lui : sors, ris, joue du piano, va fêter la fin des cours ! Je t'accompagnerais avec plaisir, mais…

— Responsabilité !

— Exact. Joyeux Noël, jolie miss !

Il l'embrasse et la regarde s'éloigner en se disant qu'il est vraiment un imbécile de s'être inventé cette fausse conjointe qui le met à l'abri des trop jolies étudiantes.

Même Julie Boivert est d'accord : elle écourte la répétition où Bach devenait de plus en plus technique :

— Annabelle, tu répètes trop. Tu t'acharnes. Laisse la musique trouver son chemin. Tu possèdes la technique, mais Bach ne te dit plus rien. Laisse aller. Laisse-le faire tout seul. J'entends ta détermination, mais je n'entends pas Bach.

— Vous avez raison : on dirait qu'il me choque.

— Il te résiste. Tu n'apprécies pas du tout.

— Vous pensez ? Ça se peut. En tout cas, veux, veux pas, je vais le laisser aller pendant deux semaines.

— Chanceuse : tu vas aller entendre Lydia à Pleyel !

— Pardon ?

— Oui : Lydia joue à Pleyel les 28 et 29 décembre avec l'Orchestre de Paris. Je croyais que c'était pour cela que vous y alliez.

— Peut-être… Luc ne me l'avait même pas dit. Il est drôle, lui…

Julie Boivert lui fait promettre de s'amuser à Paris en la serrant dans ses bras avec une infinie tendresse.

En sortant de chez Julie, Annabelle pense à Granne dont elle n'a pratiquement plus de nouvelles. Elle décide d'aller lui faire ses vœux avant qu'Étienne ne soit revenu de son école.

La maison sent la pâtisserie. Granne est douce et chaleureuse. Elle a l'air ravie : « Que tu es gentille d'être venue ! Comme il va être content ! Entre, entre ! »

Mais Annabelle est figée à la porte, décontenancée :

— Il est là ? Déjà ? Il n'est pas à son école ?

— Il vient d'arriver. Il est allé promener Mon-Œil cinq minutes. Entre, tu vas refroidir la maison.

Granne la tire littéralement dans le vestibule. Elle semble déterminée à la garder :

— Tu restes à souper avec nous.

— Granne… je ne peux pas. Mon père m'attend.

— Voyons donc ! Il te voit tous les jours. Étienne ne t'a pas vue depuis…

— Le 13 octobre.

— Plus de deux mois. Enlève ton manteau.

— Granne… je ne peux pas, vraiment.

— Tu ne veux pas le voir, c'est ça ? Comment je vais lui expliquer une chose pareille, tu penses ?

— Il ne le saura pas. Je repars tout de suite.

— En entrant, il va savoir que tu es venue, tu le sais pourtant.

Bien sûr… pas besoin de s'expliquer cent ans avec Étienne. Il sait. Elle fait non, ne se sent pas capable de le revoir, de savoir qu'elle lui a fait du mal. La porte s'ouvre, Mon-Œil, excité, ravi, traîne Étienne pour faire la fête à Annabelle.

« Anna ! »

Sa main sur son visage, sa main caressante, reconnaissante dans ses cheveux, son nom enfin, son nom qu'elle n'a plus entendu depuis deux mois. Étienne qui s'approche et la regarde comme s'il voyait les odeurs, les sons. Étienne qui est plus beau qu'avant, terriblement solide et sans un reproche ou un regret dans la voix, que de la joie : « Tu es là ! Tu vas bien ? Montre ! »

Sa main court sur son visage, son cou. Sa main s'empare de la sienne, l'interroge, remonte le bras : « Arrête, Étienne ! Oui, je vais bien. »

C'est stupide, elle a envie de l'embrasser. Elle se rappelle comment il sait bien caresser, comment il sait écouter un corps vibrer. Lui n'est pas le genre à museler Bach. En frissonnant, elle sait qu'il va tout deviner et elle rougit. Il lui chuchote à l'oreille avec une bonne humeur guillerette : « Je me suis amélioré, tu sais… »

« Allez vous dire des secrets ailleurs que dans ma face. J'ai un souper à préparer, moi » et Granne se réfugie dans la cuisine.

Dès qu'il ferme la porte de sa chambre, Annabelle

perd toute maîtrise d'elle-même. Malgré ses fermes intentions, bien qu'elle soit déterminée à ne pas reprendre, parce qu'il n'est pas question de blesser Étienne, elle l'embrasse fougueusement, elle lui arrache presque ses vêtements, le mord, le presse, saisie d'une frénésie impérieuse. Elle se fout de Granne, elle envoie promener ses résolutions, elle désire cette peau, cette confiance absolue, intacte, qui l'ouvre à lui, elle veut ce qu'Étienne lui donne sans barguigner : l'absolu plaisir des sens, le bâillonnement de la raison, le silence enfin. Elle sombre avec délice, gouffre et volcan, et ses mains suffisent à peine à murmurer sa reconnaissance fervente d'un paysage fabuleux.

Il avait raison, Étienne, il s'est amélioré ! « Où tu as appris ça ? Tu as baisé tout le semestre ? »

Il est gêné ! Tout timide, il se tait… quelle tarte ! « Je ne suis pas jalouse, tu sais. »

Il a l'air mort de rire. Elle voudrait bien lui expliquer que tout cela ne veut rien dire, qu'il ne faut pas qu'il se mette à espérer de reprendre, qu'elle n'a pas changé d'idée sur eux, qu'elle préfère qu'ils ne soient que des amis, mais c'est comme si faire l'amour avait réveillé un appétit féroce qui refuse de s'apaiser. Au lieu de dire vraiment ce qu'elle a en tête, elle recommence à le caresser, à l'embrasser… et diffère d'une petite demi-heure les aveux de première importance qu'elle s'apprêtait à faire.

* * *

Paris était enveloppé de brume épaisse et l'avion a dû tourner en rond une heure avant de pouvoir atterrir.

Épuisés, ils ont gagné l'hôtel et ont mis deux jours à se remettre du décalage horaire. Annabelle est prise de vertige : tant de choses à voir, à entendre, à visiter. Elle est infatigable. Luc se réfugie dans sa chambre, rendu morose par une mauvaise grippe. Quand elle lui demande quel soir ils vont à Pleyel entendre Lydia, il la regarde comme si elle délirait :

— Lydia ?

— Lydia Scaletti, papa. Tu la représentes, tu t'en souviens ? Qu'est-ce que tu as ? Tu as oublié qu'elle jouait ici ? C'est pourtant toi qui as dû signer le contrat ! La générale est ce matin, les concerts ce soir et demain.

— Je ne m'occupe plus de l'international. Peu importe…

— Alors ? Viens-tu ?

Luc refuse de sortir. Il a l'air sonné et prétend que ce sont les médicaments. Annabelle n'a aucune envie de jouer les infirmières et la mauvaise foi de son père refroidit ses élans de tendresse filiale. Elle se rend à Pleyel toute seule.

Assise dans le brouhaha, elle ferme les yeux et s'imagine en coulisses, prête à faire son entrée. Elle imagine les bravos du public à la fin, les gens qui se retournent sur elle à la sortie du théâtre. Elle rêve et son cœur bat plus fort. Pourvu que ce soit possible, pourvu, pourvu qu'elle y arrive ! Elle ne considère pas la gloire avec l'œil désabusé de madame Boivert qui n'y voit qu'un phénomène temporaire lié à des circonstances spéciales et plus que fugitives. Non. Exister pour des gens, qu'ils s'assoient pour l'écouter… leur porter la musique, la déposer sur leur cœur et qu'ils vibrent comme elle à la même seconde, sur le même accord grâce à elle, non ce n'est pas rien. Peut-être n'est-ce pas la gloire comme la musique qu'elle désire, mais elle a l'impression qu'atteindre la gloire est le seul hommage qui soit digne de son amour de la musique. Et elle est déterminée. Plus rien ne va la freiner maintenant. Ni sa mère ni Luc qui ne se comprend plus et qu'elle ne laissera pas empiéter sur sa vie.

Elle écoute le concert comme une professionnelle :

Lydia a faibli à deux moments, mais le scherzo était étincelant. Comment fait-elle pour réussir à varier si brillamment son jeu ? Comme si deux états d'esprit se combattaient ? Elle se jure d'essayer ça en revenant à Montréal.

Quand elle arrive dans la loge, le visage de Lydia lui confirme qu'elle ignorait totalement leur venue à Paris. Ses yeux inquisiteurs qui fouillent l'espace derrière elle confirment également que Lydia n'a pas abandonné la partie avec Luc. « Il est malade. Mauvaise grippe. »

Lydia est mécontente de son concert, de la venue incognito de Luc à Paris, du fait que, pour la première fois de sa carrière, il n'a pas assisté à sa générale ni envoyé de fleurs, et même de cette grippe qu'elle soupçonne avoir été inventée de toutes pièces. Elle maugrée contre tout, même contre son plat de langoustines « qui ont été décongelées et sont mal apprêtées ». Une vraie diva capricieuse ! Annabelle lui parle longuement du concert, des passages réussis et Lydia se déride en expliquant comment elle a travaillé ses gammes en doubles sixtes pour atteindre cette vitesse fabuleuse. Elles se passionnent pour le sujet, écartent les assiettes, comparent leurs méthodes respectives et finalement passent une merveilleuse soirée à parler musique. Elles se donnent rendez-vous le lendemain et se promettent de dévaliser les Galeries Lafayette.

Luc est furieux. Il est deux heures du matin et il l'attend depuis minuit dans le hall de l'hôtel, enveloppé dans ses laines, à tousser et à renifler, à se rendre malade d'inquiétude.

— Tu étais déjà malade avant d'être inquiet.

— Ce n'est pas drôle, Annabelle.

— Ben non ! Il n'y a rien de drôle, je suis épouvantable et tu ne pouvais pas te douter que j'étais avec Lydia ! Bonne nuit, le martyr !

Elle ne veut entendre ni ses raisons ni ses discours. C'est Noël et il commence à la faire sérieusement chier avec ses revendications. Qu'il se soigne s'il ne va pas bien et qu'il cesse d'emmerder tout le monde.

Le lendemain, trop fatiguée pour magasiner, Lydia décide de dépenser une fortune en déjeunant dans un endroit « chic et cher » comme elle les aime.

Discuter musique avec Lydia est un délice. Elle appelle Luc au milieu du repas pour l'avertir qu'elle ne repassera pas à l'hôtel avant la fin de l'après-midi.

— Tu es avec Lydia ?

— Et un très beau gars, Brad, qu'il s'appelle, un Américain qui…

— Bon ! Tu repasses à l'hôtel avant le concert, je t'attends.

Et il raccroche brusquement. Folle de joie, elle revient à la table :

— Je t'avertis qu'on est supposé manger avec un pétard américain appelé Brad.

— Ton père a inventé ça ? Ça ne va pas ?

— Moi, je l'ai inventé pour le choquer. Il a raccroché pas mal vite.

Du coup, elle se décide à raconter à Lydia ce que Luc est devenu depuis deux mois, ses silences, ses surveillances, son peu d'intérêt pour le piano. Elle raconte que non seulement Luc est bloqué depuis la mort de Christianne, mais qu'il a l'air de vouloir vivre sur la pointe des pieds. Comme si sa mère le surveillait. Comme si elle allait revenir pour lui reprocher quelque chose… Elle avoue même avoir la sale impression de le trahir, mais elle trouve qu'il faut le secouer, faire quelque chose pour qu'il redevienne un peu l'homme qu'il était :

— Tu pourrais m'aider à le secouer.

— Non. J'ai déjà donné, Anna.

— Tu es encore amoureuse de lui.

— Voyons donc !

— Lydia : tu ne te vois pas !

— Disons que j'ai un petit fond de désir inassouvi.

— Attaque !

— Étienne m'avait recommandé le contraire.

À ce seul nom, Anna rougit : des souvenirs précis et plutôt licencieux l'assaillent. Elle ne détesterait pas trouver Étienne dans sa chambre ce soir… même si, à sa courte honte, elle a l'impression de l'utiliser à des fins plus sensuelles qu'amoureuses.

— Tu le revois ?

— Moi ? Non…

— Menteuse toi-même !

— Une fois comme ça…

— En souvenir du bon vieux temps ! Il m'a l'air plutôt habile pour obtenir ce qu'il veut, lui. Je pourrais retourner le voir pour avoir une consultation.

— Il y a deux minutes, tu prétendais ne plus être intéressée par Luc.

Lydia se rend. Elles mettent au point toute une stratégie pour sauter l'année ensemble et piéger Luc une fois pour toutes. Mais Luc décide tout à coup d'aller au concert. Anna refuse de l'accompagner, sous prétexte que c'est le même programme qu'elle a déjà entendu. Elle prévient Lydia de sortir sa petite robe sexy et passe sa soirée au cinéma.

En rentrant à l'hôtel, elle appelle Étienne, malgré toutes les promesses qu'elle s'est faites de ne pas céder, malgré qu'elle n'ait rien d'autre à dire que bonne nuit. Quand elle raccroche, son « bonne nuit » a coûté une petite fortune à son père.

* * *

L'attitude de Lydia agace terriblement Luc. Elle agit comme s'ils avaient un rendez-vous amoureux alors qu'il s'agit d'affaires. Elle a prétendu n'avoir envie que de champagne et elle mange si lentement qu'il ne sera pas couché avant deux heures à ce rythme. Elle bavarde, frivole, aguichante. Elle a des rires de gorge qui semblent à Luc indécents de saveur sexuelle. Lugubre, il ne se déride pas et subit plus qu'il n'apprécie l'assaut de charme. Finalement, puisqu'elle parle d'Annabelle et de leur journée, il décide de se confier :

— Elle ne va pas très bien…

— Anna ? Tu délires, c'est toi qui ne vas pas bien.

— Je t'assure. Elle a changé, il faut la discipliner, veiller sur elle constamment. Elle est très fragile émotivement, instable.

— À t'entendre, elle fait très porcelaine.

— Ça l'a beaucoup secouée, tu sais.

— Tu ne te vois pas, Luc Pelchat, avec ton souci paternel ! Tu ne t'entends pas ! As-tu fini de fantasmer sur le malheur ? As-tu fini de te construire des scénarios de drame et de décadence ? Qu'est-ce que tu as, toi-même ? Regarde-toi dans le miroir de temps en temps : tu es vert, tu es sombre, tu es sinistre. Tu ne ris plus. Tu n'entends plus la musique qu'on joue. Tu es rendu un vrai agent : tu négocies, tu signes et tu te fous de ce qu'on joue, pourvu que la musique de la caisse se fasse entendre. Tout ce que tu dénonçais il n'y a pas si longtemps, tu le fais maintenant. Tout ce que tu reprochais à Christianne, tu le fais. Ce n'était pas supposé être important pour toi, l'avenir artistique de ta fille ? L'écoutes-tu seulement jouer ? Elle m'a dit qu'elle n'a plus refait un seul quatre-mains avec toi. Réveille, Luc, parce que tu vas perdre plus qu'un ou deux artistes, tu vas perdre ta fille. Et je vais l'encourager à te planter là. Parce que tu es vraiment tout ce qu'il faut pour se taper une dépression.

Il est outré :

— Qu'est-ce que c'est ? Vous vous êtes liguées pour me tomber dessus ou quoi ?

— Pose-toi donc des questions si on dit toutes les deux la même chose.

— Mais qu'est-ce que tu veux que je fasse enfin ? À quoi ça mène, ce discours-là ?

— Sors de la tombe de ta femme et paye-toi un peu de plaisir rien que pour voir si ça vibre encore là-dedans.

Elle dépose sa serviette de table, prend son sac : « Un exemple : ça fait deux fois que je pars avant la fin du repas avec toi. Avant, ça t'aurait suffisamment inquiété pour que tu me poursuives jusqu'à mon hôtel. Ce soir, je n'ai même pas besoin de courir, tu ne bougeras pas. Enjoy your champagne, Luc ! »

Il reste là, furieux, se sert du champagne en tremblant de rage. Elle revient, lui prend la bouteille des mains, la remet sèchement dans le seau, vide d'un trait le verre qu'il vient de remplir, lui arrache sa serviette de table et l'aide à se lever. Éberlué, il résiste : « Quoi ? Tu veux te venger ? »

Le taxi attend à la porte, elle donne l'adresse de son hôtel et lui cloue le bec d'un baiser torride. Comme une vierge effarouchée, il résiste, exige de s'expliquer. « Rien à faire, Luc, je t'attache, je te viole, je te bats si tu ne veux pas, je te noye dans le bain mais je ne veux plus entendre un mot, as-tu compris ? Tu t'expliqueras plus tard. Maintenant, tu te tais et tu me baises. »

ANNABELLE

* * *

Il est parti. Il était très fâché. Contre moi. Il voulait me battre, me tuer peut-être. Il m'a forcée à dire tout ça. Toutes ces insultes. Il m'a extorqué ces mots hideux, me les faisait avouer pour me salir vis-à-vis moi-même, m'humilier, me montrer que j'étais une sale femme espionne. C'est lui qui m'a forcée à espionner, à fouiller ses affaires, à chercher les preuves, à les montrer. Il m'a obligée à imaginer tout ce qu'il leur faisait, toutes les saloperies qu'il leur faisait. Mais il va revenir. Parce qu'il peut compter sur moi, je ne dirai rien, je ne le trahirai pas. Il va revenir parce qu'il sait qu'ici est son foyer, sa maison, sa famille. Il s'est trop mis en colère. Ma faute. Fallait pas hurler. Faut endurer en silence, imaginer en silence, supporter tout cela sans rien dire. Pris A. avec moi toute la nuit. Elle tremblait. Je l'ai gardée. C'est ce qu'il ne pourra jamais m'enlever. Ma fille. Il va revenir. Il ne pourra pas me l'arracher. Il va revenir ici pour la voir et je vais lui parler. Vais m'humilier s'il le faut. Il va revenir pour A. Mais ce sera sa raison officielle. Les autres ne comptent pas. Elles le rabaissent. Il les traite comme des objets. Pour le plaisir. Son plaisir. Moi, je suis sa femme. Sa femme. S'il veut, si pour qu'il revienne je dois devenir un objet, le ferai. Je ramperai, je supplierai, j'implorerai. Si je n'avais pas crié, il serait ici, à la place de A. dans notre lit. Il serait ici. Il est parti pour une semaine au plus. Je suis trop grosse. Il a été exaspéré. Je comprends, je comprends. Demain je lui dirai qu'elles n'ont pas d'importance, il va admettre comme il m'aime. S'il est fâché, qu'il me punisse, mais qu'il reste. Faut le lui dire. Demain, régime. Fini le sucre, fini l'alcool, fini le pain. Je serai aussi belle que les

OBJETS. DEMAIN, JE VENDS LE PIANO. JE DOIS LE FAIRE. A. SOUFFRE TROP DE LE VOIR FERMÉ. JE DOIS LE FAIRE. IL FAUT QU'IL COMPRENNE QU'IL PEUT FESSER MAIS PAS TROP FORT. JUSTE METTRE DES LIMITES. FAUT DIRE QUE JE N'AI JAMAIS MIS DE LIMITES. UN AMOUR ILLIMITÉ. LE PIANO VA DISPARAÎTRE. FAUT FAIRE UN MAÎTRE. A. N'EST PAS SA CHOSE, PAS À LUI. A. SERA PROTÉGÉE. JE PEUX PRENDRE LES COUPS, PAS A. A. VA RESTER CONTRE MOI, AVEC MOI. PERSONNE NE VA TOUCHER A. PAS LUI. IL PEUT CRIER, IL PEUT TEMPÊTER CONTRE MOI, PAS CONTRE A. IL FAUT BRÛLER CE CAHIER, MÊME INACHEVÉ, IL FAUT EFFACER LES TRACES. LES MOTS RESTENT. MA MÈRE POURRAIT LIRE. ELLE VA ENCORE CRIER. ELLE VA PEUT-ÊTRE RECOMMENCER. IL FAUDRAIT ATTENDRE POUR LUI DIRE. IL EST MOMENTANÉMENT PARTI, UNE DISPUTE. JUSTE UNE ÉGRATIGNURE. MAMAN NE SAURA PAS. JE VAIS FAIRE UN RÉGIME. M'AMÉLIORER. MAMAN VA ME FÉLICITER ET LUI VA REVENIR EN CLIGNANT DE L'ŒIL. IL PEUT FAIRE COMME IL VEUT, JE NE DIRAI RIEN. NE DIRAI RIEN À A. MAIS LE PIANO, LUI, IL SERA PARTI. COMME LUI. ON NE PEUT PAS TOUT AVOIR. ON NE PEUT PAS PARTIR SANS RISQUE. JE VAIS INSTALLER LE LIT DE A. DANS MA CHAMBRE. DEMAIN : RÉGIME, PIANO ET NE RIEN DIRE À MAMAN.

IL A FAIT SEMBLANT DE NE PAS COMPRENDRE, BIEN SÛR. CE PETIT AIR FAUSSEMENT ÉTONNÉ. CE PETIT SOURIRE SUPÉRIEUR. IL A FAIT SEMBLANT DE NE PAS LE VOIR. COMME SI JE NE L'AVAIS PAS VENDU. COMME SI JE NE M'ÉTAIS PAS ACHETÉ DES PERLES AVEC L'ARGENT. DES LARMES. CENT SOIXANTE-DIX-HUIT LARMES. CENT SOIXANTE-DIX-HUIT PETITS RONDS BLANCS QUI M'ONT COÛTÉ DES LARMES, DES AVEUX, DES HUMILIATIONS. NE FAIS PAS SEMBLANT, PETIT MONSTRE, MONTRE-MOI COMME JE T'AI FÂCHÉ, VAS-Y, PUNIS-MOI, JE L'AI BIEN MÉRITÉ. A. N'A RIEN DIT NON PLUS. PAREILLE À LUI. PETITE FACE DE JUGE QUI NE DIT RIEN. JE LA VOIS PENSER QUE JE N'AURAIS PAS DÛ. JE L'ENTENDS REPROCHER. MAIS A. SE TAIT. TRÈS BIEN. QU'ELLE APPRENNE.

ANNABELLE

JE SUIS OBLIGÉE DE LUI MONTRER. LUI NE S'EN OCCUPE PAS. QU'ELLE APPRENNE. LE PRIX. PAYER POUR L'AMOUR. MA MÈRE Y ALLAIT PLUS RAIDE QU'UN PIANO, ELLE. MA MÈRE AVEC SES YEUX MÉCHANTS, SES ÉPREUVES FINALES. A. EST TRÈS CHANCEUSE. IL LA GÂTE. JE LA GARDE TOUT LE TEMPS AVEC MOI. ELLE GRIFFE POUR ALLER VERS LUI. JE SUPPORTE EN SILENCE : TROP DANGEREUX, FAUT LA PROTÉGER. TROP PETITE POUR SA DURETÉ, SES PATTES D'OURS, AVEC MOI, ELLE EST EN SÛRETÉ. PAS D'ÉPREUVES AVEC MOI, PAS DE RISQUES AVEC MOI. À L'ABRI. JE NE LE LAISSERAI PAS LA BRISER COMME IL M'A BRISÉE. JE VAIS LUI ENLEVER SON PETIT JEU, IL VA BIEN ÊTRE OBLIGÉ DE VENIR LE CHERCHER. DANS MON LIT, A. DANS MES BRAS. VIENS LE CHERCHER, TON JOUET. VIENS ME L'ARRACHER. VIENS PETIT MONSTRE. REVIENS. JE PARDONNE. JE VAIS OUBLIER. ON OUBLIE. PARDONNE. BRISE-MOI MAIS NE PARS PAS. REVIENS, REPRENDS-MOI. À TES CONDITIONS. AVEC A. REPRENDS-MOI.

PERDU SEPT LIVRES. TRÈS LENT. TROP LENT. ME FORCE, MAIS ÇA NE FONCTIONNE PAS. LES P. ME REGARDENT AVEC LEURS PETITS YEUX BLANCS DE SOURIS. CE SERAIT FACILE. MAIS IL VA LE SAVOIR. OU MAMAN. ILS VONT ME PUNIR. ILS VONT ME FOUILLER POUR SAVOIR. IL VA ME FOUILLER. DUREMENT. PERSONNE NE ME CROIT. J'AI DIT LA VÉRITÉ : PAS PLUS QU'UNE P. COUPER LA FAIM. COUPER L'ENVIE. ENVIE QU'IL ME FOUILLE, QU'IL ME SECOUE, QU'IL ME HURLE DES ÉNORMITÉS. ENVIE QU'IL M'HAÏSSE, ME PUNISSE, M'ÉCRASE. IL FAIT COMME SI MA ROBE ME GROSSISSAIT. COMME SI C'ÉTAIT PAS JOLI. IL SE DISTRAIT SUR A. REGARDE A. PARLE À A. VAIS LE TUER, VAIS LE SECOUER, LUI ARRACHER LE SOURIRE. VAIS ME PLANTER DEVANT LUI, FLAMBANT NUE, IL VA VOIR. VAIS ÊTRE OBLIGÉE DE PRENDRE ENCORE LES P. TROP GROSSE, TROP LAIDE. A. M'A ABÎMÉE. A. M'A DONNÉ DES SEINS PLEINS DE LIGNES, UN VENTRE PLEIN DE LIGNES, DES GRAFIGNES BLANCHES, DES BLESSURES DE JOUET D'ENFANT. FAUT LE FAIRE. FAUT RÉCUPÉRER LA LIGNE POUR

RÉCUPÉRER L'HOMME. DANS L'ORDRE. A. NE VEUT PLUS DORMIR AVEC MOI. TROP GROSSE. PAS GRAVE. JE LA METS DANS SON LIT ET DORS SUR LE TAPIS. ELLE SAIT PAS. A. NE PEUT PAS PARTIR. TROP PETITE. A. EST À MOI. IL NE PEUT PAS LA PRENDRE. DE MON VENTRE SIGNÉ PAR ELLE, MARQUÉ PAR ELLE, ELLE PEUT PLUS S'EN ALLER. PAS CELLE-LÀ. GARDER LES PETITES MIETTES. GARDER LES PETITS RESTANTS. MAMAN VA ME TUER. POURVU QU'IL REVIENNE. PEUR. MAMAN ME SURVEILLE AVEC A. MAMAN VA PRENDRE LES CHOSES EN MAIN. FAUT FILER DOUX. BIEN CACHER LES P. CACHER LES SANGLOTS. CACHER LES GROS MOTS. ENVIE DE TOUT SI C'EST DE LUI. ENVIE QU'IL REVIENNE ME GUETTER, M'ACCUSER. ENVIE QU'IL SOIT TRÈS SÉVÈRE ET QUE LA SÉCURITÉ REVIENNE. FAUT PROTÉGER A. RÈGLEMENTS, PUNITIONS, RÉGIME. RÉSOLUTION : UNE P. PAR JOUR, PAS PLUS. TOFFER JUSQU'À MIDI, UNE HEURE. UNE P. L'APPELER UNE FOIS, PAS PLUS. RACCROCHER. NE PAS PLEURER. NE PAS HURLER. TRANQUILLE. ATTENDRE. PATIENCE : MAIGRIR ET IL VA VENIR. LIMITER LES APPELS. CONTRÔLER LES P. PRUDENCE. PRUDENCE. MAMAN APPELLE APRÈS LA P. ELLE SAIT. ELLE SURVEILLE : OUI MAMAN, TRANQUILLE, REGARDE : PAS UN MOT. SERRER SES PHOTOS, SERRER SES YEUX. JUSTE UNE. PAS DE FOLIE, DU CALME, ILS GAGNERONT PAS. ILS ONT MIS LES P. POUR ME PERDRE. POUR ME VOIR TOMBER. ME VOIR FAIRE UNE ERREUR. ILS SE TROMPENT.

MAL. A. N'EST PAS LÀ. FOUILLÉ SA CHAMBRE. FOUILLÉ CAHIERS, POCHES, TIROIRS. FOUILLÉ COMME POUR LUI. RIEN. A. SE CACHE BIEN. A. SAIT QUOI FAIRE. IL LA TIENT. IL LA GARDE. IL LA FORCE PEUT-ÊTRE À SE CACHER, À RESTER LÀ-BAS. APPELER. JUSTE UNE FOIS. DIRE ALLÔ, PETIT BISOU, DIRE COUCOU. COMPLOT POUR ME FORCER À PRENDRE UNE P. TRICHER. FAIT MAL. LE VENTRE, LA PETITE MAISON DE A. QUI RÉCLAME SON TRÉSOR. LE TRÉSOR A DES PATTES. IL PEUT COURIR. COMME L'AUTRE. CRAMPES ATROCES. QUI FAIT ÇA ? MAMAN VA APPELER. ELLE VA MENACER. ELLE SAIT TOUT. ELLE CONDAMNE.

ANNABELLE

ELLE RIT, ELLE L'A DIT. C'EST ELLE QUI DÉCIDE, TOI, T'OBÉIS! TU
TE TAIS! MAMAN VA PARTIR SI ÇA CONTINUE. ELLE VA TOUT
FOUTRE LÀ. ELLE EN A PLEIN LE DOS DES ENFANTS DÉSOBÉIS-
SANTS. PLEIN LE DOS DES HURLEMENTS. ON VA LES CALMER S'ILS
SE CALMENT PAS. UN BONBON ROSE. PETIT BONBON. UN
VENTRE ROSE. IL FAUT QU'IL TOUCHE. IL FAUT QU'IL VOIE. TOUT
A CHANGÉ : TOUT PETIT, TOUT JOLI, PETIT CUL DE RIEN POUR
SES MAINS. VA REVENIR ET TROUVER LA JEUNE FILLE D'AVANT
A. LA TROUVER ET LA GARDER. JUSTE UNE, PARCE QUE A. N'EST
PAS LÀ ET QUE LES CRAMPES SONT TRÈS DURES. AUCUNE PUNI-
TION. MON BÉBÉ, MON BÉBÉ, MON AMOUR. OBLIGÉE D'AVALER
LES BONBONS. TRANQUILLISER LES ENFANTS UNE FOIS POUR
TOUTES ! LES MURS SONT TRANQUILLES. DANGER PASSÉ. A.
REVIENT CE SOIR. FINIES LES CRAMPES. FINIES LES P. RIEN PRIS.
PROMIS. PETITE PUNITION.

JE VIENS DE TRAVERSER UNE TERRIBLE PÉRIODE. ABUS DE
MÉDICAMENTS. J'AI PERDU VINGT-DEUX LIVRES, JE ME RELIS À
PEINE. QUELLE DÉTRESSE ! JE DOIS CHERCHER DE L'AIDE. C'EST
IMPORTANT POUR A. SI CE NE L'EST PLUS POUR MOI. JE SUIS
ÉPUISÉE. LA RAGE AUSSI. JE VOIS BIEN TOUT CE QUE LE PRO-
CESSUS A DE DESTRUCTEUR. JE NE COMPRENDS PAS CES AB-
SENCES, CES DÉLIRES. JE PERDS VRAIMENT LA TÊTE. RESTANTS
D'ENFANCE MAL RÉGLÉE. IL FAUT TOUJOURS QUE JE ME MÉFIE. JE
VAIS MIEUX. JE NE VEUX PAS PENSER À LUC. ÇA FAIT TROP MAL.
J'AI L'IMPRESSION QU'IL ME TORTURE VOLONTAIREMENT. IL
PROMÈNE L'ESPOIR SOUS MON NEZ COMME UN OSTENSOIR. JE
L'AIME TELLEMENT. JE SAIS QUE JE L'EXASPÈRE. IL NE SERA PAS
LE PREMIER. JE N'ARRIVE PAS À ME CONTRÔLER. C'EST MALADIF.
IL FAUT EN FINIR AVEC CETTE TENDANCE SUICIDAIRE. POUR A.
POUR LUI. POUR MOI. TIENS, TOUJOURS LA DERNIÈRE, TOU-
JOURS EN QUEUE DE WAGON.

J'AI PLEURÉ TOUTE LA NUIT. LE SEVRAGE EST DUR. JE SAIS

QUE CE N'EST PAS SEULEMENT LUC QUE JE PLEURE. JE LE SAIS, MAIS JE N'ARRIVE PAS À LE CROIRE. JE ME RENDS COMPTE QUE JE ME FERAIS TUER POUR LUI, QUE JE TUERAIS. IL M'OBSÈDE PLUS QUE LES PILULES. S'IL REVENAIT, JE N'AURAIS PLUS ENVIE DE M'ABRUTIR, DE ME DÉTRUIRE. S'IL REVENAIT J'AURAIS MOINS L'IMPRESSION D'ÊTRE UNE IMBÉCILE ADDICT.

JUSTE UNE. JE SAIS. ÇA COMMENCE TOUJOURS PAR UNE. ÇA COMMENCE PAR UNE PROMESSE. JE DÉTESTE MA MÈRE. ELLE EST SI PROPRE, SI MENUE, SI PARFAITE. UN MONSTRE DÉGUISÉ EN PETITE DAME. TOUJOURS À NIER CE QU'ELLE NOUS A FAIT. COMMENT N'A-T-ELLE PAS HONTE ? COMMENT PEUT-ELLE ÊTRE SÛRE QUE NOUS NE DIRONS RIEN ? POURQUOI EST-CE VRAI ? ELLE EST VENUE ME DONNER DES CONSEILS. FAIRE SEMBLANT DE ME COMPRENDRE. SES YEUX FOUINEURS QUI GUETTENT MA MALADRESSE, SES YEUX HORRIBLES QUI ME TERRORISENT ENCORE. DIEU, COMMENT A-T-ELLE PU ? POURQUOI ME TAIRE ENCORE ? IL Y A DES SOLUTIONS POUR TOUT, QU'ELLE DIT. A. EST AGITÉE. COMMENT OSE-T-ELLE ? ELLE NE TOUCHERA JAMAIS À A. CELLE-LÀ, ELLE NE L'AURA PAS. ELLE PEUT PENSER, DIRE CE QU'ELLE VEUT, A. N'AURA PAS À PASSER PAR OÙ JE SUIS PASSÉE. PAS ÉTONNANT QUE JE ME MEURE POUR UNE P. MÊME PAS CAPABLE D'ÉCRIRE TOUT LE MOT. UNE DEMIE, PEUT-ÊTRE. POUR ARRÊTER L'ANGOISSE. COMMENT A-T-ELLE PU NOUS FAIRE ÇA ? LUC ME MANQUE ATROCEMENT. PHYSIQUEMENT. QUELLE PROTECTION C'ÉTAIT CONTRE L'OBSESSION DES P. IL NE PEUT PAS M'ABANDONNER. ÇA ME TUE. IL LE VOIT. IL S'EN FOUT. NE S'INFORME JAMAIS DE MOI, DE MA SANTÉ, DE MES SENTIMENTS. SEULEMENT DE A. IL A L'AIR HEUREUX EN PLUS. INSOUCIANT. ALORS QUE JE SOUFFRE TANT. COMMENT MON PÈRE A-T-IL FAIT POUR NE PAS VOIR ? COMMENT A-T-IL ORGANISÉ SA VIE POUR NE PAS VOIR MAMAN PUISER CHEZ LUI ? COMMENT A-T-IL PU NOUS ABANDONNER AUTANT ? JE CROIS QUE JE HAIS LES HOMMES PARCE QU'ILS NE BOUGENT PAS DEVANT LES

CATASTROPHES. ILS FERMENT DOUCEMENT LES YEUX. ET JE HAIS LES FEMMES PARCE QU'ELLES ME FONT PEUR. JE ME HAIS PARCE QUE JE SUIS LÂCHE, LÂCHE, LÂCHE.

PRIS UNE DEMIE.

PRIS UNE DEMIE.

TERRIBLE : PRIS DEUX. ME TUERAIS.

NUIT DE CAUCHEMARS. A. EST VENUE. OBLIGÉE D'EN PRENDRE, A. TROP INQUIÈTE. EN RESTE TROIS.

BOUTEILLE VIDE. PANIQUE. NE PAS ALLER À LA MAISON. NE PAS ALLER VOIR PAPA. NE PAS.

TIENS BON. DEUX JOURS. TRÈS BIEN.

A. CHEZ SON PÈRE. DUR. ME CARESSE SANS ARRÊT. FOLLE. BESOIN DE LUI. BESOIN DE QUELQUE CHOSE POUR CALMER. BESOIN D'ÊTRE BOURRÉE. TRÈS DRÔLE.

TÉLÉPHONE MAMAN. CRISE. AI HURLÉ, L'AI ALARMÉE. ELLE FAIT EXPRÈS. ELLE EN DIT TROP. ELLE EN SAIT TROP. EXCUSES. IRAI CE SOIR. PUNITION.

BIEN SÛR, JE SUIS ALLÉE AUSSI À LA PHARMACIE. DIRE BONJOUR À NATHALIE. ME SUIS CACHÉE, LES TOILETTES, LES RUSES HABITUELLES, AI VOLÉ PLUS QUE JE NE M'AUTORISAIS MENTALEMENT. UNE DEMIE POUR POUVOIR SOUPER AVEC MES PARENTS ET JE N'AI RIEN PRIS D'AUTRE. JUSTE LE FAIT DE LES AVOIR, JUSTE SAVOIR QU'ELLES SONT LÀ, TOUT PRÈS, C'EST RASSURANT. FAUT AGIR. A. REVIENT. POUR ELLE, AGIR, CESSER LA DANSE DU OUI-NON. IL LE SAVAIT POURTANT, IL CONNAISSAIT LE DANGER. IL M'A FRACASSÉE, BRISÉE. PAS ASSEZ DE ME TROMPER. PAS ASSEZ DE MENTIR, PARTIR, ME PRIVER, PAS ASSEZ DE HURLER, BOUDER : IL ME PRÉCIPITE DANS MES ENFERS, MES CAUCHEMARS, ME PRIVE SANS ARRÊT. NE SUIS PAS UNE WONDER-WOMAN. POUR QUI IL ME PREND ? IL LE SAVAIT QUE ÇA ME MÈNERAIT LÀ. IL A FAIT EXPRÈS. IL VEUT ME VOIR ME RABAISSER, PERDRE DIGNITÉ ET ESTIME. MINABLE ET RÉPUGNANTE. A. REVIENT. TOUT VA ALLER MIEUX. A. VA ME PROTÉGER ET M'OBLI-

GER À ÊTRE SAGE. A. A UN POUVOIR FABULEUX SUR LES P. FAUT SE TAIRE ET CACHER LOIN LES P. LES GARDER COMME UNE SÉCURITÉ.

DIEU, S'IL SE DOUTAIT, IL ME LA PRENDRAIT.

CACHER. CACHER LES P., CACHER L'INQUIÉTUDE. SE TAIRE. CHUT ! CALME. S'IL SAIT, IL ARRACHE A., IL LA VOLE JUSTE PARCE QUE JE VOLE LES P. QU'EST-CE QU'IL CROIT ? SUIS PLUS FINE, PLUS RUSÉE QU'EUX. MÊME MAMAN. LES YEUX QUI GUETTENT. LES YEUX QUI FOUILLENT. MÊME PUNIE, MÊME TORDUE, NE PAS AVOUER. AVOUE, MÉCHANTE FILLE, AVOUE ! OÙ T'AS MIS TES MAINS ? SUFFIT ! SUFFIT COMME ÇA. MAINS SUR TABLE. AVALER P. ET AVALER SOUPER. ILS VONT VOIR. MANGER. RIRE. SOURIRE. NE PAS MONTRER. LES DEDANS DE LA NUIT. MAINS SUR COUVERTURES. PAS DIRE SOUS COUVERTURES. CHUT. TORTURÉE DE LUI. DÉSIR. A. S'EN VA. TOUJOURS PARTIE. COMMENT ILS ESPÈRENT ME CALMER COMME ÇA ? PAS DE RÉPIT. FOUILLER, TROUVER MOYEN DE LE RAMENER. SE TRAÎNER, AVOUER TORTS, OFFRIR TOUT, QU'IL ME TUE. MAIS NE PARS PAS. IL A OUBLIÉ DE ME TUER. IL N'A PAS FERMÉ LA PORTE. FERME LA PORTE, FERME TA GUEULE, MAMAN VA T'AIDER. FERME LES YEUX. OUVRE LA BOUCHE. LÀ… LÀ… MAMAN VA BERCER, MAMAN VA CALMER. LÀ… UNE. FERME LA PORTE. PAS UN MOT. A. REVIENT. A. S'EN VIENT. VITE. IL SERA LÀ. OUVRIR LES YEUX — ILS VONT VOIR. — FAUT SECOUER, TAPER SUR LES JOUES TROP BLANCHES. FAUT MORDRE LES LÈVRES. A. S'EN VIENT.

A. PAS CONTENTE. ME SURVEILLE. VIENT LA NUIT. PEUR. TENIR. UNE DEMIE ET RIEN DE PLUS.

MERDE !

DUR, LA PETITE FILLE S'EXCITE — JE VAIS LES CALMER S'ILS NE SE CALMENT PAS. SUFFIT ! PLUS UN MOT.

VENDREDI SOIR — A. PARTIE. FOLLE DE LUI, LE VEUX. A. PARTIE, SEULE DANS LA MAISON. FAIRE DU BRUIT, FAIRE DES

SONS, NE PAS SE TOUCHER, PAS LES MAINS. PUNITION. VILAINE. MÉCHANTE VICIEUSE ! SALETÉ.

MAMAN A APPELÉ. ELLE CONNAÎT LE SAMEDI — SÛRE QU'ELLE SAIT. BIEN CACHÉ LES P. LES AI AVALÉES ! TOUTES.

DIMANCHE. A. EST DANS SA CHAMBRE. J'ÉMERGE À PEINE. JE ME SUIS ENGUEULÉE AVEC LUI. COMME TOUJOURS. M'EN VEUX TELLEMENT ! INJUSTE ET CHIALEUSE. J'ESSAIE DE ME DONNER DES RAISONS POUR LES P., JE ME VOIS FAIRE, ME DÉMENER COMME DANS LA PÉRIODE LA PLUS SOMBRE DE MA VIE. COMMENT FAIRE ? COMMENT ARRÊTER ? LA ROUE INFERNALE. LUC N'Y PEUT RIEN. A. NON PLUS. QUAND A. EST LÀ, LA CALCULATRICE PART : SE RETENIR, COMBIEN PAR JOUR, REPOUSSER L'HEURE, NÉGOCIER LES DÉLAIS, DISPUTER LES MOINDRES ÉCARTS, LA POLICE DES P., LA HAUTE SURVEILLANCE DES NARCS. JE RÉUSSIS. J'Y ARRIVE AVEC A. SI LUC NE ME FAIT PAS TROP ENRAGER, SI ON NE SE DISPUTE PAS TROP, SI JE NE FANTASME PAS TROP SUR SES INFIDÉLITÉS, SI LE DÉSIR ME LÂCHE UN PEU, SI, SI, SI, ALORS LA PETITE FILLE SE TIENT BIEN AVEC LA PROMESSE DE SE RÉCOMPENSER. DIEU ! CETTE VIE EST UN ENFER. DEPUIS QU'IL EST PARTI C'EST UN ENFER. J'ÉTAIS BIEN, J'AVAIS ARRÊTÉ. EN AVAIS PRIS UNE FOIS EN CINQ ANS. UNE ! LA NUIT OÙ A. M'A CHOISIE. LA NUIT OÙ LE PIANO S'EST FERMÉ. IL EST PARTI, S'EST ENFUI. IL M'A ABANDONNÉE. JE NE SUPPORTE PAS, IL LE SAIT, IL LE FAIT EXPRÈS. IL MET MA MAIN SUR LA BOUTEILLE ET GUETTE SI JE VAIS CÉDER, SI JE VAIS L'OUVRIR. SAGE. NE PAS HURLER, NE PAS PARLER. FERMER LA BOUCHE. PUNIS-MOI, JE L'AI FAIT. VIENS, PUNIS-MOI. IL FAUT CESSER D'ÉCRIRE CES HORREURS, NE PAS DIRE. ÉCRIRE, C'EST DIRE. NE PAS AVOUER. MÊME SOUS LA TORTURE. PROMIS. PROMIS, MAMAN. MAINTENANT TU ME BERCES, MAINTENANT TU ME LA DONNES. MAINTENANT.

J'AI PEUR DE FAIRE DU MAL À A. J'AI PEUR DE MOI. J'AI PEUR DE MA MÈRE QUI EST RESTÉE DANS MOI. CELLE QUI ORDONNE, CELLE QUI CALME À COUPS DE P. J'AI PEUR DE LA

MALTRAITER SANS SAVOIR. LES P. SONT SI DANGEREUSES. SI LUC SAVAIT, SI LUC SE DOUTAIT, ÇA BARDERAIT. IL ME TUERAIT. MOURIR DE SA MAIN… COMMENT PEUT-IL NE PAS VOIR QUE L'ANCIEN TEMPS EST REVENU ? COMMENT FAIT-IL POUR NE PAS VOIR MES YEUX ÉTEINTS, MA BOUCHE QUI MOLLIT ? M'EMBRASSE PLUS, N'EN SAIT PLUS RIEN DE MA BOUCHE DÉTENDUE. IL NE ME VOIT PLUS. VIENT ICI POUR A., PAS POUR LA MÉCHANTE, LA PETITE SALOPE. — JE PUE. S'IL S'APPROCHAIT DE MA BOUCHE, IL SENTIRAIT L'HORREUR. LES MOTS PUENT. TOUJOURS GARDER DE LA GOMME, DES MENTHES. TOUJOURS FAIRE ATTENTION. NE PAS HALLUCINER.

ARRÊTER — IL FAUT ARRÊTER. COLÈRE DE A. ELLE SE FÂCHE, ELLE ROUSPÈTE. ELLE SE RÉVOLTE. BRAVO ! JAMAIS EU CETTE CHANCE, MOI. PEUR. S'IL FALLAIT QU'ELLE M'ABANDONNE ? IL FAUT ARRÊTER, PAS SEULEMENT DIMINUER. ARRÊTER. PAS D'UN COUP. PETIT À PETIT. PAS DE STRESS, JUSTE UNE DÉCISION PERSONNELLE. Y AURA RIEN À FAIRE, PAS UN CRI, PAS UN PROBLÈME QUI VA M'AUTORISER À EN PRENDRE. SERT À RIEN DE S'AGITER, Y EN AURA PAS UNE DANS MAISON. GRANDE FILLE RESPONSABLE.

ÇA MARCHE. IMPITOYABLE. LE RÈGLEMENT TIENT BON. BONNE FILLE. MA MÈRE DÉTESTE. ELLE VOIT BIEN QU'ELLE PERD SON POUVOIR. TANT PIS POUR ELLE. QU'ELLE S'ARRANGE.

DUR. A. PAS CONTENTE, RÉSISTE À LA RÈGLE. A. FAIT DU CHANTAGE. JE TIENS BON. LA BARRE EST HAUTE MAIS MA FILLE EST TOUTE MA VIE. ELLE NE SERA PAS TRAITÉE COMME MOI. JE PEUX SUPPORTER SES CRISES, JE PEUX L'ENTENDRE, JE NE FERMERAI PAS SA BOUCHE. MAIS ELLE DOIT SAVOIR QUE JE SUIS FRAGILE, ELLE DOIT SAVOIR QU'ELLE PEUT ME BRISER. JE FAIS TOUT POUR ELLE. J'AI ARRÊTÉ. COMPLÈTEMENT. QUATRE JOURS, MAINTENANT. OÙ EST MA RÉCOMPENSE ? A. QUI ME PARLE. A. QUI RIT. A. QUI SE PLAINT.

ENFIN ! SORTIE DU TUNNEL. UN MOIS SANS P. UN MOIS

ENTIER. ENVIE DE FÊTER, ENVIE DE BAISER. JE NE SAIS PLUS DEPUIS COMBIEN DE TEMPS PERSONNE NE M'A TOUCHÉE. SAUF A. QUI ME CAJOLE. ELLE DOIT ÊTRE MIEUX PUISQUE JE SUIS CLEAN. L'ENNUI, C'EST DE VOIR, DE COMPRENDRE COMBIEN D'INJUSTICES JE DOIS SUBIR. PLUS RIEN NE M'ÉCHAPPE MAINTENANT. SON PÈRE EST DANGEREUSEMENT MANIPULATEUR. IL LA SÉDUIT AVEC DES CADEAUX, DES PROMESSES. JE DOIS SANS CESSE ME FÂCHER, ARGUMENTER. DUR POUR MOI. ME RAPPELLE DES ÉTATS QUE JE PRÉFÈRE OUBLIER. LA COLÈRE ME TUE. IL FAUDRAIT QUE JE ME CALME TOUTE SEULE. TRÈS DIFFICILE POUR MOI. IL LE SAIT POURTANT. IL NE PEUT PAS AVOIR OUBLIÉ, AVOIR EFFACÉ CELA. JE LE DÉTESTE DE ME FORCER À PARAÎTRE HARGNEUSE, CHEAP. MA MÈRE JUBILERAIT. MON PÈRE SE TAIRAIT. UN PEU COMME LUC. CETTE FAÇON DE FAIRE COMME SI DE RIEN N'ÉTAIT. COMME SI RIEN NE ME MENAÇAIT. CES HOMMES QUI M'AVAIENT PROMIS DE M'AIDER, DE ME PROTÉGER SI J'ARRÊTAIS. LES BELLES PROMESSES DE LUC AU TEMPS LOINTAIN DE NOS DÉBUTS. COMME JE SUIS SEULE. COMME CETTE BATAILLE EST DURE, INFERNALE ET TOUJOURS SOLITAIRE. COMME J'AI HONTE. L'IDÉE QUE QUELQU'UN SACHE, DEVINE LES HORREURS, LES CAUCHEMARS... L'IDÉE DE QUELQU'UN QUI SAURAIT CE QUE J'AI PENSÉ M'HUMILIE ATROCEMENT. DIEU MERCI, J'AI GAGNÉ UNE MANCHE. UN MOIS. A. VA ÊTRE FIÈRE DE SA FILLE, QUEL LAPSUS, SA MAMAN, JE SUIS LA MAMAN CETTE FOIS. JE CROIS QUE MAMAN M'A TUÉE. QUAND J'ÉTAIS TOUTE PETITE. SANS LE SAVOIR, ELLE M'A TUÉE. NON, ELLE M'A TUE. M'A TUÉE. MATERNÉE. ALTERNER. ATTERRÉE. À TERRE. PAR TERRE. PILER DESSUS. DIEU, LE DÉLIRE QUI VIENT À JEUN MAINTENANT. L'HUMOUR, NE PAS OUBLIER L'HUMOUR POUR FAIRE PASSER L'AMERTUME. JE VOUDRAIS ÊTRE AILLEURS AVEC A. ET NE PLUS JAMAIS REVOIR CES GENS. PARTIR, RECOMMENCER EN NEUF. CESSER CES ÉPUISANTES NÉGOCIATIONS. JE ME SENS SI FATIGUÉE. A. EST ENCORE CHEZ LUI. JE RESTE AU LIT TOUT LE WEEK-END. JE RESTE

AU LIT, NE PRENDS PAS MON BAIN, CONGÉ DES RESPONSABILITÉS ET JE L'ATTENDS. J'ATTENDS MA MERVEILLE. MON PETIT BONHEUR, MA VIE. J'ATTENDS A.

ÇA FAIT MOINS MAL MAINTENANT QU'IL NE SOIT PAS LÀ.

IL FAUDRAIT QUE QUELQU'UN M'AIDE. IL FAUDRAIT. MAIS COMMENT FAIRE ? HURLER ? DIRE : RÉVEILLEZ-VOUS ? NE VOYEZ-VOUS PAS QUE JE MEURS, QUE J'AGONISE ? REGARDEZ LE DANGER QUI MENACE. MAIS DIRE CELA, C'EST AVOUER LE RESTE SI SOIGNEUSEMENT CACHÉ. AVOUER. TOUTES CES ANNÉES PAYÉES CHÈREMENT À CAMOUFLER, À DÉGUISER. COMMENT ENVISAGER LA HONTE, L'HUMILIATION SUPRÊME ? COMMENT ENVISAGER DE LA TRAHIR À CE POINT-LÀ ? DIRE : VOILÀ, MAMAN A FAIT ÇA. MÊME ICI, MÊME SUR PAPIER, MÊME DANS CES PAGES ULTRA-SECRÈTES DESTINÉES AU FEU, <u>JE NE PEUX PAS LE DIRE.</u> JE PRÉFÈRE MOURIR. JE SUPPOSE QUE PLUSIEURS FOIS DANS LE PASSÉ, J'EN SUIS MORTE. MAIS JE N'Y ARRIVE PAS. PEU M'IMPORTE CE QUE CELA SIGNIFIE. OUI, JE LA PROTÈGE. OUI, JE PROTÈGE CET HOMME ET CETTE FEMME QUI NE M'ONT PAS PROTÉGÉE ALORS QU'ILS S'Y ÉTAIENT ENGAGÉS. ET MA FIDÉLITÉ À MA PROMESSE EST UN REPROCHE CUISANT À LEUR ÉGARD. IL FAUDRAIT QUE JE CESSE DE TOURNER EN ROND, DE RESSASSER CES VIEILLES HISTOIRES. DU PASSÉ. COMME LES P. JE N'AI QU'À ME RELIRE SI JE VEUX SAVOIR OÙ ÇA MÈNE CE GENRE DE PROTECTION. FAIRE MON PROFIT DE CE CAHIER HONTEUX. ALLEZ, EN AVANT !

DEUX MOIS. JE SUIS TOUJOURS FÂCHÉE CONTRE QUELQU'UN OU QUELQUE CHOSE. JE ME DÉTESTE. LAISSER A. TRANQUILLE UN PEU. JE SUIS ÉNERVANTE, ELLE VA SE LASSER DE MES REPROCHES. PEUR DE LA PERDRE. POUR ELLE, J'AI ARRÊTÉ LES P. POUR ELLE, JE FERAIS N'IMPORTE QUOI. ALORS, UN EFFORT POUR ALLÉGER SA VIE ET SES HEURES DE REPAS.

MERVEILLEUSE SOIRÉE. RI ET PARLÉ AVEC A., L'ENTENTE PARFAITE. A. ET MOI SOMMES INSÉPARABLES. DANS CES

MOMENTS-LÀ, JE SAIS TOUT CE QUI NOUS UNIT ET J'EN SUIS SI HEUREUSE. A. M'A DIT QU'ELLE AIMERAIT QUE JE SOIS TOUJOURS COMME ÇA. DRÔLE ET LÉGÈRE. COMME J'AIMERAIS. COMME JE LE VOUDRAIS.

DURE PÉRIODE. GRIPPE. LUTTER CONTRE ENVIE DE SIROP. GROSSE RECHUTE PRÉVISIBLE AVEC LE SIROP. SE SOUVENIR DE 1977. SE SOUVENIR, RELIRE ET NE PAS CÉDER.

DÉPRIME. LUC ME MANQUE. SON CORPS ME MANQUE. QUAND, COUPABLE, IL REVENAIT D'UNE TOURNÉE ET ME FAISAIT L'AMOUR COMME À L'AUTRE. PLAISIR D'ÉCHAPPER À SOI, PLAISIR D'ÊTRE AILLEURS, UNE AUTRE. NE LUI AI JAMAIS DIT. J'ADORAIS CES PUNITIONS D'APRÈS TOURNÉE OÙ JE LE TENAIS EN MON POUVOIR. J'AIMAIS TOUTES LES EXTASES QUE DONNE LE POUVOIR. Y COMPRIS SEXUELLE. N'AI PAS BAISÉ DEPUIS SEPT MOIS. JE CRAINS LE SEXE PARCE QU'IL APPELLE LES P., APPELLE L'ÉTAT, L'ENGOURDISSEMENT, APPELLE LE NÉANT ET FAIT DÉCOLLER. MAIS CE SERAIT DUR DE RAYER ÉGALEMENT LE SEXE. QUAND MÊME… A. ARGUMENTE SANS CESSE : L'ADOLESCENCE. ELLE ME RESSEMBLE PEUT-ÊTRE AUSSI. OU SON PÈRE LUI MET DES IDÉES EN TÊTE, LA MONTE CONTRE MOI. IL EST DEVENU TRÈS POSSESSIF D'ELLE CES DERNIERS TEMPS. IL N'A PAS COMPRIS QU'IL NE PEUT PAS TOUCHER À A., L'AVOIR. SACRÉ. PERSONNE NE VA FAIRE DE PRESSIONS SUR MA FILLE. PERSONNE.

A. NE VA PAS BIEN. TOUJOURS MARQUÉE PAR LE DIVORCE. TOUJOURS SI DOUCE AVEC MOI. REVIENT LA NUIT ME CONSOLER. PETITE A. SI GENTILLE QUI SAIT CE QUE J'ENDURE. ELLE FAIT ATTENTION. J'AI UNE BONNE PETITE A. PRUDENCE : NE PAS DEVENIR MÈRE TROP EXIGEANTE. ELLE POURRAIT VOULOIR SON PÈRE.

J'AI RENCONTRÉ UN HOMME. RAY. IL ME DÉSIRE ET ME PLAÎT. J'HÉSITE, MAIS ÇA S'AFFOLE DÉJÀ EN MOI. JE M'EXCITE, JE RÊVE. J'AI ENVIE D'Y ALLER, DE LUI APPARTENIR, D'ÊTRE TENUE DANS DES BRAS, UN PEU PRISE EN CHARGE. PAS TROP. MAIS LE PLAISIR DE CÉDER, D'ABANDONNER, DE S'ABANDONNER. IL

M'OBSÈDE. J'AI ENFIN, POUR LA PREMIÈRE FOIS DEPUIS LE DI-
VORCE, RENONCÉ À PASSER DEVANT LE BUREAU DE LUC POUR
VÉRIFIER S'IL ÉTAIT LÀ, SI LA VOITURE ÉTAIT LÀ. QUEL BONHEUR !
IL PREND SON TROU ET JE VAIS PRENDRE MON PIED. VULGAIRE,
MA CHÈRE. MAIS HEUREUSE, SI HEUREUSE. JE NE VOIS PAS DE
DANGER DANS CE BONHEUR-LÀ. PAS DE RECHUTE SI ÇA MARCHE
PAS. ÇA VA MARCHER, JE LE SAIS, JE LE SENS. VEUX ÊTRE À LUI.
VEUX MOURIR D'ÊTRE À LUI. IL A QUARANTE ANS. IL EST FORT,
SOLIDE, CHARPENTÉ. UN HOMME, PAS UN ENFANT. DE L'AUTO-
RITÉ. UNE VOIX GRAVE, PEUT-ÊTRE BRUSQUE. DÉFEND SES IDÉES.
IL SE PRONONCE AU MOINS, NE SE DÉSISTE JAMAIS. IL SAIT
PRENDRE UNE FEMME ET LA POSSÉDER. JE ME MEURS DE LUI.

JE L'AIME. IL EST PARFAIT. IL EST SI FORT, SI SÛR. IL NE ME
LAISSE PAS, NE ME REJETTE JAMAIS. IL ME CRITIQUE POUR
M'AMÉLIORER. SOUVENT, IL A RAISON. C'EST UN AMANT EXTRA-
ORDINAIRE. FORT ET AUTORITAIRE. RIEN DE GÊNANT. IL SAIT
DEMANDER, EXIGER. ÇA M'EXCITE. ME GÊNE MOINS DE CÉDER
QUAND IL Y A DE L'AUTORITÉ. IL CONNAÎT MES FANTAISIES, LES
DEVINE. IL A UNE BESTIALITÉ QUI M'EXCITE, ME FAIT HONTE ET
M'ENIVRE. IL A UNE FAÇON D'ORDONNER QUI FAIT FRISSONNER.
M'OBLIGE À JOUIR. M'OBLIGE AU PLAISIR, OÙ QU'IL SOIT. TRÈS
INTIME, GÊNANT MAIS EXALTANT. JAMAIS VÉCU RIEN DE SEM-
BLABLE DANS SEXE. TOUT PERMIS. IL EN PREND LA RESPONSA-
BILITÉ. PORTE FERMÉE, QU'IL DIT. PORTE FERMÉE, BOUCHE
CLOSE. INTIMITÉ SACRÉE. PERSONNE NE SAURA. PERSONNE. A.
RÉSISTE. A. NE VEUT PAS DE SON AUTORITÉ. N'AIME PAS LE
TEMPÉRAMENT DOMINATEUR DE RAY. PAS HABITUÉE À CAUSE
DE SON PÈRE, SI LAISSER-ALLER, SI INSOUCIANT. A. VA S'Y FAIRE.
BESOIN D'AUTORITÉ, DE DISCIPLINE AUSSI. DEPUIS LE PIANO, A.
N'A PLUS DE DISCIPLINE. RAY VA Y VOIR. CONFIANCE ABSOLUE.
PLAISIR TOTAL. ME SENS VAGUEMENT VICIEUSE, DÉSOBÉISSANTE
À MA MÈRE : RAY RIT DE MOI ET ME PUNIT POUR LE FUN. FOU
CE QUE, MÊME POUR RIRE, ÇA SOULAGE.

ANNABELLE

La chicane. Encore des conflits, encore des paroles blessantes. Ray se fâche contre A., A. boude, se tait. Ray insiste pour l'ordre. A. refuse de lui obéir. J'essaie de faire la paix, j'essaie de les réconcilier. Dur. Me rend folle. Ai besoin de Ray, ne peux m'en passer. Ai enduré si longtemps la solitude. A. ne peut pas demander ça. Exiger que je le repousse. Ray va me laisser si je ne punis pas A. Ray s'impatiente. Déteste ses cris, ses refus. Il est plus sévère, il perd le contrôle parce qu'il est en colère. Pas grave tant que c'est moi qui encaisse. M'a fait mal après dispute grave avec A. M'a fait mal pour la punir, elle. Pas grave. Pour A., je peux en prendre. Ray va se calmer, s'excuser. Tout va rentrer dans l'ordre.

Rien ne va. Ray de plus en plus fâché, déteste cette enfant. Je ne peux pas supporter ça. A. et ses yeux affolés. A. qui me demande quelque chose. J'ai peur. A. va partir, m'abandonner. Et si j'abandonne Ray... Tout me fuit, tout s'écroule. — Panique. La panique revient. Faut me calmer, me taire, endurer, tout va passer. Tout va passer.

Le sirop. A. est partie après une dispute. Pris le sirop. Un grand format caché depuis longtemps. Tout d'un coup. Mourir de honte. Mourir d'inquiétude. Ray revenu. A-t-il vu ? A-t-il compris ? Violent. M'a fait du bien. M'a insultée, m'a humiliée. Crié des horreurs. Punition du sirop. Il sait pas, il sent. Terrible cette autorité. Il sait, lui, suis sûre qu'il sait. Et il fait payer. Comptant. Enfin, quelqu'un qui s'occupe de m'arrêter, de me punir.

A. revenue. Pas contente. Moi oui. Ne pas racheter de sirop. Danger. Ray peut savoir, deviner. S'il savait... m'attacherait pour m'empêcher d'en prendre. A. refuse, ne veut plus de Ray. A. menace. Ray menace. Folle panique. Luc va savoir pour Ray, Luc va deviner. Il va tuer. Il va savoir derrière la porte. Pris une demie pour

ANNABELLE

ME CALMER, POUR RAISONNER RAY. POUR A. PEUR QU'ELLE ENDURE TROP. SUPPLIÉ RAY DE ME FRAPPER. IL COMPREND PAS. COMPREND RIEN. AI SUPPLIÉ… NE PLUS S'EXCITER SUR LES PUNITIONS, NE PLUS CÉDER, JETER LES P. RÉSISTER. A. S'ÉNERVE. RAY SE FÂCHE. QUE FAIRE ? PANIQUE. RÉSISTER. MAMAN NE PEUT PLUS GAGNER, UNE GRANDE FILLE, RAY EST ENCORE LÀ. PEUR. J'AI PEUR.

TOUT PERDU. A., RAY, TOUT. RIEN À FAIRE. RIEN. SERT À RIEN. TOUS PARTIS. SILENCE. TANT PIS. ARGUMENTER, S'ÉNERVER. LUC REFUSE DE COMPRENDRE. VOIR LE DANGER. SANS A., JE MEURS. SANS A., SANS LUC, C'EST L'ENGLOUTISSEMENT. IL NE PEUT PAS. IL NE PEUT PAS M'HAÏR AUTANT. IL VA LA PRENDRE, LA GARDER. RIEN. IL NE RESTE RIEN. PLUS LE DROIT DE PARLER, DISCUTER, ESSAYER. FINI. TOUT EST PERDU. LUC, A. RAY, TOUT. PLUS RIEN N'IMPORTE. ILS M'ONT LAISSÉE TOUTE SEULE DANS UNE MAISON REMPLIE DE FANTÔMES. REMPLIE DE MENACES. MAMAN VA VENIR ME CALMER. SUFFIT. TROP LOIN. TROP DUR. TANT PIS. DESCENDRE AU FOND DE L'ABJECTION. UNE FOIS POUR TOUTES.

TROU D'UNE SEMAINE. COMPLÈTEMENT PARTIE. PORTÉE MALADE AU BUREAU. LA CAVE, SUIS RESTÉE DANS LA CAVE COMME UN ANIMAL. IMMONDE. HONTE.

RESTE SYLVIE. THÉRAPIE. ESSAYER ENCORE ?
SYLVIE VEUT SAVOIR. ELLE MENACE D'OUVRIR LA PORTE. DANGER. FERMER LA PORTE. SE TAIRE. ENDURER.
RESTE 24 P. — TOUT, D'UN COUP ? A. QUI ENTRE ENFIN, ME TROUVE. A. QUI REGRETTE M'AVOIR ABANDONNÉE. A. QUI IMPLORE PARDON. OUI, OUI, PARDONNER, ABSOUDRE, SOULAGER MA PETITE FILLE. PAS DE REPROCHES, PAS D'AMERTUME. A. ET MOI POUR TOUJOURS.

ANNABELLE

Trou d'une autre semaine. J'émerge. Sylvie n'a rien deviné. M'aide beaucoup à évaluer ma capacité de feindre. Terrible. Coupable pour mourir. Mais silence parfait. Plus une seule p. Honte. Silence terrible. A. n'appelle pas. A. si loin. Me remettre sur pied pour quand elle va appeler.

A., ce soir.

A. partie. Luc la vole. Luc la gagne. Tout perdre. Toujours perdre. Faut en finir avec les p., avec l'amertume, la terreur, la colère. Avec le silence ? Ouvrir la porte. Voir si j'en meurs. Si elle en meurt.

Dur.

Pénible — Atroce. Revu Ray. A. vacances avec Luc. Revu pourquoi Ray me plaît : il me punit, il me méprise. Loin du sauvetage imaginé. Sylvie a raison : laisser cet homme qui siphonne mon estime de moi (!). Facile. A. va revenir. Me mettre en forme. Cesser de fumer après plein sevrage. Bonne voie. Abonnement au Club.

Envie de p. = une heure d'exercice. Ça marche ! Incroyable !

A. s'en vient. Revu Sylvie. Je tiens bon — silence !

Encore deux jours. A. sera là.

Luc la prend ! Luc me la vole. Jamais ! Suis en forme, complètement sevrée. Vais me battre à mort, vais lui montrer que j'existe, que je suis quelqu'un. Je suis sa mère. A. ne sera pas abandonnée. Jamais.

S'il le faut, je trahirai tout le monde pour la garder. Même maman. Ça suffit. D'abord détruire les preuves, les camoufler. Cacher. Ne laisser aucune chance à personne de me trahir. Attention. Prudence. Peser les mots, les actes.

Ils ne m'auront pas. Ils ne gagneront pas. Ils ne trouveront rien, rien. Même pas ceci. On va le cacher.

Jamais ils ne sauront pour ensuite se venger, m'accabler. Jamais! Finis les abuseurs. Finis les abîmes. Que du jour. Adieu la nuit. Je me bats pour A. J'ai tout de même A. J'aurai tous les courages. Ils ne m'auront pas. Ils ne gagneront pas.

* * *

Luc referme le cahier. Des pages et des pages de douleur absolue. Une telle souffrance. Une lutte inégale, solitaire. Il n'a rien vu. Comme les autres. Comme son propre père à elle. Des pages sans dates, sans années : depuis quand la souffrance se millésime-t-elle? Des pages d'une écriture si confuse qu'il ne pouvait déchiffrer qu'un mot ou deux au passage. Le fouet de la douleur abyssale. Tant de délire, tant de dissimulation. Comment n'avoir rien décelé? Plus il lisait, plus il doutait : Christianne? Elle qui écrit, se massacre, se flagelle — elle, qui s'enfonce, se menace, se détruit? Il l'a traitée de maso une fois, il s'en souvient. Elle l'avait giflé! Maso. La honte. Une peur de bête attachée au sous-sol. Une terreur d'enfant tenue au silence. Le cachot des pilules. Le massacre d'une femme. Il se souvient de 1977. Il l'a crue quand elle a juré s'être débarrassée de cela. Comment disait-elle? Un faible pour l'artificiel. Le sommeil plus pesant. L'oubli des détails agaçants de la vie. Détails... sa mère, cette petite femme proprette, autoritaire, cette petite femme de pharmacien qui sait soigner les nerfs de ses enfants. Cette mère, cette monstrueuse hypocrite qui sanglotait aux funérailles. Il va la tuer. Il va lui rentrer toutes les pilules de la pharmacie de son mari dans la gorge, il va la rendre malade, l'empoisonner. Les mots puissants lui reviennent : ne pas trahir, ne pas trahir le monstre. Christianne! Quelle folie, quel suicide de se taire ! Il voudrait la supplier de croire qu'il ne savait pas, qu'il n'a rien deviné, qu'il n'a pas vu dans quoi elle s'enfonçait, à quelle guerre elle se livrait. Il n'a pas vu, juré. Il n'a rien senti. Rien. Pas mieux que les autres. Oui, il l'a abandonnée, il l'a laissée se débrouiller avec sa rage, sa colère, ses brumes, ses vertiges et son intolérable honte. Il l'a laissée faire d'Annabelle un otage. Ce n'est plus sa belle-mère qu'il tuerait. C'est lui-même.

Sylvie Lalancette refuse de discuter au téléphone.

« Je ne veux pas vous voir. Pas maintenant. Oui, je suis en colère contre vous. Assez pour vous faire peur. Assez pour me méfier d'un face-à-face. Répondez-moi : aviez-vous lu ? »

Elle hésite, fait des manières, puis avoue ne pas avoir été autorisée à le faire. On lui a juste demandé de conserver les écrits comme archives. Christianne désirait y revenir plus tard.

Il ne peut pas se contenir : cette femme est un danger public : « Vous avez obéi ? Vous êtes bien sage, n'est-ce pas ? Une maudite bonne fille ! Saviez-vous qu'elle était malade, dopée, maso, dérangée ? Saviez-vous qu'elle vous appelait à l'aide ? Pourquoi est-elle venue vous voir, vous pensez ? Pour divaguer sur la difficulté d'être divorcée ? Savez-vous ce que sa mère lui a fait ? Vous pouviez la sauver, imbécile, vous pouviez agir, faire quelque chose. Vous aviez le secret dans vos mains, vous saviez qu'elle ne pouvait pas le dire, que prononcer ces mots-là revenait à trahir sa vie entière. Sa vie d'enfant maltraitée, abusée, calmée de force à coups de pilules et de menaces. Comment avez-vous pu faire ça ? Comment supportez-vous de continuer à prétendre aider les gens ? Pourquoi l'avez-vous laissée toute seule ? Savez-vous ce qu'elle prenait ? Du sirop. Elle volait des pilules chez son père. Savez-vous ce qu'elle pouvait sentir, comment elle devait se haïr ? Vous n'en avez pas la moindre idée et vous vous en fichez, vous êtes payée pour deviner, pour percer les mensonges et vous l'avez laissée toute seule. Elle vous demandait de l'aide ! Qu'est-ce que vous attendiez, bon sang ! De recevoir son cadavre blême dans les pages massacrées d'un cahier dégueulasse ? Vous êtes dégueulasse ! Vous êtes dégueulasse ! Elle vous l'avait demandé, vous êtes dégueulasse ! »

Il ferme la ligne parce qu'il sanglote.

Feuille par feuille, il a brûlé le cahier. Lentement, page par page, il a regardé l'horreur se tordre dans les flammes, racornir, noircir. Ce n'était pas pour oublier. Pas un seul mot, pas une seule atrocité ne peut plus s'effacer de sa mémoire. Il n'a peut-être jamais deviné, mais maintenant il ne fera plus semblant de ne pas savoir. Il ne sera pas l'allié du silence. Il brûle les pages comme on l'a brûlée, elle, il les brûle parce que c'est un hurlement insupportable dans la nuit, parce que Christianne réclame les mots honteux qui ajoutent à son humiliation. Il sait qu'elle ne supporterait pas cette masse de mots toujours vivants derrière elle, puisqu'elle est morte pour protéger sa mère et le silence imposé sur son enfance trahie. Il brûle les pages gravement, pour lui rendre un peu de dignité, pour l'assurer qu'il comprend et n'y voit aucune autre horreur que celle, insoutenable, de la souffrance pure, de l'abandon inexcusable dans lequel on l'avait laissée.

Quand les couvertures rigides ont enfin cédé aux flammes, quand tout a été réduit à cette poudre informe, anonyme, il l'a soigneusement recueillie et enterrée près de l'urne de ses cendres à elle. Le secret de Christianne refermé à jamais, scellé près de ce qui fut son corps massacré par l'indifférence et la folie. Devant cette tombe il a,

pour la première fois de sa vie, profondément, sincèrement, demandé pardon.

Ensuite, il a rappelé Sylvie Lalancette pour s'excuser.
Elle lui a simplement dit qu'elle ne savait pas encore ce
qu'elle aurait dû faire. Luc l'a assurée que peut-être elle
n'aurait rien pu faire parce que Christianne avait choisi de
protéger celle qui l'avait trahie et la tuait depuis toujours,
sa mère. Et que sa mère l'avait bel et bien tuée.

* * *

Quand il écoute Annabelle lui répéter ce qu'elle a crié
à sa mère cette nuit-là, il entend ce que Christianne a
compris : sa propre fille lui hurlait ce qu'elle-même aurait
dû hurler à sa mère : que cessent l'abus, le contrôle, l'impossibilité d'atteindre ce que sa mère semblait attendre
d'elle. Christiane entendait sa fille hurler qu'elle éprouvait
le même sentiment d'échec impeccable, parfait sur toute la
ligne. Et Christianne perdait Anna. Et cette nuit-là, Christianne apprenait qu'il fallait qu'elle perde Anna pour la
mettre à l'abri d'elle-même, de sa folie et de la chaîne impitoyable de la douleur. Le croisement dément, infernal,
des causes et des effets pour aboutir à ce piège : du début,
Christianne était condamnée. Rien qui permette d'échapper à l'emprise de la mère. La porte fermée pour toujours.
Le délire au bord de la bouche close, ramollie à coups de
calmants, le délire enfermé dans cette femme assommée à
coups de chantage maternel. « ILS NE GAGNERONT PAS. » Oh
oui ! Du début, ils avaient gagné. Dès le départ, Christianne, et c'est ta propre fille qui a brisé le sceau du silence.
Ta fille qui a levé le voile et montré qu'il faut trahir si on
veut vivre. Qu'il faut abandonner les bourreaux et se
résoudre à laisser les âmes damnées se faire du mal sans

nous. S'extirper de la spirale qui nous projette vers le fond, face enfouie dans leur vase et leurs promesses.

Il caresse les cheveux d'Annabelle en silence. Comme il a risqué gros avec son inconscience. Aveugle, comme le père de Christianne.

— Alors ? Tu penses quoi ?

— Je pense, Anna, qu'il y a deux sortes de gens : ceux qui naissent à l'abri et ceux qui naissent en danger. C'est comme ça. Sans raison et sans justice. Je pense que ta mère était profondément en danger, qu'elle s'est battue vaillamment, courageusement, mais qu'elle a perdu. Le danger l'a rattrapée. Tu n'y pouvais rien. Tu y participais peut-être mais, fondamentalement, tu n'y pouvais rien. Le mal avait des racines profondes.

— Ce que j'ai dit n'a pas dû aider…

— Tu as dit ce qui existait. Tu as dit ce qu'elle savait. Nommer le danger, ce n'est pas le créer. Ce n'était pas toi, le danger.

— Mais elle a eu peur de moi. Je l'ai vu.

— Elle a eu peur de ce que tu disais. D'être celle que tu décrivais.

— Parce que c'était méchant et brutal.

— Non, Anna, non. Parce que tu décrivais son pire ennemi, caché au tréfonds d'elle. Celle qu'elle haïssait et adorait en même temps. Celle qui la tuait parce qu'elle n'arrivait pas à faire ce que, toi, tu faisais : lui dire d'arrêter. Lui dire que la limite était atteinte.

— Tu parles de qui ?

— D'elle et de celle dont elle ne s'est jamais séparée : sa mère. Sa mère n'a jamais voulu la laisser partir. Il y a plus qu'un moyen pour tenir quelqu'un. Et Christianne n'a jamais pu s'échapper. Même avec toi, sa mère gagnait encore.

— C'était elle, le danger ?

— Elle, moi, Raymond, toi… chaque être auquel Christianne s'attachait devenait un danger. S'attacher en soi était périlleux. Parce que, pour elle, l'amour voulait dire l'asservissement, la soumission. Je te dis : il y a des êtres nés en danger et d'autres à l'abri.

— Ceux nés en danger se tuent ?

— Pas toujours. Ta grand-mère vit bien.

— Toi ?

— Je suis né à l'abri, Anna. À l'abri et con.

— Moi ?

— En danger.

— Ça te fait peur ?

Il prend le temps de bien choisir ses mots : « Bien sûr que ça me fait peur. Ta mère était malade, Anna. Beaucoup plus que je ne l'ai supposé. Elle souffrait beaucoup. Quand tu te sentiras responsable de la souffrance de quelqu'un, j'aimerais bien que tu te demandes si ce n'est pas un tribut tardif que tu offres à Christianne. Elle n'en a plus besoin, mon cœur. C'est triste, mais c'est comme ça. Il faut que tu t'éloignes de la douleur. Rien de bon ou de mérité n'appartient à la douleur. La douleur ne protège de rien. La douleur ne justifie rien. C'est une chose qu'on ne mérite pas. Jamais. On souffre, on n'y peut rien, mais ce n'est pas un juste retour des choses, ce n'est pas la vengeance d'un dieu comptable qui nous rend la monnaie de notre pièce. La vengeance d'un petit comptable mesquin qui nous surveille d'un œil froid et qui nous regarde trébucher en souriant. Ce n'est pas vrai. On souffre, on endure, mais ne laisse personne te faire croire que c'est le salaire justifié de tes insuffisances ou de tes échecs. Tu n'es pas responsable de la souffrance. Tu ne l'as pas appelée ou encouragée ou provoquée. C'est hors de ta volonté. Ça peut t'habiter, te remettre en question, mais ce n'est pas lié à ta nature, ce n'est pas ton destin. C'est seulement une ennemie stérile, jamais une alliée. Et la souffrance de Christianne ne t'appartient pas. Tu n'y pouvais et n'y peux rien, ni auparavant ni maintenant.

— Tu as peur que la mort de maman me fasse trouver la souffrance méritée ?

— J'ai peur qu'elle ne te force même à la rechercher, comme ta mère le faisait pour amadouer sa propre mère, lui faire plaisir. Je voudrais beaucoup que sa mort serve au moins à arrêter la chaîne. Je ne peux pas tout te dire maintenant, Anna, mais je voudrais te dire ce que Christianne souhaitait et c'est que tu sois heureuse.

— Tu as de la peine de la mort de maman ?

— Maintenant, oui, beaucoup. Ça me rend infiniment triste.

— Et coupable ?

— Aussi.

— C'est pour ça que tu étais si…

— … Pénible ? Non. Au contraire. C'était parce que je n'admettais pas qu'elle ait fait ça. Qu'elle nous ait fait ça. Je comprenais son geste à travers ma culpabilité. Et je le refusais. Je te l'ai dit : à l'abri et con. Pas fort sur la lucidité.

— Ça s'est arrangé, on dirait.

— Momentanément ! Tu seras toujours plus vite que moi : ton travail sur la culpabilité méritait un A+. Tu m'as aidé, Anna.

Elle se redresse, très fière : « C'est vrai ? »

Il prend ses mains, embrasse ses doigts un à un, comme il y a très longtemps, quand elle commençait à faire du piano : « Tu sais, ceux qui naissent en danger ont cette merveilleuse possibilité de le dépasser, d'en faire de la beauté et de l'offrir en retour, par pure générosité, à ceux qui oublient, ceux qui sont confortables et à l'abri. Je n'ai pas aidé ta mère. Je ne t'ai pas aidée beaucoup non plus jusqu'ici et tu m'as quand même offert toute cette beauté. Ton courage et ta générosité transparaissent quand tu joues. Et ça me console de mon sentiment d'impuissance. C'est ce qui me permet de reconnaître ton talent sans le jalouser et sans vouloir me l'approprier. »

Elle retourne se réfugier dans ses bras, gênée :

— Tu sais, Étienne dit ça aussi quand je joue.

— Tu joues pour lui, maintenant ? Je pensais que c'était fini, cette histoire-là.

— On est amis.

— Seulement ?

— Intimes. Amis intimes.

— Tiens donc !…

— De toute façon, il en a pour trois ans dans son école.

— Ça te fait quoi ?

— Ça me fait apprendre le braille !

Luc sourit : des confidences licencieuses en braille… l'idée est séduisante :

— Tu vas me montrer ?

— Pourquoi ?

— Pour dérouter quelqu'un.

Une lettre codée pour Lydia. Une lettre qu'elle devra déchiffrer toute seule, du bout des doigts.

* * *

Ils ont célébré ses quinze ans avec faste. Julie Boivert, Granne, Julien, Léo, Lydia et, bien sûr, Étienne qui a obtenu une permission spéciale et dont ils ont fêté aussi l'anniversaire. Ils ont fait de la musique et beaucoup ri.

Même Julie Boivert a accepté de chanter en s'accompagnant au piano.

Soudain, au milieu de la fête, Anna regarde son père : il pense à elle, il pense à Christianne, elle le sent comme si elle lisait dans ses pensées. Non, sa mère ne verra jamais ses quinze ans ni son concours de piano qu'elle va peut-être gagner. Sa mère ne verra jamais Étienne. Elle ne se scandalisera jamais de voir sa précieuse petite fille avec un aveugle. Un être humain né en danger et qui le repousse tous les jours, bravement, et qui cherche passionnément à abattre les limites. Elle se lève, prend son père par la main, l'assoit près d'elle au piano. Elle joue les premières notes d'un quatre-mains de Mozart. Un très ancien morceau de leur répertoire qu'il adorait jouer.

Il l'embrasse, chuchote à son oreille : « Demande à Lydia. Moi, je ne sais plus. » Elle retient sa main : « S'il te plaît. »

Julie Boivert s'est approchée du piano :

— Vous savez, elle ne m'a jamais autorisée à jouer l'alto de cette sonate. Je crois qu'Anna l'a dérobée à Mozart pour vous en faire cadeau.

— Pour mon anniversaire, papa...

Il ne veut pas être le point de mire, il ne veut pas être embarrassé par le silence soudain et leur attente. Anna joue les premières notes. Les doigts raides de Luc essaient de s'insérer, de jouer dans le tempo. Il joue, le cœur serré de nostalgie, parfaitement conscient de sa lourdeur, de son manque de souplesse. Il se trompe, trébuche, veut renoncer. Anna pose une main légère sur la sienne, sourit, reprend le mouvement. Cette fois, il arrive à suivre, il arrive à jouer avec elle, sa petite fille qui en sait tellement plus que lui. La sonate s'achève sous les bravos. Quelqu'un enchaîne avec un reggae qui ravit Léo. Anna entraîne Luc dans la cuisine. Elle a son air des nouvelles importantes. « Pour le programme du concours, j'avais demandé qu'on mette Anna Pelchat. J'ai changé d'idée, je crois que c'est mieux Annabelle Pelchat. Qu'est-ce que tu en penses ? »

Ses yeux inquiets qui interrogent.

— C'est ton nom, mon ange…

— Oui, mais…

— Mais c'était ta mère… et peut-être que c'est justice, peut-être que c'est elle qui t'a léguée la musique. Même si c'est moi qui l'ai adoptée. Même si, par moments, elle la détestait.

— Tu sais, je ne veux pas l'oublier.

— On ne lui fera pas ça.

— Tu penses encore à elle ? C'est vrai ? Tu y penses comment ?

Il ne peut pas répondre : comment expliquer que ce qu'il revoit, ce sont les pieds de Christianne ? Ses pieds livides, si longs, si étroits. Ses pieds à l'arche marquée, petites perfections qu'il avait tant embrassées par le passé. Les pieds des femmes étaient un objet de vénération pour lui. Un symbole absolu de leur pouvoir de séduction. Pour certains, ce sont les dents, les yeux ou les mains. Pour lui, les pieds d'une femme le séduisaient ou le répugnaient immédiatement et irrémédiablement. Toute la fragilité de Christianne s'incarnait dans l'attache fine de la cheville où une veine palpitait.

Ce matin si calme où il l'avait ramenée sur son lit, ce matin où pour la dernière fois le fardeau de Christianne avait pesé, il avait tenu ses pieds contre sa poitrine et les avait caressés, massés, embrassés. Pendant plus d'une heure. Il n'arrivait pas à se convaincre de renoncer à les réchauffer. Il avait eu cet ultime illogisme de les envelopper dans un châle avant de partir. Pour les préserver du froid. Le froid qui venait du fin fond de cette femme à jamais figée dans un cri muet.

Il ne peut pas dire qu'il souhaiterait pouvoir les réchauffer contre son impuissance désolée :

— Toi, comment penses-tu à elle ?

— Des fois, c'est tout ce que j'aimais d'elle. D'autres fois, c'est tout ce que je haïssais.

— J'ai un autre présent pour toi.

Il sort une alliance de sa poche, l'observe un temps :

— C'est le jonc que je lui ai offert à notre mariage, il y a quinze ans et cinq mois. Je n'arrive pas à savoir si c'était un cadeau empoisonné ou non, une prison ou la liberté comme elle l'avait désirée. Je sais que ça a existé, que ça t'a permis d'exister et que, rien que pour ça, c'est sans doute la chose la plus précieuse au monde. Voilà, tu feras ce que tu veux avec, mais je suis certain que ça t'appartient.

— Quinze ans et demi ?

— Si tu n'avais pas été si pressée de pousser, je ne me serais probablement jamais marié. Lydia dit que c'est la chose la plus étrange que j'aie faite, la plus contre-nature…

— Elle ne te connaît pas.

— Hé non ! Elle s'imagine encore que je suis un homme volage, inconstant. Un séducteur invétéré, un jouisseur qui ne pense qu'à son plaisir…

— Elle a vraiment de l'imagination !

— N'est-ce pas ?… Anna…

Il a l'air intimidé tout à coup : ça sent l'aveu. Annabelle sourit, l'encourage d'un oui plein d'attente.

« C'est drôle d'épouser une femme parce qu'elle va avoir un bébé qui, finalement, va nous apprendre à aimer. Trouves-tu ? »

Elle l'embrasse : « Je trouve que tu es un peu lent sur toute la longueur de l'adagio de la sonate de Mozart. Tu vas te remettre au piano parce que je ne la joue qu'avec toi… et là, j'avoue que je t'attends un peu. »

* * *

Comme toujours lorsqu'ils doivent se séparer, Étienne a un coup de cafard. Il est resté à coucher pour « étrenner » le nouveau lit queen que Luc a décidé d'acheter à sa fille. Il est très tard mais il ne se résout pas à dormir. « Je pourrais revenir à Montréal et continuer à l'école. »

Elle soupire : toujours le même vieux leitmotiv :

— Étienne ! Je vais travailler mon piano comme une folle jusqu'en juin, il va falloir aussi étudier pour mes examens, je n'aurais pas le temps de te voir même si tu étais là.

— Je sais, je sais… Moi, je disais ça surtout pour Mon-Œil qui s'ennuie beaucoup.

— Ah, c'est sûr que Mon-Œil…

— Il a des comportements bizarres : il a besoin de ton t-shirt pour s'endormir, il faut lui faire écouter un peu de piano, tu sais bien, le genre névrosé. Personnellement, ça va. Mais Mon-Œil a l'air d'être très amoureux. Mauvais pour un chien guide !

— C'est même interdit.

— Plus fort que lui, il est complètement gaga à cause de toi.

— Va falloir l'insensibiliser : je ne lui parlerai plus, je ne le toucherai plus.

— Pauvre lui !

— On parle de Mon-Œil, là…

Les mains d'Annabelle jouent un petit concerto

allegro sur les cuisses d'Étienne qui murmure un « Bien sûr » confus, la nostalgie en prend un sérieux recul.

— On parle de Mon-Œil parce que toi, bien sûr, tu n'es pas amoureux.

— Bien sûr…

Il décide soudain que ce petit concerto se fera à quatre mains.

* * *

La peau de Lydia est d'une délicatesse remarquable. Fine, soyeuse. Luc repasse une main émerveillée sur la courbe des reins, y pose les lèvres. Lydia frissonne. « Tu as froid ? » Elle fait non. La main descend, caresse l'arrondi de la fesse, l'attache de la cuisse où la peau ne se plisse même pas.

— On ne dirait jamais que tu passes tes journées assise à un piano !

— Ce n'est pas ce que je fais, non plus : je les passe couchée à faire l'amour avec mon agent. Très bon pour la peau. Très mauvais pour le piano.

La main effleure la cuisse, la bouche se pose sur le jarret. Lydia se soulève légèrement :

— Pas fatigué, toi ?

— Tu peux dormir, je finis ça et je te rejoins.

Elle place un oreiller sur sa tête et se met en devoir de faire semblant de dormir. Mais le mouvement incessant de cette sonate particulière la tient éveillée. Un mouvement qui prend de l'ampleur, la soulève d'enthousiasme, exalte tout ce qu'elle attend de la musique et prend fin dans un épanouissement sublime. Une interprétation remarquable de Luc.

La bouche de Luc se promène tendrement sur son

visage, récolte toutes les preuves qu'il ne l'endort pas, ne l'ennuie pas, ne la dérange pas du tout.

« Si Anna était d'accord, si elle voulait, je pourrais acheter une maison assez grande pour deux pianos… »

Elle ferme les yeux, s'applique à respirer très lentement, le bonheur a un petit côté staccato.

— Tu dors ?

— Je rêvais… je rêvais que j'aimais un homme depuis très longtemps et que tout à coup cet imbécile-là se décidait à m'aimer et que j'en paralysais : plus rien à dire, muette.

— « Tu te tais et tu me baises ! » Tu peux bien être muette, espèce de tortionnaire !

— J'attends la réponse d'Anna… je me prononcerai plus tard !

* * *

— Sais-tu ce que j'ai demandé à Granne ?

— Étienne ! Sais-tu à quelle heure je commence, demain ?

— Demain, je pars et je ne pourrai plus te parler. Tu te reposeras la nuit prochaine.

Elle se love contre lui :

— C'est bien parce que c'est ta fête ! Quoi ? Qu'est-ce que tu as demandé à Granne qui ne peut pas attendre à demain ?

— O.K. Dors, laisse faire.

— Étienne… tu ne le feras pas ? Tu ne m'as pas réveillée pour me dire de me rendormir ? C'est pas ton genre ?

— Tu as raison. Dors, il est tard.

— Mon-Œil! Mords-le!

Mon-Œil remue vaguement, émet une plainte à peine éveillée. Découragée, Annabelle soupire :

— Qu'est-ce qu'elle a dit, Granne ?

— Elle n'était pas contente.

— Tiens… c'est rare.

— Je la comprends un peu.

— Penses-tu que je pourrais comprendre, moi ?

— Je ne sais pas… dans un an, je vais avoir dix-huit ans.

Elle ne dit rien, elle attend, inquiétée par ce tortueux préambule.

« Demain… je vais avoir dix-sept ans… Ça va faire dix ans que je n'ai pas vu ma mère. Ma petite sœur a douze ans, maintenant. »

Elle caresse son visage lentement, silencieusement.

Il souffle :

— J'en ai besoin, Anna, tu comprends ?

— Étienne… elle t'a fait tellement de mal.

— Mais j'étais petit ! J'ai peut-être exagéré le souvenir.

— Non.

— Je l'ai peut-être accusée pour rien.

— Non, Étienne.

— Peut-être qu'elle demande après moi, on ne sait pas.

— Qui ? Ta sœur ?

— Maman.

Anna ferme les yeux, submergée de chagrin : maman. Le vieux mot haï et aimé, le vieux mot qui fait trembler et qui appelle toutes les consolations. Étienne qui ne dit jamais ce mot. Étienne qui cherche sa mère, sa maman. Elle soupire :

— Quand ma mère est morte, une des choses les plus terribles, c'est qu'elle n'a rien écrit. Pas un mot. Pas une pensée. Je voulais savoir si, en mourant, elle m'aimait ou si elle me haïssait. Si elle m'appelait ou si elle me rejetait. Mais rien. Il n'y a plus moyen de savoir. C'est trop tard maintenant.

— Alors tu comprends ? J'ai besoin de savoir. Et je peux encore savoir. C'est encore temps.

Annabelle réfléchit longuement avant de poursuivre :

— Étienne, ça ne changera rien, parce que même si elle te hait, tu vas l'aimer. Même si elle a le pouvoir de te tuer, même si elle essayait de te détruire, tu vas l'aimer. Tu vas l'aimer assez pour te dire que te détruire, ça veut dire l'aimer. Que disparaître, te faire demeurer aveugle ou sourd, ça veut dire l'aimer. Ça devient fou. Il n'y a rien pour arrêter ça. Que tu la voies ou non, qu'elle dise n'importe quoi ne changera pas que tu l'aimes et que tu voudrais terriblement qu'elle t'aime.

— Ça n'a pas de sens, je sais…

— Qu'elle t'aime ? Oui, ça aurait beaucoup de sens. Mais peut-être qu'elle ne peut pas.

— Tu penses qu'il ne faut pas que je la revoie ?

— Je ne sais pas, Étienne. J'ai toujours l'impression terrible qu'on m'a caché la lettre d'adieu de maman.

— Elle t'aurait dit quoi ?

Elle hausse les épaules :

— Julie Boivert dit qu'on ne peut sauver personne, qu'on peut seulement rendre les gens plus ou moins aptes à le faire eux-mêmes. Alors… Et qu'est-ce qu'elle a dit, Granne ?

— Que c'était une petite personne bien ordinaire et que je la trouverais probablement extraordinaire parce que c'est ma mère.

Annabelle trouve cela très drôle et très vrai.

« Tu sais, Anna, j'aurais voulu toucher le visage de ta mère. »

Elle revoit le visage de Christianne, fermé, sévère, bouche close avec le pli amer à la commissure des lèvres ou celui de l'angoisse ou celui, si rare, de la confiance attendrie. Le visage de sa mère couvert de larmes au milieu de la nuit, celui de ses fous rires sans raison… Annabelle sent encore comme ses mains étaient petites quand elles se posaient avec adoration sur le visage rétif :

— Jamais elle ne t'aurait laissé faire, Étienne.

— Pourquoi ?

— Parce que ma mère se méfiait de ceux qui voient.

FIN

REMERCIEMENTS

Parce que j'ai dû poser beaucoup de questions, pertinentes et impertinentes, parce que j'ai rencontré des gens patients, coopérants et précis, et que cela m'a épargné un certain nombre d'erreurs, je tiens à remercier Marc Durand, Michel Ducharme, Claude Soucy et particulièrement Monique LeBlanc pour les avis sur la musique. Pour ce qui est du monde des aveugles et des chiens guides, Éric Saint-Pierre et Noël Champagne de la fondation Mira m'ont été d'un grand secours. Enfin, pour tout ce qui concerne le braille, je remercie Michelle Brulé de la bibliothèque Jeanne-Cypihot.

M. L.

TABLE DES MATIÈRES

MISE EN PAGES ET TYPOGRAPHIE :
LES ÉDITIONS DU BORÉAL

CE HUITIÈME TIRAGE A ÉTÉ ACHEVÉ D'IMPRIMER EN AOÛT 2006
SUR LES PRESSES DE MARQUIS IMPRIMEUR
À CAP-SAINT-IGNACE (QUÉBEC).